Hanni Münzer
Solange es Schmetterlinge gibt

HANNI MÜNZER

Solange es Schmetterlinge gibt

Metamorphosis

Roman

EISELE

MIX
Papier aus verantwortungsvollen Quellen
FSC® C083411

Ungekürzte Taschenbuchausgabe
2. Auflage 2018

Satz: Pinkuin Satz und Datentechnik, Berlin
Gesetzt aus der Fairfield Medium 55
Druck und Bindearbeiten: CPI books GmbH, Leck
Printed in Germany

ISBN 978-3-96161-013-6

Für Claudi,
meine wunderbare Freundin,
die ihre große Liebe verlor,
aber nie sich selbst.

Viele Blumen im Garten des Lebens duften und sind
farbenprächtig, aber einige haben auch Dornen.
Schmetterlinge oder Bienen stört das nicht,
nur den Menschen.

PROLOG

Wie so oft lag das Mädchen wach, weil das Baby der Nachbarn schrie. Die Wände waren dünn, und ihr Zimmer lag gleich nebenan. Dabei war es nicht der Lärm, der das Mädchen am Schlafen hinderte, seine Gedanken beschäftigten sich mit dem Kind. Irgendetwas war nicht in Ordnung. Das Baby weinte viel, meist, wenn die Eltern miteinander stritten. Und oftmals verstummte es dann abrupt, als hielte ihm jemand den Mund zu.

Das Mädchen wohnte mit seiner Mutter erst seit wenigen Monaten in Perlach, in einem der Hochhäuser, die grau hinter dem Einkaufszentrum PEP aufragten. Von ihrem winzigen Balkon im achtzehnten Stock aus konnte sie auf die S-Bahngleise und das gegenüberliegende Industriegelände blicken. Ihre Mutter arbeitete tagsüber bis sechzehn Uhr in einem der ansässigen Unternehmen als Kantinenkraft, danach noch eine weitere Schicht als Bedienung in einem Club, der erst um 21 Uhr öffnete. Dazwischen schlief sie. Von den Geschehnissen im Haus bekam sie deshalb wenig mit. Das Einkaufen und den Haushalt überließ sie seit dem letzten Umzug in weiten Teilen ihrer elfjährigen Tochter. Den Gedanken, sich wegen seiner Sorgen um das

Baby an ihre Mutter zu wenden, hatte das Mädchen schnell wieder verworfen. Auch, weil sie aus einem früheren Vorkommnis gelernt hatte, dass Kinder solche Dinge »nichts angingen«, dies Angelegenheiten waren, die Erwachsene gerne unter sich und hinter verschlossenen Türen regelten.

Stattdessen hatte sie auf eigene Faust versucht, mehr über ihre Nachbarn herauszufinden, und nichts war dazu besser geeignet als das Treppenhaus eines Hochhauses. Nach der Schule hatte sie sich also dort herumgedrückt und die Ohren gespitzt, sobald sich zwei Frauen mit Einkaufstaschen über den Weg liefen und für einen Schwatz innehielten.

Auf diese Weise hatte das Mädchen in Erfahrung gebracht, dass das Jugendamt den Nachbarn in den letzten Jahren nach und nach ihre anderen vier Kinder schon weggenommen und in Pflegefamilien untergebracht hatte. Sobald man ihnen jedoch ein Kind wegnahm, machten sie sofort »ein neues«.

Trotz ihrer jungen Jahre hatte das Mädchen bereits eine ungefähre Vorstellung davon, was damit gemeint war: Sie bekam nicht nur die Babyschreie durch die dünnen Wände mit, sondern auch diverse nächtliche Aktivitäten ihrer Nachbarn, die in ihren Ohren allesamt widerwärtig klangen und in ihr eine unbestimmte Furcht vor dem Erwachsenwerden entfachten.

Unvermittelt trat Stille ein. Das Baby war wieder auf jene verstörende Weise verstummt, die dem Mädchen jedes Mal einen Schauer über den Rücken jagte. Seit Wochen versuchte sie vergeblich, einen Blick auf das Kind zu erhaschen. Sie wusste nicht einmal, ob es sich um ein Mädchen oder einen Jungen handelte. Die Eltern sagten nie seinen Namen. Sie nannten es Schreihals, Kröte oder Hosenscheißer.

Aber das Mädchen gab nicht auf. Sobald es mitbekam, dass sich die Wohnungstür nebenan öffnete, rannte es in den Flur und steckte den Kopf zur Tür hinaus. Das geschah selten genug. Die Eltern waren arbeitslos und verließen die Wohnung kaum, höchstens, um einkaufen zu gehen, und wenn sie zurückkamen, trugen sie schwere Taschen, aus denen Schnapsflaschen ragten. Das Kind nahmen sie dabei nie mit. Das Mädchen fragte sich, ob der arme Wurm in seinem Leben je schon einmal an der frischen Luft gewesen war? Die Eltern jedenfalls machten ihr Angst, in ihren Augen lag etwas Gemeines, als hassten sie die ganze Welt, und sie rochen ekelhaft. Natürlich hatten die zwei die interessierten Blicke des Mädchens bemerkt, sie waren längst misstrauisch geworden und fühlten sich von ihm beobachtet.

Erst vor zwei Tagen hatte der Mann sie im Flur grob angefahren und gesagt, wenn er sie noch einmal beim Schnüffeln erwische, würde sie ihn kennenlernen. Er hatte dabei seine Faust geschüttelt, und der massive Totenkopfring an seinem Finger war dem Mädchen wie ein unheilvolles Zeichen erschienen.

Seither kreisten ihre Gedanken um diesen Ring. Er ließ ihre Fantasie ausschlagen und gaukelte ihr furchtbare Dinge vor, und immer wieder war da dieses Bild, wie der Mann vor einer Wiege stand und seine Faust in das Gesicht des Babys stieß, bis es verstummte und selbst nur noch ein Totenkopf war.

Das Bild dieses winzigen, zerbrechlichen Schädels verfolgte das Mädchen bis in seine Träume. Und wie so oft dachte es, dass das Leben nicht fair war. Dieses Baby hatte weder darum gebeten, auf die Welt zu kommen, noch hatte es sich aussuchen können, in welche Familie es hineingeboren wurde. Es war unschuldig.

Der Entschluss des Mädchens stand fest: Sie musste etwas für das Kind tun.

KAPITEL 1

MÜNCHEN / IM MAI 2012

Penelope fuhr im Bett auf. Sieben Tage die Woche geschah dies mit der Präzision einer Atomuhr, und zwar exakt wenige Sekunden bevor ihr Wecker auf sechs Uhr sprang. Es verschaffte ihr immer wieder eine kuriose Genugtuung, dem Klingeln zuvorzukommen. Sie brauchte diese kleinen Siege des Alltags. Doch nur an sechs Tagen, von Montag bis Samstag, musste sie um diese Zeit auch aufstehen.

Der Augenblick, wenn sie begriff, dass Sonntag war und sie zurücksinken und sich noch einmal in ihre weiche Decke kuscheln konnte, hatte nichts von seinem Reiz verloren. Sonntag war für sie der angenehmste Tag der Woche, der Morgen gehörte nur ihr.

Und dies seit mittlerweile fünf Jahren, sieben Monaten und elf Tagen. So lange war es her, dass sie ihren Mann David verlassen hatte und allein lebte.

Jedenfalls so gut wie allein. Penelope teilte ihre kleine Wohnung mit einem Kater, der die Faulheit zur Kunstform erhoben, sie quasi zu seinem einzigen Lebenszweck erkoren hatte.

Wie jeden Morgen lag er zu ihren Füßen und schnarchte selig vor sich hin. Für Giacomo war die ganze Woche über Wochenende. Und obgleich er das faulste und eigensinnigste Tier unter der Sonne war, sich viel lieber in Penelopes Pflanzen erleichterte, als das Katzenklo zu benutzen, ihr die Haare vom Kopf fraß und die Tapete von der Wand kratzte – der Sisalbaum in ihrem Wohnzimmer erstrahlte so jungfräulich wie am Tag des Erwerbs –, hing Penelope mit ihrem ganzen Herzen an ihm.

Nach einigen Anlaufschwierigkeiten hatte sie das Geheimnis eines erstklassigen Zusammenlebens von Katzenhalter und Katze herausgefunden: Sie hatte sich Giacomos Bedürfnissen angepasst.

Darüber hinaus war Giacomo das Sinnbild ihrer Emanzipation: Sie hatte ihn aus dem letzten gemeinsamen Urlaub mit ihrem Mann aus Italien mitgebracht. David hatte das flohverseuchte und überdies an schlechten Zähnen leidende Tier damals zurücklassen wollen, das sich vom ersten Tag an hartnäckig an Penelopes Fersen geheftet hatte, als wisse es genau, dass Penelope es war, die das Tier brauchte, und nicht umgekehrt.

Eine Woche nach der Rückkehr aus Positano hatte Penelope ihren Mann verlassen. Sie hatte es endgültig sattgehabt, von ihm bevormundet zu werden, sich von ihm vorschreiben zu lassen, wie sie ihr Leben zu leben hatte.

Das war nicht immer so gewesen. Es hatte einmal eine Zeit gegeben, da sie und David sehr glücklich zusammen gewesen waren. Sie kannten sich seit der

Schulzeit, David war ihre erste große Liebe, er wurde ihr erster Mann, und sie hatten sehr jung geheiratet.

Sie hatten beide Lehramt studiert: Penelope Deutsch und Geschichte, David Mathematik und Physik.

Doch anders als sie ging David nicht im Unterricht auf, es fehlte ihm etwas, etwas, das er ›Herausforderung‹ nannte. Nach einem Jahr hatte er seine Lehrtätigkeit gekündigt und bei einer Großbank angeheuert. Dort hatte er mit seiner Begabung für Zahlen und Analytik eine Blitzkarriere hingelegt und war innerhalb weniger Jahre zu einem international gefragten Anlageberater aufgestiegen und verdiente nicht selten sechsstellige Provisionen.

Während David Erfolg und Karriere genoss und das Geld in Luxusgüter und Immobilien investierte, ein Haus mit Pool in Bogenhausen und ein Anwesen in St. Tropez, fand Penelope keinen Gefallen an ihrem neuen Reichtum. Sie hatte eine andere Vorstellung vom Glück, und ihre und Davids Lebenspläne drifteten unmerklich in einer kaum wahrnehmbaren Thermik auseinander.

Davids Ablehnung gegenüber Giacomo war der berühmte Tropfen gewesen, der das Fass zum Überlaufen gebracht hatte. Penelope hatte erkannt, dass David nicht mehr der war, den sie einmal in ihm gesehen hatte, und auch nie wieder sein würde.

Sie hatte sich seither in ihrem neuen Leben gut eingerichtet, sie vermisste nichts. Ihr Sonntagmorgen folgte stets demselben Ritual: Ausschlafen bis ungefähr acht Uhr, ausgiebig frühstücken und bei zwei Tassen

Kaffee die Wochenendausgabe der Zeitung studieren. Es waren die einzigen Stunden, in denen sie in ihrer ansonsten durchgetakteten Zeitplanung die Zügel etwas lockerer ließ. Denn sie brauchte das: Kontrolle und Regeln. Einen Stundenplan für die Schule, einen Stundenplan für das Leben. Für alles in ihrem Leben gab es eine darin fest eingetragene Zeit. Jeden Montag und jeden Donnerstag um genau sieben Uhr zum Beispiel reinigte sie das Katzenklo, obwohl Giacomo es gar nicht benutzte.

In der kleinen Anlage im Münchner Stadtteil Schwabing, in der sie im dritten Stock wohnte, lebten zum Glück fast ausschließlich ältere und ruhige Leute ohne Kleinkinder, weshalb es am Sonntagmorgen tatsächlich möglich war, auszuschlafen. Sie klopfte sich gerade ihr Kopfkissen zurecht und fand eine bequeme Lage, um wieder einzudösen, da schreckte sie ein lautstarkes Scheppern im Hausflur auf, als hätte jemand direkt vor ihrer Tür ein volles Tablett fallen lassen. Dem Klirren folgten unmittelbar einige derbe Flüche.

Davon wurde sogar Giacomo wach. Er hob den Kopf, klopfte mit seinem Schwanz auf die Bettdecke und stieß einen unwilligen Laut aus. Penelope warf sich den gesteppten Morgenmantel über, schlüpfte in ihre Filzpantoffeln und schnappte sich ihre Brille. An der Wohnungstür lugte sie durch den Spion, und als sie ihren Nachbarn Oliver erkannte, riss sie sie auf, nur um sofort erschrocken zurückzuzucken.

Vor ihr auf dem Fußabstreifer kniete ein junger Mann in weißem Shirt und Jeanslatzhose und klaubte vorsichtig größere Splitter zusammen, die bis vor kurzem noch Bestandteil eines Spiegels gewesen sein mussten. Er sah kurz hoch, mit einem welpenähnlichen ›Nicht-böse-sein-Ausdruck‹ im Gesicht, doch Penelope richtete ihr Augenmerk sofort auf Oliver, ihren Nachbarn aus dem Dachgeschoss, der hinter der ›Latzhose‹ aufragte.

Oliver war neben ihr der jüngste Bewohner des Hauses, arbeitete in der Modebranche, und er war das, was man im Allgemeinen unter einem netten Kerl verstand. Penelope mochte ihn gern. Seit Oliver sie gefragt hatte, ob sie während seiner häufigen Abwesenheiten seine Pflanzen gießen würde, pflegten sie ein gutes nachbarschaftliches Verhältnis. Er half ihr im Gegenzug, den Getränkekasten in den dritten Stock zu tragen, da das Haus, zur Jahrhundertwende erbaut, noch immer nicht über einen Aufzug verfügte. Deshalb war die Miete für Schwabinger Verhältnisse noch erschwinglich. Im Moment rührte Oliver jedoch keinen Finger. Tatsächlich sah er ziemlich zerknittert aus, als hätte er statt Schlaf eine durchzechte Nacht hinter sich.

Der junge Mann auf dem Boden sagte eben: »Das kommt davon, wenn man unbedingt Möbelpacker spielen will, bevor …« Er unterbrach sich, nicht wegen der grauen Filzpantoffeln vor seiner Nase, sondern weil Giacomo zum Zeichen seines Protests gegen die sonntägliche Ruhestörung soeben sein Morgengeschäft in fester Form unmittelbar neben ihm verrichtete, um dann mit hocherhobenem Schwanz und der Allüre eines italienischen Straßenkaters wieder in die Wohnung zu trotten. Zurück blieb ein Gestank, der einem die Nasenhaare versengte.

Oliver kicherte albern, dann riss er sich zusammen, umrundete die Latzhose am Boden, streckte Penelope die Hand entgegen, was er sonst nie tat, und sagte:

»Morgen, Penelope! Sorry für den Lärm, aber wie du weißt, ziehe ich dieser Tage aus.«

Während er sprach, schlug Penelope eine kräftige Alkoholfahne entgegen. Das erklärte Olivers derangierten Zustand. Giacomos dreister Auftritt hatte ihr jedoch allen Wind aus den Segeln genommen. Zudem entging ihr nicht, dass der fremde Möbelpacker sie nun auf eine Art in Augenschein nahm, als sei sie wie eine unangekündigte Attraktion auf eine Bühne gestoßen worden. Unwillkürlich zog sie ihren Morgenmantel fester um sich. Es war ihr egal, dass sie in dem hellblau Gesteppten, den verfilzten Pantoffeln und ihrem nachlässig hochgesteckten Haar aussah wie ihre eigene Großmutter, aber er hatte nicht das Recht, sich deshalb über sie lustig zu machen!

Die Situation war ihr unangenehm, und sie wollte ihr schnellstmöglich entfliehen. Daher beschränkte sie sich auf ein »Guten Morgen«, machte kehrt und holte die entsprechenden Gerätschaften, um Giacomos Malheur zu entfernen. Anschließend murmelte sie Oliver einen kurzangebundenen Gruß zu und verschwand, um sich, etwas früher als sonst, ihrem Sonntagsfrühstück zu widmen.

Sie hatte es sich kaum mit der Zeitung, deren Aufmacher zwei vermisste Studentinnen waren, Kaffee und einem Honigbrot gemütlich gemacht, die Füße in Wollsocken auf dem Tisch platziert, als es an ihrer Tür schellte.

Für Penelope, wie wohl für jedermann, hing die Bedeutung eines Besuchs stark von der Uhrzeit ab. So früh am Sonntagmorgen konnte es nur etwas furchtbar Wichtiges oder etwas furchtbar Lästiges sein.

Es war etwas furchtbar Lästiges: ihre Mutter Ariadne. Sie hatte erst kürzlich, nach kaum einem Jahr Witwendasein, ein zweites Mal geheiratet, einen fast dreißig Jahre jüngeren Mann, den Penelope im Verdacht hatte, ihre Mutter nur ihres Geldes wegen geheiratet zu haben. Sie hatte deshalb mit ihrer Mutter eine Auseinandersetzung gehabt, oder besser, sie hatte es versucht, aber mit ihrer Mutter konnte man nicht streiten. Als Penelope sie mit ihrem Verdacht konfrontiert hatte, sagte sie nur: »Papperlapapp, das Gleiche hast du mir vorwerfen können, als ich damals den viel älteren Frank Carstensen geheiratet habe: ich täte es nur wegen seines Geldes. Sieh es positiv, so ist es ausgleichende Gerechtigkeit.«

Penelope war der Trauung aus Protest ferngeblieben. Sie mied Einladungen grundsätzlich, war nicht gern unter Menschen. Ihre Mutter hingegen war nicht nur mit einer großen Portion Lebenslust, sondern auch mit einem dicken Fell ausgestattet, und sie war nicht nachtragend. Penelope empfand es als überaus enervierend, mit einer Mutter gesegnet zu sein, deren Optimismus jeden Zweifel niederwalzte und die jede ihrer Einlassungen grundsätzlich ignorierte. Mit anderen Worten, sie fühlte sich von ihr nicht ernst genommen.

»Guten Morgen, Kind!«, scholl es Penelope nun fröhlich entgegen, kaum dass sie die Tür geöffnet hatte. »Überraschung, wir sind zurück! Oh, ich rieche

Kaffee! Das ist übrigens Mario, mein neuer Mann«, zwitscherte Ariadne unanständig munter, während sie an ihrer Tochter vorbei durch die Tür in Richtung Küche rauschte, ihre Handtasche auf einen Stuhl warf und ihr Kopftuch löste, beides von Hermès, und sich sofort an Penelopes Kaffeemaschine zu schaffen machte.

Ihr auf dem Fuße folgte ein gut aussehender junger Mann. Er strahlte seine Stieftochter, die gute zehn Jahre älter als er sein mochte, mit einer Reihe perfekter weißer Zähne an und hob verzeihungsheischend – und eigentlich ganz sympathisch – in einer unnachahmlich italienischen Geste die Hände.

Penelope nickte ihm kurz zu, als ihr siedend heiß ihr Wäscheständer in der Küche einfiel. Sie spurtete los, um das Gestell, an dem ihre Slips und BHs trockneten, in die Abstellkammer zu schieben, noch bevor Mario die Küche betrat. Sie schaffte es, unter den amüsierten Blicken ihrer Mutter, gerade noch rechtzeitig. Penelope blitzte ihre Mutter an und warf dann einen demonstrativen Blick auf ihre Armbanduhr.

Die erklärte jetzt ihrem jungen Gatten: »Nicht wundern, Liebling, meine Tochter sieht zwanghaft alle dreißig Sekunden auf die Uhr. Sie glaubt, die Zeit wäre ihr Sklave, dabei ist es genau umgekehrt. Das bedeutet nicht, dass wir ihr lästig sind.«

Oh doch, es bedeutet genau das, dachte Penelope böse. Sie verübelte ihrer Mutter diesen Überfall nicht nur wegen der Hochzeit mit dem viel zu jungen Italiener, sondern weil sie Frank so schnell ersetzt hatte. Dabei hatte sie immer behauptet, sie würde Frank lieben.

Ihren eigenen Vater hatte Penelope nie kennengelernt, er war noch vor ihrer Geburt gestorben.

Darüber hinaus erzürnte Penelope auch der Hauch von kürzlich genossenem Sex, der den beiden anhaftete. Sie war sich dessen ziemlich sicher. Was sie jedoch an diesem Gedanken hauptsächlich ärgerte, war, dass sie sich deswegen ärgerte. Eigentlich konnte es ihr doch einerlei sein. Sie hatte ihr Leben, ihre Mutter das ihrige – jedoch hielt ihre Mutter sich grundsätzlich nicht an diesen feinen Unterschied, wie Penelope in der nächsten Sekunde erneut feststellen musste.

»Meine Güte, Kind!«, sagte ihre Mutter jetzt kopfschüttelnd, während sie sie auf die gleiche Art musterte wie zuvor der unverfrorene Möbelpacker. »Sag, musst du dich unbedingt wie deine eigene Urgroßmutter kleiden? Deine Metamorphose ist erschreckend. Du warst einmal ein schöner Schmetterling, und jetzt setzt du alles daran, wieder zur Raupe zu werden.« Ihre Mutter machte eine Kopfbewegung zur Abstellkammer hin: »Sind diese Liebestöter in Schlüpferblau dein Ernst? Gab es die im Zehnerpack?«

Penelope hatte längst heiße Wangen, der taxierende Blick ihrer Mutter schmerzte sie beinahe körperlich. Keine Ahnung, wie diese Frau es immer schaffte, sie derart in Rage zu bringen, aber es funktionierte, seit Penelope ein Teenager war. Sie vermutete, dass ihre Mutter Zugang zu Kryptonit hatte.

»Mama!«, entfuhr es ihr genervt. Penelope schwankte zwischen Scham und dem Drang, ihre Mutter samt ihrem Baby-Lover sofort vor die Tür zu setzen. Leider wusste sie aus Erfahrung, dass sich ihre Mutter nicht so leicht vertreiben ließ – nicht, bevor sie ihre gesamte Munition verschossen hatte.

Außerdem ärgerte sie sich über Giacomo. Der hatte sich nämlich von seinem Sessel bequemt und strich nun mit einem behaglichen Maunzen um Ariadnes Beine. Aus für Penelope unerfindlichen Gründen liebte er Penelopes Mutter und biederte sich ihr bei jeder Gelegenheit an. Diese bückte sich und hob den Kater hoch.

Der miese kleine Verräter rieb seine Schnauze sofort vertrauensvoll an ihrer vollen Brust, die Penelope im Verdacht einer kosmetischen Unterfütterung hatte.

»Da ist ja mein kleiner Casanova«, gurrte Ariadne, und zu ihrer Tochter: »Sag, Penelope, könntest du dir vielleicht etwas Anständiges anziehen? Von dem Gesteppten und den Wollsocken kann einem ja schwindlig werden! Und erst deine Haare! Weißt du was, ich mache dir einen Termin bei André! Übrigens, ich bin vorhin im Treppenhaus einem Prachtexemplar von Mann begegnet. Ich habe ihn auf eine Tasse Kaffee zu dir eingeladen.«

Wie bitte? Penelope wich einen Schritt zurück, als könne sie damit einen Abstand zu dem eben Gehörten schaffen. Seit ihre Mutter diesen Mario kannte, kannte sie offenbar keine Hemmungen mehr. Mit diesem jüngsten Eingriff in ihre Privatsphäre konnte sie ihre Tochter jedoch nicht aus der Fassung bringen. Penelope lächelte jetzt mokant, denn für dieses Mal war sie aus dem Schneider: »Ach, du meinst Oliver aus dem Dachgeschoss, Mama? Er ist schwul bis in die Fingerspitzen, wenn ich dich daran erinnern darf …«

»Aber das weiß ich doch, mein Schatz, ich vergesse niemals einen Mann, nicht einmal dann, wenn er immun gegen weibliche Verführungskünste ist«, erwiderte diese und gab ihrer Tochter das Lächeln auf eine Weise zurück, die Penelope in Alarmbereitschaft versetzte. Ariadne kostete den Moment kurz aus, bevor sie fortfuhr: »Ich meinte Blauauge Latzhose.«

»Welche Latzhose?« Kaum ausgesprochen, dämmerte es Penelope. Der Möbelpacker, dem Giacomo direkt vor die Nase gekackt hatte! *Vielen Dank, Mama, man wird ja immer gerne an peinliche Momente erinnert …* »Bist du verrückt?«, entfuhr es ihr ziemlich schrill. »Wie kannst du einen wildfremden Mann einfach so in meine Wohnung einladen?«

»Pah«, erwiderte Ariadne unbeeindruckt, »als wenn es das erste Mal wäre.«

Da hatte sie leider recht, aber das machte es auch nicht besser. Penelope war ihr Aussehen egal, sie musste niemanden beeindrucken, aber ihre Privatsphäre war ihr heilig.

Leider war diese schon durch Mario, Stiefvater Nummer 2, invadiert worden, den sie zeitweilig völlig vergessen hatte und der jetzt wieder in ihr Blickfeld rückte, da er interessiert ihre Kaffeesorte inspizierte.

Während Penelope darauf gefasst war, dass es jeden Moment erneut an der Tür klingelte, überlegte sie fieberhaft, wie sie aus dieser Lage wieder herauskäme, ohne sich der Lächerlichkeit preiszugeben. Sie könnte ja die Tür einfach nicht aufmachen. Oder eiskalt behaupten, die Einladung ihrer Mutter sei ein Versehen gewesen. Sie schloss auch einen Mord an ihrer Mutter nicht völlig aus, doch bevor dieser Gedanke konkreter werden konnte, winkte die schon lässig ab: »Komm wieder runter, Kind, er hat abgelehnt.«

Sie war schon dabei aufzuatmen, als ihre Mutter ergänzte: »Aber er bedankt sich für deine Einladung und lässt dir ausrichten, dass er die nächsten Tage gerne darauf zurückkommt. Tu dir selbst einen Gefallen und zieh dir dafür etwas Nettes an, ja? Wo hast du eigentlich das rote Kleid, das ich dir gekauft habe?«

In der Altkleidersammlung … Der Fetzen war ungefähr so anständig wie das FIFA-Präsidium und höchstens für einen Spaziergang in St. Pauli geeignet – sofern man sein Geld horizontal verdienen wollte. Da sie im Moment noch Latzhosen-Aufschub hatte und die unmittelbare Gefahr einer weiteren peinlichen Situation gebannt schien, besann sich Penelope auf das Gegenwärtige:

»Was macht ihr beide eigentlich so früh am Morgen hier? Sind die Flitterwochen etwa schon vorbei?«

»Leider.« Penelopes Mutter seufzte. »Mario muss zurück in seinen Laden. Falls es dich interessiert, ihm gehört das *Da Mario* am Englischen Garten. Wir kommen gerade aus der Großmarkthalle. Mario hat tonnenweise Muscheln und Fisch eingekauft. Und einen riesigen Hummer.«

Das ließ Penelope stutzen, womöglich hatte sie ihrer Mutter eingangs Unrecht getan, und der Hauch von Sex, den sie dachte wahrgenommen zu haben, rührte gar nicht daher, sondern vom eben gekauften Meeresgetier? Dadurch wäre auch Giacomo ein wenig rehabilitiert. Er liebte alles aus dem Meer, es musste nur frisch sein. Sein Gourmetgaumen kam sie teuer zu stehen.

»Apropos, wusstest du, dass dein David Stammgast im *Da Mario* ist? Ich habe ihn dort kürzlich in Begleitung einer entzückenden jungen Frau gesehen.«

Penelope unterdrückte ein neuerliches Schnauben, während ihr Blutdruck ungeahnte Höhen erklomm. Aus ebenso unerfindlichen Gründen, wie Giacomo ihre Mutter liebte, mochte diese David und hielt weiterhin Kontakt zu ihm; daran hatte auch die Scheidung nichts ändern können.

»Er ist nicht mehr *mein* David«, stellte sie mit mühsam kontrollierter Stimme richtig. Sie hatte ihre Mutter oft genug darum gebeten, ihren Exmann nicht mehr zu erwähnen. David gehörte einer Vergangenheit an, an die sie nicht erinnert werden wollte. Warum fiel es ihrer Mutter so schwer, das zu respektieren?

Mario war ihre Anspannung nicht entgangen: »Komm doch einmal zum Essen in mein Ristorante, Penelope. Du gehörst jetzt zur Familie und bist jederzeit eingeladen.« Er schenkte Penelope ein charmantes Lächeln und fügte hinzu: »Jeden Samstagabend gibt es Livemusik, und es wird getanzt.«

»Das ist eine prima Idee!«, bekräftigte ihre Mutter. »Du hast doch früher so gerne getanzt. Weißt du was, Kind? Vorher gehen wir einkaufen. Ich wette, du hast das rote entsorgt und nicht ein hübsches Kleid mehr im Schrank. Ich hole dich Samstagmittag ab! Danke für den Kaffee. Und jetzt müssen wir los.«

Bevor Penelope noch antworten konnte, dass sie samstags weder Shoppen noch Tanzen im Sinn hatte, waren die beiden schon zur Tür hinaus.

Warum bloß, fragte sie sich jetzt, hinterließ jeder Besuch ihrer Mutter bei ihr das Gefühl, als sei sie in ein Gewitter geraten? Sie konnte den Ozon beinahe auf der Zunge schmecken. Was sie jetzt brauchte, war Ablenkung, etwas, das den Strom, der durch ihr Inneres pulsierte, eindämmte und sie wieder ins Lot brachte. Zeit für ihr Hobby. Darauf freute sie sich die ganze Woche, und ihr Zeitplan sah dafür vier Stunden vor.

Sie räumte den Küchentisch ab, warf ein Wachstuch darüber, holte die entsprechenden Gerätschaften, Werkzeuge und Tonmasse, und begann mit der Arbeit.

Während ihre Hände formten und kneteten, kam sie zur Ruhe und war bald wieder ganz bei sich selbst. In ihrer eigenen Wirklichkeit, in der weder ihr Exmann noch ihre Mutter oder sonst wer eine Rolle spielten. Sie brauchte niemanden, sie war sich selbst genug.

KAPITEL 2

Penelope hatte früh gelernt, sich nicht zu sehr auf andere zu verlassen. Männliche Bezugspersonen hatte es in ihrer Kindheit kaum gegeben. Penelopes Großvater hatte sich noch vor der Geburt seiner Tochter Ariadne aus dem Staub gemacht. Der einzige Kommentar, den die Großmutter je zu ihm abgegeben hatte, war, dass er tatsächlich nicht mehr als den Gegenwert eines Staubkorns besitze. Er sei kein Vater, sondern ein Erzeuger gewesen. Mehr müsse man nicht über ihn wissen.

Das Familienschicksal hatte sich bei Penelope auf tragische Weise wiederholt: Auch sie war vaterlos aufgewachsen, da ihr Vater noch vor der geplanten Hochzeit mit ihrer Mutter Ariadne gestorben war. Sie wusste nicht einmal, wie er ausgesehen hatte, da Ariadne nicht ein einziges Foto von ihm besaß. Aber sie wusste, dass er eine Art Kriegsheld gewesen war. Zumindest war er das in ihrer kindlichen Vorstellung gewesen, was sich freilich mit dem Erwachsenwerden etwas relativiert hatte. Trotzdem gefiel es ihr, in ihm den idealen Vater zu sehen, den sie leider nie gehabt hatte.

Ariadne Paul hatte den amerikanischen Offizier William Peterson 1977 in München kennengelernt, als sie kurzzeitig als Servicekraft in der amerikanischen McGraw-Kaserne angestellt gewesen war. Dann war William Peterson von einem Tag auf den anderen verschwunden, irgendein Einsatz, über den er nicht hatte sprechen dürfen. Bald nach seiner Abreise hatte Ariadne festgestellt, dass sie schwanger war. Als sie wochenlang nichts mehr von Peterson gehört hatte und deshalb bei der zuständigen amerikanischen Dienststelle in München vorstellig wurde, teilte man ihr bürokratisch mit, Captain P. sei im Einsatz für sein Land gefallen. Da sie nicht miteinander verheiratet gewesen waren, hatte sie auf keine weiteren Auskünfte Anspruch. Weder für die amerikanische Armee noch für William Petersons Familie existierte eine Ariadne Paul.

Das war alles, was Penelope je über ihren Vater erfahren hatte, und selbst diese Informationen hatte sie ihrer Mutter aus der Nase ziehen müssen. Früher hatte Penelope das nicht begreifen können, aber heute, nach ihrem eigenen Verlust, brachte sie mehr Verständnis für das Verhalten ihrer Mutter auf, ahnte, dass sie ihren Vater sehr geliebt haben musste und die Erinnerungen an ihn lieber mied, da sie mit Schmerz verbunden waren. Manchmal dachte sie, dass dies dann wenigstens etwas war, was Mutter und Tochter gemeinsam hatten.

Der einzige physische Beweis von William Petersons Existenz im Leben ihrer Mutter, abgesehen von Penelope selbst, war eine Schmetterlingssammlung hinter Glas, die er zurückgelassen hatte. Als Kind war Penelope von den geflügelten Fabelwesen fasziniert gewesen, hatte die Falter stundenlang und voll kindlichem Eifer mit einer Lupe betrachtet, verzückt über die verschiedenen Farben und Größen und die teilweise fantastisch anmutenden Muster, wie sie nur die Natur zu erschaffen wusste. Sie war nie müde geworden, sie mit ihren Buntstiften nachzumalen, und es war ihre Fantasie und nicht die Erinnerung, die die Verbindung zu dem Vater herstellte, den sie selbst nie gekannt hatte. Jeden freien Flecken Wand ihrer häufig wechselnden Wohnungen hatte die kleine Penelope mit Bläulingen, Feuerfaltern, Pfauenaugen, Roseneulen, Smaragdspannern und Glückswidderchen beklebt, bis ihre Mutter einmal lachend angemerkt hatte, sie lebe in einem Schmetterlingshaus. Je älter Penelope jedoch wurde, umso mehr hatte sie sich von dem Tierfriedhof hinter Glas abgestoßen gefühlt. Bis sie irgendwann, sie war ungefähr zehn, ihre Mutter gefragt hatte: »Warum hat Papa die Schmetterlinge nicht leben lassen?«

Da Penelope nie einen Vater gehabt hatte, hatte sie weder ihn noch ein richtiges Familienleben vermisst.

Das änderte sich, als sie auf dem Gymnasium den ein Jahr älteren David kennenlernte. David kam aus einer konservativen bayerischen Familie; der Vater Bürgermeister in einer kleinen Gemeinde in Oberbayern, die Mutter im katholischen Frauenbund und der Nachbarschaftshilfe engagiert. David hatte noch zwei ältere Brüder und eine jüngere Schwester, die Ministrantin war. Das war jetzt in der Kirche erlaubt, weil die Jungs immer weniger Interesse daran hatten – seit man sie nicht mehr dazu zwingen konnte, wie ihr Davids kleine

Schwester erklärt hatte. Da ihre Mutter Ariadne sich nie etwas aus Religion gemacht hatte, waren Penelope Kirchenbesuche fremd. Auch das änderte sich durch ihre Freundschaft mit David, und die gemeinsamen sonntäglichen Gottesdienstbesuche wurden bald zu einem festen Bestandteil ihres Lebens.

Es war eine Bilderbuchfamilie, die Penelope mit offenen Armen aufnahm. Durch sie lernte Penelope zum ersten Mal kennen, was echtes Familienleben bedeutete. Ihre alleinerziehende Mutter war häufig mit ihr umgezogen und hatte sie mit unzähligen Gelegenheitsjobs durchbringen müssen, oft auch nachts im Schichtdienst gearbeitet. Penelope war deshalb viel sich selbst überlassen gewesen, jedoch dadurch früh selbstständig geworden und auch ein wenig ernsthafter als Kinder gleichen Alters.

Und kaum, dass sie achtzehnjährig mit David in das kleine Appartement unter dem Dach seines Elternhauses gezogen war, hatte ihre Mutter Ariadne den reichen, gut fünfundzwanzig Jahre älteren Unternehmer Frank Carstensen geheiratet und im letzten Jahr ein Vermögen von ihm geerbt.

KAPITEL 3

Penelope inspizierte ihren Kleiderschrank. Die Auswahl war so übersichtlich wie eintönig: Hosenanzüge und Faltenröcke in verschiedenen Grauabstufungen, und weil dazu in der Regel Weiß und Creme passten, waren es ausschließlich diese Töne, die den einsamen Kontrast innerhalb ihrer Garderobe bildeten. Früher hatte sie gerne Jeans und T-Shirt getragen, ihr langes, dunkles Haar mit einem Haargummi gebändigt und bequemes Schuhwerk bevorzugt. Seit David sie einmal im Streit eine graue Maus genannt hatte, hatte sie beschlossen, genau das zu sein.

Penelope war zu dem geworden, was ihr Mann in ihr sah, und damit provozierte sie ihn bewusst. Je mehr er von ihr verlangte, ihn beruflich zu unterstützen, umso öfter rebellierte sie dagegen. Sie schnitt ihr Haar ab, das David so geliebt hatte, trug zu Hause nur noch unförmige Pullover, die sie wie ein Quadrat aussehen ließen, in der Schule waren es Faltenrock mit Pullunder. Das war ihre Form des Protests gegen die gesellschaftlichen Zwänge, die David ihr auferlegen wollte – mit dem Ergebnis, dass er immer häufiger abends aus dem Büro anrief, um ihr zu sagen, dass es später werden würde, die gemeinsamen Abende wurden seltener, fanden schließlich kaum mehr statt, das Schweigen zwischen ihnen wuchs.

In einsamen Momenten auf der Couch war Penelope ehrlich genug, sich einzugestehen, dass sie eine Mitschuld an dieser Entwicklung trug. Sie hatte sich nie dafür erwärmen können, David auf die mondänen Partys seiner Auftraggeber zu begleiten, um beim temporär angesagten Modecocktail inhaltsleere Gespräche zu führen, die sich entweder um Aktienkurse und Fonds oder um die neueste Diät oder sonstigen Lifestyle drehten.

Je stärker David auf Penelopes Pflichten drängte, umso mehr verweigerte sie sich dem gängigen Gesellschafts- und Modediktat. Sie fand, David sei ein Snob geworden, was sie ihm auch deutlich sagte. Es war der Beginn bitterer Auseinandersetzungen. Der Anfang vom Ende.

David selbst hatte sehr schnell eine willige Trägerin teurer Abendmode gefunden. Der Klassiker: seine Sekretärin. Fortan repräsentierte diese Dame bei diversen Empfängen, während Penelope lieber zu Hause blieb. Und sich dadurch auch nicht besser fühlte. Sie war klug genug zu erkennen, dass sie die Situation selbst herbeigeführt hatte, aber zu stolz und sicher auch zu stur, um es zuzugeben, grollte lieber David. So wie das Schweigen mit der Zeit zwischen ihnen gewachsen war, reifte auch die Wut in ihr heran.

Als der lange vorausgeplante Urlaub in Positano näher rückte, der auch die Teilnahme an der Hochzeit von Davids Geschäftspartner einschloss, hatte sie gemerkt, dass David wie sie überlegte, Urlaub und Hochzeitsteilnahme abzusagen, doch da jeder darauf wartete, dass der andere den ersten Schritt tat, waren sie am Ende gefahren. Tatsächlich hatte sich der Urlaub besser angelassen als sie gedacht hatte, doch dann entdeckte Penelope Davids ehemalige Sekretärin unter den Hochzeitsgästen, und ihr waren wieder all die Gründe eingefallen, warum sie und David in letzter Zeit so viel gestritten hatten. Dass ihre Probleme ursächlich auch mit Dominik zu tun hatten, versuchte sie wie immer zu verdrängen.

Jedenfalls hatte sie bunter Kleidung lange entsagt. Farben banden Blicke; je unauffälliger man sich anzog, umso mehr verschwand man aus der Wahrnehmung der Menschen. Und das genau war es, was Penelope wollte: unsichtbar sein, der Aufmerksamkeit der Welt entzogen, weil sie das Glück oder die Freude der anderen als unerträglich empfand, ebenso wie ihre Anteilnahme und ihr Mitleid. Ihre Freundin Caroline hatte die Absicht hinter ihrem neuen Kleidungsstil sofort durchschaut. Ihr letzter Kontakt war lange her. Es war nicht so, dass sie Caroline nicht vermisst hätte, aber sie konnte mit deren Direktheit und Ehrlichkeit nicht mehr so gut umgehen wie früher. Sie brauchte niemanden, der sich einmischte und ihr ins Gewissen redete. Es war ihr Leben, und es passte ihr genau so, wie es war.

Penelope entschied sich nun für einen grauen Hosenanzug mit beigefarbener Schluppenbluse. Eine strenge und feierliche Garderobe, die neben dem Unterricht heute noch zwei weiteren Anlässen gerecht werden sollte: Zum einen der anstehenden monatlichen Lehrerkonferenz unter Teilnahme des Schulrats und zum anderen einem Kammermusikkonzert in der Heiligkreuzkirche, bei dem ihr Lehrerkollege Friedrich Lauermann mit seiner Bratsche mitwirkte.

Nachdem sie Giacomo mit frischem Wasser und Futter versorgt und ihn erneut in die Segnungen des Katzenklos eingewiesen hatte, schnappte sie sich Brille, Handtasche und Aktenmappe und verließ ihre Wohnung.

Im Erdgeschoss holte sie ihr Klapprad, das tatsächlich schon etwas klapprig und schwergängig war, aus dem Abstellraum und schob es nach draußen, wo ihr Kollege Lauermann, Physik und Religion, 5. und 6. Klassen, wie an jedem Schultag mit der eigenen Fahrradantiquität bereits auf sie wartete. Ein Teil ihrer Allianz gründete auch auf der Weigerung, sich von lieb und vertraut gewordenen Gegenständen zu trennen, selbst wenn sie dafür zunehmend Unbequemlichkeiten in Kauf nehmen mussten.

Sie begrüßten sich gerade, als wenige Meter hinter ihnen mit quietschenden Bremsen ein Kleinlaster hielt. Oliver und die Möbelpacker-Latzhose, diesmal allerdings in Jeans und Sweatshirt, stiegen aus.

Oliver rief ihr ein fröhliches »Hi, Penelope!« zu, während der Möbelpacker ihr lediglich zunickte, sie jedoch, wie Penelope fand, erneut einer ziemlich ungenierten Kopf-bis-Fuß-Musterung unterzog. Penelope war klar, woher der Wind wehte, und konnte nicht verhindern, dass ihr unter dem intensiven Blick des jungen Mannes das Blut in die Wangen schoss. *Him-*

mel, was hatte ihm ihre Mutter bloß erzählt? Vermutlich dachte der Kerl, sie sei auf unfreiwilliger Sexdiät. Der Gedanke, wie penetrant sich ihre Mutter mal wieder in ihr Leben eingemischt hatte und sie damit einmal mehr in Verlegenheit brachte, warf Penelope kurz aus dem Gleichgewicht, nur deshalb konnte sich die Empfindung durch ihre Synapsen mogeln, dass ihre Mutter, was Latzhose anbetraf, nicht völlig unrecht gehabt hatte. Er sah tatsächlich passabel aus, vorausgesetzt, man hegte eine Vorliebe für den Naturburschentyp. Außerdem, so schätzte sie, war der Mann höchstens Mitte zwanzig – im besten Mario-Alter und damit neuerdings auch dem Beuteschema ihrer Mutter entsprechend.

»Kennst du den Mann?«, fragte Lauermann und schreckte Penelope damit aus ihren Gedanken auf. Reichlich spät wurde ihr bewusst, dass sie sich gerade kaum höflicher verhalten hatte als dieser Möbelpacker. Den Unmut in der Stimme ihres Kollegen registrierte sie hingegen sehr wohl.

»Äh, nein.« Verlegen fummelte Penelope im Fahrradkorb und tat so, als müsse sie den Sitz der verstauten Aktenmappe prüfen.

»Also, ich weiß nicht«, Lauermann senkte zwar die Stimme, fixierte dabei aber auffällig Olivers Begleiter, »auf mich wirkt der Typ sinister. Hast du seine Oberarme gesehen? Der nimmt bestimmt Anabolika.«

»Na ja, er schleppt ja auch den ganzen Tag Möbel durch die Gegend …«, erwiderte Penelope lahm.

»Eben, hier ist Vorsicht angebracht! Diese Umzugsleute spionieren doch herum, wo es etwas zu holen gibt, und nach ein paar Wochen kommen dann irgendwelche Kumpel zum Klauen vorbei.«

Lauermann war erklärter Pessimist und Weltuntergangsprophet. Penelope wusste immer, woran sie bei ihm war, bei ihm gab es niemals Überraschungen. Für Friedrich Lauermann war es die Aufgabe der Physik, vorhandene Phänomene zu erklären, er selber suchte weniger nach Antworten. Die Physik war seine Religion; die meisten Kollegen empfanden Lauermann deshalb selbst als sinister. Tatsächlich kreiste er in seinem eigenen Universum und befand sich meist auf Kollisionskurs mit sich selbst. Es war ihm nur nicht bewusst. Penelope mochte ihn, weil sich hinter seiner schrägen Fassade ein guter Kerl verbarg, er war loyal und verlässlich; ein Mann, mit dem man auch schweigen konnte, der die Stille als Begleiter genauso bevorzugte wie sie. Außerdem stellte er ihr niemals persönliche Fragen wie andere Lehrerkollegen – so wie sie ihn nie fragen würde, warum er mit Mitte vierzig noch immer bei seiner Mutter wohnte.

Sie akzeptierten sich gegenseitig so, wie sie waren. Penelope bezeichnete ihn nicht gerade als Freund, dafür war ihr Miteinander nicht persönlich genug, aber ihr gutes Verhältnis gründete auch in dem Bewusstsein, dass wann immer sie ihn brauchen würde, Friedrich Lauermann zur Stelle wäre. Selbst wenn er mit Sicherheit gewusst hätte, dass am nächsten Tag die Welt unterginge, wäre er bereit, ihr vorher noch beim Umzug zu helfen. Zu spät ging ihr auf, dass dieser Vergleich zum jetzigen Moment nicht gerade förderlich war, da er ihre Aufmerksamkeit unweigerlich zu einem noch immer präsenten Möbelpacker zurückführte; auch, weil sie spürte, dass dieser weiter zu ihr hinübersah.

Wenigstens würde sie nun Ruhe vor ihm haben, nachdem er sie derart gründlich gemustert hatte, egal, wie schmackhaft ihre Mutter sie ihm serviert haben mochte. Ein Mann wie er konnte jede Innenstadtblondine haben. Sie schwang sich auf ihr Rad. »Du solltest nicht so oft Aktenzeichen XY sehen, Friedrich! Und über dein Vorurteil sprechen wir noch. Komm jetzt, wir sind spät dran.«

»Einen Augenblick!« Lauermann bückte sich und korrigierte den Sitz der Fahrradklammer, die sein Hosenbein vor der Kette schützte. »Übrigens«, sagte er und stieg nun ebenfalls aufs Rad. »Ich habe das Sonnensystem-Modell fertig. Wir können das Schwerkraft-Experiment für deine Erstklässler heute durchführen.«

KAPITEL 4

Penelope hatte sich sehr auf das Wochenende gefreut. Die letzten Tage waren aufreibend gewesen, auch weil die Pfingstferien näher rückten und damit die Jahreszeugnisse. Neben den Abschlussarbeiten, die sie für ihre beiden Klassen vorbereiten musste, hatte sie zwei Lehrerkonferenzen und zwei Elternabende absolviert. Darüber hinaus zeichnete sie wie jedes Jahr für den sommerlichen Benefiz-Flohmarkt mit Tombola verantwortlich, der für den ersten Sonntag nach den Pfingstferien angesetzt war. Neben den vielfältigen organisatorischen Pflichten, die diese Aufgabe mit sich brachte, hatte sie diese Woche auch damit begonnen, bei den ortsansässigen Geschäften um Sachspenden zu bitten. Sie könnte sich niemals dazu durchringen, für sich selbst um etwas zu bitten, aber sobald es um ›ihre‹ Kinder ging, waren ihr diese Hemmungen fremd. Hier drängte die frühere Penelope an die Oberfläche, die Unerschrockene und Tatkräftige, die keiner Herausforderung aus dem Wege ging.

Am Vorabend hatte sie noch bis weit nach Mitternacht die ersten Zeugnisbeurteilungen skizziert. Trotzdem hielt sie sich auch an diesem Samstagmorgen strikt an ihren Stundenplan, war wie immer um sechs

Uhr aufgestanden und hatte mit dem Wohnungsputz begonnen. Diese immer wiederkehrende Routine war ihr unverzichtbar geworden, sie gab ihrem Alltag Struktur, war das Korsett, das ihr Leben zusammenhielt. Das hatten sie ihre dunkelsten Stunden gelehrt.

Sie war eben dabei, das Kabel des Staubsaugers aufzurollen, als es an ihrer Haustür klingelte. Sie warf einen Blick auf die Uhr, noch nicht einmal halb neun. Für die Post war es zu früh. Es konnte sich eigentlich nur um ihre Mutter handeln. Penelope blickte kurz an sich herab. Sie trug Leggings und ein ausgeleiertes T-Shirt mit dem berühmten Konterfei Che Guevaras darauf. Es hatte früher David gehört.

Penelope rief den Geist des Revolutionärs und Idols aller Linken an, wappnete sich für die Spitzfindigkeiten ihrer Mutter und öffnete die Tür.

Doch vor ihr stand nicht ihre Mutter, sondern der Mann, den sie ursprünglich Latzhose genannt hatte. Weil sie ungewollt ein Gespräch zwischen Oliver und ihm im Treppenhaus mitgehört hatte, wusste Penelope inzwischen, dass er ein Freund von Oliver war, Jason hieß, und nicht wie irrtümlich von ihr angenommen Möbelpacker, sondern Schauspieler war.

Darüber hinaus war er ihr neuer Nachbar, denn er hatte Olivers Dachgeschosswohnung nach dessen Auszug übernommen. Das wiederum hatte ihr Oliver bei seiner Abschiedstour durchs Haus erzählt. Diesen Jason selbst hatte sie seit letzter Woche nicht mehr gesehen, auch weil sie bewusst jeder Begegnung aus dem Weg gegangen war. Nicht dass sich der junge Mann doch noch auf die Initiative ihrer Mutter besann und aus purer Höflichkeit einen Kaffee bei ihr einklagte, was sie wiederum würde ablehnen müssen. Sie zog es vor, gar nicht erst in diese unangenehme Situation zu geraten.

Der Anblick ihres Besuchers ließ sie irritiert blinzeln, als müsse sie ihre Augen neu justieren. Barfuß, in einem knappen Muscle-Shirt und hüfthoch hängenden Jeans, die jeder Schwerkraft spotteten, war ihr neuer Nachbar das personifizierte Bild frischer Männlichkeit, wie dafür gemacht, um Rasierwasser und Duschgels unter die Leute zu bringen. Und er war nicht allein: Neben ihm ragte ein riesiges Hundevieh mit Silberblick auf, dem sich Penelope fast Aug in Aug gegenübersah.

Normalerweise kannte Penelope wenig Situationen, denen sie nicht gewachsen war. Als Lehrerin für Grundschüler war sie an kreative Alltagsgestaltung gewöhnt, aber jetzt fühlte sie sich sekundenlang seltsam orientierungslos, als hätte sie mit dem Öffnen ihrer Wohnungstür die Tür zu einer dritten Dimension aufgestoßen. Noch skurriler fühlte es sich an, als ihr der neue Nachbar eine Dose Hundefutter von mittlerer Eimergröße entgegenstreckte, eine Bewegung, der der monströse Kopf des Hundes misstrauisch gefolgt war, als fürchte er, sein Herrchen könne *seine* Dose aus der Hand geben.

»Morgen, Penelope!«, schallte es ihr fröhlich entgegen. »Sorry für die frühe Störung, aber Theseus hat Hunger, und ich finde den Dosenöffner in den ganzen Umzugskartons nicht. Kannst du aushelfen?«

Penelope strandete abrupt wieder in der Wirklichkeit. *Theseus? Dosenöffner?* Gefolgt von einem: *Seit wann sind wir per Du?* Ihr Blick erfasste nun auch einen halb verschlossenen Karton, den Jason neben sich abgestellt hatte. Sie musste zweimal hinsehen, aber da lagen tatsächlich Handschellen obenauf, was sofort unerwünschte Assoziationen in ihr auslöste. Auch weil die kleine Buchhandlung um die Ecke ihr Angebot den neuen Bedürfnissen der Leser angepasst hatte – diese schienen zunehmend Appetit auf amourös-kreative Freizeitgestaltung mit Handschellen und batteriebetriebenen Gerätschaften entwickelt zu haben. Die Erkenntnis, dass ihr neuer Nachbar perverse Vorlieben hegte, lähmte kurz ihren Verstand.

Offenbar verstand Jason ihr anhaltendes Schweigen als Aufforderung zur Konversation. »Du stehst auf Che Guevara?« Die Dose in Jasons Hand zeigte jetzt auf ihr Shirt.

Irgendetwas an den Handschellen forderte Penelope heraus, vielleicht war wirklich ein Stück Che in sie gefahren, jedenfalls legte sie los, als müsse sie sich verteidigen: »Sicher nicht. Ich halte Che Guevara für einen linken Träumer, der sich in die Idee verrannt hat, der Welt die sozialistische Revolution zu bringen, und nach ausgeführter Kuba-Mission in Bolivien weitermachte. Mit dem Ergebnis, dass er und seine Handvoll Männer monatelang sinnlos durch ein Land marschiert sind, dessen Bewohner nicht auf sie gewartet hatten. Am Ende waren er und seine Schar krank und halb verhungert, wurden von einem bolivianischen Bauern an die Armee verraten und allesamt erschossen.«

»Wow, gut, dass *du* nicht bewaffnet bist! Immerhin hat es Che auf dein Shirt geschafft, und Jean-Paul Sartre nannte ihn den vollständigsten Menschen unserer Zeit.«

Jetzt hatte er sie. Sie starrte ihn an, als wäre er der Mann im Mond, fasste sich aber schnell. »Jean-Paul Sartre war Vertreter des Existenzialismus und davon überzeugt, dass der Mensch durch seine Geburt dazu verurteilt sei, frei zu sein. Verurteilt, weil er nicht um seine Geburt gebeten hat, frei, weil er für all seine Taten selbst verantwortlich ist. Sartre hat eine Weile mit dem Kommunismus geliebäugelt. Ein Guerillakämpfer wie Che Guevara kam seiner philosophischen Denkweise damals entgegen.«

»Hm, klingt irgendwie, als hättest du ein Problem mit Philosophie?«

Jetzt wurde es Penelope zu bunt. Was wollte dieser Kerl? Sie in einen philosophischen Diskurs verwickeln, das Ganze barfuß und vor ihrer Haustür? »Wollen Sie mit mir über Philosophie diskutieren oder einen Dosenöffner ausleihen?«, schnappte sie. Theseus gab dazu einen Wufflaut von sich. Er war eindeutig auf ihrer Seite.

Doch noch bevor Jason darauf antworten konnte, schoss wie aus dem Nichts eine schwarze Fellkugel an Penelope vorbei, flog durch die Luft wie ein japanischer Ninja und landete mit einem gewaltigen Satz auf Theseus' Rücken. *Giacomo …* Offenbar war der Kater von seinem eigenen Schwung überrascht, denn jetzt saß er ziemlich verdutzt auf der Dogge, die wiederum nicht mit der Wimper zuckte, als hätte sich bloß eine Fliege auf ihr Fell verirrt. Geradezu unverschämt gelassen saß der riesige Vierbeiner da wie ein Schlachtross, das seit Jahren an Reiter gewohnt war. Alles, was ihn interessierte, war die Dose Hundefutter, die er weiterhin mit seinem Sesam-öffne-dich-Silberblick anschielte, während ihm etwas Sabber aus dem rechten Mundwinkel tropfte.

»Schöne Katze«, sagte ihr neuer Nachbar und grinste breit.

Penelope starrte auf die Schmalspurausgabe der Bremer Stadtmusikanten, während Jason die Hand ausstreckte und Giacomo über den Kopf streichelte. Penelope rechnete mit einem Fauchen ihres streitlustigen Italieners, doch der ließ es mit wollüstig zusammengekniffenen Augen geschehen.

Erst ihre Mutter, und nun auch dieser Jason? Sie fühlte sich gerade doppelt verraten. Mit geübtem Griff hob sie Giacomo auf ihren Arm, marschierte in die Küche, holte einen Dosenöffner, überreichte ihn steif und sah damit ihr nachbarschaftliches Soll als erfüllt an. »Legen Sie ihn später einfach vor die Tür.« Bevor sie selbige vor seiner Nase schließen konnte, sagte Jason: »Danke, Frau Nachbarin, auch im Namen von Theseus. Dafür lade ich dich heute Abend zum Essen ein.«

»Danke, nein. Ich gehe nie aus«, lehnte Penelope brüsk ab.

»Heute Abend schon! Ich hol dich um acht Uhr ab. Bye!« Er schnappte sich die Schachtel und sprang leichtfüßig die Treppe hinauf, gefolgt von seinem gefleckten Kalb.

Penelope vergaß beinahe den Mund zu schließen, sie fühlte sich genauso ausgebremst wie eben noch Giacomo. Unglaublich, was bildete sich dieser arrogante Kerl ein? Dass sie mit ihm ausging? Sie hatte ihren Samstagabend längst verplant. Zuhause. Gemütlich und allein. So wie immer. Sie räumte den Staubsauger in den Schrank und widerstand dabei nur knapp dem Impuls, die Tür zuzupfeffern. Sie ärgerte sich über sich selbst, weil sie so aufgebracht war. Vielmehr sollte sie über das absurde Ansinnen des jungen Mannes lachen. Sie atmete einmal tief durch und rief sich ihre nächste Aufgabe ins Gedächtnis: Einkaufen. Ein kurzer Blick auf die Uhr zeigte ihr, dass sie bereits neun Minuten hinter ihrem Zeitplan zurücklag. Das war ihr schon ewig nicht mehr passiert.

Neunzig Minuten später bog Penelope voll beladen mit ihren Einkäufen in ihre Straße ein, als ein knallrotes offenes Oldtimer-Cabriolet so laut und durchdringend neben ihr hupte, dass sie vor Schreck beinahe vom Rad gefallen wäre.

»Huhu, Penelope!«, rief ihre Mutter überschwänglich, fuhr noch einige Meter weiter und hielt dann direkt vor Penelopes Wohnhaus. Im Halteverbot, wo sonst. Penelope hatte es aufgegeben, ihre Mutter darauf hinzuweisen. Es war wie mit Giacomo und dem Katzenklo: vergebliche Liebesmüh.

»Was machst du hier?«, fragte sie, während sie ihre Einkaufstaschen vom Fahrrad pflückte.

»Wir sind doch verabredet. Zum Shoppen, weißt du nicht mehr? Die Jeans stehen dir übrigens hervorragend, Kind. Schön, dass du endlich mal was anderes trägst als diese grauenhaft unförmigen Sachen.«

Penelope hielt beharrlich den Kopf gesenkt, tat so, als suche sie etwas zwischen ihren Einkäufen, damit ihre Mutter nicht sah, dass ihr das Blut in die Wangen schoss. Das Kompliment war ihr unangenehm, da es sie auf das Offensichtliche gestoßen hatte: Sie hatte mit der Jeans einem Impuls nachgegeben. Eigentlich hatte sie sie damals mit ihren anderen Sachen zur Altkleidersammlung geben wollen, aber vor der Abgabestelle wieder aus dem Sack gezogen. Warum, hätte sie damals nicht zu sagen vermocht, ebenso wenig wie sie sich erklären konnte, warum sie die Jeans ausgerechnet heute wieder hervorgekramt hatte.

Impulse waren nicht rational, sie entsprangen dem Unterbewusstsein, waren verschlüsselte Botschaften. Trotzdem durchlebte Penelope gerade einen Moment seltener Klarsicht. Konnte es sein, dass sie es vielleicht aus dem gleichen Grund getan hatte wie damals, als sie Davids Che-Guevara-Shirt mitgenommen hatte? Vor gut fünf Jahren hatte sie bewusst alle Brücken zu ihrem früheren Leben gekappt, und dennoch hatte sie mit Davids Shirt und den Jeans zwei Artefakte aus dieser Zeit behalten. Und damit gegen ihre eigenen Regeln verstoßen. Es war ein höchst ambivalentes, fast verstörendes Gefühl, und sie kam sich gerade vor, als wäre sie nach einem Entzug rückfällig geworden.

Leider musste ihre Mutter jetzt noch einen draufsetzen. »Wirklich, du solltest deine Vorzüge nicht so verstecken, Penelope. Gott sei Dank hast du in letzter Zeit wieder etwas zugelegt, du warst mager wie eine streunende Katze. Endlich sieht man wieder, dass du einen Po hast. Wie ist Ihre Meinung dazu, junger Mann?«

Penelope, die sich eben gebückt hatte, um ihr Fahrradschloss abzusperren, schoss hoch und verfehlte mit dem Kopf nur knapp den Lenker. »*Mama!*«, stieß sie entrüstet hervor. Schon hatte sie Jason entdeckt, der einträchtig neben ihrer Mutter am Wagen lehnte, den Kopf schief gelegt wie ein Wissenschaftler, der im Begriff stand, ein neues Forschungsobjekt in Augenschein zu nehmen. Penelope empfand seinen Blick als genauso unverschämt wie sein freches Grinsen. Außerdem machte er sie verlegen. Der Jeansstoff schien plötzlich auf ihrer Haut zu brennen, und sie nahm sich grimmig vor, das Teil sofort in den nächsten Altkleidercontainer zu stopfen.

Theseus trabte just heran und schnüffelte provokativ an ihrem Sattel, um anschließend seinen mächtigen Kopf in Penelopes Einkaufstasche zu versenken und mit einer Packung Tampons wieder hervorzutauchen.

Penelope hatte dem Treiben der Dogge fassungslos zugesehen, ihr Kopf glühte längst wie eine Infrarotlampe. Sie hätte niemals geglaubt, dass es möglich wäre, sich noch peinlicher berührt zu fühlen, stellte aber fest, es ging durchaus.

Jason trat mit wenigen Schritten heran. Er packte Theseus an seinem Halsband, nahm ihm die Packung aus dem Maul und reichte sie Penelope mit einer Entschuldigung zurück. Penelope rechnete ihm hoch an, dass er sich jeden Anflug von Heiterkeit verkniff – ganz im Gegensatz zu ihrer Mutter, die sich vor Lachen kaum mehr einkriegte. Am liebsten hätte ihr Penelope den Mund zugehalten. Eine Sekunde später dachte sie, hätte sie es nur getan, denn ihre Mutter gluckste: »Herrlich, wie haben Sie ihm das bloß beigebracht?«

»Was Perversitäten angeht, ist Theseus leider ein Naturtalent«, erwiderte Jason trocken und tätschelte den Kopf des Urviehs aller Hunde.

»Na, dann hoffe ich, dass Ihr Theseus nicht auf einem Felsen endet wie sein Namensgeber aus der griechischen Mythologie. Meine Tochter sieht nämlich gerade aus, als hielte sie nach einem passenden Ausschau.«

»Mama!«, wiederholte Penelope. Sie fühlte sich für jede andere verbale Gegenwehr zu schwach.

»Los, los, bring die Sachen rauf, Kind, ich warte hier«, spornte ihre Mutter sie an, während sie Jason mit einem Augenzwinkern bedachte, als wären sie Komplizen.

Penelope runzelte die Stirn, sah rasch von einem zum anderen. Was lief denn hier? Zunächst hatte sie die Szene nur als einen weiteren spontan-perfiden Verkupplungsversuch ihrer Mutter gehalten, aber nun überlegte sie, ob sich die beiden womöglich schon länger kannten und nicht erst seit einer Woche? Das konnte sie ihre Mutter unmöglich fragen, während dieser Jason hier herumlungerte. Penelope zog es deshalb vor, nach oben zu verschwinden, bevor ihre Mutter noch eine weitere peinliche Situation für sie heraufbeschwören konnte – nun, da sie überdies Schützenhilfe von einem Hundemonstrum erhalten hatte, dessen Fetisch offenbar Damenfahrradsättel waren.

Es kam natürlich überhaupt nicht in Frage, dass sie mit ihrer Mutter auf Shoppingtour gehen würde. Der letzte Versuch in dieser Richtung hatte in ein Desaster gemündet. Wenn sie erst einmal oben in ihrer Wohnung und damit in Sicherheit wäre, würde sie Ariadne auf dem Handy anrufen und ihr absagen.

Das Letzte, was sie Jason sagen hörte, bevor sie durch die Haustür verschwand, war: »Schön, wenn Mutter und Tochter etwas zusammen unternehmen. Unsere Mutter ist früh verstorben, und meine Schwester und ich vermissen sie.«

Etwas daran rührte an Penelopes Herz, und ohne dass sie es wollte, verflog der Ärger auf ihre Mutter; plötzlich war ihr ganz versöhnlich zumute, und sie erlag dem zweiten Impuls des Tages. Keine zehn Minuten später trat sie wieder aus dem Haus. Auch wenn Shoppen ihr zuwider war, würde sie heute eine Ausnahme machen.

Drei anstrengende Stunden später setzte ihre Mutter sie zu Hause ab, und Penelope breitete die Einkäufe auf dem Bett aus. Gewollt oder nicht, sie war nun frischgebackene Besitzerin zweier Sommerkleider – eines rot, das andere in unschuldigem Weiß –, einer schwarzen Jeans und mehrerer schicker Shirts, von denen keines auch nur ansatzweise in die Nähe der Farbe Grau rückte, alles von ihrer Mutter ausgewählt und aufgeschwatzt. Sie hatte Ariadnes Vorschlägen ohne besondere Gegenwehr zugestimmt, weil dadurch, so ihr Kalkül, die ungewollte Einkaufstortur umso schneller beendet sein würde.

Zuunterst zog sie ein Paar silberne Sandaletten-High Heels hervor, die sie auf Drängen ihrer Mutter zu dem roten Kleid anprobiert hatte, jedoch niemals vorgehabt hatte zu erwerben. Dazu waren sie viel zu extravagant. Wann hätte sie sie auch tragen sollen? *In der Schule*? Ariadne musste sie hinter ihrem Rücken erstanden und ihr anschließend in die Tasche geschmuggelt haben.

Für Giacomo bildeten die beiden raschelnden Papiertüten einen unwiderstehlichen Anziehungspunkt. Schon mehrmals hatte Penelope ihren aufdringlichen Kater weggescheucht, doch er ließ sich ebenso wenig von ihrem Bett vertreiben wie ihre Mutter aus ihrem Leben. Übermütig sprang er zwischen den beiden leeren Taschen hin und her und trieb dabei allerlei Schabernack mit dem Packpapier. Soeben war er kopfüber in eine Tüte eingetaucht, mitsamt ihr umgefallen, um gleich darauf vorwitzig aus ihr hervorzuspitzen, das linke Ohr von einem Fetzen pinkfarbenem Papier bedeckt. Es sah aus, als hätte er sich eine Blume ins Fell gesteckt. Penelope fand ihn einfach unwiderstehlich, und ihr Herz floss über. Sie herzte und knuddelte Giacomo, bis er schnurrte wie ein Viertakter. Wozu brauchte sie einen Mann, wenn sie ihr Bedürfnis nach Liebe und Zärtlichkeit bei Giacomo stillen konnte?

Ein Blick auf die Uhr zeigte ihr, dass es inzwischen schon nach zwei war. Wegen ihrer Mutter war ihr heutiger Plan völlig über den Haufen geworfen worden. Sie musste gleich zu Trudi runter und ihr die Einkäufe vorbeibringen. Sicher wartete sie schon auf sie.

Trudi war ihre Nachbarin aus dem Parterre, eine reizende alte Dame. Seit einigen Monaten schon erledigte Penelope für sie einen Großteil der Besorgungen. Jedes Mal, wenn sie an die Umstände zurückdachte, die zu ihrer näheren Bekanntschaft mit Gertrude Siebenbürgen geführt hatten, stahl sich ein leises Lächeln in Penelopes Gesicht.

Sie musste sich sputen, wenn sie ihr samstägliches Pensum inklusive eines Plauschs mit Trudi noch schaffen wollte. Die Zeugnisbeurteilungen, die durch die Shopping-Tour liegengeblieben waren, würde sie mit einer Nachtschicht wieder hereinholen. Aber das machte nichts, sie brauchte sowieso nicht viel Schlaf, sie lag oft wach.

Die Zeit, immer wieder die Zeit, sie schien ihr seit damals zum Feind geworden und lag auf ihr wie eine beständige Klage.

Unvermittelt wähnte sich Penelope wieder im Würgegriff ihrer alten Ängste, fühlte sich wie ein Käfer allein mitten auf einem Küchenfußboden, allen Blicken wehr- und hilflos ausgeliefert. Es war die schmerzhafte Gewissheit, dass ihr Leben einen irreparablen Bruch erlitten hatte und nie mehr so sein würde wie zuvor. Um das Schreckgespenst ihrer Vergangenheit im Zaum zu halten, versuchte sie mit wechselndem Erfolg jede Minute ihres Lebens mit Aktivitäten auszufüllen. Sie wollte nicht denken, sie wollte nicht fühlen.

Doch Schuld war eine mächtige Kraft. Geduldig lauerte sie auf den Zeitpunkt, wenn ihr Opfer am verletzlichsten wäre, um genau dann hervorzubrechen und es unter sich zu begraben.

Kapitel 5

PENELOPE UND TRUDI – SIEBEN MONATE ZUVOR

Wohnt man in einem Haus mit mehreren Parteien, kommt man nicht umhin, Einblick in die Lebensgewohnheiten seiner Mitmieter zu gewinnen, und hier und da macht man auch ungewollt Bekanntschaft mit ihren verschiedenen Eigenheiten.

So kannte Penelope das bevorzugte Fernsehprogramm des schwerhörigen Rentnerehepaars unter ihr, wusste, dass die schrullige alte Dame im Parterre, Frau Gertrude Siebenbürgen, nicht nur einen ebenso schrulligen Papagei besaß, sondern auch im Haus über sie gemunkelt wurde, sie würde hier und da ein Likörchen zu viel trinken. Sie war auch damit vertraut, dass das Paar aus dem zweiten Stock Eheprobleme hatte, weshalb der Mann jedes Wochenende die Flucht ergriff und ins Spitzinggebiet zum Wandern fuhr. Und wie das gesamte Haus schüttelte Penelope den Kopf über den betagten Herrn im Dritten, dem das Treppenhaus nie sauber genug sein konnte und der deshalb in einem immer wiederkehrenden Rundbrief (dem ebenso wiederkehrend dieselbe Liste der auszuführenden Arbeiten beilag) alle Bewohner daran erinnerte, die Kehrwoche einzuhalten. Alles in allem war es eine ruhige Hausgemeinschaft, und im Grunde ging jeder seiner eigenen Wege.

Abgesehen von Oliver im Dachgeschoss hatte Penelope nur mit Gertrude, genannt Trudi, einer pensionierten Standesbeamtin, nähere Bekanntschaft geschlossen. Dies war einerseits der Aufgeschlossenheit Trudis zu verdanken – manch einer mochte sie auch neugierig oder gar hartnäckig nennen –, andererseits aber auch einem Zufall.

Seit einiger Zeit schien es nämlich, als habe sich Frau Gertrude Siebenbürgen zu einer leidenschaftlichen Bäckerin entwickelt. Jedenfalls verging kein Tag, an dem nicht der köstliche Duft nach Frischgebackenem vom Parterre ausgehend durchs Treppenhaus zog. Da Frau Siebenbürgen ihre Backwaren großzügig im Haus verteilte, hatte sich Penelope eines Tages revanchieren wollen und mit einer Auswahl Macarons an ihrer Tür geklingelt.

Sie kam sich dabei zwar vor, als würde sie Eulen nach Athen tragen, doch verfolgte sie dabei auch einen kleinen Hintergedanken. Die Backleidenschaft ihrer Nachbarin hatte sie auf eine Idee gebracht. Sie wollte die alte Dame fragen, ob sie das bunte Gebäck aus Frankreich, derzeit der Renner bei den jungen Leuten, für den Nikolausflohmarkt, den sie für ein Kinderhilfswerk organisierte, nachbacken würde. Zu diesem Zweck hatte sie das Rezept fein säuberlich mit Tinte auf Büttenpapier geschrieben, es zusammengerollt und mit einer roten Schleife versehen.

Frau Siebenbürgen hatte ihr damals nicht geöffnet, doch ihr Wohnungsschlüssel hatte von außen gesteckt. Da der Backgeruch verriet, dass etwas im Ofen sein musste, und es auch schon etwas verbrannt roch, hatte Penelope vorsichtig die Tür geöffnet und gerufen: »Frau Siebenbürgen? Ich bin es, Penelope, Ihre Nachbarin!«

Als Antwort erhielt sie einen kaum hörbaren Laut, der sich wie ein melodisches »Adieu?« anhörte, dazu erklang ein leises Glöckchen. Vermutlich lief der Fernseher, anders konnte sich Penelope die Geräusche nicht erklären. Der enge Flur führte geradeaus ins Wohnzimmer mit der integrierten Küchennische. Die Wohnung war klein, wirkte jedoch noch winziger dadurch, dass jeder Winkel mit Büchern, Aktenordnern und Dokumenten vollgestopft war, was Penelope an die Bibliothek eines zerstreuten Professors denken ließ.

Statt eines Fernsehers entdeckte Penelope vor dem Fenster einen bunt gefiederten Papagei auf seiner Stange, der sie interessiert beäugte und ihr nun zweimal hintereinander ein *Adieu* entgegen seufzte und dabei tatsächlich so klang, als müsse er für immer Abschied von seiner Liebsten nehmen. Frau Siebenbürgen selbst war in dem Durcheinander nirgendwo zu entdecken. Sie war auch nicht auf dem kleinen überdachten Balkon, dessen Boden komplett mit Pflanzkübeln bedeckt war, soweit Penelope dies durch die Gardine erkennen konnte.

Sie stellte den Gebäckteller nebst Rezept beim Spülbecken ab, da auch der runde Küchentisch mit Papieren und amtlich aussehenden Dokumenten übersät war. Flüchtig nahm sie auf einem davon das Logo *Moriah* wahr, aber auch nur, weil sie meinte, es von irgendwoher zu kennen. Auf einem aufgeschlagenen Aktenordner lag wie verloren ein geöffnetes Tütchen mit getrocknetem Tee, einige Brösel hatten sich über das Papier verteilt.

Penelope drehte zunächst den Ofen ab, in dem ein bereits bedenklich dunkler Gugelhupf buk. Sie fand es merkwürdig, dass Frau Siebenbürgen ihren Kuchen vergessen haben sollte. Sie klopfte jetzt an eine der beiden Türen, die vom Flur abgingen. Als wieder niemand öffnete, sah sie hinein. Es war das Bad, und es war leer.

Im selben Moment trat Frau Siebenbürgen aus dem anderen Zimmer und zog sofort die Tür hinter sich zu. Sie fuhr sich durch die silbernen Haare, die dieser Geste nicht bedurft hätten, da sie ohnehin perfekt saßen, lächelte und rief in einem Ton, der sich für Penelope seltsamerweise erleichtert anhörte: »Oh, Sie sind das!«

»Ist alles in Ordnung, Frau Siebenbürgen? Entschuldigen Sie bitte, dass ich hier einfach so bei Ihnen eingedrungen bin, aber Ihr Schlüssel hat von außen gesteckt, und da es schon etwas verbrannt roch, habe ich …«

»Freilich, Liebes«, unterbrach die alte Dame Penelopes Erklärung. »Kommen Sie.« Sie nahm Penelope am Arm und führte sie in die Küche. »Dankeschön, dass Sie meinen Kuchen gerettet haben. Und verzeihen Sie die Unordnung«, fuhr sie fort, während sie mit flinken Bewegungen den Küchentisch freiräumte. »Kann ich Ihnen eine Tasse Kaffee oder Tee anbieten? Ach, was haben Sie mir denn da Schönes mitgebracht?«, rief sie, auf das bunte Gebäck zeigend.

»Macarons«, erklärte Penelope, die sich in einer Stimmung gefangen sah, die sie nicht richtig deuten konnte. Es war ein Gefühl zwischen Neugierde und peinlicher Berührtheit; sie kam sich gerade wie ein Eindringling vor, der ungewollt einen Blick in die Privatsphäre seiner Nachbarin getan hatte. Penelope hatte lange genug mit Kindern gearbeitet und dabei ein Gespür dafür entwickelt, wenn eines etwas angestellt hatte; meist wusste sie schon Bescheid, dass etwas im Busch war, kaum dass sie das Klassenzimmer betreten hatte. Jetzt gerade hatte sie dasselbe Gefühl. Etwas an Frau Siebenbürgens Gebaren verriet ihr, dass diese ihr etwas verheimlichte. Ohne dass es ihr richtig bewusst wurde, scannten Penelopes Augen den Raum, wie sie es von ihrer Lehrtätigkeit her gewohnt war.

»Sie haben es bemerkt, oder?«

Penelope zuckte zusammen. Ertappt. Während sie sich umgesehen hatte, hatte Trudi Siebenbürgen sie ebenfalls nicht aus den Augen gelassen.

»Äh, nein, Frau Siebenbürgen, entschuldigen Sie bitte, wenn ich den Eindruck erweckt haben sollte. Ich wollte nicht …«

»Mumpitz. Setzen Sie sich, ich mache uns Kaffee, und dann erzähl ich es Ihnen. Auch wenn unsere bisherigen Begegnungen eher flüchtig waren, wage ich zu behaupten, dass ich Sie ganz gut einschätzen kann.

Es wird sowieso nicht mehr lange zu verheimlichen sein …«

Frau Siebenbürgen füllte bereits Wasser in die Kaffeemaschine, während ihr letzter kryptisch anmutender Satz im Raum nachklang wie der Misston einer Symphonie. Neben ihrem wachsenden Unbehagen verspürte Penelope den Drang, die Wohnung sofort zu verlassen. Das hier fühlte sich nicht richtig für sie an, diese Atmosphäre der Nähe, die ihre Nachbarin mit wenigen Sätzen zwischen ihnen zu schaffen gewusst hatte. Es war ihr unbegreiflich, wie es Frau Siebenbürgen gelungen war, die Distanz, die Penelope stets zu ihren Mitmenschen wahrte, derart mühelos zu überwinden. Nein, es lag ihr nichts daran, diese Bekanntschaft zu vertiefen, sie wollte nicht in die Sorgen oder Intimitäten ihrer Nachbarin eintauchen. Das ging sie nichts an. Doch anstatt sich zu verabschieden, blieb sie sitzen, als hätte Frau Siebenbürgen ihren Willen außer Kraft gesetzt.

Trudi Siebenbürgen wandte ihr den Rücken zu, löffelte Kaffeepulver in den Filter und sagte scheinbar beiläufig: »Ich habe einen Gehirntumor. Inoperabel.«

Penelope schoss aus ihrem Stuhl hoch. »Was?«, rief sie entsetzt. Sie trat zu der alten Dame, hielt kurz befangen inne, doch ihr Bedürfnis, sie spontan in die Arme zu schließen, war größer als ihre Unsicherheit. »Ist es wirklich wahr? Kann man denn gar nichts mehr tun? Ich könnte mich nach einem Spezialisten erkundigen. Ich begleite Sie auch gerne dahin«, sprudelte es aus ihr hervor.

Sanft löste sich Frau Siebenbürgen von Penelope.

»Nein, ich habe genug von Ärzten, das reicht für zwei Leben. Mein Gregor hatte ein schwaches Herz, erst der Schrittmacher, dann die Herzklappe. Er hat das gesamte Spektrum der Apparatemedizin durchlaufen. Mag sein, dass es sein Leben um einige Monate verlängert hat, aber es war mit Strapazen und unerfüllten Hoffnungen verbunden. Am Ende hat er zu mir gesagt, dass er lieber noch ein paar schöne Wochen mit mir zu Hause verlebt hätte als unschöne Monate im Krankenhaus. Ich sehe das genauso. Keine OP, keine Chemotherapie. Punktum. Ich koste das Leben bis zum Ende aus. Und gegen die Schmerzen rauche ich mein Kraut.«

»Welches Kraut?«

Jetzt wirkte Frau Siebenbürgen bass erstaunt. »Ich dachte, Sie hätten es gerochen?« Sie zeigte mit einer Rundgeste erst auf ihren Balkon und dann auf die Schublade, wo sie zuvor das Tütchen verstaut hatte. »Ich baue Hanf an und gewinne daraus Marihuana«, erklärte sie der verblüfften Penelope. »Wenn die Schmerzen zu stark werden, rauche ich ein wenig davon. Darum backe ich so viel, damit der Geruch niemandem im Haus auffällt.«

Penelope trat mit steifen Beinen an den Balkon, schob den leicht transparenten Store beiseite und betrachtete die Pflanzkübel auf dem Boden, über denen eine Natriumlampe brannte. Sie war ihr zuvor entgangen. Botanik war nicht ihr Steckenpferd, aber selbst sie erkannte, dass es sich um Hanfpflanzen handelte. »Bekommen Sie denn keine Schmerzmittel?«, erkundigte sie sich nach dem Naheliegenden.

»Natürlich, aber die Krankenkasse zahlt nur einen Teil davon. Medizinisches Marihuana gibt es nur auf ärztliche Verschreibung, und es ist extrem teuer. Ich gehöre zwar zu den wenigen Auserwählten, die Anspruch auf ein Rezept haben, aber um meine Rente ist es nicht allzu üppig bestellt. Darüber hinaus sehe ich es auch nicht ein, irgendwelche überholten Gesetze mit meinem Geld zu subventionieren und damit Pharmakonzerne zu sponsern«, sagte die alte Dame kampfeslustig. »Also habe ich mich auf andere Weise arrangiert. Ein Leidensgenosse hat mich darauf gebracht und angeleitet. Er war früher Gärtner.«

Na so was, dachte Penelope. So viel zu ihrer Annahme, dass Frau Siebenbürgen entweder sehr schrullig war oder von Zeit zu Zeit etwas zu tief in die Likörflasche schaute. Sie musste dann einfach ein wenig high gewesen sein.

»Nun schauen Sie nicht so bestürzt drein, junge Frau. Jeder Mensch muss sterben.« Frau Siebenbürgen stellte Zucker und Milch auf den Tisch. »Ich bin vierundachtzig. Einundsechzig Jahre war ich mit meinem Gregor verheiratet. Seit vier Jahren bin ich Witwe. Es reicht. Ich hatte ein gutes Leben, und bin mit mir im Reinen. Zeit, dass ich Gregor wiedersehe. Und das ewige Kuchenbacken bin ich auch leid. Sagen Sie, warum schauen Sie eigentlich ständig auf Ihre Uhr? Schon das dritte Mal, seit Sie hier sind. Müssen Sie einen Bus erwischen oder so was?«

»Wie?«, stammelte Penelope. »Äh, nein … Entschuldigen Sie bitte.«

»Sie müssen sich nicht entschuldigen. Das tun Sie

oft, nicht wahr?« Ihre Nachbarin schien kein Blatt vor den Mund zu nehmen, und Penelope fühlte sich unter ihrem wachen Blick unwohl, auf seltsame Weise preisgegeben.

»Das muss Ihnen nicht unangenehm sein, Liebes. Ich sage immer, was ich denke. Die Vorzüge des Alters. Keine Sorge, ich geb schon Ruhe, aber irgendwann müssen Sie mir erzählen, was Sie angestellt haben, dass Sie mit der Miene einer Sünderin herumlaufen und immer in diesem faden Grau, als wollten Sie sich dahinter verstecken. Falls Sie es auch mal versuchen möchten?« Sie zog die Schublade mit dem Päckchen auf. »Es ist durchaus befreiend.«

»Äh, nein, lieber nicht, Frau Siebenbürgen«, winkte Penelope erschrocken ab.

»Schon gut, aber Sie erlauben?« Bevor Penelope reagieren oder etwas erwidern konnte, war die alte Dame in ihr Schlafzimmer geeilt und mit einer Pfeife zurückgekehrt.

Das verschaffte Penelope Zeit, um sich zu sammeln. Was passierte hier gerade? Die Bekanntschaft mit ihrer Nachbarin entwickelte einen ganz eigenen Sog. Sie verspürte den neuerlichen Drang zu gehen, konnte sich der eigenartigen Faszination, die von Frau Siebenbürgen ausging, aber nicht entziehen, als wäre sie in den Bann eines mysteriösen Kraftfelds geraten.

Frau Siebenbürgen zog im Stehen an ihrer Pfeife und paffte mehrmals, bis die Glut neu entfacht war. »Ah«, sagte sie, setzte sich und lehnte sich zurück. »Das tut gut.«

Penelope schob alle anderen Gedanken beiseite. Besorgt fragte sie: »Sie haben wohl sehr starke Schmerzen?«

»Nein, dank meinem kleinen Freund hier nicht.« Sie tippte gegen den Pfeifenkopf und blies ein paar Rauchkringel in die Luft. »Die Pfeife hat früher Gregor gehört. Er nannte sie seine *Adenauer.*« Ihre Nachbarin saß kurz still da, die Hände auf den Armlehnen, den Blick nach innen gerichtet, während ein sanftes Lächeln ihr Gesicht erhellte. Dann wandte sie sich wieder Penelope zu: »Das bleibt aber unser Geheimnis, ja? Nicht die Adenauer, sondern das Dope.«

Sie sagte wirklich *Dope* und kicherte dabei wie ein junges Mädchen. Für einen unsterblichen Augenblick verriet ihr Gesicht die Schönheit früherer Tage, und in Penelopes Brust baute sich ein Druck auf, dass sie glaubte, jede Sekunde in Tränen ausbrechen zu müssen.

Frau Siebenbürgen beugte sich vor und tätschelte ihre Hand. »Das ist doch kein Grund zum Weinen. Wissen Sie, in meiner Jugend haben wir an Kaminabenden oft Fragespiele veranstaltet. Die häufigste Frage war: Wenn du wüsstest, dass du morgen sterben wirst, was würdest du heute, an deinem letzten Tag auf Erden, tun?« Es war tatsächlich eine ernstgemeinte Frage. An Penelope. Auch wenn die Pupillen von Frau Siebenbürgen erweitert waren, ihre Gedanken schienen glasklar zu sein.

Penelope, die sich nun doch eine Träne aus dem Augenwinkel tupfte, antwortete zaghaft: »Einen Apfelbaum pflanzen?«

Frau Siebenbürgen lachte hell auf. »Ja, ja, die lutherische Variante, immer gerne genommen. Sie gibt nichts über einen preis, außer, dass man entweder farblos und unkreativ ist, oder aber etwas zu verbergen hat. Diese Frage ist die Luzifer-Frage, die alles über einen Menschen verrät und seine Seele entblößt – sofern man sie ehrlich beantwortet. Sie sind weder farb- noch fantasielos, Liebes. Bleibt also nur, dass Sie etwas zu verbergen haben.«

Penelope verkrampfte sich erneut. Wann genau hatte dieses Gespräch diese bestürzende Wendung genommen? Sie hatte doch nur Macarons vorbeibringen und Frau Siebenbürgen um einen Gefallen bitten wollen. Was war das gleich noch mal gewesen? Ihre Gedanken glitten unwirklich wie Trugbilder an ihr vorüber, sie bekam sie einfach nicht zu fassen. Sie fühlte eine leichte, nicht unangenehme Benommenheit, und irgendwie begriff sie, dass dies mit dem Marihuana zu tun hatte. Sie hatte wohl zu viel von dem Rauch eingeatmet.

»Och, jetzt habe ich Sie schockiert! Halb so wild, behalten Sie Ihr Geheimnis für sich. Es reicht, wenn Sie meins kennen.« Frau Siebenbürgen wollte aufstehen, fiel aber sogleich wieder auf ihren Stuhl zurück. »Hoppala«, rief sie munter.

Penelope war sofort aufgesprungen: »Geht es Ihnen schlechter? Soll ich Sie ins Krankenhaus bringen?«

»Alles bestens, Liebes, keine Schmerzen. Mir ist nur immer ein wenig schummerig beim Rauchen. Und nenn mich Trudi, ja? Wir haben sozusagen gerade Brüderschaft geraucht.« Sie lächelte wieder auf ihre besondere Art, die in Penelope den Wunsch weckte, alles für diese feine alte Dame zu tun, damit es ihr nur besser ging.

»Irgendwann musst du mir erzählen, wie deine Mutter auf den Namen Penelope gekommen ist. Ich verehre Homer, seine *Ilias* und *Odyssee* sind göttlich! Aber jetzt trinken wir erst einmal ein Gläschen Likör zusammen. Ich mache ihn selbst aus Kirschen, die ich mir auf dem Bauernmarkt besorge. Er ist im Kühlschrank, ich mag ihn gerne frostig. Kleine Gläser findest du im Schrank rechts oben.«

Nachdem Penelope das Gewünschte auf den Tisch gestellt und eingeschenkt hatte, prostete ihr Trudi zu, rief geradezu euphorisch: »Sláinte! Auf die letzten Tage von Pompeji!«, und kippte das Glas in zwei Schlucken hinunter.

Penelope wollte ihr nicht nachstehen, außerdem hatte sie die Hoffnung, der Alkohol könnte sie ein wenig stabilisieren, und tat es ihr gleich. Worauf sie einen Hustenanfall bekam und Mühe hatte, die Flüssigkeit nicht im Raum zu verteilen. *Verdammt, das war im Leben kein Kirschlikör!*

»Was ist das für ein Teufelszeug?«, keuchte sie erschrocken.

»Oje, tut mir leid«, sagte Trudi und wirkte dabei alles andere als betrübt, »er steht wohl schon länger im Kühlschrank. Da wird er immer etwas prozentiger.« Sie gackerte wie jemand, dem ein Streich gelungen war. Im Hintergrund fiel ihr Papagei, der sich in Penelopes Anwesenheit bisher ruhig verhalten hatte, in ihr Gelächter ein. Es hörte sich fast an wie ein zweistimmiger

Kanon. Dann stoppte das Tier abrupt, nur um eine Sekunde später, lautstark und in einer fremden Sprache, erneut loszukrächzen.

Penelope lauschte eine Weile verblüfft, bis der Papagei genauso jäh wieder verstummte. Aufgeregt tänzelte er jetzt auf seiner Stange, plusterte sich auf, wackelte mit den Flügeln und rief mehrmals: »Dankeschön, Dankeschön!«

»Du musst ihm applaudieren«, forderte Trudi sie auf.

Penelope tat wie geheißen und meinte: »Erstaunlich, das hörte sich ja fast an wie eine zornig vorgetragene Marseillaise! Bloß auf Türkisch.«

»Damit hast du gar nicht so unrecht, Liebes. Es ist der türkische Unabhängigkeitsmarsch.«

»Tatsächlich? Wo hat er das denn gelernt?«

»Keine Ahnung. Auch Papageien haben ihre Geheimnisse.« Trudi lächelte verschmitzt, was sie erneut verblüffend jung aussehen ließ. »Mein verstorbener Mann war davon überzeugt, er stamme aus einem Varieté oder einem Zirkus, weil er ganz verrückt auf Publikum ist. Er ist uns vor gut zwanzig Jahren zugeflogen.«

»Wie heißt er denn?« Penelope war aufgestanden und zu dem Vogel getreten. Der Papagei beäugte sie mit schief gelegtem Kopf. Penelope fand ihn wunderschön, das bunte Gefieder leuchtete geradezu; tatsächlich sah er aus wie der Piratenpapagei aus einem ihrer alten Kinderbücher.

»Mein Mann hat ihn *Jekyll & Hyde* getauft. Ich sage meist *Süßer* zu ihm«, beantwortete Trudi ihre Frage.

»Hat das einen bestimmten Grund? Ich meine, warum er Jekyll & Hyde heißt?«

»Na ja, er hat so seine Momente. Gerade hast du ihn als Hyde gehört. Als Jekyll singt er das Lied von Flipper.«

»Dem Delfin?«

»Ja. Hör zu. Wie macht Flipper, Süßer?«

Und wirklich stimmte der Papagei die Erkennungsmelodie der berühmten Kinderserie an. Eine ganze Weile dudelte er vor sich hin, wiegte sich auf seiner Stange und blieb dabei erstaunlich im Takt.

»Ich versuche ihm ja seit Jahren das Lied vom kleinen Gardeoffizier beizubringen. Aber der Kerl ist so störrisch wie ein Muli. Das Einzige, das ich ihm bisher entlocken konnte, ist ein *Adieu.*«

Trudi begann die bekannte Melodie erst zu summen und stimmte dann das Lied selbst an:

Adieu, mein kleiner Gardeoffizier, adieu, adieu.
Und vergiss mich nicht. Und vergiss mich nicht.

Sie hatte eine außergewöhnliche Stimme, samtig-dunkel, mit einem ganz speziellen Timbre; Penelope fühlte sich sogleich an den Gesang von Marlene Dietrich oder Zarah Leander erinnert. »Du hast eine großartige Stimme, Trudi«, stellte sie am Ende bewundernd fest. »Man könnte fast meinen, dass du früher einmal als Sängerin aufgetreten bist.«

Ein kaum wahrnehmbarer Schatten flog über Trudis Gesicht, und ihre schöne alte Hand tastete unwillkürlich nach dem kleinen Ankeranhänger an ihrer Halskette. Penelope bereute bereits, sie gefragt zu haben, als ihr Trudi antwortete:

»Ja, aber in einem anderen Leben, und aus reiner Not. Das erzähle ich dir aber das nächste Mal. *Vielleicht.* Sei so gut«, wechselte sie jäh das Thema, »und gib mir das Bild von meinem Gregor, dort auf der Anrichte.«

Ratlos stand Penelope vor dem Möbelstück, denn bis auf eine Aufnahme, auf der eine sehr junge und hübsche Trudi lachend und Arm in Arm mit einer schönen blonden Frau zu sehen war, zeigten alle Gregor Siebenbürgen, entweder mit seiner Trudi oder alleine.

»Das mit dem Gipfelkreuz im Hintergrund«, fügte Trudi nun erklärend hinzu.

Das Bild von einem jungen Paar mit Stöcken, Rucksack und Wanderkluft, auf dem der Mann zusätzlich ein über der Brust verschlungenes Seil trug, war sepiabraun und schien, der Kleidung nach, mindestens fünfzig Jahre alt zu sein. Doch die Lebensfreude und die Liebe, die aus den beiden einander zugewandten Gesichtern sprachen, lösten in Penelope eine Melancholie aus, die sie völlig unvorbereitet traf. Es war, als wäre dieses Bild ein Spiegel, der ihr zeigte, was sie selbst verloren hatte: Auch sie hatte das pure Glück bereits in Händen gehalten, bis es ihr zerronnen war und sich im schwarzen Nichts aufgelöst hatte. Penelope merkte nicht einmal, dass ihr Tränen über die Wangen liefen, bis Trudi ihr ein Taschentuch reichte.

»Ja, die Liebe löst starke Gefühle aus. Fragst du dich auch manchmal, warum man sowohl in Momenten großer Trauer als auch vor Freude weinen muss?«

Unvermittelt sah sich Penelope von einem ganzen Schwarm widerstreitender Gefühle attackiert. Irgendwo, tief in ihr drin, startete ihre automatisierte Selbstkontrolle und flüsterte ihr zu, das liege nur an Trudis Teufelskirschlikör und sie solle sich jetzt besser zurückziehen. Obwohl sie wusste, dass das Einzige, was sie wieder ins Lot bringen konnte, eben diese Selbstkontrolle war, wusste sie auch, dass sie jetzt weder gehen konnte noch wollte. Eigentlich sollte es ihr peinlich sein, dass sie sich so vor Trudi entblößt hatte. Und dazu hatte es nicht einmal die Luzifer-Frage gebraucht.

Trudi indes bewies Taktgefühl und ließ Penelope Zeit, um sich wieder zu sammeln. Derweil schenkte sie ihre gesamte Aufmerksamkeit dem gerahmten Bild. Mit einer unendlich liebevollen Geste fuhr ihr Finger über das Glas, das betörende alte Gesicht von einem Leuchten verklärt. »Mein Gregor hat immer gesagt, die Liebe sei wie das Wetter. Manchmal zögen Wolken auf, manchmal gäbe es auch ein Gewitter, aber dafür sei die Luft danach umso klarer. Es ist wahr, in der Sonne zu tanzen ist leicht, es im Regen zu tun, das ist die Kunst! Gregor und ich, ach, wir hatten so viele wunderbare Sonnentage. Dafür bin ich dem Schicksal zutiefst dankbar. Glück ist etwas, das man erkennen muss, wenn es da ist, nicht erst, wenn es vergangen ist …« Trudi zog an ihrer Pfeife und sah Penelope dabei forschend an. Es lag eine unausgesprochene Aufforderung in ihrem Blick, doch Penelope war noch nicht so weit, sich zu öffnen; die Zugbrücken ihrer Seele waren hochgezogen, die Seile fest verzurrt und die Mechanik lange eingerostet.

Penelope umging das Minenfeld, das ihre Seele war, indem sie anbot: »Kann ich dir irgendwie helfen, Trudi, etwas tun, um dir deinen Alltag zu erleichtern? Behördengänge für dich erledigen, Lebensmittel einkaufen?«

Doch Trudi schien sie nicht gehört zu haben. Sie war erneut in das Foto versunken. »Gregor hat mir da oben den Antrag gemacht. Dort hat unser gemeinsamer Weg begonnen. Wenn es so weit ist und mein Weg endet, möchte ich auf die Zugspitze.«

Penelopes Reaktion auf Trudis letzten Satz erfolgte verzögert. »Was soll das heißen, wenn es so weit ist?«, fragte sie betroffen. Sie hoffte inständig, dass es nicht das war, was sie vermutete.

»Ja, Penelope, ich möchte da oben auf dem Berg sterben.« Trudi sagte dies mit einer Selbstverständlichkeit, die Penelope als geradezu beängstigend empfand. »Ja ... aber, wie soll das funktionieren? Ich meine, äh ...«, sie geriet unwillkürlich ins Stottern, »einfach so, wie ... wie auf Befehl? Du hast aber nicht etwa vor, dich ...« Sie brachte es nicht fertig, ihren ungeheuerlichen Verdacht bis zum Ende auszuführen.

»Nein, Liebes, ich habe nicht vor, mich einfach so da hinunterzustürzen. Im Krieg habe ich gelernt, dass ein Mensch spürt, wenn der Tod zu ihm kommt«, beruhigte Trudi sie.

Penelope fühlte sich indes nicht beruhigt, sie war über die Maßen aufgewühlt. Mehrere Jahre wohnte sie bereits im selben Haus wie Trudi Siebenbürgen, und es wurde ihr gerade sehr bewusst, dass es an ihr gelegen hatte, dass ihre Bekanntschaft nicht über kurze unpersönliche Begegnungen im Treppenhaus hinaus gediehen war – vielleicht, weil sie von Anfang an das unbestimmte Gefühl gehabt hatte, dass diese ältere Dame über die seltene und von ihr als unerwünscht empfundene Gabe verfügte, den Menschen direkt in die Seele zu blicken. Aus purer Bequemlichkeit hatte sie sich die Meinung der Hausgemeinschaft zu eigen gemacht, die Gertrude Siebenbürgen mit dem Etikett *leicht schrullig* versehen hatte. Dabei hatte sie nicht mehr über ihre Nachbarin gewusst, als dass sie eine pensionierte Standesbeamtin und neuerdings leidenschaftliche Bäckerin war.

Ihre Überlegungen führten Penelope vor Augen, wie oberflächlich und blind sie sich verhalten hatte, wie sehr sie die Welt auf Abstand gehalten und sich in ihrer kleinen Burg verschanzt hatte, so dass sie nicht einmal mitbekam, wie schwer ihre Nachbarin erkrankt war! Plötzlich und ungewollt konnte sie einen Blick auf sich selbst werfen, darauf, wie sie auf andere wirken musste: starrköpfig, verschlossen und ohne Anteilnahme an allem, das nicht unmittelbar ihre Beschäftigung als Lehrerin betraf. War es möglich, dass sie nicht nur den Blick für das Wesentliche, sondern auch sich selbst verloren hatte? Ihre innere Burg ein Ort ohne Luft und Licht war, der sie hatte verkümmern und verdorren lassen wie eine Blume ohne Wasser?

Die beiden Frauen hatten noch eine ganze Weile zusammen gesessen und geredet. Es war der Beginn einer wunderbaren Freundschaft gewesen, und zum ersten Mal seit Langem hatte Penelope die Zeit vergessen.

Penelope schnappte sich jetzt den Korb, stellte die Einkäufe für Trudi zusammen, eilte nach unten und klingelte. Ihr samstäglicher Kaffeeklatsch mit Trudi war ihr zum unverzichtbaren Ritual geworden. Und sie durfte nicht vergessen, Trudi zu fragen, ob sie sie für den Schulflohmarkt wieder mit ihrem Backwerk unterstützen konnte.

Nicht nur verführerisches Backaroma drang ihr durch die Tür entgegen, sondern auch der türkische Sprechgesang von Trudis Papagei. Trudi behauptete, ihr Süßer mache gerade eine heftige Hyde-Krise durch. Penelope, die über ein exzellentes Gedächtnis verfügte, hatte dem Vogel mittlerweile schon so oft gelauscht, dass sie inzwischen glaubte, ein Duett mit ihm anstimmen zu können.

»Da bist du ja, Liebes! Gerade zur rechten Zeit, der Kaffee ist fertig«, empfing Trudi sie. Die alte Dame sah wie immer reizend aus in ihrem dunkelblauen Hosenanzug und der schillernden Pfauenbrosche am Revers. Ihr silberblondes, kinnlanges Haar war frisch gelegt und umrahmte ihr Gesicht in perfekter Symmetrie. Trudis Erscheinung haftete die Eleganz jener glamourösen Fünfziger an, deren Idole Grace Kelly oder Ruth Leuwerik gewesen waren. Trudis adrettes Auftreten kontrastierte mit dem über die Jahre gewachsenen Chaos ihrer Wohnung, in der sie ihre Bücher und Akten auf, neben und unter jedem freien Fleck lagerte. Mit der Zeit waren natürliche Wege durch die aufgestapelten Berge hindurch entstanden. Penelope war inzwischen bekannt, dass Trudi ehrenamtlich für eine Stiftung namens *Moriah* arbeitete. Einmal die

Woche brachte sie für Trudi einen Stapel Briefe mit Spendenaufrufen zur Post.

»Komm!«, forderte Trudi sie auf. »Trinken wir erst ein Likörchen zusammen. Es ist frisch gebraut! Und ich habe mich wieder an Macarons versucht. Verflixte Dinger, eine Partie Schach mit Bobby Fisher ist leichter. Entweder produziere ich Matsch oder Beton«, erklärte sie unbekümmert. »Aber immerhin sind sie diesmal besser geraten als die letzte Fuhre. Ich habe aber auch noch Madeleines gebacken. Die magst du doch so gerne.«

Trudi wartete Penelopes Antwort gar nicht erst ab, eine Eigenheit, die ihre Freundschaft in keiner Weise beeinträchtigte, und entnahm dem Kühlschrank die Flasche Selbstgemachtes. Großzügig schenkte sie ein. Penelope hob ihr Glas und schnüffelte vorsichtig daran. Aus Erfahrung misstraute sie Trudis Braukünsten.

»Der ist weniger stark«, behauptete Trudi und leerte ihr Glas in einem Zug. Penelope nippte nur vorsichtig, aber schon dieser kleine Schluck hatte es in sich. »Trudi, du Biest!«, keuchte sie.

Trudi zuckte nicht mit der Wimper: »Besser, du trinkst ihn. Ich habe nämlich einen Anschlag auf dich vor.«

»Noch einen? Ehrlich, mir hat schon dein angeblich schwacher Likör gereicht«, gab Penelope trocken zurück und schenkte sich eine Tasse Kaffee ein, um das Feuer in ihrer Kehle zu löschen.

»Freches Ding!«, erwiderte Trudi aufgeräumt, während sie ein Streichholz entzündete und ihre Adenauer in Gang brachte. Sie zog mehrmals kräftig daran und lehnte sich dann mit einem entspannten Seufzer zurück. »Erinnerst du dich noch an unser erstes längeres Gespräch im letzten Herbst? Als du mich mit meinem Pfeifchen erwischt hast?«

Diese Einleitung, zusammen mit der Ankündigung eines Anschlags, ließen Penelope aufhorchen. Unwillkürlich drückte sie den Rücken durch, saß stocksteif auf der Vorderkante ihres Stuhls. Wenn Trudi sich so ungewohnt vorsichtig verhielt, anstatt wie üblich direkt und ohne Gefangene zu machen auf ihr Ziel zuzupreschen, war Vorsicht geboten. »Ja, natürlich«, erwiderte sie verhalten.

»Gut, dann weißt du sicher noch, wie ich sagte, dass ich auf der Zugspitze sterben möchte. Es ist so weit, ich spüre, die Zeit des Abschieds rückt näher, und ich habe mir Gedanken über das Wie gemacht. Ich möchte dich heute darum bitten, Liebes, dass du mich dann nach Garmisch bringst. Ich werde an jenem Tag sicher schon ein wenig schwach sein. Den Rest übernehme ich alleine, sterben ist eine intime Angelegenheit. Lass mich einfach ein wenig da oben sitzen, und wenn ich dann gegangen und wieder bei meinem Gregor bin, musst du noch ein oder zwei Aufgaben für mich erledigen. Aber die werde ich dir separat in einem Brief aufschreiben.«

Trudi zog kurz an ihrer Adenauer, und Penelope, die bei Trudis Bemerkung, sie hätte einen Anschlag auf sie vor, schon geahnt hatte, worum Trudi sie bitten würde, nutzte die Gelegenheit, um mit zittriger Stimme anzumerken: »Gott, Trudi, dein Brief wird sich für mich anfühlen, als würdest du aus dem Jenseits zu mir sprechen.«

Es war nicht scherzhaft gemeint, und Trudi verstand es auch nicht so. »Du wirst das aushalten«, entgegnete sie ungerührt. »Du bist stark, viel stärker, als du denkst. Kann ich auf dich zählen?« Sie schaute Penelope offen an.

Die junge Frau erwiderte ihren Blick, erfasste die ihr übermittelte Botschaft: Dies war eine Bitte, keine Pflicht. Trudi ließ ihr die Wahl, sie würde ihre Freundin weder überreden noch drängen.

Auch wenn Trudis Bitte Penelope nicht gänzlich unvorbereitet traf, änderte das nichts daran, dass sie sich vor der Tragweite dieser Verantwortung fürchtete; sie musste sich vergewissern: »Warum ausgerechnet ich, Trudi? Gibt es niemanden sonst in deinem Leben?«

In Trudis Augen trat ein Ausdruck von altem Schmerz – jene Art von stillem Begleiter, der einem allen Mut abverlangte, im Wissen, dass man mit ihm leben musste, wollte man nicht an ihm zugrunde gehen. »Nein, Liebes, es gibt niemanden mehr. Gregor hat seine beiden älteren Brüder in den letzten Kriegstagen verloren, und ich selbst habe schon lange keine Familie mehr. Unser einziger Sohn Peter ist in den Sechzigern bei einem Motorradunfall ums Leben gekommen. Ich habe alle meine Lieben überlebt, eine bittere Laune der Natur. Und die wenigen Freunde, die aus den alten Tagen noch übrig sind, kann ich kaum auf die Zugspitze jagen.« Gedankenverloren schwieg sie eine Weile, den Blick in eine unbestimmte Ferne gerichtet.

Obwohl die Atmosphäre melancholisch aufgeladen und der Anlass ihres Gesprächs wahrlich traurig war, fühlte sich Penelope tatsächlich von einer neuen Stärke durchdrungen, einer Art Gewissheit, dass sie dieser Herausforderung gewachsen war. Ungläubig, beinahe perplex, fragte sie sich, wie das sein konnte? Lag es daran, dass Trudi sie um Hilfe gebeten hatte, sie ihre Freundin Penelope brauchte?

Etwas Unerwartetes passierte gerade mit ihr, es war, als tue sich gerade eine neue Perspektive für sie auf, als richte sich ihr Inneres neu aus. Penelope konnte es sich selbst nicht erklären, da sie sich jahrelang hinter einer imaginären Tür verschanzt hatte. Ihr Kosmos war mit der Zeit auf das eingeschrumpft, was ihr die selbst auferlegten Regeln vorschrieben, ihre primären Fixpunkte bestanden aus Wohnung, Schule und Supermarkt, nicht ein einziges Mal in über fünf Jahren war sie aus München herausgekommen.

Mit leisem Staunen begriff Penelope, dass Trudi Siebenbürgen ihr soeben den Schlüssel zu dieser Tür gezeigt hatte. Es war Jahre her, dass die junge Frau so etwas wie die Ahnung einer Zukunft in sich verspürt hatte, wie der Keim tief in der Erde, der den Ruf des Frühlings vernahm. Im Grunde hatte sie Tag für Tag strikt und kontrolliert nach Plan gelebt wie ein Roboter, ohne Träume und Wünsche. Und wie so oft, wenn ein neues Gefühl über ein anderes die Oberhand gewinnt, schlägt dieses besonders an und treibt einen zu impulsiven Taten. Ohne groß nachzudenken, sagte Penelope: »Weißt du was, Trudi? Ich glaube, ich möchte doch einmal dein *Dope* probieren.«

»Sicher? Aber nur ein Zug von meinem Zauberstoff. Wenn man ihn nicht gewohnt ist, haut es einen schnell aus den Latschen.« Trudi reichte ihr die Adenauer, und Penelope nahm einen vorsichtigen Zug. Und weil sie nichts spürte, zog sie nochmals fester, inhalierte viel zu tief und hastig und büßte es mit einem Hustenanfall, der ihr die Tränen in die Augen trieb.

»Sachte, sachte«, warnte Trudi.

»Puh, das haut aber wirklich schnell rein«, keuchte Penelope. Doch sobald sich ihre gereizte Kehle beruhigt hatte, setzte die Entspannung ein. Unglaublich, wie leicht sie sich mit einem Mal fühlte! Unvermittelt überkam sie die unbändige Lust, aufzuspringen und zu tanzen, das pralle Leben zu spüren, auszubrechen aus ihrer engen kleinen Welt. Es war ein überwältigendes, lange vergessenes Gefühl …

Trudi entwand ihr die Adenauer. »Sag ich doch.« Sie legte die Pfeife auf den Tisch, nahm sich ein pistaziengrünes Macaron und biss hinein. »Mmmh, sehr fein, hätte ich nicht gedacht, dass etwas, das so künstlich aussieht, derart gut schmecken kann. Gut, dass diese hier weicher als die Letzten geworden sind. Ich muss nämlich aufpassen, wegen meinem Gebiss. Sitzt ein bisschen lockerer, seit ich abgenommen habe, nicht, dass es mir noch raushüpft.« Sie kicherte wieder auf ihre unwiderstehlich jungmädchenhafte Weise. Penelope fiel nicht darin ein. Trudis lebensbejahende Art verführte dazu, dass man vergaß, wie schwerkrank sie war, dass sie gute und schlechte Tage hatte.

Heute war kein guter Tag, sie hatte es ihrer Freundin schon bei der Begrüßung angesehen. Aber Trudi hatte ihr gleich zu Beginn ihrer Freundschaft zu verstehen gegeben, und zwar sehr energisch, dass jede Widerrede zwecklos war und dass man sich nicht nach ihrem Befinden erkundigen solle. Trudi mochte keine Fragen nach ihrer Gesundheit oder ihrem Zustand, behauptete, es sei grausam, sie an etwas zu erinnern, an das sie möglichst wenig denken wollte.

Das war Trudis Art, mit ihrer Krankheit umzugehen: sie weitgehend zu ignorieren. Eine Bemerkung darüber, dass sie stark abgenommen habe, war ihr zuvor noch nie über die Lippen gekommen. Es erschütterte Penelope, auch weil nicht zu übersehen war, wie oft Trudi heute nach ihrer Adenauer griff. Ihre Freundin hatte Schmerzen, und Penelope litt mit ihr.

Trudi hatte sie indes nicht aus den Augen gelassen. Penelope war ihr noch immer die Antwort auf ihre Bitte schuldig, und beflügelt durch ihre neu gewonnene Stärke, und sicher auch ein wenig durch Trudis Zauberstoff, versicherte sie ihr: »Du kannst dich auf mich verlassen, Trudi. Ich werde dich zur Zugspitze begleiten.« Dennoch konnte Penelope nicht verhindern, dass ihre Stimme etwas wackelig klang und sich ihre Eingeweide gerade anfühlten, als würden sie in einer imaginären Umlaufbahn um sich selbst rotieren.

»Danke, Liebes«, antwortete Trudi schlicht, weil es darauf nicht mehr Worte bedurfte.

Sie unterhielten sich noch eine ganze Weile, und da sich ihr Stundenplan seit ihrer Shoppingtour sowieso im freien Fall befand, gönnte sich Penelope einen weiteren Zug aus der Adenauer, um das ungewöhnlich gute Gefühl noch ein wenig zu konservieren. Nur vage drang jetzt die Stimme der Pflicht noch hindurch, die sie daran erinnerte, dass sie Hausaufgaben zu korrigieren habe. Allerdings glaubte sie kaum, dass sie heute noch irgendetwas Vernünftiges zustande bringen würde. Zu sehr war sie von Trudis Bitte aufgewühlt, und sie hatte definitiv zu viel von dem Zauberstoff intus. Nicht nur ihr Magen rotierte, auch ihre Umgebung schien in Bewegung geraten zu sein, und ihr Kopf war seltsam leicht, als würde er wie ein Ballon über ihrem Hals schweben. Als Trudis Kuckucksuhr vier Uhr schlug, raffte sie sich dennoch auf, auch weil Giacomo es gewohnt war, dass sie den Samstagnachmittag zu Hause verbrachte. Ihre eigene Bitte an Trudi war ihr entfallen. Sie erinnerte sich erst am nächsten Tag wieder daran – nach einem Abend und einer Nacht, die sie so schnell nicht vergessen würde.

KAPITEL 6

Im Laufe eines Lebens begegnet man immer wieder neuen Menschen.

Die Statistik geht hier, nimmt man ein durchschnittliches Menschenleben von 75 Jahren zur Grundlage, von ungefähr hunderttausend Kontakten aus – wobei ein Bewohner Shanghais zeitlebens mehr Kontakte haben wird als ein kirgisischer Tundrabewohner, der seine Heimat nie verlässt. Die allermeisten dieser Begegnungen sind nur flüchtig, einige wenige prägend.

Soziale Kontakte, darüber ist sich die Wissenschaft einig, sind wichtig für die Entwicklung. Das beginnt mit dem Tag der Geburt. Und manchmal begegnet man einem Menschen, der das eigene Leben für immer verändern wird. Penelope hatte ihn bereits getroffen. Sie wusste es nur noch nicht.

***

Penelope schloss ihre Tür auf und zuckte ungläubig zurück. Kurz fragte sie sich, ob sie sich in der Wohnung geirrt hatte: Wohin sie auch blickte, war der Boden pink getüpfelt. *Giacomo*! Der Kater hatte ihre Nachlässigkeit genutzt und das rosa Papier, in das ihre neuen Kleider eingepackt gewesen waren, in kleinste Atome zerlegt, um diese anschließend in der gesamten Wohnung zu verteilen.

Doch Trudis Zauberstoff schien sie nicht nur high gemacht, sondern auch ihren Putz- und Ordnungszwang weggehext zu haben. Es war ihr nämlich gerade ziemlich egal, wie es bei ihr aussah.

Giacomo, der immer genau wusste, wenn er etwas angestellt hatte und demnach mit sicherem Liebesentzug rechnete, freute sich, dass sein Dosenöffner so guter Laune war und er nicht ausgeschimpft, sondern auch noch mit leckerem Lachs gefüttert wurde! Er belohnte dies mit einem ausgiebigen Anfall von Zuneigung und ließ sich von Penelope länger als sonst beschmusen.

Penelope vertrödelte daraufhin den Rest des Nachmittags, indem sie ihren Kleiderschrank ausräumte, schließlich musste Platz für die neuen Sachen geschaffen werden. Dabei fiel ihr wieder einmal der Karton delikaten Inhalts in die Hand, seit Jahren geisterte er durch die Schränke ihrer Wohnung. Er war ein Geschenk zu ihrem Junggesellinnenabschied gewesen. Sie hatte ihn schon oft entsorgen wollen, allerdings kam der Hausmüll dafür nicht in Frage und schon gar nicht das Recyclingzentrum, auf anzügliche Blicke konnte sie verzichten. Also setzte er seine endlose Wanderung fort und würde sein Dasein – bis zum nächsten Ausmisten – von nun an im Flurschrank fristen. Die geplanten Korrekturen blieben jedenfalls auf der Strecke. Aber ihre gute Stimmung hielt an – bis um kurz nach sechs ihre Mutter anrief.

Offenbar war deren Bedürfnis nach töchterlicher Nähe für den heutigen Tag noch nicht gestillt. Penelope hatte es sich nach einer Dusche eben erst mit einer Tasse Tee und ein paar Keksen auf der Couch gemütlich gemacht, Giacomo an ihrer Seite. Der war allerdings weniger an einer Fortsetzung der Streicheleinheiten als an dem Teller Kekse interessiert.

»Dachte ich es mir doch! Samstagabend, und du sitzt mit deiner Katze auf der Couch.« Penelope wollte sich gerade nach einer versteckten Kamera umsehen, als ihre Mutter bereits weiterredete. »Auf, wirf dich in das neue rote Kleid und komm ins *Da Mario*! Wir beide essen zusammen, und danach ist Tanz angesagt. Mario hat ein paar echt schicke Freunde. Du brauchst endlich wieder einen Mann, der dich flachlegt, sonst setzt du noch Moos an.«

»Mama!«, rief Penelope. Gewöhnlich ignorierte sie die Frivolitäten ihrer Mutter, aber heute antwortete sie mit einem kurz angebundenen »Ich habe keine Zeit«.

»Papperlapapp, du hast nie Zeit! Weil du Angst vor dem Leben hast. Ich verrate dir mal was: Es dauert nicht ewig. Du warst doch früher eine so leidenschaftliche junge Frau! Glaub mir, es ist ungesund, seine Leidenschaften permanent zu unterdrücken. Du kannst dich nicht bis ans Ende deiner Tage mit einer Katze vergraben und deinem Exmann nachweinen, Penelope. Du merkst es selbst vielleicht nicht, aber du stehst kurz davor, zu verbittern.«

Obwohl Penelope hatte ruhig bleiben wollen,

schoss ihr nun doch noch das Blut in die Wangen. *Das war so was von unfair und absolut typisch für ihre Mutter, das jetzt so zu verdrehen! Als wenn sie ihrem Exmann nachtrauerte …*

»Was redest du denn da?«, wehrte sie sich. »Das stimmt doch gar nicht! Ich war es, die David verlassen hat, und nicht umgekehrt!«, rief sie viel zu schrill.

»Nein, Penelope, ich fürchte, da belügst du dich selbst. Das hast du dir mit den Jahren so zurechtgelegt, bis du es am Ende selber geglaubt hast. Die Wahrheit ist, dass du an besagtem Abend einmal mehr heulend und allein in eurem Haus saßest. *Ich* habe dich da rausgeholt. Vielleicht hätte ich das nicht tun sollen. David hat dir Stabilität gegeben, durch ihn warst du stark. Danach fielst du gänzlich in dir zusammen, wie ein Falter ohne Flügel. Seit eurer Trennung läufst du wie eine vertrocknete Jungfer in diesen faden Klamotten durch die Gegend, verkriechst dich hinter all dem Grau. Du atmest vielleicht, aber du lebst nicht.«

Penelope unterdrückte ein weiteres gestöhntes *Mama*. Am liebsten hätte sie aufgelegt. Warum konnte ihre Mutter sie nicht einfach in Ruhe lassen? Ihr Selbsterhaltungstrieb ließ Penelope an der Vorstellung festhalten, Ariadne hätte keinerlei Anteil daran gehabt, dass sie David verlassen hatte. Doch in Gedanken ist sie wieder bei dem Abend, als sie schon packen will, überlegt, wo die Koffer sind. Und dann hatte plötzlich ihre Mutter vor der Tür gestanden …

In diesem Moment erregte eine Bewegung im Augenwinkel Penelopes Aufmerksamkeit, und der Keksteller geriet in ihr Gesichtsfeld – leider leer. Giacomo saß wie die personifizierte Unschuld daneben, leckte sich hingebungsvoll die Vorderpfote und tat so, als hätte er rein gar nichts mit dem Schwund zu tun.

Penelope wollte nicht weiter mit ihrer Mutter diskutieren, weder über ihre Vergangenheit noch über ihr nicht vorhandenes Liebesleben. Also würgte sie sie ab: »Außerdem habe ich heute Abend schon eine Verabredung zum Essen. Tschüss, Mama. Ich muss mich fertig machen.« Und legte auf.

Danach saß sie so lange still, bis ihr Puls sich wieder regulären Werten angenähert hatte. Nach wie vor schlug er bei der Erwähnung Davids aus, sie kam einfach nicht dagegen an. Er war zu lange Teil ihres Lebens gewesen, im Glück und im Unglück. Aber heute schien sich ihr innerer Aufruhr schneller zu legen als sonst. Im Stillen dankte Penelope Trudis Zauberstoff, der hier wohl besänftigend nachwirkte.

Trotzdem war sie immer wieder erschüttert, wie sehr es sie auch nach all den Jahren noch aufwühlte, an jenen Abend erinnert zu werden, an dem sie ihr Zuhause verlassen hatte. David hatte es nicht einmal sofort bemerkt. Sie hatte ihn am nächsten Tag im Büro angerufen und ihn davon in Kenntnis gesetzt. David schlief damals immer öfter im Gästezimmer, wenn es bei ihm spät wurde, mit der Begründung, er wolle sie nicht stören. An jenem Morgen hatte er das Haus bei Morgengrauen und ohne Frühstück verlassen. In den letzten Wochen ihrer Ehe war es nicht unüblich gewesen, dass sie sich 24 Stunden nicht sahen, obwohl sie im selben Haus wohnten. Es war einfacher gewesen, sich aus dem Weg zu gehen, als miteinander zu reden.

Auch wenn sich Penelopes Puls beruhigt hatte, ihre Ruhe war dahin. Sie ahnte, dass ihr heute eine weitere schlaflose Nacht bevorstand, in der sie sich im Bett wälzen würde; viel zu nah waren ihr die Dämonen ihrer Vergangenheit soeben gekommen. Um David aus ihrem Kopf zu vertreiben, musste sie sich unbedingt ablenken. Stand im Kühlschrank nicht noch eine Flasche Prosecco herum, die ihre Mutter irgendwann einmal angeschleppt hatte? Sekt hatte früher immer wie eine Schlaftablette auf sie gewirkt. Einen Versuch war es wert. Außerdem hatte sie schon wieder Durst, obwohl sie seit ihrer Rückkehr von Trudi gefühlte zwei Liter Wasser getrunken hatte. Trudi hatte sie gewarnt, das Dope mache durstig.

Die Flasche entpuppte sich zwar nur als Piccolo, umso beherzter stürzte Penelope sie hinunter. Mit dem Ergebnis, dass sie sich danach munter, geradezu unnatürlich aufgedreht fühlte, von Müdigkeit keine Spur. Sie hätte die Finger von Trudis Zauberstoff lassen sollen. Was jetzt? Sie war zu unkonzentriert zum Korrigieren, zu unruhig zum Fernsehen oder Lesen.

Rastlos tigerte sie durch die Wohnung, zog Schubladen auf, kramte und stöberte umher, als handle es sich nicht um ihre eigene Bleibe. Dabei hätte sie nicht zu sagen vermocht, was sie eigentlich antrieb oder wonach sie suchte. Sie, die seit Jahren nach einem strikten Zeitplan lebte, verhielt sich nun völlig kopflos. Mittlerweile fand sie den Gedanken, sich umzuziehen und ins *Da Mario* zu fahren, gar nicht mehr so abwegig.

David und sie waren früher oft tanzen gegangen, es war ihr gemeinsames Hobby gewesen. Sie hatte sogar ein paar silberne Profi-Tanzschuhe besessen, doch auch diese waren zusammen mit dem Rest ihrer Sachen im Caritas-Container gelandet. Sie war damals so voller Zorn und Selbsthass gewesen und hatte sich vorgemacht, auf diese Weise ihr altes Leben abschütteln zu können, es von sich zu streifen wie ihre Kleidung. Aber gegen die eigenen Erinnerungen war sie machtlos. Sie hatte die leidvolle Erfahrung gemacht, dass je mehr sie sich gegen sie zu wappnen versuchte, sich innerlich verhärtete, sie sie nur umso mehr bedrängten, ihr den Schlaf und die Ruhe raubten. So wie jetzt. Doch heute war es irgendwie anders. Heute verspürte sie den Drang, etwas anzustellen, sich auf dieselbe verrückte Weise auszutoben wie ihr Kater, der ihr ein pinkfarbenes Papierschnipselchaos beschert hatte, das sie im Übrigen längst hätte beseitigen müssen. Stattdessen setzte sie die unstete Inspektion ihrer Wohnung fort, als läge das Geheimnis ihres momentanen Gefühlszustands dort verborgen.

Das unterste Schubfach der Flurkommode ließ sich nicht mehr völlig schließen, sie zog es daher ganz heraus. Ganz hinten stieß sie auf ein noch verpacktes Weihnachtsgeschenk. Vage erinnerte sie sich daran, dass es von ihrer Mutter stammte, aber da sie sich an diesem Tag gestritten hatten, die übliche Vorhaltung, sie würde sich verkriechen, hatte sie die kleine Schachtel wütend verstaut und danach vergessen. Sie riss sie nun auf und fand darin einen Reisegutschein für eine Fernreise ihrer Wahl und einen Bikini, der aus nicht mehr als drei winzigen Dreiecken bestand. Natürlich in Rot. Die Lieblingsfarbe ihrer Mutter. Er war schick, aber alles andere als schicklich, wie sie beim Anprobieren feststellte. In der Schachtel lag noch etwas. Ein Ladyshaver. Ihre Mutter dachte nicht nur gerne frivol, sondern auch praktisch. Penelope überlegte, dass es vielleicht keine so schlechte Idee sei, wenn sie sich nach langer Zeit mal wieder ihrer Bikinizone widmete. Und da sie schon dabei war, legte sie gleich noch bei Achseln und Beinen Hand an.

Der rote Bikini lenkte ihre Gedanken beinahe zwanghaft auf das rote Kleid, auf den Samstagabend mit Tanz im *Da Mario*, und dazu knurrte ihr der Magen, weil Giacomo ihre Kekse gefressen hatte. Um der Versuchung zu widerstehen, schlüpfte sie rasch zurück in ihr bequemes Couch-Outfit, holte sich frische Kekse, setzte sich, schlug ihr Buch auf und gleich wieder zu. Nichts zu machen, auf diese Weise kam sie nicht zur Ruhe. Dabei hätte sie genug zu tun: Hausarbeiten korrigieren, Schulaufgaben vorbereiten, Papierschnitzel einsammeln, doch zu keinem davon konnte sie sich auch nur ansatzweise aufraffen. Da besaß sie diese unerklärliche überschüssige Energie, und was tat sie? Nichts, außer zu überlegen, was sie tun konnte. Sie drehte sich im Kreis.

Vielleicht würde es helfen, sich ihren Stundenplan für die nächste Woche vorzunehmen? Sie musste eine Lücke finden, in der sie die silbernen Sandaletten zurückbringen konnte, die sie sowieso niemals tragen würde. Sie hatte sie in die Tüte zurückgepackt, doch nun holte sie sie nochmals hervor und schlüpfte ein letztes Mal hinein. Sie passten wirklich perfekt, aber irgendetwas fehlte. Hatte ihr ihre Mutter nicht auch einmal Nagellack geschenkt? Und hatte sie das Fläschchen nicht gerade irgendwo gesehen? Sie wurde in ihrer Kochlöffelschublade fündig, weiß der Geier, wie es da gelandet war.

Kurz darauf zierte ihre Fußnägel ein blutroter Ton. Wenn ihre Mutter sie so sehen könnte! Sie fiel heute völlig aus der Rolle, verplemperte ihre Zeit mit unsinnigem Tun und müsste deswegen eigentlich ein schlechtes Gewissen haben, stattdessen fühlte sie sich weiterhin seltsam aufgekratzt. Nach dem Dope hätte sie die Finger lieber vom Prosecco lassen sollen. Am besten, sie dachte gar nicht weiter darüber nach, dieser Zustand würde vorübergehen, spätestens morgen wäre sie wieder die Alte.

Sie musterte sich vor dem Flurspiegel, begutachtete ihre Füße in den Riemchensandaletten. Der rote-Lack-Effekt wirkte im Kontrast zu ihrer weißen Haut ansprechender als gedacht. Sie hatte zwar dunkle Haare, die sie inzwischen wieder auf ihre alte Länge hatte nachwachsen lassen, weil der Pferdeschwanz für sie die bequemste Frisur bedeutete, aber eine sehr helle, beinahe durchscheinende Haut. David hatte sie deshalb früher zärtlich sein ›Schneewittchen‹ genannt. Wie kam sie ausgerechnet jetzt auf den Kosenamen? Verdammt, er wirkte auf sie wie eine jähe Passage in die Vergangenheit, und erneut tat sich eine Tür auf in jene Zeit, als ihre Liebe ihren Anfang genommen hatte und ihre Welt noch voller Träume gewesen war. Minutenlang verlor sie sich darin, vergaß alles um sich herum.

Die Türklingel schreckte sie aus ihren Erinnerungen auf und katapultierte sie unsanft ins Hier und Jetzt zurück. Penelope wettete auf ihre Mutter und war daher versucht, die Tür gar nicht erst zu öffnen. Schon klingelte es ein zweites Mal. Giacomo stand längst vor der Wohnungstür und maunzte in Beatles-Lautstärke.

Penelope dachte, besser, sie brächte es hinter sich, sparte sich den Blick durch den Spion, riss die Tür auf und fand sich unvermutet ihrer Freundin Trudi gegenüber. Die hielt ihr einen Teller Madeleines entgegen: »Schau, Liebes, die hast du vorhin bei mir vergessen.«

»Du bist meine Rettung, Trudi«, seufzte Penelope erleichtert. Neben ihr machte sich Giacomo ganz lang und schielte gierig auf den Teller. Jemand kam just hinter Trudi die Treppe heruntergesprungen. Jason! Er stoppte neben ihrer Freundin. In seinen khakifarbenen Chinos und dem weißen Hemd, das seine Sommerbräune unterstrich, sah er erneut aus wie einer Werbung für Jugend und Frische entsprungen.

»Wow, Madeleines!«, rief er enthusiastisch. »Da läuft einem ja das Wasser im Mund zusammen!« Er strahlte Trudi an, als hätte sie ihm gerade Salomons Gold versprochen, schnappte sich ungeniert eine und biss lustvoll hinein. »Lecker!«, sagte er mit vollem Mund und strich sich einen verirrten Krümel von den Lippen. Penelope folgte der Bewegung seines Fingers mit den Augen.

Und sie war nicht die Einzige. Penelope sah, dass auch Trudi Jason betrachtete wie eine verbotene Süßigkeit. Sie stand ganz anders da, irgendwie aufrechter, straffer. »Sie können gerne einen ganzen Teller davon haben, junger Mann!«, bot ihm Trudi mit einem geradezu verträumten Lächeln an.

»Jederzeit«, Jason nahm sich noch ein Gebäck, »aber heute bin ich mit ihrer reizenden Nachbarin zum Essen verabredet.« Nun galt sein Strahlen Penelope.

»Oh!« Trudi sah neugierig von ihm zu ihr. Penelope trug ein altes, zu kurzes Adidas-Tanktop, das ihren Bauchnabel freiließ, plus ihre ausgewaschene dunkle Trainingshose. Dazu muteten die Silbernen mit den lackierten Fußnägeln wie ein Fremdkörper an. Es war albern, aber Penelope kam sich mit einem Mal vor, als sei sie bei etwas Verbotenem ertappt worden. Am liebsten hätte sie ihre Füße irgendwie verschwinden lassen. Samt den verflixten High Heels.

»Hippes Outfit«, sagte Jason. »Steht dir super, Penelope. Das ist jetzt der letzte Schrei in den Clubs.«

Penelope überkam der Wunsch, jetzt auch zu schreien. Sie war von der Situation völlig überfordert, zumal Trudi ihrem Nachbarn auch noch Vorschub leistete, indem sie sagte: »Dann wünsche ich den jungen Leuten einen schönen Abend! Amüsiert euch.« Letzteres sogar begleitet von einem Zwinkern!

Jason, der Trudi den Teller mit dem Gebäck abgenommen hatte, fasste mit der anderen Hand wie selbstverständlich nach Penelopes Ellbogen und schob sie in ihre Wohnung.

»Nett hast du es hier, und ziemlich viele Bücher«, sagte er, während er schnurstracks ihr Wohnzimmer anpeilte und Trudis Teller auf dem Couchtisch abstellte. Dort, wo neben ihrer Teetasse und dem Teller noch die leere Flasche Piccolo nebst Nagellack standen. Ihre ganze Wohnung roch nach der aufdringlichen Tinktur. Und nach Parfüm. Beim Stöbern nach dem Lack war Penelope auch eine Parfümflasche in die Hände gefallen, und versehentlich hatte sie den Zerstäuber betätigt. Jetzt fand sie sich, lackiert und parfümiert, mit ihrem gut aussehenden Nachbarn wieder, der partout mit ihr ausgehen wollte. Ungläubig fragte sie sich, wie ihr die Dinge derart hatten entgleiten können.

»War das dein Kater?«, fragte Jason lächelnd und bückte sich nach einem der pinkfarbenen Fetzen.

Das war Penelopes Stichwort. Sie musste den Teller Madeleines in Sicherheit bringen, wenn er nicht ein weiteres Opfer katerlichen Mundraubs werden sollte. Sie nahm das Gebäck, sagte: »Ich muss das mal kurz wegräumen«, ging in die Küche und deponierte es in ihrer Abstellkammer.

»Du töpferst?«

Penelope fuhr herum. Sie hatte nicht bemerkt, dass Jason ihr in die Küche gefolgt war.

Oh Gott, hoffentlich hatte er ihre Figuren nicht gesehen! Sie verspürte einen Anflug von Ärger. *Ganz ruhig, Penelope*, ermahnte sie sich selbst und atmete tief durch. »Ja, ich bin ein wandelndes Klischee. Lehrerin, Single, mit Katze und Töpferscheibe«, erwiderte sie schnippisch. Es bereitete ihr Schwierigkeiten, dass sich dieser Jason an keine der herkömmlichen Anstandsregeln hielt. Er betrat quasi ungefragt ihre Wohnung, spazierte darin herum und duzte sie frech. Kurz fragte sie sich, ob der junge Mann bei ihrer Mutter in die Lehre gegangen war? Sein Selbstbewusstsein jedenfalls war beeindruckend. Vielleicht war es auch einfach nur jugendliche Unbekümmertheit. Oder Unverschämtheit. Auf jeden Fall entwaffnend.

Es entstand eine kurze Pause. Jason sah sie an wie ihre Grundschüler, wenn sie ihnen etwas besonders Eindrucksvolles verkündet hatte wie zum Beispiel, dass die Erde rund war und sie trotzdem nicht von ihr herunterfielen, weil es etwas gab, das sich Schwerkraft nannte. Natürlich, konstatierte Penelope weiter, dieser Jason war schließlich Schauspieler und übte sich vermutlich gerade an einer neuen Rolle. Zum Beispiel der: *Wie bringe ich eine ältere Lehrerin aus dem Konzept?* Er hatte seinen Spaß gehabt, sicher würde er jetzt gehen, und sie konnte endlich in Ruhe ihren Samstagabend genießen.

Stattdessen bot er ihr galant seinen Arm und sagte: »Ich habe einen Tisch für zwei bestellt. Wollen wir gehen?«

Jetzt war sie wirklich aus dem Konzept gebracht, ihre Beine fühlten sich gerade an, als hätten *sie* kurzzeitig das Prinzip der Schwerkraft vergessen. Alles, was sie zustande brachte, war ein gehauchtes »So?«, während sie an sich herabsah.

»Du siehst absolut heiß aus, Penelope«, sagte Jason, während er sie von Kopf bis Fuß anerkennend musterte.

Penelopes Blutdruck erklomm unbekannte Höhen. Dieser junge Kerl veralberte sie doch nach Strich und Faden! Obwohl ihr bewusst war, dass sie wegen des Gesprächs mit Trudi und dem Telefonat mit ihrer Mutter innerlich im Aufruhr war, und sie überdies einen Marihuana-Prosecco-Cocktail im Blut hatte, was vermutlich ihre ungewohnte Reaktion auf Jason erklärte, trieb es sie darüber hinaus dazu, etwas zu sagen, was ihr sonst niemals in den Sinn gekommen wäre: »Setz dich, Jason. Ich ziehe mich kurz um, dann können wir gehen.«

Als sie eine knappe Viertelstunde später in dem roten Etuikleid und den neuen silbernen Sandaletten, die dunklen Haare offen und flüchtig mit Lockenstab bearbeitet, ins Wohnzimmer zurückkehrte, fühlte sie sich unter Jasons beifälligem Blick wie eine Bombe, bereit, irgendwo einzuschlagen.

KAPITEL 7

»Du hast *hier* einen Tisch reserviert?« Penelope glitt von der Vespa, auf der sie wegen des engen Kleids seitlich gesessen hatte, und lockerte den Seidenschal, mit dem sie ihr Dekolleté geschützt hatte. Ungläubig starrte sie auf das Schild auf der anderen Straßenseite.

Das konnte nicht wahr sein! Es gab über dreihundert italienische Restaurants in München und Umgebung, und sie mussten ausgerechnet im *Da Mario* landen? Klebte ein Zettel mit der Aufforderung ›Blöder Zufall, nimm mich!‹ auf ihrer Stirn? Penelope schätzte die Wahrscheinlichkeit, hier ihrer Mutter zu begegnen, auf sichere 120 Prozent; damit waren Peinlichkeiten und Katastrophen Tür und Tor geöffnet. Breite Portale, durch die sie ohne Frage mit den ungewohnten High Heels stolpern würde.

»Möchtest du den Helm nicht abnehmen?«, fragte Jason sie. Er stand dicht vor ihr und sah sie mit einem Lächeln an, das schwer zu deuten war. War es möglich, dass er sich schon wieder über sie lustig machte?

Penelope widerstand dem kindischen Impuls, den Kopf zu schütteln, denn sie hätte den Helm jetzt wirklich gerne aufbehalten. Er schützte sie vor der Realität.

Sobald sie ihn abnahm, würde sie wieder Penelope Arendt sein, Lehrerin, Single und Katzenbesitzerin, und nicht mehr die Frau im roten Kleid, die auf einer Vespa dem ersten Date seit sie-wusste-nicht-mehr-wann-das-eigentlich-gewesen-war entgegenfuhr. Und das mit einem Mann, den, wie sie sich jetzt eingestand, eine ganz besondere Aura umgab, als wisse er, wie man das Leben in all seinen Facetten genießt. Ungewollt waren ihre Hormone in Schwingung geraten und signalisierten ihr, dass ihre Weiblichkeit noch intakt war.

Durch das Visier fing sie jetzt Jasons Blick auf. Er stand so nah vor ihr, dass sie die helleren Sprenkel in seinen tiefblauen Augen wahrnehmen konnte. Obwohl sie sich nicht berührten, glaubte Penelope Jasons Präsenz beinahe physisch spüren zu können; plötzlich fühlte sich ihre Körpermitte wie ein Schwarm Schmetterlinge an. Was war bloß mit ihr los? So kannte sie sich nicht! Es war für sie eine überaus ernüchternde Erfahrung, sich den eigenen Begierden ausgesetzt zu sehen. Vermutlich lag es bloß daran, dass sie noch immer auf einer Marihuanawolke dahinrauschte; tatsächlich fühlte sie sich sehr leicht, auf eine Art belebt, die sie überraschte und auch ein wenig erschreckte. Sie schickte deshalb eine mentale Notiz an sich selbst, Trudis Adenauer künftig zu meiden, sie sah ja, wohin das führte: Zu einer nächtlichen Vespafahrt mit einem viel zu jungen Mann – und zu einem Summen im Blut, das ein lang verschüttetes Gefühl in ihrem Inneren erweckt hatte.

Besagter junger Mann war keinen Zentimeter gewichen, er nahm ihr allein durch seine Gegenwart den Atem. Als genügte diese Nähe nicht, sah Jason sie dabei auf eine Weise an, die sie noch mehr verwirrte, denn es lag keinerlei Anzüglichkeit darin. Vielmehr vermittelte er den Eindruck, als könne er direkt durch den Helm hindurch hinter ihrer Stirn ablesen, was sie gerade dachte. Und fühlte. Wenn sie den Helm jetzt nicht abnähme, machte sie sich nur lächerlich. Noch lächerlicher, als sie sich längst vorkam. Sie streifte ihn sich vom Kopf und fuhr sich verlegen durch die langen Haare.

Jason tat so, als hätte er ihr Zögern nicht bemerkt. Er verstaute die beiden Helme, entnahm dem Gepäckfach ihre Handtasche, griff wie selbstverständlich nach ihrer Hand und zog sie mit sich über den Parkplatz zur Straße. Penelope setzte sich automatisch in Bewegung, im ersten Moment zu verblüfft, um dagegen zu protestieren.

»Ich hoffe, du magst Italienisch? Hier gibt es die beste hausgemachte Pasta. Der Fisch ist auch sehr gut, wenn du das lieber hast.«

Penelope sah verwundert auf ihre ineinander verschlungenen Hände. Jasons Finger waren warm und kräftig, und die Berührung brachte sie erneut aus dem Gleichgewicht. Sie war so durcheinander, dass sie Schwierigkeiten hatte, einen klaren Gedanken zu fassen. *Fokussiere dich, Penelope*, spornte sie sich an, *ordne deine Gedanken und finde dein Lot*. Was konnte schon passieren? Dass sie ausgerechnet ihrer Mutter über den Weg lief, während sie selbst das allererste Date seit David hatte? Sie gestand sich ein, dass sie eine Begegnung mit ihr nur deshalb als peinlich empfinden würde, weil Jason um einiges jünger war als sie – was genau das war, was sie ihrer Mutter vor ihrer Hochzeit mit Mario vorgeworfen hatte: dass er viel zu jung für sie sei. Was sie wieder einmal lehrte, dass man sich vor vorschnellen Urteilen hüten und sich schon gar nicht in das Leben anderer einmischen sollte. Am Ende holte einen die Duplizität der Ereignisse immer ein.

Der Gedanke ließ sie abrupt innehalten, und sie zwang damit auch Jason, stehen zu bleiben. Vielleicht brauchte sie diesen Realitäts-Check, musste den realen Altersunterschied von ihm hören. Eine kalte Dusche in Zahlen. Vielleicht würde dann ihr Verstand wieder einsetzen, den sie offenbar kurzzeitig verloren hatte. Und vielleicht brachte es auch Jason auf den Boden der Tatsachen zurück, wenn er *ihr* Alter erfuhr. Aber zuerst musste er ihr seines nennen. »Wie alt bist du eigentlich, Jason?«, fragte sie ihn.

»Ist das für dich wichtig?«, fragte Jason eher beiläufig zurück.

»Na ja, immerhin bin ich um einiges …«

»Huhu, Kind, da bist du ja«, erscholl es fröhlich hinter Penelope und dann, zwei Nuancen tiefer, Jason zugewandt: »Hallo, schöner junger Mann!«

»Ariadne! Sie sehen entzückend aus. Das blühende Leben!« Jason hielt sie an ausgestreckten Händen von sich, und Penelopes Mutter drehte unter seiner Führung eine kokette Pirouette. Ariadne trug enge Jeans, rote Ballerinas und ein weißes Spaghettitop mit Paillettenapplikationen, das ihren fülligen Busen betonte. Und – ihre Mutter dachte an solche Details – einen ebenso roten Büstenhalter, der unter den dünnen Trägern hervor blitzte. Unmöglich für eine Frau in ihrem Alter, so fand jedenfalls Penelope.

Sie hatte ja damit gerechnet, hier ihrer Mutter zu begegnen, aber musste das ausgerechnet jetzt sein? Manchmal kam es Penelope vor, als sei ihre Mutter mit einem Radar für unpassende Momente ausgestattet. Hier und jetzt hätte Penelope gerne gewusst, wie alt Jason war, doch im Beisein ihrer Mutter konnte sie nicht danach fragen. Von beiden untergehakt wurde sie, so kam es ihr vor, ins *Da Mario* verschleppt, wo sie der Chef überschwänglich begrüßte. Das bedeutete Herzen und Küssen unter lauten Willkommensrufen, Weiterreichung an einen Mario-Bruder, eine Mario-Schwester, den Cousin und einen Freund des Cousins. Das ganze Lokal nahm Anteil an dem Halali.

Bis Penelope mit Jason an einem Tisch saß, war ihr heiß und schwindelig. Doch sofort standen wie von Zauberhand ein gekühlter Aperitif und eine Flasche Weißwein vor ihnen, noch bevor die Karte gereicht wurde. Die erwies sich aber als nicht notwendig.

Schon erschien Mario, empfahl die besonderen Fischspezialitäten des Hauses, wartete gar nicht erst ab, ob sie diese auch probieren wollten, sondern war mit der entsprechenden Order für die Küche bereits wieder verschwunden, zusammen mit Ariadne, die ihnen noch ein »Genießt den Abend, Kinder« zugerufen hatte.

Kinder, eben, das war der Punkt! Womit Penelope wieder bei ihren Bedenken wegen Jasons Alter war. Sie spürte die Blicke der anderen Gäste im Rücken, als würden sie nach ihr picken. Schon beim Reinkommen hatten sie Aufmerksamkeit erregt, den Begrüßungszirkus hätte es gar nicht mehr gebraucht. Penelope machte das nervös. Sie merkte gar nicht, dass sie dabei war, ein Brot zwischen den Fingern zu zerpflücken, bis Jason seine Hand über die ihre legte. Mit der anderen hob er das Glas mit dem Aperitif und prostete ihr zu.

Penelope trank selten Alkohol, der Prosecco heute war schon eine Ausnahme gewesen. Um Cocktails und Konsorten machte sie seit einem unangenehmen Vorfall auf einer von Davids Poolpartys einen großen Bogen. Die beschämende Angelegenheit hatte es sogar mit einem Foto von ihr in die Boulevardpresse geschafft.

»Entschuldige, ich wusste nicht, dass du hier so bekannt bist. Wenn du möchtest, können wir gehen«, bot Jason leise an.

Penelope fuhr auf. Gehen? Noch einmal Aufsehen erregen und eine weitere theatralische Szene mit ihrer Mutter riskieren? Nein, dann schon lieber das Essen. Der zweite Aperitif hatte sie kühner gemacht. Überhaupt, was sollte das Ganze? Jason war ein junger Mann von höchstens Mitte zwanzig, sie um mindestens zehn Jahre älter und erfahrener, also bestimmte sie die Parameter. Lächelnd erwiderte sie: »Aber nein, wie kommst du darauf? Ich hatte schon länger vorgehabt, einmal hier zu essen.«

»Du bist noch nie hier gewesen, obwohl das Restaurant dem Mann deiner Mutter gehört?«, fragte er erstaunt zurück.

»Meine Mutter und Mario haben ziemlich schnell geheiratet und sind gerade erst aus den Flitterwochen zurück«, erklärte sie etwas zu hastig.

Jason sah aus, als wolle er dazu noch etwas anmerken, aber Penelope ließ es gar nicht erst so weit kommen. »Jedenfalls danke ich dir für die Einladung. Ich weiß, dass meine Mutter dich dazu veranlasst hat.«

Jason lehnte sich entspannt zurück. Er wirkte leicht belustigt, als er sagte: »Du denkst also, ich wäre die Sorte Mann, die sich zu einem Date überreden lässt?«

»Das habe ich nicht gesagt. Ich wollte nur, ich meine …« Sie verlor den Faden, weil Jason sich nach vorne gebeugt, ihre Hand genommen und deren Innenfläche zärtlich geküsst hatte. Während er ihr tief in die Augen sah, raunte er: »Es gibt keinen Ort auf der Welt, wo ich jetzt lieber wäre, Penelope. Schließlich darf ich den Abend mit dir verbringen.«

Penelope rang noch um Souveränität, als der Kellner, ein Cousin Marios, an den Tisch kam. Mit großer Geste platzierte er einen Teller Bruschetta mit Tomaten- und Knoblauchbelag in die Mitte des Tisches. Jason deutete auf das knusprig geröstete Weißbrot. »Wir sollten beide eins essen, Penelope. Erstens sind sie lecker und zweitens sollte ich nicht allein nach Knoblauch schmecken, wenn ich dich später küsse.«

Penelopes Hand krampfte sich unwillkürlich um das Glas, ihr ging gerade jede Schlagfertigkeit ab. Tatsächlich fühlte sie sich wie jemand, der in einem Handkarren ungebremst den Berg hinunter raste. Wann genau hatte sie den Moment verpasst, noch rechtzeitig auszusteigen?

Jason verspeiste seelenruhig seine zweite Bruschetta, während Penelope sich noch immer sortierte. Dieser Abend war definitiv ein Fehler. Beinahe mechanisch griff sie nach einem Brot und biss hinein.

»Was hast du, Penelope? Du wirkst etwas angespannt. Liegt es an der Bruschetta oder an mir?«

Jetzt wurde es Penelope zu bunt. Dieser eingebildete Jungspund spielte mit ihr, wollte sie absichtlich aus der Fassung bringen. Ob Jason für dieses Spiel eine natürliche Begabung besaß oder eine bewusste Strategie einsetzte, war ihr in diesem Zusammenhang egal. Sie hatte jedenfalls nicht vor, ihm weiterhin die Regie zu überlassen. Stattdessen würde sie heute ein ausgezeichnetes, mehrgängiges Essen genießen, und als Krönung des Abends würde sie Jason vor ihrer Tür abblitzen lassen. Ungeküsst. Der Gedanke entlockte ihr ein Lächeln.

»Ich mag es, wenn du lächelst.« Jason sah sie über sein Weinglas hinweg an. Wieder war da dieses unbestimmte Funkeln in seinen Augen. Ja, er setzte ihr mit seinem frechen Charme zu, aber ab sofort würde sie sich darauf einlassen und sich den restlichen Abend wie Marios italienische Spezialitäten auf der Zunge zergehen lassen. »Danke!« Sie nahm ihr Weinglas und prostete ihm zu: »Auf einen schönen Abend.«

Und das wurde er dann auch. Sobald Penelope beschlossen hatte, sich nicht mehr gegen Jasons Avancen zu wehren, fanden sie in ein angeregtes Gespräch.

Jason schien alles an ihr zu interessieren, er fragte sie nach ihrer Arbeit und ihren Hobbys, danach, was sie mochte und bewegte. Penelope erzählte Anekdoten aus ihrem Schulalltag, dass sie sich mit Radfahren fit hielt, welche Bücher sie gerne las und welche Länder sie bereist hatte. Beim Nachtisch wusste Jason alles über sie, einzig ihre Ehe und die Scheidung hatte Penelope ausgeklammert.

Zum ersten Mal seit Langem fühlte sie sich frei und gelöst, war ganz bei sich, kümmerte sich nicht darum, was andere über sie dachten, sondern genoss es, mit einem gut aussehenden Mann bei einem erstklassigen Essen ein interessantes Gespräch zu führen. Sicherlich war sie auch schon etwas angeschickert, sie hatte die Flasche Wein zur Hälfte allein geleert, da Jason als Fahrer nach einem Glas auf Wasser umgestiegen war.

Als der Kellner ihnen ihre Espressi servierte, fiel Penelope auf, dass sich ihre Mutter unerwartet zurückhaltend gezeigt hatte. Sie aß mit einer ihrer unzähligen Freundinnen an einem anderen Tisch zu Abend und hatte sie kein einziges Mal gestört. Ariadne bemerkte nun, dass ihre Tochter zu ihr hinübersah, und warf ihr eine Kusshand zu. Penelope nickte zurück.

»Du hast eine tolle Mutter«, bemerkte Jason, dem der kurze Austausch nicht entgangen war.

»Findest du?« Penelope wollte jetzt nicht über ihre Mutter sprechen.

»Auf jeden Fall, Ariadne ist eine spannende Persönlichkeit. Sie hat sich ihre Neugier auf das Leben bewahrt.«

»Im Gegensatz zu mir?« Penelope nippte an ihrem Espresso. Die Frage war ihr einfach so herausgerutscht, und sie ärgerte sich über sich selbst, auch weil sie patzig geklungen hatte.

Jason fasste über den Tisch und nahm erneut ihre Hand. »Oh, ich glaube, dass du sehr neugierig auf das Leben bist, Penelope, sonst säßen wir beide nicht hier, nicht wahr?«

Penelope, der die Wärme seiner Hand nicht unangenehm war, begnügte sich mit einem rätselhaften Lächeln.

»Hast du Lust zu tanzen?« Jason deutete auf den Nebenraum mit der Tanzfläche; die Musiker hatten bereits zu spielen begonnen, die Melodien klangen gedämpft zu ihnen herüber.

Penelope hatte seit Ewigkeiten nicht mehr getanzt, obwohl sie es früher leidenschaftlich gern getan hatte. Tanzen war zu eng mit ihrer Vergangenheit verknüpft, mit ihrem Exmann David, der sie kurz nach ihrem Kennenlernen dazu gebracht hatte. Eigentlich wollte sie deshalb ablehnen, aber Jason war bereits aufgestanden und hatte sie nach nebenan gezogen. Und ehe sie sichs versah, lag sie in Jasons Armen.

Sicher führte er sie übers Parkett. Es ging besser, als sie gedacht hätte, und unmerklich fand sie zurück in den Rhythmus einer früher oft von ihr ausgeübten Kunst. Sie war nahe daran, Jason zu fragen, wo er so gut tanzen gelernt hatte, ließ es dann aber sein. Vielleicht, weil sie keine Geschichte über eine frühere Freundin hören wollte, die es ihm beigebracht hatte. Sie tanzten mehrere Stücke hintereinander, und Penelope überließ sich mehr und mehr Jason, gab sich mit geschlossenen Augen ganz der Musik hin.

Das nächste Lied war sehr schnell, und Jason wirbelte mit ihr über die Tanzfläche, bis ihn Penelope, lachend und völlig außer Atem, um eine Pause bat. Sie verschwand kurz, um sich frischzumachen. Als sie zurückkehrte, fragte Jason sie: »Was hältst du davon, wenn wir noch ein wenig im Englischen Garten spazieren gehen, bevor ich dich nach Hause bringe?«

Das erinnerte Penelope an die Rolle, die sie hatte spielen wollen. Ein romantischer Spaziergang im Mondschein als Ouvertüre für ihren dramatischen Abgang? Merkwürdigerweise konnte sie dieser Gedanke nicht mehr wie zuvor erheitern, im Gegenteil: Jasons Vorschlag ließ ihr Herz höher schlagen, und bevor sie noch richtig über eine Entscheidung nachgedacht hatte, hatte sie bereits zugestimmt.

Jason zahlte, und sie verabschiedeten sich von Mario und ihrer Mutter; Hand in Hand schlenderten sie in Richtung Park davon.

Der Sommerabend trug einen ganz besonderen Zauber in sich. Ein Sternenhimmel wie gemalt, der fast volle Mond, der die Parkbeleuchtung überflüssig machte, die ruhige Fläche des Kleinhesseloher Sees, die wie ein verwunschener Spiegel wirkte, und ein Mann an ihrer Seite, der viel zu lang verdrängte Sehnsüchte in ihr aufsteigen ließ.

Diese Nacht verwischte die Konturen der Realität, und als Jason stehen blieb, sie in die Arme nahm und küsste, ließ es Penelope geschehen, ließ sich von ihm in eine andere Welt entführen, in der sie nicht denken musste, sondern einfach nur fühlen. Als Jason sie losließ, wünschte sich Penelope, diese Nacht würde niemals enden.

Ein einsamer Spaziergänger mit einer tief ins Gesicht gezogenen Wollmütze kam ihnen entgegen. Penelope spürte, wie sich Jason unwillkürlich neben ihr anspannte. Sie konnte es nicht abstreiten, ihr gefiel sein reflexartiger Beschützerinstinkt. Doch der Mann hatte es eilig, huschte mit gesenktem Kopf und ohne einen Blick für sie vorbei.

Jason sah ihm kurz hinterher.

»Was ist, kennst du ihn?«, fragte Penelope.

»Nein, aber … egal. Berufskrankheit.« Er zuckte mit den Schultern. Der Mann war längst im Dunkel des Parks verschwunden.

Sie folgten weiter dem Uferweg.

»Oh, sieh mal«, rief Penelope verzückt, als sie die winzigen leuchtenden Punkte entdeckte, die durch die Luft schwebten. »Glühwürmchen! Ich habe schon ewig keine mehr gesehen. Früher, als Kind, habe ich sie für Feen gehalten.«

»Meine Schwester lebt mit ihrem Mann und ihren beiden Mädchen in einem kleinen Dorf an der Isar, da gibt es sie noch. Die kleinen geilen Dinger haben mich aufgeklärt.«

»Bitte?« Penelope war abrupt stehen geblieben, unsicher, wie seine Worte zu verstehen seien.

»Du bist wirklich leicht zu schockieren, was? Nicht meine Nichten. Die Glühwürmchen! Was für die einen die Blumen und Bienchen, das waren sie für mich. Wenn sie leuchten, sind sie scharf auf Sex. Ich hab's mit elf gegoogelt. Ich war ganz schön erleichtert, als ich herausgefunden habe, dass es bei uns Männern nicht so ist. Andererseits …«

»Ja?« Penelope wünschte sich gerade, es wäre so, und sie könnte sehen, ob Jason für sie leuchtete.

»... hätte ich nichts dagegen, wenn die Natur das bei euch Frauen so eingerichtet hätte. Würde uns so einiges erleichtern.« Er grinste.

»Ha«, machte Penelope, während sie leise in sich hineinlächelte, weil Jason und sie den gleichen Gedanken geteilt hatten, »als wenn das für euch Männer je einen Unterschied gemacht hätte!«

»Komm her, du kleine Feministin.« Jason fing sie ein und küsste sie erneut auf eine Art, dass es sie danach verlangte, selbst ein Glühwürmchen zu sein, damit sie auf ewig mit ihm durch diese verzauberte Nacht schweben könnte. Erst nach einer ganzen Weile setzten sie ihren Spaziergang fort.

Am Ufer des Sees stießen sie auf ein kleines umgedrehtes Ruderboot. Im Gegensatz zu den anderen am weiter vorn gelegenen Steg war es nicht festgebunden. Die Ruder lagen daneben. Jason packte die Gelegenheit beim Schopf. »Sieh mal, wenn das keine Einladung ist. Lust auf einen kleinen Ausflug?«

»Ist das nicht verboten?«

»Wo kein Kläger, kein Richter.«

»Aber wir können doch nicht einfach das Boot stehlen?«

»Wir stehlen es doch nicht. Wir leihen es uns nur kurz aus.« Er hatte es bereits mit einem Schwung gewendet und die Ruder ins Boot gelegt. Danach streifte er seine Mokassins ab, schob es ins Wasser, drehte es längsseits und reichte Penelope die Hand. »Du solltest deine Sandaletten auch ausziehen.« Penelope folgte seiner Aufforderung. Während sie vorsichtig in das Boot kletterte, regte sich in ihr ein letzter Widerstand. »Schon komisch, dass das einfach so herumliegt, findest du nicht? Eigentlich sind die Besitzer dazu verpflichtet, ihre Boote fest zu vertäuen.«

»Hast du heute Morgen Paragraphen gefrühstückt? Was wäre die Liebe ohne den Zusatz von etwas Verbotenem?«, sagte er verheißungsvoll. Er folgte ihr ins Boot und griff nach den Rudern.

Jasons Bewegungen waren geübt und harmonisch. Mit kräftigen Zügen brachte er das Boot schnell auf den See hinaus, in dessen Mitte sich der Mond spiegelte, als würde er den Eingang zu einem verborgenen Reich markieren.

Penelope ließ ihre Hand durchs Wasser gleiten, während ihre Gedanken davontrieben. Erneut stellte sich bei ihr das Gefühl ein, außerhalb von Raum und Zeit zu existieren; sie geriet in den Bann dieser lauen Nacht, die sie umhüllte wie ein schützender Kokon. Hier auf dem Wasser, umgeben von der Stille des Sees, überkam sie eine Schwerelosigkeit, die weder Fragen noch Bedenken zuließ und den Sog ihrer Vergangenheit außer Kraft setzte. Ja, sie war sich sicher, diese Nacht trug ein Versprechen in sich, etwas würde geschehen.

Jason holte die Ruder ein, kam vorsichtig zu ihr und tat genau das, wonach sie sich gesehnt hatte: Er nahm sie in die Arme. »Dein Mund ist schon viel zu lange ungeküsst«, flüsterte er. Aber Jason küsste nicht nur ihren Mund, er fand die empfindliche Stelle hinter ihrem Ohr, liebkoste mit Hingabe ihren Hals und entflammte dabei jedes einzelne Molekül in Penelopes Körper; er brachte sie zum Leuchten. In dieser verzauberten Nacht in einem Boot auf dem See entdeckte Penelope ihre Lust wieder.

So geschah es, dass sie erstmals seit Jahren loslassen konnte, ihren Verstand ausschaltete und ihrem Körper die Regie überließ.

»Verdammt!« Jason hatte sich aufgerichtet und starrte auf das Wasser. Nicht auf das Wasser außerhalb des Bootes, sondern auf das Wasser *im* Boot. Es stand bereits zehn Zentimeter hoch, aber sie waren derart in ihr Liebesspiel vertieft gewesen, dass sie es zunächst gar nicht bemerkt hatten. Dann sah Jason Penelope an, seine Mundwinkel zuckten, und sie brachen beide gleichzeitig in Gelächter aus.

»Jetzt wissen wir zumindest, warum es einsam am Ufer lag«, gluckste Penelope. Jason griff nach dem Ruder. Durch das Wasser war das Boot schwer geworden, und der junge Mann musste sich mächtig in die Riemen legen.

»Warum schwimmen wir nicht an Land?«, schlug Penelope zu ihrer eigenen Überraschung vor. Sie fühlte sich frei wie seit Jahren nicht, als hätte sie ihre alte Schutzhülle abgeworfen, und eine neue Penelope wäre darunter zum Vorschein gekommen. Ohne auf Jasons Antwort zu warten, glitt sie ins Wasser. Der stopfte erst sein T-Shirt in die Tasche seiner Jeans, danach stand er auf, fing kräftig an zu wippen und stürzte kopfüber ins Wasser, aber er hatte es auf diese Art geschafft, das Boot zum Kentern zu bringen. Keuchend zog er es hinter sich her ans Ufer.

Klitschnass lagen sie anschließend nebeneinander und genossen den Nachhall ihres kleinen Abenteuers – bis sie der jähe Lichtstrahl einer Taschenlampe erfasste. Jason war sofort auf den Beinen und ging in Abwehrstellung, entspannte sich aber unmittelbar, als er sah, wen er vor sich hatte: zwei Streifenpolizisten.

»Na, kleine nächtliche Bootstour unternommen?«, brummte der eine nicht unfreundlich, während der Lichtkegel auf das umgekippte Boot schwenkte.

»Nein, wir waren nur schwimmen.«

»In ihren Kleidern?« Die Taschenlampe glitt weiter zu Penelope, die sich aufgerappelt hatte und vergeblich an ihrem Kleid zupfte, das im Wasser geschrumpft zu sein schien. Es bedeckte kaum noch ihren Po. Sie versteckte ihr Gesicht hinter dem Vorhang ihrer Haare und war sich dabei sehr bewusst, dass das nasse Kleid jedes Detail ihres Körpers nachmodellierte.

»Und was machen wir jetzt mit Ihnen beiden?« Die Taschenlampe wich nicht von Penelope.

»Wenn Sie mich so fragen, Herr Hauptwachtmeister, geben Sie der Liebe eine Chance«, schlug Jason frech vor und umfasste die Schultern der mittlerweile zitternden Penelope.

Die beiden Polizisten sahen von ihm zu ihr und tauschten anschließend einen langen Blick. Der Ältere zuckte mit den Schultern. »Gut, gehen Sie, wir möchten ja nicht, dass sich die Dame noch den Tod holt.«

»Vielen Dank!«, rief Jason. »Noch einen schönen und ruhigen Abend.« Sie schnappten sich ihre Sachen, Jason nahm Penelopes Hand, und sie hasteten in Richtung Ausgang.

»Und was jetzt?«, fragte Penelope ziemlich außer Atem, als sie auf dem Parkplatz gegenüber dem *Da Mario* anlangten. Obwohl sie zitterte, fühlte sie sich herrlich beschwingt. Offenbar ergaben Endorphine und Adrenalin eine perfekte Mischung, mindestens so gut wie Trudis Zauberstoff, wie sie verwundert feststellte.

»So durchnässt kannst du jedenfalls nicht auf der Vespa mitfahren«, sagte Jason bestimmt. »Wir gehen ins Restaurant und fragen Mario nach etwas Trockenem. Er hat sicher frische Kleidung, einen Kittel oder so was, und kann dich nach Hause fahren. Und vielleicht ist deine Mutter ja noch da.«

»Bitte nicht meine Mutter«, wehrte Penelope ab. Dieser Abend sollte allein ihr und Jason gehören. »Ich warte hier. Besorg mir einfach irgendetwas Trockenes zum Anziehen, und dann nehmen wir die Vespa. Das geht schon. Es ist ziemlich mild heute.«

Jason sah sie mit einem Blick an, der alles bedeuten konnte, doch weder widersprach er ihr, noch stellte er Fragen. »Gut, ich bin gleich wieder da.« Kurz sah es so aus, als wolle er noch etwas hinzufügen, doch da öffnete sich hinter ihm die Tür des *Da Mario*, und gemeinsam mit der Musik quoll eine lärmende Vierergruppe heraus. Die beiden Pärchen schickten sich an, die Straße zu überqueren. Der Parkplatz war noch gut zur Hälfte mit Autos gefüllt, im *Da Mario* war noch längst nicht Zapfenstreich.

Jason lief über die Straße und betrat das Lokal. Die beiden Paare verabschiedeten sich voneinander, stiegen in ihre Autos und fuhren davon. Fast hätte der zweite Wagen dabei den Rikschafahrer übersehen, der von links kam. Penelope schrie vor Schreck auf, das war knapp gewesen. Für den Bruchteil einer Sekunde kreuzte ihr Blick den des Mannes. Er radelte gemächlich weiter, verschwand in der Nacht.

Stille kehrte ein, und Penelope kam sich mit einem Mal sehr allein vor ohne Jason. Kurz darauf ließ sie ein Rascheln etwas weiter hinten im Gebüsch herumfahren. Angestrengt fixierte sie die Stelle. Sie fragte sich, ob ihre Sinne ihr gerade einen Streich spielten, aber sie meinte tatsächlich, die Silhouette eines Mannes zu erkennen.

»Hallo, ist da wer?« Unwillkürlich machte sie ein paar Schritte zurück in Richtung der Straße.

Tatsächlich trat nun ein Mann aus dem Gebüsch hervor, eine Wollmütze tief in die Stirn gezogen. Sie wich noch weiter zurück, bis sie gegen einen Wagen stieß. Der Mann folgte ihr in gleichem Abstand, der Lichtkreis der Laterne erfasste ihn mit jedem Meter mehr. Penelope schauderte es vor dem Ausdruck in seinem Gesicht. So mochte ein Jäger seine Beute ansehen, bevor er ihr den Todesstoß versetzte. War sie eben noch wie gelähmt, flutete erneut Adrenalin ihre Adern. Ein einziger Gedanke beherrschte sie nun: Flucht! Sie wandte sich um und rannte los. In diesem Moment öffnete sich die Restauranttür, und erleichtert erkannte Penelope Jason. Sie lief ihm entgegen, Jason fing sie mit beiden Armen auf.

»Was ist denn los? Du siehst aus, als hättest du ein Gespenst gesehen.«

»Fast, da war wieder dieser Mann«, keuchte Penelope.

»Welcher Mann?«

»Der aus dem Park, mit der Wollmütze.« Sie zeigte auf die betreffende Stelle am Ende des Parkplatzes.

Jason fackelte nicht lange, drückte ihr einen Stapel Weißes in die Hand, spurtete los und stürzte sich mitten ins Gebüsch. Wenig später kehrte er zurück. »Der ist weg, nichts zu machen. Sag, würdest du ihn denn wiedererkennen?«

»Ja, ich denke schon, er ist mir ziemlich nahe gekommen. Denkst du, er hat uns vorhin … beobachtet?« Penelope wurde bei dem Gedanken nachträglich schlecht.

»Ein Spanner?« Jason runzelte die Stirn. »Möglich, dass er es versucht hat, aber im Boot kann er uns nicht gesehen haben«, suchte er sie zu beruhigen.

»Außer, er ist auf einen Baum geklettert«, setzte Penelope dagegen.

»Wow, du verstehst es wirklich, dich selbst zu quälen. Vergiss ihn, er ist weg, und ich bin da. Komm«, er dirigierte sie zwischen zwei Offroader, »hier kannst du dein nasses Kleid ausziehen, ich stelle mich davor und passe auf.«

Penelope streifte das Rote ab und den Kittel über. Verlegen trat sie wieder hervor. Sie tröstete sich damit, dass das trockene Kleidungsstück etwas länger als das feuchte eingelaufene Kleid war, das sich nur mit einiger Mühe von ihrem Körper hatte schälen lassen. Jason nahm ihr das zusammengeknüllte Bündel ab, reichte ihr den Helm und sagte lächelnd: »Du siehst aus wie eine anbetungswürdige kleine Ärztin. Sag, wo ist eigentlich deine Brille abgeblieben?«

Erschrocken fuhr sich Penelope ins Gesicht. »Mist, ich habe sie im Boot abgelegt und völlig vergessen! Und mein Seidenschal ist auch nicht mehr da!« Sie machte eine hektische Bewegung, als wolle sie loslaufen, um nach beidem zu suchen, aber Jason hielt sie zurück: »Lass, die Sachen schwimmen im See. Die findest du nur durch ein Wunder wieder. Hast du eine Ersatzbrille?«

»Ja.«

»Schade«, er grinste spitzbübisch, »ohne gefällst du mir besser. Sie ist ein wenig groß und verdeckt dein hübsches Gesicht.«

»Oh.«

Als Jason sie dann nach Hause brachte, hatte Penelope ihr Vorhaben, ihn an ihrer Schwelle abzuweisen, völlig vergessen. Das spielte nun aber auch keine Rolle mehr, denn vor ihrer Tür im dritten Stock angekommen, küsste Jason sie zwar noch mal ausgiebig und knieerweichend, wünschte ihr danach aber eine gute Nacht und ließ sie stehen, während er, immer zwei Stufen auf einmal nehmend, die Treppe hinauf in sein Dachgeschoss entschwand.

Gleich darauf hörte Penelope ihn nochmals die Treppe runtergehen, und ihr Herz begann sogleich in einem wilden Stakkato zu schlagen, doch er ging an ihrer Tür vorbei weiter nach unten. Sie eilte an ihr Wohnzimmerfenster und sah, dass er mit Theseus noch eine Runde drehte.

Penelope machte die frustrierende Entdeckung, dass man sich gleichzeitig erleichtert, enttäuscht und wütend fühlen konnte.

Vor der Bekanntschaft mit Jason war sie davon überzeugt gewesen, dass sie ohne Mann besser dran sei als mit. Heute war sie eines Besseren belehrt worden. Sie war eine Frau mit Bedürfnissen.

Liebend gern hätte sie einen Teil ihres Benehmens auf Trudis Zauberstoff und den Alkohol geschoben, doch ihr war klar, dass dies nur die halbe Wahrheit war. Tatsächlich würde sie es sich damit zu einfach machen.

KAPITEL 8

Der folgende Morgen bescherte Penelope ein Déjà-vu: Die Türglocke schlug wie am Sonntag zuvor kurz vor acht Uhr an. Sie warf sich grummelnd auf den Bauch, zog das Kissen über den Kopf und vergrub sich ganz tief in ihre Matratze. Ausgerechnet heute, da sie gerne etwas länger geschlafen hätte.

Sie wettete auf ihre Mutter, die sich davon überzeugen wollte, ob sie die Nacht mit Jason verbracht hatte. *Nur in meinen Träumen*, dachte Penelope, und rekelte sich unwillkürlich. Noch immer hallte der Abend mit Jason in ihr nach. Selbst der Adrenalinstoß, den ihr die Begegnung mit dem Fremden beschert hatte, konnte nichts daran ändern, und sie wollte das wohlige Gefühl noch ein wenig länger auskosten. Sie würde das Läuten einfach ignorieren.

Kurz darauf verkündete ihr Mobiltelefon den Eingang einer SMS.

Egal, ob man beschäftigt war oder seine Ruhe haben wollte, eine Nachricht war eine Nachricht – auch Penelope erlag dem Zwang, nachzusehen. Sie unterdrückte einen Fluch, schlüpfte aus dem Bett, tappte zur Kommode und las: *Willst du mich nicht reinlassen? J.*

Nervöse Hektik erfasste Penelope. Sekundenlang drehte sie sich unschlüssig im Kreis, weil sie nicht wusste, was sie zuerst tun sollte. Sie war ungekämmt, hatte die Zähne nicht geputzt und trug ihr fadenscheiniges, knöchellanges Nachthemd mit Pinguinaufdruck. Jede Vogelscheuche sah besser aus als sie, und trotzdem wünschte sie sich nichts sehnlicher, als Jason die Tür zu öffnen. Sie hastete in den Flur und äugte durch den Spion, um sich zu vergewissern, dass da wirklich Jason stand. Er war es, mit einer Papiertüte und zwei Bechern Kaffee. Sie rief ihm zu: »Gib mir drei Minuten!«, und hetzte ins Bad. Fünf Minuten später öffnete sie ihm die Tür.

Lässig am Rahmen lehnend, die Haare noch feucht vom Duschen, sagte Jason: »Sollte ich dich vielleicht zuerst auf Waffen untersuchen?« Er zeigte mit einem Kopfnicken auf ihr Che-Guevara-Shirt. Offenbar erlag auch er gerade einem Déjà-vu.

»Nein, aber es ist an der Zeit, die alten Geister auszutreiben«, erwiderte Penelope.

Jason kniff die Augen zusammen. »Muss ich das jetzt verstehen?«

»Nein.« Penelope lächelte unsicher. Fünf Minuten waren für eine Frau eine enorm kurze Zeitspanne, um sich frischzumachen und gleichzeitig weitreichende Entschlüsse zu fassen.

»Gut, fangen wir mit dem Frühstück an und machen danach mit deinen Geistern weiter.« Jason beugte sich vor und drückte ihr wie selbstverständlich einen Kuss auf den Mund. »Morgen, Giacomo«, begrüßte er anschließend den Kater, der ihm aus Penelopes Schlafzimmer entgegenkam, zweifellos durch das Rascheln der Frühstückstüte angelockt. Jason verschwand Richtung Küche, und Penelope machte Anstalten, ihm zu folgen. Doch er versperrte ihr den Weg, war ihr so nahe, dass ihre Brüste ihn fast berührten und sie seinen frischen männlichen Duft atmen konnte. Augenblicklich jagte eine süße Schwäche durch ihren Körper und weckte alle ihre Sinne.

»Du geh mal schön wieder ins Bett, ich komme gleich nach«, sagte Jason mit einer Stimme wie ein Versprechen.

Penelope wusste nicht, was sie darauf antworten sollte, dafür reagierte ihr verräterischer Körper umso mehr. Und dieses Mal war es sie allein, Penelope pur, ohne Trudis stimulierenden Zauberstoff als Katalysator. Jason war ihr neues Dope, und sie hatte ganz und gar vor, sich diesem Rausch zu ergeben. Trudi hatte recht mit dem, was sie erst kürzlich zu ihr gesagt hatte. *Heute ist heute und morgen ist morgen, zelebriere das Jetzt. Alles andere ist Verschwendung.* Ja, heute würde sie sich an die Liebe verschwenden, sich für einen Tag selbst vergessen.

Ihr Blick traf in einem stummen Dialog auf Jasons und machte jedes weitere Wort überflüssig. Penelope ging in ihr Schlafzimmer und hüpfte zurück ins Bett. Sie konnte hören, wie Jason in der Küche hantierte, Kühlschrank und Schränke öffnete, die Teller fand und das Tablett.

Endlich kam er zu ihr. Sie rückte etwas zur Seite, und er stellte das Tablett in die Mitte des Bettes. Dann streifte er seine Slipper ab, zog sein Shirt aus, schlüpfte aus den Jeans und seinen Shorts. Er war nackt. Penelope verschlug es bei so viel männlicher Schönheit den Atem. War es möglich, dass sie all dies nur träumte? Doch Jason war real, er war das Jetzt, das Geschenk des Augenblicks. Während er sich auszog, hatte Jason die ganze Zeit über Penelopes Blick gehalten. Er wusste genau, was er da tat, er verführte sie mit den Augen und mit seinem Körper, und er tat dies mit der vollkommenen Ungezwungenheit eines Menschen, der mit sich im Reinen war.

Jason war frei, weil ihn weder Bedenken noch Konventionen beschwerten, sie existierten nicht in seinem Universum. Penelope fühlte sich von diesem Gedanken mitgerissen.

»Quid pro quo«, sagte Jason in die Stille hinein und setzte sich zu ihr auf den Bettrand.

»Was?« Penelope blinzelte ihn an, ihr war ein wenig schwindelig.

»Ich möchte gerne sehen, was du unter deinem Shirt versteckst.«

»Oh …«

»Du versteckst ein ›O‹ unter deinem Shirt?« Es lag kein Spott in seinen Augen. Nur Sanftheit und Verstehen. Und Verlangen.

Trotzdem schlug sie die Augen nieder. Für Jason mochte dieses Spiel der Liebe das Natürlichste der Welt sein, ihr war es fremd geworden.

»Sieh mich an, Penelope.« Er nahm ihre Hand und legte sie auf seinen erigierten Penis. »Du bringst mich zum Leuchten.«

»Oh!«

Später wusste Penelope nicht, wie das Tablett vom Bett oder das Kondom auf Jasons Penis gekommen war, sie wachte erst aus ihrem Rausch auf, als Jason sagte: »Jetzt ist der Kaffee kalt.«

Sie schälte sich aus seinen Armen. »Ich mache frischen.«

»Nein«, er küsste sie, lang und ausgiebig und atemberaubend. »Du bleibst im Bett. Ich mache das, und wehe du stehst auf …« Er drohte ihr spielerisch mit dem Zeigefinger.

»Warum? Fesselst du mich sonst mit deinen Handschellen ans Bett?« Penelope entdeckte eine ganz neue Kühnheit an sich.

»Hättest du das gerne?«, fragte er verführerisch zurück, beugte sich herab und küsste ihr Handgelenk, genau dort, wo ihr Puls war. »Woher weißt du überhaupt davon?«, murmelte er.

»Als du mich gestern um den Dosenöffner gebeten hast, stand neben dir ein halb offener Karton, und sie lagen obenauf. Wofür brauchst du sie?«

»Sie gehören zu meinem Job.«

»Schon klar, aber für welche Rolle?«

»Rolle?«

Kurz fragte sie sich, ob Jason begriffsstutzig geworden war. »Na, als Schauspieler?«

»Wie kommst du darauf, ich sei Schauspieler?« Jason schien die Annahme zu amüsieren.

»Aber Oliver …« Penelope verstummte. Wenn sie weiterspräche, würde Jason wissen, dass sie die beiden im Treppenhaus belauscht hatte.

»Oliver hat dir gesagt, ich sei Schauspieler?«

»Äh, nicht direkt, ich habe da zufällig was zwischen euch aufgeschnappt. Wenn du kein Schauspieler bist, was bist du dann?«, ergänzte sie hastig, um Jason keine Gelegenheit zu geben, das *aufgeschnappt* zu hinterfragen.

Aber er hatte sie durchschaut. »Ich verstehe, das war im Treppenhaus. Schade, dass du dich nicht bemerkbar gemacht hast. Oliver meinte damit *Theseus*, nicht mich. Gut«, er tippte ihr auf die Nasenspitze, »du bekommst gleich meine Lebensgeschichte serviert, aber zuerst brauche ich Kaffee und Frühstück. Ich sterbe vor Hunger. Apropos Theseus. Sobald der Kaffee läuft, schau ich mal nach ihm. Er war heute Morgen etwas unleidlich, als ich ihm sagte, er darf nicht mit zum Frühstücken zu dir.«

»Du sprichst mit deinem Hund?«

»Yep. Sprichst du nicht mit deiner Katze?«

»Touché.« Penelope überlegte nur eine Sekunde. »Bring ihn doch mit runter«, bot sie ihm an und überraschte sich erneut selbst damit.

»Ah, du hast ihm das Fahrradsattel-Tampon-Debakel verziehen?«

»Na ja, er ist ein Hund.«

»Glaub mir, er ist mehr als ein Hund.«

»Das ist allerdings wahr. Wie viel wiegt Theseus eigentlich?«

Jason lachte auf. »Glaubst du, ich bringe das Mordsvieh dazu, auf eine Waage zu steigen? Bin gleich wieder da. Und schön im Bett bleiben, hörst du?«

Eine Viertelstunde später saßen sie nebeneinander gegen das Rückenteil gelehnt und aßen das üppigste

Frühstück, das Penelope je gesehen hatte. Jason hatte dazu seine eigenen Vorräte geplündert, nachdem er beim Blick in ihren Kühlschrank gescherzt hatte, dessen trauriger Gemüse-und-Joghurt-Inhalt brächte jede Maus zum Weinen. Theseus saß neben ihnen auf dem Fußableger, schaute ihnen jeden Bissen aus dem Mund und wirkte ganz so, als wären ihm selbst Gemüse und Joghurt recht. Giacomo, der sich mit Theseus arrangiert hatte wie mit einem neuen Möbelstück, machte von seinem Hausrecht Gebrauch: Er saß auf dem Bett und sorgte dafür, dass es krümelfreie Zone blieb.

»Ich habe selten so etwas Gutes wie dieses Omelett gegessen«, lobte Penelope mit vollem Mund und nicht eben damenhaft.

Sie fühlte sich absolut großartig, frei und unbeschwert, als hätte ihr der Sex mit Jason alle Hemmungen genommen. Aber es lag nicht allein daran. Es lag an Jason als Person, er hatte etwas an sich, das Verlegenheit gar nicht erst aufkommen ließ, eine Art mitreißender Grundnatürlichkeit. Alles, was er tat, tat er mit einer schier unglaublichen Lust und Leidenschaft, gleich, ob er sie in seinen Armen hielt und liebte, oder, so wie jetzt, einfach nur sein Essen genoss. Es war, als teile man mit ihm die ersten Tage der Welt, als die Erde jung und das Paradies noch ohne die Sünden der Menschheit war. Jason war so unerschütterlich und urwüchsig wie die Natur selbst, die ruhig in ihrem Kreislauf pulsierte, erfreute sich seines Lebens mit einer Selbstverständlichkeit, die nichts hinterfragte.

»Komisch, du siehst mich gerade genauso an wie Theseus. Sollte ich mir Sorgen machen?«

Penelope hatte nicht bemerkt, dass sie seit geraumer Zeit das Kauen eingestellt und Jason betrachtet hatte. Schnell kaute sie weiter und verschluckte sich prompt. Nachdem das Stück Omelette endlich den richtigen Weg gefunden hatte, fragte Jason: »Reine Neugier. Was denkst du denn, was ich beruflich mache, jetzt, da der Schauspieler ausfällt?«

Oh Gott, dachte Penelope, heiteres Beruferaten kam gleich hinter der Frage nach dem Alter; beides bedeutete akuten Fettnäpfchenalarm. »Äh … Wäschemodel? So wie Oliver?«, begann sie vorsichtig, jederzeit bereit, in Deckung zu gehen.

»Vielen Dank, das nehme ich als Kompliment. Einen Versuch hast du noch.« Jason stellte seinen leeren Teller auf das Tablett. »Ich räume das rasch in die Küche. Bis dahin hast du Zeit.«

Theseus folgte ihm hinaus, wohl in der Hoffnung, dass vielleicht doch noch etwas für ihn abfallen könnte. Penelope erwischte sich dabei, wie ihr Blick Jasons Hintern folgte. Er war von verwirrender Perfektion, das Spiel der Muskeln pure Ästhetik. Genauso musste vor über fünfhundert Jahren das Modell ausgesehen haben, nach dem Michelangelo seinen David geformt hatte. *Oh verdammt!* Sie presste die Lippen fest zusammen, weil der Vergleich sie sofort an ihren Exmann denken ließ. Es hatte einmal eine Zeit gegeben, in der sie und David ebenso unbeschwert miteinander umgegangen waren. Aber sie wollte und konnte David jetzt keinen Raum geben, das hatte sie bereits viel zu lange getan. David gehörte zu ihrem Gestern.

Gut, dass Jason im rechten Moment zurückkehrte und ihre Gedanken in die richtigen Bahnen lenkte. In die Gegenwart. Er sprang ins Bett, zog sie heran, bettete ihren Kopf bequem in die Mulde zwischen Brust und Schulter und fragte: »Also, was bin ich? Wie siehst du mich?«

Penelope ließ sich einige Sekunden Zeit. Jason schien seiner Frage echte Bedeutung beizumessen, als könnte die Weise, wie sie ihm antworten würde, ihre Beziehung definieren, ihr mehr Kontur verleihen.

»Also gut. Deinem Körper nach würde ich sagen, du bist Sportler, Fitnesstrainer, etwas in der Art. Andererseits kennst du Jean-Paul Sartre. Für dein jugendliches Alter bist du ungewöhnlich selbstsicher, und damit meine ich nicht nur eine natürliche Selbstsicherheit, sondern auch eine gewachsene, die sowohl auf erlernten wie auch intuitiven Fähigkeiten beruht. Du bist ein genauer Beobachter und im Umgang mit Menschen geschult. Hm, ich würde fast auf ein sozialwissenschaftliches Studium tippen?«

»Wow, das ist sogar mehr, als ich erwartet habe.« Jason sah sie anerkennend an. »Ich habe einen Master in Kommunikationswissenschaften und einen in Sozialphilosophie. Derzeit absolviere ich ein Praktikum bei der OFA.«

»OFA?«

»Operative Fallanalyse im PP München. Ich möchte Fallanalytiker werden.«

Endlich schaltete Penelope und kombinierte die Handschellen dazu. »Dann bist du so eine Art Polizist?«

»Yep, so kann man es auch sagen. Und weil ich weiß,

wie brennend dich mein Alter beschäftigt: Ich werde in zwei Monaten sechsundzwanzig und schreibe an meiner Dissertation. Und ja, ich weiß, ich sehe jünger aus. Und nein, dein Alter interessiert mich nicht. Du bist du, und ich mag dich genau so, wie du bist.« Er küsste sie auf Jason-Art, bis Penelope alles Denken einstellte und sich erneut im Strudel von Jasons Leidenschaft verlor.

Irgendwann später wurde Penelope von einem Knurren geweckt, es rührte von Jasons Magen. Sie lagen ineinander verschlungen wie Würmer, und es fühlte sich gut an. »Sag bloß, du hast nach diesem Sumo-Ringer-Frühstück schon wieder Hunger?« Sie richtete sich auf und sah ihn an.

»Hey, das ist drei Stunden her, ich bin jung und betreibe hier Hochleistungssport«, entgegnete er mit gespieltem Ernst. »Und in Anbetracht dessen, dass du fast nichts im Haus hast, werde ich wohl ein Stück aus dir herausbeißen müssen.« Es war keine ganz leere Drohung, er biss sie spielerisch in den Hals. »Mmmh. Du riechst so gut nach Sex. Ich will unbedingt mehr davon.« Er rutschte etwas tiefer und fand mit der Zunge ihre empfindlichste Stelle.

»Jason! Ich dachte, du hast Hunger?«, versuchte Penelope ihn abzuwehren. Doch Jason hörte sie nicht mehr. Er war mit schönen Dingen beschäftigt.

Etwas später flammte das Essensbedürfnis neu auf.

»Wir könnten uns was vom Lieferservice bringen lassen. Pizza oder asiatisch und …« Penelope schnupperte, »zum Nachtisch gibt es Kuchen. Trudi backt gerade.«

»Gesegnet sei unsere Nachbarin«, sagte Jason salbungsvoll und ergänzte: »Dann bestell du schon mal, ich drehe vorher mit Theseus eine Runde, bevor er deinen Flur noch völlig zerlegt.« Sie hatten ihn und sein Kauwerkzeug von der Größe eines Saurierknochens aus dem Schlafzimmer komplimentiert. Das leise Rumpeln, das hie und da vom Gang zu vernehmen war, hatten sie bisher tapfer ignoriert.

Giacomo hatte sich auf Jasons Jeans auf dem Boden eingerollt und schlief selig schnarchend. Er würde erst zur Essenszeit wieder ein echtes Lebenszeichen von sich geben und reagierte entsprechend ungehalten, als Jason ihm die Jeans unter dem pelzigen Hintern wegzog. »Was denn, soll ich nackt gehen, alter Gauner?« Er setzte Giacomo zu Penelope aufs Bett. »Hier, du kannst mir so lange das Bett warm halten.«

Jason schnappte sich seine restlichen Sachen, öffnete die Tür, und Penelope hörte, wie er ein »Oje« ausstieß, in dem eindeutig ein Lachen mitschwang.

»Was ist los?«, rief sie, während sie nach ihrem Shirt suchte.

Statt Jason erschien nur seine Hand in der Tür. »Kennst du den?« Er schwenkte einen lilafarbenen Riesendildo mit angedockten Rieseneiern; zweifellos konnte das hässliche Ding von alleine stehen. »Laut Verpackung heißt er *Moby Dick*«, ergänzte er hilfsbereit.

Penelope war bei drei an der Tür und prallte gegen einen Jason, dem das Lachen aus allen Poren platzte, während hinter ihm Theseus in Sphinx-Haltung auf dem Flurläufer hockte. Zwischen seinen mächtigen

Pfoten hielt er den Rest eines angesabberten Pappkartons, auf dem er hingebungsvoll herumkaute. Der gesamte Flur war bereits mit Kartonleichen, Füllmaterial und Sexspielzeug in sämtlichen Regenbogenfarben übersät, wobei sich Penelope bei mindestens der Hälfte der Dinge fragte, welchem Zweck sie dienen sollten. Sie sahen kaum danach aus, als könnten sie für die weibliche Anatomie geschaffen sein.

»Du hättest nur zu sagen brauchen, dass du darauf stehst. Ich habe nichts dagegen.« Jason bückte sich nach einigen silbernen Kugeln und ließ sie geradezu lasziv durch seine Hand gleiten.

Penelope, nach fünf Stunden Powersex satt und träge, konnte der Situation durchaus die komische Seite abgewinnen, zumal Giacomo die Szene zusätzlich belebte, indem er mit einem Satz erneut auf Theseus' Rücken hechtete, zum Kopf vorrobbte und versuchte, ihn mit der Tatze auf die Nase zu hauen. Theseus schien es nicht zu bemerken, jedenfalls entlockte ihm Giacomos Provokation nicht einmal ein Blinzeln.

»Äh, das Zeug haben mir meine Freundinnen vor Jahren als eine Art Partygag geschenkt«, erklärte sie und verdrehte dabei die Augen, um so ihren Rest an Verlegenheit zu überspielen.

»Und wie es aussieht, war es noch originalverpackt.«

»Na ja, jetzt nicht mehr«, erwiderte Penelope trocken.

»Tut mir leid, Theseus ist nun einmal ein perverses Schwein.« Jasons Mundwinkel zuckte, aber er hatte sich im Griff. »Sag mal, hast du früher Schmetterlinge gesammelt?« Er zeigte auf den offen stehenden

Schrank. Penelope folgte seinem Blick, und da war sie, die Schmetterlingssammlung ihres Vaters, die sie als Kind so fasziniert hatte, bis sie eines Tages begriff, dass der Tod düster und traurig war und die Farbenpracht der Schmetterlinge das Symbol vergänglicher Schönheit. Sie hatte sie beim Umzug in eine Decke gepackt und ganz hinten im Schrank verstaut. Und danach vergessen oder vielleicht auch vergessen wollen. Theseus' ungebremste Neugierde hatte sie wieder zutage gefördert. Die Decke war verrutscht und angesabbert, der obere Holzrahmen, wo beinahe unkenntlich der Name *William Peterson* eingeritzt war, zeigte deutlich Knabberspuren. Weil Penelope nicht reagierte, sondern lediglich mit geweiteten Augen in den Schrank starrte, zog Jason die Sammlung heraus und wischte mit einem Zipfel der Decke Theseus' Sabber ab. »Tut mir ehrlich leid«, sagte er geknickt. »Die Schmetterlinge sind wunderschön. Ich nehme sie mit und lasse sie neu rahmen, okay?«

Endlich kam wieder Bewegung in Penelope. Sie nahm ihm den Rahmen aus der Hand. »Das ist nicht nötig, das alte Ding steht sowieso seit Jahren im Schrank.« Sie umwickelte die Sammlung erneut mit der Decke, deponierte sie an ihrem alten Platz und schloss die Tür mit einer Geste, die unmissverständlich ausdrückte, dass die Angelegenheit keiner weiteren Aufmerksamkeit bedurfte.

Jason kniff die Augen zusammen. Die Episode verriet ihm mehr über Penelope als die letzten gemeinsam verbrachten Stunden. Doch er sagte lediglich: »Komm, ich helf dir aufräumen.«

Penelope holte einen Müllsack, und gemeinsam sammelten sie alles ein. Kaum sah der Flur wieder manierlich aus, schlug die Klingel an. Zu ihrem Verdruss sah Penelope ihre Mutter durch den Spion, irgendwer schien sie schon ins Haus gelassen zu haben. Ariadne schwenkte demonstrativ eine Tüte mit der Aufschrift *Da Mario*, als sei sie ihre Eintrittskarte.

Oh nein, ausgerechnet jetzt, dachte Penelope, die sich sehr bewusst war, dass hinter ihr ein splitternackter Jason stand. Sie hatte es ja geahnt, ihre Mutter war neugierig, ob sie die Nacht mit Jason verbracht hatte.

Penelope legte sich den Zeigefinger auf den Mund, um Jason zu bedeuten, sich ruhig zu verhalten. Gut, dass Theseus offenbar der einzige Hund im gesamten Universum war, der nicht bellte, sobald er eine Wohnungsglocke hörte. Die Wachhundfunktion hatte sowieso Giacomo inne, der neben Penelope sein übliches Gemaunze veranstaltete.

»Huhu, Penelope, ich weiß, dass du da bist, ich habe den Schatten unter der Tür gesehen. Komm, mach auf. Ich habe dir frische Cannelloni von Mario mitgebracht.«

Penelope blickte hilflos zu Jason. Der bekam ganz große Augen, und seine Lippen formten lautlos das Wort *Cannelloni*.

Penelope unterdrückte einen Fluch, schob Jason energisch ins Schlafzimmer, Theseus hinterher, gab beiden erneut den stummen Befehl, ganz still zu sein, und öffnete ihrer Mutter die Tür.

»Entschuldige, Mama, ich hatte mich gerade ein wenig hingelegt.« Sie deutete ein Gähnen an.

»Spar dir das Theater; ich erkenne es auf hundert Meter im Dunkeln, wenn jemand Sex hatte. Das wurde aber auch Zeit, ehrlich. Aber musstest du dazu ausgerechnet Davids olles Shirt anziehen?« Sie schob sich energisch an ihrer Tochter vorbei, die sich wie ein Türwächter vor ihr aufgebaut hatte, und rief gleich darauf: »Igitt, hast du ein Nilpferd erlegt?« Sie war über Theseus Büffelhautknochen gestolpert, hielt sich aber nicht damit auf, sondern peilte die Küche an. Sie stellte die Tüte ab, der ein unwiderstehliches Aroma entstieg, und zog einen Stuhl heran. »Also erzähl. Wie war es mit Jason?«

Penelope, der nun selbst das Wasser im Mund zusammenlief, überlegte, wie sie ihre Mutter schnellstmöglich wieder loswurde, damit Jason und sie über die Tüte herfallen konnten. »Danke, Mama, für deinen Besuch und das Essen. Aber ich habe nichts zu erzählen, nur eine Menge Schularbeiten zu erledigen. Auf Wiedersehen.« Sie wandte sich zur Tür, in der Hoffnung, ihre Mutter würde den Wink mit dem Zaunpfahl verstehen, und entdeckte zu ihrem Entsetzen Theseus' riesenhafte Gestalt in der Tür. Aus seinem Maul ragte der lilafarbene Dildo. *Verdammt*! Er musste ihn wieder aus der Tüte gefieselt haben.

»Aha!«, machte ihre Mutter nur, und Penelope streckte mit glühenden Wangen die Waffen. »Ja, Mutter, Jason ist hier, und er ist ein heißer Liebhaber«, sagte sie beinahe trotzig.

»Danke dafür, meine Schönste!« Wie aufs Stichwort marschierte Jason nackt und in einer Seelenruhe auf dem Flur an ihnen vorbei, was Penelope auch noch das restliche Blut in den Kopf pumpte, und verschwand im Bad.

Fünf Minuten später saßen sie einträchtig zu dritt am Tisch, und Penelopes Mutter freute sich, wie rasch die Cannelloni ihres Mannes dezimiert wurden.

»Sind die lecker! Sie hat der Himmel geschickt, Ariadne«, lobte Jason mit vollem Mund.

Zu Penelopes Erstaunen enthielt sich ihre Mutter ausgerechnet heute jeder weiteren Anspielung.

Nicht lange nachdem sich Ariadne verabschiedet hatte, brachen Jason und Penelope mit Theseus zu einem längeren Spaziergang auf. Als sie davon zurückkehrten, waren sie schon wieder hungrig, verstärkt durch den Duft von Frischgebackenem im Treppenhaus. Penelope bat Jason, schon mal nach oben zu gehen, sie würde noch kurz wegen des Kuchens bei Trudi vorbeischauen. Sie wollte Jason, der sich überraschend als Polizist entpuppt hatte, nicht absichtlich auf Trudis Hanfplantage aufmerksam machen. Mit noch ofenwarmem Gebäck kehrte sie zurück. Derart gestärkt machten Jason und sie danach weiter, wo sie vorher aufgehört hatten.

Jason verließ sie gegen fünf Uhr früh am Montagmorgen, aber nur, weil er zu einem Einsatz gerufen wurde.

KAPITEL 9

Penelope hatte verschlafen. Das war ihr in den letzten sechs Jahren nicht einmal passiert, und diese Erkenntnis hatte auf sie den Effekt einer jähen, kalten Dusche.

Sie hätte es besser wissen müssen. Das mit Jason war ein Riesenfehler gewesen! Sie stülpte sich das schlechte Gewissen über wie eine Taucherglocke. Es überraschte sie zwar selbst, wie schnell aus den Schmetterlingen im Bauch Katerstimmung geworden war, obwohl Jasons letzte Umarmung noch in ihr nachklang: schlaftrunkene Worte und Gesten, das Gefühl seines warmen, festen Körpers an ihrem, ein muskulöses Bein, das sich um das ihre schlang. Sie musste die verführerischen Bilder beinahe gewaltsam abschütteln; sie hatte jetzt weder den Willen noch die Kraft, über sich selbst nachzudenken oder irrelevanten Begründungen hinterherzujagen, die ihr gestriges Verhalten erklärten. Keine seelische Inventur würde etwas an ihrer Gemütslage ändern. Gut, sie hatte sich kurz gehen lassen, hatte im Regen getanzt, wie Trudi es nennen würde, aber jetzt hatte sie sich wieder im Griff, war Penelope Arendt, Grundschullehrerin, die einem Lebensplan folgte, in dem sie keinem Mann je wieder einen Platz einräumen würde. Leider war sie auch die Penelope Arendt, die heute erstmalig zu spät zum Unterricht erscheinen würde.

Hektisch turnte sie durch die Wohnung, misstrauisch beäugt von Giacomo, dem die ungewohnte Unruhe am Morgen sichtlich nicht geheuer war und noch weniger behagte. Mit nervösen Bewegungen zerrte sie ihren ältesten Faltenrock aus dem Schrank, dazu einen grauen Pullunder und eine weiße Bluse. Ein kurzer Blick in den Spiegel bestätigte ihr, dass sich ihr äußeres Erscheinungsbild ihrem Innenleben angepasst hatte: grau und trostlos.

Was zum Teufel war gestern bloß in sie gefahren?, wütete sie weiter, stellte sich selbst unter Anklage, während sie auf ihrem Schreibtisch vergeblich nach dem Wochenplan suchte und schließlich wahllos ihre Unterlagen in die Ledermappe stopfte. Sie hatte den ganzen Sonntag mit ihrem beinahe wildfremden, jungen Nachbarn vertrödelt und war nun nicht auf die Schule vorbereitet, konnte sich nicht einmal daran erinnern, was heute anstand, als hätte der Sex ihr Gehirn angezapft und nur ein Vakuum hinterlassen.

Bevor Penelope die Wohnung verließ, schnappte sie sich ihr Handy. Sie wollte es schon routinemäßig einschalten, als sie innehielt, kurz überlegte und es zurückließ. Sie wollte heute nicht erreichbar sein. Für niemanden.

Vor ihrer Wohnungstür, als sie die Treppe vor sich sah, die ins Dachgeschoss zu Jason führte, wusste sie plötzlich, was sie zu tun hatte. Danach würde sie sich besser fühlen!

Eilig riss sie ihr Notizbuch heraus, kritzelte eine Nachricht für Jason darauf, nahm den Zettel, rannte nach oben und schob ihn unten durch den Türschlitz. Dahinter hörte sie Theseus winseln.

KAPITEL 10

Ihr Kollege Friedrich Lauermann, der bereits mit seinem Fahrrad vor der Haustür wartete, empfing sie höchst ungehalten: »Morgen! Wo bleibst du denn so lange? Wie siehst du überhaupt aus? Hast du Probleme mit dem Blutdruck? Fühlst du dich nicht wohl? Soll ich dich entschuldigen?«

Nie zuvor war Penelope von ihm mit einem solchen Wortschwall begrüßt worden. Am Ende hatte seine Stimme jedoch zunehmend besorgt geklungen.

»Nein, wieso? Wie soll ich denn aussehen?«

»Na ja, deine Haare, und du bist ganz rot im Gesicht. Hast du vielleicht Fieber?«

Penelope fasste sich reflexartig an den Kopf und stellte fest, dass sie heute Morgen glatt vergessen hatte, sich ihren Pferdeschwanz zu binden. Kein Wunder, dass Lauermann fand, sie sähe anders aus; er hatte sie noch nie mit offenem Haar gesehen.

»Komm, wir müssen los«, sagte sie forsch, ohne weiter auf ihn einzugehen. »Wenn wir tüchtig in die Pedale treten, können wir es noch schaffen. Was hältst du von einem Wettrennen?« Sie schwang sich aufs Rad und preschte los. Wenn sie sich auspowerte, wäre sie nicht mehr die Penelope, die kurz fehlgeleitet gewesen war, sondern würde wieder zur richtigen, der wahren Penelope werden, der Lehrerin, die ihr Leben absolut im Griff hatte.

»Warte, Penelope«, rief ihr Kollege, doch sie hörte ihn nicht mehr, hatte ihn bald weit hinter sich gelassen. Erhitzt und außer Atem erreichte sie zehn Minuten später die Schule. Sie hatte es tatsächlich noch rechtzeitig in den Unterricht geschafft, rauschte quasi mit dem Schulgong in ihre Klasse.

Sie traf Lauermann erst in der großen Pause wieder. Wie ein Turm in der Brandung ragte er mitten im Hof auf, während um ihn herum das wilde Kindermeer tobte. Als er sie entdeckte, hielt er mit hochrotem Kopf auf sie zu. »Na, das war ja ein schöner Streich, Frau Kollegin. Mich einfach so stehenzulassen. Aber Ehre, wem Ehre gebührt! Du bist in Form.«

»Danke. Ich wollte dir sagen, dass es mir ehrlich leid tut, Friedrich. Ich weiß nicht, was da heute Morgen in mich gefahren ist.«

Lauermann musterte sie auf eine Art, wie er es noch nie getan hatte, als hätte er sich vorgenommen, ihr etwas mitzuteilen, was jedoch den Einsatz seines gesamten Muts erforderlich machte. »Schon gut«, setzte er zögerlich an, »ich weiß ja, dass Frauen … äh … so ihre Momente haben. Und die offenen Haare sahen nicht einmal übel aus. Durchaus feminin, würde ich sagen.«

Was war das denn bitte jetzt?, dachte Penelope verblüfft. Friedrich Lauermann machte eine Anspielung auf den Zyklus der Frau und gleichzeitig so etwas wie ein Kompliment? Gott sei Dank wurde ihr Kollege nun auf zwei Erstklässler aufmerksam, die mit ihren Mobiltelefonen hantierten. Lehrerkollegium und Elternbeirat hatten erst kürzlich beschlossen, dass Handys im Unterricht und im Pausenhof nichts zu suchen hatten. Leider spielten nicht alle Eltern mit, und die Kleinen waren sehr gewieft, was die Kunst des Schmuggelns betraf, und nie um eine Ausrede verlegen.

Nachdem er dies kurz geregelt hatte, kehrte Lauermann zur wartenden Penelope zurück. »Übrigens, hast du schon das Neueste gehört? Die haben eine Frauenleiche im Englischen Garten gefunden! Es soll eine der vermissten Studentinnen sein!«

Augenblicklich blitzte das Bild des Mannes mit der Wollmütze vor Penelopes geistigem Auge auf und wie er sie angesehen hatte, auf diese sonderbar triumphierende Art. Eine eiserne Klammer legte sich um ihr Herz; sie fror plötzlich, trotz der milden Temperatur.

»Wann?«, war alles, was sie hervorbrachte.

»Na ja, heute Morgen. Es kam in den Sieben-Uhr-Nachrichten. Was ist denn? Du bist ja so weiß wie eine Wand. Dir geht es heute wirklich nicht besonders gut, was? Vielleicht wäre es doch besser, du gehst nach Hause und legst dich ins Bett.«

Aber Penelope hörte ihrem Kollegen gar nicht mehr zu. Wie abwesend sagte sie: »Danke, Friedrich«, und hastete zurück ins Gebäude. Sie musste sofort Jason anrufen!

Erst als sie im Lehrerzimmer in ihrer Tasche kramte, fiel ihr wieder ein, dass sie ihr Handy extra zu Hause gelassen hatte, damit sie heute ihre Ruhe hätte. Kurz erwog sie, Friedrichs Vorschlag aufzugreifen und sich wegen ›Unpässlichkeit‹ zu entschuldigen, aber das hatte sie noch nie zuvor getan, und es ging auch gegen ihr Pflichtgefühl; sie war nicht unpässlich – jedenfalls nicht auf jene Art, die Friedrich Lauermann angenommen hatte.

»Frau Arendt?«

Penelope fuhr herum, ließ dabei unglücklich ihre Tasche fallen, und deren gesamter Inhalt verteilte sich auf dem Boden.

»Oh, ich wollte Sie nicht erschrecken«, sagte die Schulsekretärin, eine junge Frau, die im Gegensatz zu Penelope wie ein Paradiesvogel gekleidet war.

»Keine Ursache«, erwiderte Penelope, während sie sich nun gleichzeitig bückten und sich prompt die Köpfe aneinander stießen.

Entschuldigungen murmelnd sammelten sie Penelopes Sachen auf.

»Was wollten Sie denn von mir, Frau Clarin?«, fragte Penelope, als sie sich wieder gegenüberstanden.

»Ach so, ja. Ihre Mutter hat angerufen.«

»Meine Mutter?« Penelope fürchtete zusätzliche Peinlichkeiten, zumal die Sekretärin nicht gerade im Ruf besonderer Diskretion stand.

»Ja, sie wollte eigentlich nur wissen, ob Sie zum Unterricht erschienen sind. Ich glaube, sie macht sich wegen irgendetwas Sorgen.« Die Art, wie sie Penelope dabei fixierte, verriet dieser, dass sie regen Anteil an diesen Sorgen nahm. Zu gerne hätte sie erfahren, worum es dabei ging.

»Danke, Frau Clarin, für die Nachricht«, erwiderte Penelope knapp. Der Gong rief zur nächsten Stunde. Der Anruf bei Jason und ihrer Mutter musste warten.

KAPITEL 11

Seit es den Menschen gibt, ist er auf der Suche nach dem Sinn des Lebens. Tatsächlich gibt es viele Dinge zwischen Himmel und Erde, die niemand erklären kann. Nur wenige akzeptieren die Möglichkeit, dass es auch mehrere Wahrheiten geben könnte. Erzbischof James Ussher von der Church of Ireland gehörte mit Sicherheit nicht dazu. 1650 hat er den Schöpfungszeitpunkt auf den 22. Oktober 4004 v. Chr. datiert. Grundlage seiner Berechnung war die biblische Chronologie. Einen Versuch war es wert.

Der Urmensch selbst ist erstmalig vor circa 6 Millionen Jahren in Erscheinung getreten, als die Erde bereits über 4,5 Milliarden Jahre alt war. So lange hatte die Natur Zeit, sich zu entwickeln, unglaublich vielfache und komplexe Lebensformen zu erschaffen. Natürlich gibt es auch jene, denen das Warum, woher sie kommen und wohin sie gehen, einerlei ist – weil sie es vorziehen, ihr Dasein bewusst im Hier und Jetzt zu leben.

Die Wissenschaft behauptet, das Leben sei im Wasser entstanden. Von dort sei es als Amöbenschiss an Land gekrochen, lernte laufen, lernte fliegen, entwickelte ein Bewusstsein, lernte Kriege.

Der natürliche Feind der Wissenschaft, der Glaube, hat andere Erklärungen. Immer ist hier ein höheres Wesen im Spiel, eine Art Schöpfer, ein Gott mit vielen Namen in vielen Sprachen, und seine verlockende Währung ist stets das ewige Leben. Das ist an sich eine kluge Sache: Denn wer mit dem Jenseits handelt, handelt mit einer Ware, die nicht verdirbt und bei der es keine Reklamationen gibt. Darum hält sich dieses Angebot auch so lange.

Auch die Psychologie kennt eine Bezeichnung für schicksalhafte Geschehnisse, sprich zeitlich korrelierende Ereignisse, die in keiner kausalen Beziehung zueinander stehen. Sie nennt es Synchronizitäten. Ein Beispiel: Sie sind Single und sehnen sich nach einem besonderen Menschen. Eines Nachts schenkt ihnen ein Fremder im Traum eine Spieluhr. Sie treffen ihre Freundin am nächsten Tag im Café und erzählen ihr davon. Plötzlich geht die Tür auf, ein Mann kommt herein und hält genau so eine Spieluhr in der Hand. Das ist eine Synchronizität.

Die Romantik wiederum nennt es Schicksal.

Und manchmal reicht auch ein verdorbenes Tiramisu aus, um Schicksal zu spielen. In diesem Fall setzte ein ungenießbares Dessert eine Reihe von Ereignissen in Gang, die am Ende auch Penelope mit sich rissen.

***

»Wo stecken die Leute vom OFA, Beer und Ohlinghaus?« Der Leiter der Mordkommission klang ungehalten. Hauptkommissar Klaus Viehaus hasste

Unpünktlichkeit genauso, wie er Verbrechen hasste. Seine Augen suchten die Stuhlreihen ab und blieben an der Wanduhr hängen, deren digitale Anzeige soeben auf 07:03 Uhr sprang. Der kleine Raum war trotz der frühen Uhrzeit rappelvoll.

»Kemal, sieh nach, wo die Herrschaften bleiben«, schickte Viehaus seinen Assistenten hinaus. Während sie warteten, öffnete sich die Tür, und ein Mann betrat den Raum, mit dem niemand so früh gerechnet hatte: Polizeipräsident Holger Wielandt. Er lehnte sich mit verschränkten Armen an die Wand und forderte Viehaus mit einem Nicken auf, fortzufahren.

Doch bevor Viehaus den Mund auftun konnte, kehrte Kemal mit der Nachricht zurück, dass die gesamte OFK-Riege nach einer Geburtstagsfeier an einer Salmonellenvergiftung laboriere. Einzig der Praktikant sei verschont geblieben, da er nicht dabei gewesen sei.

»Samuels Junge?«, mischte sich der Polizeipräsident nun doch ein. »Holen Sie ihn her. Besser als gar nichts.«

»Schon da«, meldete sich Jason aus der hintersten Raumecke.

»Gut, beginnen wir.« Viehaus trat zu einer Wand mit Leichen- und Tatortfotos, über denen Namen und Daten standen.

»Kollegen, einige wissen es bereits, ab sofort gehören Sie der Sonderkommission *Englischer Garten* unter meiner Leitung an. Jetzt geht es nicht mehr um vermisste oder entführte Studentinnen, jetzt geht es um Mord. Ab sofort gilt Urlaubssperre.« Leises Murren erhob sich, während Viehaus unbeirrt weiterredete:

»Heute Morgen um 4:12 Uhr wurde von einer Streife am Kleinhesseloher See eine nackte Frauenleiche entdeckt. Bei der Toten handelt sich um die seit zehn Tagen vermisste Studentin Mira Sobotic aus Hamburg, die hier Freunde besuchte. Laut Gerichtsmedizin ist ihr Tod bereits vor mindestens 48 Stunden eingetreten. Somit ist eine der vermissten Studentinnen tot, von der zweiten fehlt weiterhin jede Spur. Und jetzt noch eine schlechte Nachricht: Seit gestern Nachmittag wird eine weitere junge Frau vermisst.«

Er nahm ein Foto vom Tisch und hielt das Bild einer hübschen, lachenden Frau hoch: »Das ist Karin Sander, 22 Jahre, Medizinstudentin. Vom Profil her passt sie ins bisherige Opferschema des Täters: jung, blond, Studentin. Wir gehen also vorerst davon aus, dass es sich in allen drei Fällen um denselben Täter handelt. Drei entführte Studentinnen im Zeitraum von knapp zwei Wochen. Eine davon ist jetzt tot. Die Suchmeldung nach Karin Sander wird soeben über die Medien verbreitet. Es wird nicht lange dauern, bis die Geier von der Presse den Tod von Mira Sobotic damit in Verbindung bringen, das Thema aufgreifen und wir eine neue Schlagzeile haben. Bevor ich irgendeinen Blödsinn à la ›Blondinenmörder‹ lesen muss, will ich von Ihnen erste Ergebnisse sehen!«

»Haben sich schon Zeugen gemeldet?«, fragte der ebenfalls anwesende Staatsanwalt.

»Nein, niemand. Unser Täter ist bis jetzt ein reines Phantom. Übrigens, Herr Staatsanwalt, wir brauchen noch Ihre Freigabe für die Mobilfunkdaten aller zur fraglichen Zeit in Tatortnähe eingeloggten Personen wie auch für die Kameras der umliegenden Verkehrsüberwachung, U- und S-Bahnstationen, Banken usw.«

»Kriegen Sie, sobald ich wieder in meinem Büro bin«, versprach der Staatsanwalt.

Viehaus erteilte noch weitere Anweisungen, danach war das Team entlassen. Auch der Polizeipräsident verabschiedete sich. Zu Jasons Überraschung hielt der Einsatzleiter ihn als Einzigen zurück, dabei brannte er darauf, sich sofort mit Penelope in Verbindung zu setzen.

»Samuel! Was gehört, wie lang die OFK ausfällt?«

»Keine Ahnung, eine Woche?«

Viehaus trat mit den Händen in den Hosentaschen ans Fenster und sah hinaus. Einige Sekunden verstrichen, bis er sagte: »Scheußliche Sache, diese Salmonellen. Eine tagelange Scheißerei.« Er drehte sich zu Jason um: »Gratulation, Samuel, Sie sind der *last man standing* und ab sofort mein Fallanalytiker. Vermasseln Sie es nicht.«

Jason dachte eigentlich, er sei jetzt entlassen, stattdessen sagte Viehaus: »Was stehen Sie da an der Tür? Setzen Sie sich. Hier«, er schob ihm einen Bericht zu. »Das ist der Fallanalyse-Bericht, den Ihr Chef Beer zu den bisherigen beiden Entführungen erstellt hat. Er hat die jetzt eingetretene Eskalation bereits vorausgesehen: Aus unserem Entführer ist ein mutmaßlicher Mörder geworden.«

Jason überflog ihn kurz und entdeckte schnell eine Diskrepanz zu dem Bericht, der ans Team verteilt worden war. Bevor er sich wirklich darüber wundern oder eine Frage stellen konnte, sprach Viehaus weiter. Er wirkte jetzt angespannter als zuvor beim Briefing des Teams.

»Ich verrate Ihnen jetzt etwas, was bis dato nur Ihr Chef Beer, der Polizeipräsident, der leitende Staatsanwalt und ich wissen. Wenn also irgendetwas davon publik wird, dann verfüttere ich Sie an die Löwen, verstanden?«

»Ja, natürlich.« Jetzt war Jason neugierig. Er schielte auf den Bericht, der zwischen ihnen lag.

»Wir haben Anlass zu glauben, dass der Täter jemand aus unseren Reihen sein könnte.«

»Ein Polizist?« Jason sog scharf die Luft ein. Ermittlungstechnisch war das der Supergau. Ein Mörder in den eigenen Reihen schuf den Nährboden für Misstrauen und falsche Verdächtigungen. Und wenn erst die Presse davon Wind bekäme, würden sie alle gemeinsam durch den Fleischwolf gedreht werden.

»Was genau hat zu dieser Erkenntnis geführt?«

»Der Mörder hat bei der ersten Entführung ein Polizeiabzeichen hinterlassen. Ihr Chef Beer glaubt, um die Polizei bewusst zu provozieren. Außerdem hat er nach den ersten beiden Entführungen eine SMS mit Täterwissen an Wielandt gesandt.«

»Unser Täter will, dass Polizeipräsident Wielandt persönlich involviert ist? Sie vermuten also, dass da jemand noch eine alte Rechnung mit ihm offen hat?«

»Ja. Deshalb die Geheimhaltung. Der Staatsanwalt ist schon dabei, alle alten Fälle durchzugehen. Es muss eine Verbindung geben.«

Kemal steckte den Kopf herein. »Chef, wir haben was gefunden. Könnte dem Opfer gehören.« Er reichte ihm zwei kleine, durchsichtige Tüten. Jason reckte den Kopf und sah, dass die Tüten eine Brille und eine Textilie enthielten. Viehaus öffnete die eine und fischte den Inhalt mithilfe eines Kugelschreibers heraus. Ein bunt gemusterter Schal baumelte am Stift. Jason wurde sogleich klar, wem beide Fundstücke gehörten: Penelope.

Schon zu Beginn der Besprechung hatte er an den Mann mit der Wollmütze gedacht und stellte längst fieberhafte Überlegungen an. Er selbst hatte sein Gesicht im Park nur im Profil gesehen, Penelope hingegen meinte, ihn nach der Begegnung auf dem beleuchteten Parkplatz wiedererkennen zu können. Er wusste, dass dies der Moment war, in dem er sich und Penelope vor Viehaus als wichtige Zeugen outen müsste, sofern er sich keine späteren Schwierigkeiten einhandeln wollte.

Doch er schwieg. Falls der Täter tatsächlich aus den Reihen der Polizei stammte, war nicht auszuschließen, dass er sich Zugriff auf die Ermittlungsakten verschaffte. Und damit würde Penelope, die den Mann als mutmaßlichen Mörder identifizieren könnte, in akute Lebensgefahr geraten. Das Risiko wollte er bei dem jetzigen Ermittlungsstand nicht eingehen. Vielleicht ergab sich ein Weg, Penelope völlig aus der Sache herauszuhalten. Auch trieb ihn das schlechte Gewissen an, da er sich für die Situation verantwortlich fühlte.

Der Spaziergang und die missglückte Bootsfahrt waren seine Idee gewesen, und er hätte auf jeden Fall durchsetzen müssen, dass Penelope trotz der nassen Kleidung mit ins Lokal kam, statt draußen allein auf ihn zu warten. Nur so war es überhaupt zu der unglückseligen Begegnung zwischen Penelope und dem Verdächtigen gekommen. Das Geringste, das er Penelope dafür schuldete, war, sie jetzt zu schützen – auch wenn er damit seine berufliche Zukunft aufs Spiel setzte.

Ein Problem waren mögliche DNA-Spuren auf der Brille. Jason hielt es zwar für unwahrscheinlich, dass Penelope kriminalpolizeilich registriert war, trotzdem überlegte er, wie viel Zeit ihm in diesem Fall bliebe. Er schätzte eine, höchstens zwei Stunden, danach würden ihre Personalien bekannt werden. Um sich Gewissheit zu verschaffen, musste er sofort an ein Terminal und die INPOL-Datenbank checken und, um ganz sicher zu gehen, auch die KAN und IGVP.

»Bringen Sie beides zur SpuSi, Kemal«, hörte er Viehaus nun sagen, »alle Ergebnisse sofort und direkt an mich. Nur an mich.«

»In Ordnung, Chef.« Kemal sammelte die Tüten ein und verschwand.

»Und Sie, Samuel, machen sich sofort an die Arbeit. Noch heute Nachmittag erwarte ich eine erste Einschätzung von Ihnen auf meinem Tisch, verstanden?«

»Verstanden.«

KAPITEL 12

Jasons erste Handlung nach Verlassen des Besprechungsraums galt Penelope. Er versuchte, sie zu erreichen, aber ihr Handy war ausgeschaltet. Die Uhr zeigte zwei Minuten vor acht an, der Unterricht hatte also bereits begonnen. Er hinterließ auf ihrer Mailbox eine Nachricht mit der Bitte, ihn dringend zurückzurufen, sandte ihr auch eine kurze SMS gleichen Wortlauts, da sie sich weigerte, WhatsApp zu nutzen. Er musste unbedingt verhindern, dass sie sich als Zeugin meldete, bevor er mit ihr gesprochen hatte. Er befürchtete, dass Penelope in den Morgennachrichten bereits von der Leiche erfahren hatte; andererseits, spekulierte er weiter, hätte sie ihn dann doch sicher gleich angerufen.

Wenigstens hatte seine sofortige Suche nach Penelope Arendt in den diversen Polizeidatenbanken keinen Treffer ergeben, er hatte dies auch nicht wirklich erwartet. Allerdings hatte er in einem anderen Zusammenhang etwas zu ihrer Person entdeckt, das ihn ziemlich nachdenklich zurückgelassen hatte. Eine Stunde verging, dann zwei, aber Penelope meldete sich nicht zurück. Das konnte viele Gründe haben, unter anderem, dass sie ihr Handy nicht checkte, dennoch war er gegen zehn Uhr so beunruhigt, dass er überlegte, im Schulsekretariat anzurufen und nach ihr zu fragen. Oder besser fuhr er gleich selbst hin. Mit der Vespa wäre er in weniger als zwanzig Minuten dort.

Von Viehaus traf eine Mail ein, in der er für 19 Uhr eine weitere Lagebesprechung ansetzte. Damit war endgültig klar, dass Jason heute auf eine Nachtschicht zusteuerte. Er rief seine ältere Schwester Eugenie an und bat sie, Theseus abzuholen, damit er sich nicht auch noch um ihn Gedanken machen musste. Anschließend schnappte er sich Schlüssel und Helm und machte sich auf den Weg.

Nur kurz streifte ihn der Gedanke, dass wenn Viehaus ihn dabei erwischte, wie er das Haus verließ, anstatt an der Fallanalyse zu arbeiten, er sein Praktikum vergessen konnte. Zu Recht, wenn er ehrlich war. Es würde ihn auch nicht retten, dass sein Vater und Polizeipräsident Wielandt Studienfreunde waren. Sein Vater war alte Schule, handelte stets nach Recht und Gewissen, und er hätte wenig Verständnis dafür gehabt, dass sein Sohn eine wichtige Zeugenaussage zurückhielt, nur um seine Freundin zu schützen.

Kaum eine halbe Stunde später stand Jason im Schulsekretariat einer jungen Frau gegenüber, die auf vitale Art hübsch war und in Kleiderfragen keine Scheu vor kräftigen Farben zeigte. Bei seinem Eintreten setzte sie ein strahlendes Lächeln auf und brachte ihre Pheromon-Geschütze in Stellung.

Diese Wirkung auf Frauen erzielte er des Öfteren, dabei konnte er mit den regulären Anbahnungsritualen nichts anfangen, sie waren für ihn so berechenbar wie langweilig. Ihn lockte die offene Herausforderung, das Mysterium Weib, und das war Penelope; sie umgab eine besondere ›Komm-mir-nicht-zu-nahe-Aura‹, und genau das hatte ihn zu ihr hingezogen, den Wunsch in ihm geweckt, sie ihrem Seelengefängnis zu entreißen. Er unterdrückte ein Lächeln, als er an die vergangene Nacht dachte. Penelope war unglaublich, doch sie standen erst am Anfang. Ihre Beziehung war so fragil wie ein Schmetterlingsflügel und Penelope trotz der gemeinsam verbrachten Stunden für ihn weiterhin unberechenbar. Sie forderte ihn heraus, war wie ein tausendteiliges Puzzle, das auf der Kehrseite lag, das Bild für ihn noch völlig unkenntlich und wenig durchschaubar.

»Guten Morgen, wie kann ich Ihnen helfen?«, fragte ihn die junge Frau mit dem Namensschild *Frau Clarin.*

Er lächelte freundlich zurück. »Ich bin auf der Suche nach Frau Arendt«, erklärte er. »Ich bin ihr Freund.« Das hatte er eigentlich nicht vorgehabt zu sagen, aber in dem Augenblick, als es heraus war, fühlte es sich für ihn richtig an. Es war einer dieser seltenen Schlüsselmomente, in dem die Wahrheit an die Oberfläche schnellte und den Verstand überlistete. Als Psychologe arbeitete er bei Verhören bewusst auf diesen Punkt hin, um dem Verdächtigen ein Geständnis zu entlocken.

»Frau Arendt? Äh …«, die Sekretärin geriet ins Stocken und setzte neu an: »Frau Arendt ist meines Wissens gerade im Unterricht. Wenn Sie möchten, sehe ich aber trotzdem im Stundenplan nach.« Ihr Angebot klang unwillig.

»Wenn es Ihnen keine Umstände bereitet«, erwiderte er und fand, dass man weder Verhaltenspsychologe noch Fallanalytiker sein musste, um die Gedanken dieser jungen Frau zu lesen.

»Ich sehe gerade, dass Frau Arendt heute keine Lücke mehr im Lehrplan hat. Sie wird erst gegen dreizehn Uhr wieder zur Verfügung stehen.«

»Ehrlich gesagt hatte ich gehofft, sie gleich sprechen zu können. Könnten Sie sie nicht ausrufen?«

»Ausgeschlossen«, verkündete Frau Clarin. »Es würde die Schüler beunruhigen. Bei einem Notfall, wie zum Beispiel innerhalb der Familie, würde ich Frau Arendt selbstverständlich sofort holen. Handelt es sich denn um einen Notfall?«

Jason war kurz versucht zu bejahen, wollte aber Penelope keine Schwierigkeiten bereiten, indem er sie hinterher in Erklärungsnot brachte. »Aber zwischen den Stunden hat Frau Arendt doch immer ein paar Minuten Zeit? Wenn Sie mir sagen, in welchem Klassenzimmer sie sich gerade aufhält, dann könnte ich davor auf sie warten.«

»Tut mir leid, aber das ist gegen die Schulvorschrift. Es ist in Ausnahmefällen nur Eltern, und das auch nur in Begleitung eines Kollegen, erlaubt, ein Kind direkt am Klassenzimmer in Empfang zu nehmen«, erklärte sie schmallippig.

»Ich möchte kein Kind in Empfang nehmen, sondern ein paar Worte mit einer Lehrkraft wechseln.« Er sagte dies mit einem Augenzwinkern, um so seinen Worten die Schärfe zu nehmen.

Frau Clarin sah nicht aus, als könne er sie zu weiterer Kooperation bewegen, trotzdem versuchte er es. Und es wäre ihm fast geglückt, wenn nicht just jemand den Kopf aus dem angrenzenden Zimmer gesteckt und zu ihr gesagt hätte: »Frau Clarin, ich bräuchte bitte die … Oh, Grüß Gott!« Der Mann eilte wie ein Politiker mit ausgestreckter Hand auf Jason zu. »Ich bin Albert Einstein, der Schulleiter. Für den Namen kann ich nichts, wir sind weder verwandt noch verschwägert.« Er lächelte, als ob er sich für den abgenutzten Witz entschuldigen wollte, jedoch nicht anders konnte, als ihn immer wieder neu anzubringen, weil er längst ein Zusatz seines Namens geworden war.

»Jason Samuel«, erwiderte Jason knapp.

»Und Sie sind hier, um …?« Einsteins Gesicht zerfloss in ein Fragezeichen.

»Herr Samuel ist der Freund von Frau Arendt«, mischte sich die Sekretärin ein.

Einsteins Augenbrauen wanderten daraufhin noch ein Stück höher. »Ach was?«

»Ja, und Herr Samuel möchte Frau Arendt dringend sprechen. Jetzt sofort«, ergänzte Frau Clarin und lächelte Jason zuckersüß zu.

Jason war klar, dass sie zu gerne gewusst hätte, was er Penelope mitzuteilen hatte, und nun spielte sie den Ball geschickt ihrem Chef zu.

Der fing ihn auf: »Um was geht es denn? Vielleicht kann ja ich helfen?« Auch wenn der Schulleiter sich bemühte, seine eigene Neugierde hinter professioneller Verbindlichkeit zu verbergen, Jason konnte er nichts vormachen. Es überraschte ihn selbst, wie sehr ihn die Reaktion der zwei verärgerte. Er fand, sie setzten Penelope mit ihrem Mangel an Vorstellungskraft herab, indem sie ihr keinen Freund zutrauten. Aber diese Überlegungen halfen ihm nicht weiter. »Danke, aber es ist privat und wirklich dringend. Es würde auch schnell gehen.«

Wieder kam Frau Clarin ihrem Chef zuvor: »Ich habe Herrn Samuel bereits aufgeklärt, dass dies wegen der Schulvorschriften nicht möglich ist«, erklärte sie dienstbeflissen.

Jason sah ein, dass eine weitere Diskussion nicht zum Erfolg führen würde. Der Einsatz seiner Dienstmarke hätte hier vermutlich Abhilfe geschaffen, doch er erwog ihn keinen Augenblick; er brauchte einen neuen Plan.

»Also gut«, ergab er sich scheinbar in sein Schicksal, »ich beuge mich den hehren Vorschriften. Vielen Dank und auf Wiedersehen.«

Er verließ das Sekretariat und verharrte kurz vor der Tür. Was jetzt? Irgendwo hier im Gebäude war Penelope. Er musste sie dringend sehen, nicht nur, um sich mit ihr zu besprechen, sondern auch, weil der erste Blickkontakt nach der ersten Nacht bedeutsam war, er konnte sehr viel über einen Menschen aussagen. Würde Penelope ihm direkt in die Augen schauen, sich freuen, ihn zu sehen? Oder würde sie verlegen sein, sich ihm gegenüber gar abweisend verhalten? Er jedenfalls verspürte den Drang, sie fest in die Arme zu nehmen und ihr zu versichern, dass sie sich keine Sorgen zu machen brauche. Irgendwie hatte diese Frau, die einen unsichtbaren Ballast mit sich herumschleppte, auch etwas von einem kleinen Mädchen an sich, das an seinen Beschützerinstinkt rührte. Er setzte sich in Bewegung und hoffte darauf, dass ihn auf dem Weg nach draußen ein Geistesblitz treffen würde, als er auf halbem Flur eilige Schritte hinter sich hörte.

»Warten Sie«, rief Frau Clarin ihn an. »Die Stunde ist gleich zu Ende, und Frau Arendt muss das Klassenzimmer vorläufig nicht wechseln. Ich bringe Sie hin.« Offenbar überwog ihre Neugierde den Willen zur Einhaltung der Schulvorschriften. Jason schenkte ihr sein schönstes Lächeln und folgte ihr über lange, nüchterne Flure ein Stockwerk nach oben.

»Hier ist es«, sagte Frau Clarin und zeigte auf eine Tür. Im selben Moment erklang der Schulgong, und kaum eine Sekunde später öffneten sich die Türen. Im Nu fluteten Horden kleiner Schüler die Gänge, und das Gebäude füllte sich mit Kinderlärm; Schreie, vermischt mit Lachen, das Quietschen von Gummisohlen auf Linoleum, Türenschlagen – die gesamte Bandbreite vertrauter Schulgeräusche.

Penelope stand im Klassenzimmer vor ihrem Pult, in ein lebhaftes Gespräch mit zwei kleinen Schülerinnen verwickelt. Jetzt sah sie auf, und als sie ihn erkannte, zeichnete pure Überraschung ihr Gesicht, sie sah beinahe erschrocken aus. Ihre sprechende Mimik hätte es nicht mehr gebraucht, denn ihre Kleidung sagte ihm schon alles: Penelope war wieder in ihren schützenden Kokon aus grauer Eintönigkeit geschlüpft.

Er trat ein und machte ein, zwei Schritte auf Penelope zu, als ihm auffiel, dass ihm die Schulsekretärin dicht folgte. Er musste sie loswerden. Begleitet von einem charmanten Lächeln sagte er: »Danke, Frau Clarin, dass Sie mich hergebracht haben«, und hielt ihr unmissverständlich die Hand hin. Sie sah ihn ziemlich reserviert an, schlug zwar ein, war aber offenbar nicht bereit, das Feld vollkommen zu räumen: »Ich warte vor der Tür.«

»Die Vorschriften«, Jason nickte, »dann bis gleich.« Die beiden Mädchen verließen ebenfalls das Klassenzimmer. Penelope war allein, und Jason schloss die Tür.

»Was machst du hier?«, fragte Penelope nervös.

Da sie nur wenige Minuten hatten, kam er gleich auf den Punkt. Er war darauf bedacht, leise zu sprechen, da er befürchtete, dass Frau Clarin mit dem Ohr an der Tür klebte. »Im Kleinhesseloher See wurde heute Morgen eine Frauenleiche gefunden. Hast du schon davon gehört?«

»Ja, ein Kollege hat es mir vorhin in der großen Pause erzählt. Denkst du, es war der Mann mit der Wollmütze?«, fragte Penelope ängstlich.

Da die Zeit drängte, unterdrückte er die Frage, warum sie ihn nicht sofort angerufen hatte. »Deshalb bin ich hier. Es ist nicht auszuschließen, dass wir am Samstag dem Mörder begegnet sind. Es ist bereits ein Zeugenaufruf ergangen, aber ich möchte dich bitten, dich vorerst nicht bei der Polizei zu melden.«

Penelope schüttelte verständnislos den Kopf. »Merkwürdig, ich hätte das Gegenteil erwartet und dachte eben schon, du wärst gekommen, um mich abzuholen. Verrätst du mir das Warum?«

»Das erkläre ich dir alles in Ruhe, aber nicht hier. Unternimm nichts, bevor wir nicht heute Abend darüber gesprochen haben. Ich habe gute Gründe dafür. Vertrau mir, okay?«

»Also gut«, gab sie nach kurzem Zögern nach. »Aber was ist mit den beiden Polizisten, die uns mit dem Boot erwischt haben? Die werden sich an uns erinnern.«

»Ich weiß, aber das wird kein Problem sein, solange der Zeugenaufruf läuft.«

»Und was geschieht, wenn du diesen beiden im Präsidium über den Weg läufst?«, wandte Penelope ein.

»Den Feuerlöscher hole ich erst raus, wenn es brennt. Mir wird dann schon was einfallen. Mach dir bitte deswegen keine Sorgen.« Er stand nun ganz dicht vor ihr. Sie hatten kaum zwei Minuten miteinander gesprochen, da öffnete sich die Tür hinter ihnen, und die ersten Zweitklässler enterten geräuschvoll das Klassenzimmer.

»Du solltest jetzt gehen«, sagte Penelope.

»Gut, wir sehen uns bei dir. Es könnte allerdings spät werden.« Er wartete ihre Antwort gar nicht erst ab. Zum Abschied hätte er sie gerne umarmt, aber Penelope sah nicht danach aus, als würde sie es zulassen.

KAPITEL 13

Gleich nach der Schule hatte sich Penelope zu Trudi geflüchtet. Sie war definitiv reif für einen Kirschlikör und hätte auch nichts gegen die betäubende Wirkung einer Marihuanawolke einzuwenden gehabt. Alles schien ihr zu entgleiten, nichts lief mehr nach Plan, und jetzt war sie womöglich noch als Zeugin in einen Mord verwickelt! Was erneut eine Menge Aufmerksamkeit auf sie ziehen würde, und dies bedeutete in ihren Augen den Supergau schlechthin. Und es war allein ihre Schuld, sie hätte sich niemals mit Jason einlassen dürfen. Seit sie ihn kannte, kannte sie sich selbst nicht mehr, hatte definitiv einige Dinge getan, die sie sich noch vor wenigen Tagen niemals hätte vorstellen können. Sie hatte sich nicht an ihre eigenen Regeln gehalten und erhielt nun die Quittung; ohne Jason wäre sie nicht zur falschen Zeit am falschen Ort gewesen und würde jetzt nicht in diesem Schlamassel stecken, sie könnte friedlich an ihrem Schreibtisch sitzen und den nächsten Schultag vorbereiten, während vom Sofa Giacomos beruhigendes Schnorcheln herüberklang.

»Was ist los mit dir? Du gibst mehr Spannung ab als ein Tropengewitter«, sagte Trudi, die ihr gegenübersaß und sich bisher mit Schweigen begnügt hatte. Penelopes Mimik erzählte ihr sowieso eine ganze Kurzgeschichte. Jetzt kam es nur noch auf die Interpretation an. »Und? Kalamitäten durch unseren Hottie aus dem Dachgeschoss?«

Penelopes Mund verzog sich zu einem gequälten Lächeln. »Was kennst du denn für Ausdrücke?«

»Kalamitäten sind heikle Verwicklungen«, erklärte Trudi.

»Das ist mir schon klar. Eigentlich meinte ich den ›Hottie‹. Aber Verwicklung passt, und heikel ist es auch.« Penelope verstummte auf eine Art, die Trudi signalisierte, dass ihre Freundin noch einen Anlauf brauchte, bis die ganze Geschichte aus ihr heraussprudeln würde. »Kirschlikör?«, bot sie deshalb an.

»Da sage ich nicht nein. Aber bleib bitte sitzen, ich mache das.« Nachdem sie das erste Gläschen wie einen Schnaps hinuntergekippt hatte, war Penelope so weit. Während sie sprach, kämpfte sie zunehmend mit den Tränen, das Schicksal der jungen Studentin ging ihr sehr nahe. Innerhalb einer Viertelstunde war Trudi über alles im Bilde.

»Wie schrecklich«, sagte diese am Ende mit erstickter Stimme. »Das arme Ding! Was sie für eine Angst ausgestanden haben muss, als sie begriff, dass sie sterben würde.« Trudi schluckte hörbar, um ihre Kehle wieder frei zu bekommen. »Und du hast keine Ahnung, warum Jason dich darum gebeten hat, mit der Meldung als Zeugin noch zu warten?«

»Nein, nicht den blassesten Schimmer.«

Trudi schüttelte nachdenklich den Kopf: »Hm, das

klingt wirklich seltsam.« Sie kniff die Augen zusammen und fixierte Penelope: »Du siehst allerdings nicht so aus, als würdest du darüber besonders … unglücklich sein.« Trudis Ton enthielt einen unterschwelligen Tadel, was Penelope nicht entging. Sie wand sich: »Es ist nicht das, was du denkst, Trudi.«

»Ach, was denke ich denn, Liebes?«

Penelope holte tief Luft, ihr war klar, in welche Richtung dieses Gespräch steuerte. »Du glaubst, dass ich mich davor scheue, in die Angelegenheit verwickelt zu werden. Das stimmt, aber es würde mich trotzdem niemals davon abhalten, der Polizei eine Täterbeschreibung zu liefern.«

»Ich verstehe, dann hast du eine Vorgeschichte mit der Polizei?« Trudi hielt kurz inne, um Penelope die Gelegenheit für eine Reaktion zu geben, aber da diese mit zusammengepressten Lippen schwieg, redete sie selber weiter: »Gut, Liebes, behalt es für dich, wenn du nicht darüber sprechen möchtest. Dann ist Jason dein eigentliches Problem?«

»Eigentlich hatte ich darauf gehofft, du hättest eine Idee, weshalb mich Jason gebeten haben könnte, mit meiner Meldung noch zu warten?«

»Hm.« Trudi tippte sich mit dem Zeigefinger auf die Nasenspitze, während sie ein Gesicht machte, als müsste sie gerade über eine ganze Menge Dinge nachdenken. Penelope fiel zum ersten Mal auf, wie laut sich in der eingetretenen Stille das Ticken der Wanduhr ausnahm, fast schon wie kleine Donnerschläge.

Offenbar spürte Trudis Papagei die besondere Atmosphäre, er erwachte zum Leben und fing an, lauthals das Lied von Flipper, dem Delfin, zu schmettern. Nach einer halben Strophe verstummte er wieder und summte den Rest leise vor sich hin. Trudi bedachte ihn mit einem liebevollen Blick, bevor sie sich Penelope zuwandte: »Du fürchtest dich vor dem heutigen Gespräch mit Jason, nicht wahr? Er ist dir zu nahe gekommen, und das zwingt dich, über dich selbst nachzudenken.«

Penelope stieß hörbar Luft aus. Wie machte Trudi das bloß immer? Sie musste eine Art menschlicher Seismograph sein, der das geringste Gefühlsbeben aufzeichnete. Natürlich hatte sie Bammel vor heute Abend, erst recht wenn sie an den Zettel dachte, den sie Jason am Morgen unter der Tür durchgeschoben hatte. Sie bereute ihn jetzt, nicht inhaltlich, sondern weil die Art und Weise nicht anständig gewesen war. Tatsächlich hatte sie sich feige verhalten.

Trudi schenkte sich noch ein halbes Glas ein und machte Anstalten, auch Penelope nachzufüllen. Die deckte den Glasrand ab. »Ich weiß, was du vorhast, Trudi«, sagte sie, »aber du kriegst auch nicht mehr aus mir heraus, wenn ich einen sitzen habe. Ich schlafe höchstens ein.«

»Fein, dann spekuliere ich: Du hattest mit Jason ein Techtelmechtel, bereust es schon wieder und hast deshalb beschlossen, ihn nicht wiedersehen zu wollen. Aber diese Zeugengeschichte zwingt dich dazu. Das ist das eine. Das andere ist Jasons mysteriös anmutende Bitte.« Trudi kippte den kleinen Schluck hinunter und lehnte sich zurück: »Ich sehe drei Möglichkeiten: Entweder will Jason dich damit schützen oder sich selbst, oder …« Trudi zögerte kaum merklich.

»Oder?«, fragte Penelope mit angehaltenem Atem.

»… den Täter.«

»Das glaubst du doch jetzt selbst nicht!«, rief Penelope erschrocken.

»Nein, aber es ist ja der Sinn einer Spekulation, alle Möglichkeiten in Betracht zu ziehen. Andererseits ist es müßig, wenn wir uns hier den Kopf zerbrechen. Du wirst es ja noch heute von ihm erfahren. Du musst lediglich ein paar Stunden warten.«

»Also findest du es richtig, zu warten? Ich könnte auch gleich zur Polizei gehen.«

»Ich verstehe deine Bedenken, Liebes. Es ist eine Frage des Vertrauens. Entweder du vertraust Jason oder du tust es nicht. Punktum. Wenn du meine Bestätigung für dein Gewissen brauchst, würde ich sagen, warte und hör ihn an. Immerhin ist er Polizist, und er wird sich ja was bei seiner Bitte gedacht haben. Wenn es dir hilft, können wir gerne gemeinsam auf ihn warten«, bot Trudi weiter an.

Penelope griff spontan nach der Hand ihrer Freundin. »Danke, Trudi, das ist lieb von dir. Aber da muss ich alleine durch. Punktum.«

Es war kurz nach zwei Uhr nachts, als Jason bei ihr klingelte. Penelope war gar nicht erst zu Bett gegangen; sie hätte sowieso kein Auge zugetan.

»Hallo«, begrüßte Jason sie, begleitet von einem zaghaften Lächeln, das sie so an ihm noch nicht kannte. Er sah müde und angegriffen aus. Als er sich vorbeugte, um ihr einen Kuss zu geben, wich Penelope vor ihm zurück. Jason wirkte nicht, als würde ihn ihre Reaktion sonderlich überraschen, wurde aber jetzt von dem Verband an ihrer Hand abgelenkt. »Was ist passiert?«, fragte er besorgt und machte eine Bewegung auf sie zu, um es sich genauer anzusehen.

Penelope versteckte ihre Rechte sofort hinter dem Rücken. »Nichts, ich habe mich nur ein wenig verbrannt.«

»Du hast getöpfert?«

»Wie kommst du darauf?«

»Ich kann den gebrannten Ton riechen. Zeigst du mir deine geheimnisvollen Arbeiten einmal?«

»Wieso geheimnisvoll?« Erneut fühlte sich Penelope von Jason in die Defensive gedrängt.

»Vielleicht, weil in deiner ganzen Wohnung nicht ein Stück aus Ton zu finden ist?«

»Oh!« *Verflixter aufmerksamer Polizist!*

»Jetzt schau nicht wie ein Reh. Ich habe nicht geschnüffelt, es ist mir nur aufgefallen. Ich respektiere deine Privatsphäre. Du brauchst also nicht sofort loszurennen und deine Abstellkammer vor mir abzusperren.«

Er schien ihre Gedanken zu lesen. Sie wechselte das Thema: »Warst du schon bei dir oben?«

»Nein, meine Schwester hat Theseus heute Mittag zu sich geholt«, antwortete er und interpretierte ihre Frage damit falsch.

Das bedeutete, dass er ihre Notiz noch nicht gelesen hatte, was ihr wiederum die Möglichkeit verschaffte, die Angelegenheit persönlich mit ihm zu klären. Wenn sie nicht schon heftiges Herzklopfen gehabt hätte, spätestens jetzt wäre es so weit. So oder so hatte sie das lange Warten in einen nervösen Zustand versetzt, nicht umsonst hatte sie sich die Hand verbrannt. »Setzen wir uns in die Küche. Möchtest du einen Kaffee?«

Jason konnte sie nichts vormachen. »Warum bist du so förmlich?«, fragte er, während er ihr durch den Flur folgte. Und da sie in der Küche unschlüssig am Tisch stehen blieb, zog er einen Stuhl heran, drückte sie darauf und ging vor ihr in die Hocke. »Ich verstehe. Du hast entweder Gewissensbisse, weil du nicht sofort zur Polizei gegangen bist, oder du bereust die vergangene Nacht; vermutlich trifft aber beides zu. Das mit uns stellen wir erst einmal zurück. Wichtig ist, was ich dir jetzt zu sagen habe. Der Mann mit der Wollmütze, dem wir im Englischen Garten begegnet sind, könnte tatsächlich unser gesuchter Mörder sein. Als du ihm auf dem Parkplatz ein zweites Mal begegnet bist, hattest du deine Brille nicht auf. Wie sicher bist du, ihn trotzdem identifizieren zu können?«

»Ziemlich sicher. Ich bin nur leicht kurzsichtig, und er ist mir sehr nahe gekommen.«

»Wie nahe?«

»Zwei Meter. Höchstens.«

»Gut.« Jason rieb sich kurz das unrasierte Kinn. »Wenn ich dich mit einem Zeichner zusammenbringe, wärest du imstande, bei einem Phantombild zu helfen?«

»Natürlich. Wann?«

»Gleich morgen.«

»Einverstanden. Und warum sollte ich heute noch nicht zur Polizei gehen?«

Jason erhob sich und sah sekundenlang zum Fenster hinaus, als ringe er mit einer Entscheidung. Endlich wandte er sich ihr zu. »Was ich dir jetzt sage, darf diesen Raum nicht verlassen. Erzähl es auch Trudi nicht, okay? Es würde sie nur beunruhigen.«

»Toll, ich bin auch beunruhigt. Was ist denn genau los?«

»Der Mann, den wir gesehen haben, könnte ein Polizist sein.«

»Scheiße«, entfuhr es Penelope.

»Es ist mehr als das. Wenn der Wollmützenmann unser Mörder ist, weiß er, dass du ihn identifizieren kannst. Er rechnet damit, dass du dich als Zeugin meldest, und als Polizist könnte er sich ohne große Schwierigkeiten deine Adresse verschaffen. Dieses Risiko kann ich nicht eingehen. Darum werde ich dich morgen früh zu meiner Schwester bringen.«

»Äh, und was soll ich bei deiner Schwester?«

»Sie ist Designerin und kann erstklassig zeichnen. Sie wird das Phantombild anfertigen. So bleibst du anonym.«

»Ich kann aber erst nach der Schule.« Sie traf auf Jasons durchdringenden Blick. Dieses Mal war sie es, die ihn ohne Worte verstand. »Schon gut, ich melde mich morgen früh ab. Das Phantombild ist wichtiger.«

»Das ist mein Mädchen. Gehen wir schlafen?«, fragte Jason ohne Übergang, gähnte und streckte sich ausgiebig.

Penelope zuckte zusammen. »Bitte, Jason«, druckste sie, »mir ist heute nicht äh … danach.«

»Dir ist nicht *danach*?« Jason sah leidlich amüsiert aus. »Kein Problem. Ich wollte dich zwar nur im Arm halten und mit dir kuscheln, weil auch mir nach dem heutigen Tag nicht danach ist, aber wenn du lieber allein bist … Wir sehen uns morgen, oder besser heute. Ich hole dich um halb acht ab. Okay?« Er wartete ihre Antwort gar nicht erst ab, küsste sie auf die Stirn und war zur Tür hinaus, bevor sie noch etwas darauf erwidern konnte.

Sein Abgang hinterließ eine seltsame Leere, die nicht nur in der Wohnung, sondern auch in Penelopes Inneren widerhallte. Trotz des ernsthaften Themas hatte Jason ihre Küche mit Leben gefüllt. Seine physische Präsenz war außerordentlich. Sie bückte sich nach Giacomo, der um ihre Füße strich, und drückte den warmen Körper an sich. Der Kater schnurrte genussvoll, und das vertraute Geräusch tröstete sie; sie fühlte sich dadurch weniger allein.

Plötzlich durchzuckte sie der Gedanke an den Zettel. Verdammt! Jetzt hatte sie wieder den Moment verpasst, mit Jason darüber zu sprechen. Was sollte sie tun? Kurz war sie versucht, Jason hinterherzulaufen. Mittlerweile musste er die Nachricht gelesen haben. Vielleicht hatte es auch etwas Gutes, überlegte sie weiter, wenn sie Jason auf diese Weise enttäuschte. Dann war es das. Sobald der Täter gefasst war, würden sich ihre Wege trennen.

KAPITEL 14

Hier ist es?« Penelope kletterte von Jasons Vespa und nahm den Helm ab. Neugierig sah sie sich um. Sie konnte weder eine Boutique noch ein anderes Geschäft entdecken, das auf eine Designerin hindeutete. Soweit sie es überblicken konnte, gab es auf dieser Straßenseite lediglich ein Café, eine Reinigung, ein Brillengeschäft und eine Apotheke.

Jason dirigierte sie zum Brillengeschäft. »Eugenie designt Brillen«, erklärte er. »Das hier ist ihr Laden. Komm!«

»Warte, Jason.« Penelope hielt ihn zurück. Bis jetzt hatte Jason ihre Nachricht mit keinem Wort erwähnt, obwohl sie darauf gewartet hatte – was im Grunde schon wieder ziemlich feige von ihr war, ihm den ersten Schritt zu überlassen. Aber irgendwie hatte sie bis jetzt den richtigen Einstieg nicht gefunden. Sie vermutete hinter Jasons Verhalten eine Profiler-Taktik, damit sie sich deshalb noch schlechter fühlte, als sie es ohnehin schon tat. Es funktionierte, aber sie konnte und wollte das nicht weiter aufschieben.

»Es tut mir sehr leid. Was ich getan habe, war absolut nicht in Ordnung«, sagte sie mit gesenktem Blick.

»Was war nicht Ordnung?«

»Mein Zettel.«

»Welcher Zettel?«

»Ach, komm schon, Jason, mach es mir nicht schwerer, als es ohnehin ist. Ich möchte mich ja dafür entschuldigen. Ich habe mich feige verhalten.«

»Ehrlich, Kleines, ich freue mich im Prinzip über jedes Geständnis, aber in diesem Moment bin ich eindeutig überfordert. Was hast du genau angestellt? Oder besser, was stand denn auf dem Zettel?« Er lächelte, und Penelopes Magen machte einen unerwarteten Satz, weil es ihr schon so vertraut vorkam. Also gut, er wollte das volle Programm, aber sie hatte es sich ja schließlich selbst eingebrockt.

»Ich habe dir geschrieben, dass der Sonntag ein Fehler war und ich dich nicht wiedersehen möchte. Den Zettel habe ich dir gestern früh unter der Tür durchgeschoben. Noch mal, es tut mir leid, okay?«

Jasons Lächeln wurde breiter. »Wow, du hast per Zettel Schluss mit mir gemacht?«

Penelope spürte, wie sie innerlich und äußerlich schrumpfte.

»Auf jeden Fall danke, dass du es mir erzählt hast. Leider habe ich den Zettel nicht bekommen. Ich hoffe allerdings, er ist Theseus *bekommen.*«

Penelope hob den Kopf, ihr ging gerade ein Licht auf. »Dein Hund hat ihn gefressen?«

»Sicher, da ich keinen Zettel gefunden habe … Er frisst alles, sogar Reklame. Und Rechnungen. Ist manchmal praktisch, jedenfalls bis zur nächsten Mahnung. Jetzt komm, mach nicht so ein Gesicht. Ich hätte das eh nicht ernstgenommen. Ich bin unwiderstehlich.« Er grinste sie an.

»Du bist ganz schön eingebildet.«

»Nein, ich weiß, was ich will. Im Gegensatz zu dir.« Hatte Jason gerade noch gefeixt, so klangen seine letzten Worte unerwartet ernsthaft. Penelope verstand nicht, wie er das immer schaffte, diese besondere, subtile Art, ihr ihre Defizite aufzuzeigen.

»Also komm jetzt, meiner Schwester fallen sonst noch die Augen raus. Ich sehe sie schon die ganze Zeit hinter der Scheibe zappeln, und Theseus leckt mit der Zunge daran. Übrigens, später muss ich dir auch noch etwas gestehen.«

»Was denn?«

»Ich sagte doch gerade später …«

»Aber du kannst doch nicht …«, hob Penelope an und wurde nun von Jasons ungeduldiger Schwester unterbrochen.

»Jason, was treibst du denn die ganze Zeit da draußen?« Sie stand in der offenen Tür, während Jason fast von Theseus umgerannt wurde. »Deine Freundin macht ein viel zu ernstes Gesicht! Habe ich dir nicht beigebracht, dass man Frauen auf Händen trägt?«, schimpfte die Frau in Penelopes Alter. »Hallo, Penelope! Ich bin Eugenie.«

Penelope wollte ihr die Hand entgegenstrecken, wurde aber sofort in eine herzliche Umarmung gezogen und anschließend nicht wieder losgelassen, sondern von Eugenie quer durch den Laden bis in deren Büro verschleppt. Über die Schulter rief sie ihrem Bruder zu: »Sei so gut, Babyboy, und sperr die Tür ab«, und zu

Penelope: »Ich öffne erst um halb zehn. Wir haben also eine gute Stunde. Und entschuldigen Sie das Chaos, ich dekoriere gerade die Schaufenster um, bin aber noch auf der Suche nach der richtigen Inspiration. Sie haben nicht zufällig eine verrückte Idee? Tee, Kaffee, Cappuccino, Espresso?«, fragte sie ohne Übergang, und Penelope hatte irgendwie das Gefühl, von einem menschlichen Tsunami erfasst worden zu sein. Diese Frau hatte ja noch mehr Schwung als ihre Mutter Ariadne! Und optisch war sie atemberaubend: Von ihrem psychedelischen Walla-Walla-Kleid wurde einem geradezu schwindelig, mehrere Reihen Ketten klirrten im Takt ihrer Bewegungen, und ihre pink gefärbten, mit bunten Perlen durchsetzten Haare wurden von einem Stirnband zusammengehalten. Eine Symphonie der Farben und Klänge.

»Spannend, dass Sie Penelope heißen und mein Bruder Jason! Kommt ja nicht so häufig vor, diese episch-griechischen Namen. Ich wünschte, meine Eltern hätten mich Antigone genannt. Sie wissen schon, die Tochter des Ödipus. Das war mal eine starke Frau, die hat ihr Gewissen über das Gesetz gestellt. Kennen Sie sie?«

»Äh, ja. Sie hat das eigene Leben für ihr Streben nach Gerechtigkeit geopfert.«

»Eugenie, lass Penelope in Ruhe, du musst sie nicht testen. Sie ist weit gebildeter als du und ich«, mischte sich Jason ein. Er lehnte mit verschränkten Armen am Türrahmen. »Ich hätte dich warnen sollen, Penelope. Meine Schwester ist Hardcore-Esoterikerin und Umweltaktivistin. Sie hat sich schon als Teenager an Bahngleise gefesselt, um Castortransporte zu stoppen; in Namibia hat sie Elefantenmörder gejagt.«

»Du bist stolz auf sie«, erwiderte Penelope, die sich zu ihrem eigenen Erstaunen gerade sehr wohl fühlte.

»Mächtig. Hallo, Große!« Er beugte sich herab, da er über einen Kopf größer war als seine Schwester, und küsste sie auf die Wange. »Du weißt ja, um was es geht. Setzt euch ruhig schon dran. Ich mache Kaffee.«

Eine knappe Stunde und zwei Tassen Kaffee später stand die erste Skizze. Jason hatte ihnen die ganze Zeit gespannt über die Schulter zugesehen, in der Hoffnung, dass der nächste Bleistiftstrich ihn den Mann erkennen ließe. Aber er konnte keine Ähnlichkeit mit jemandem aus dem Präsidium entdecken. Die Wahrscheinlichkeit, einen Treffer zu landen, hatte sowieso gegen null tendiert. Im Präsidium arbeiteten mehrere hundert Beamte. Dazu kamen nochmals circa fünfzig Dienststellen in und um München, blieben abzüglich des circa dreißigprozentigen weiblichen Anteils insgesamt noch knapp fünftausend mögliche Verdächtige übrig. Ganz davon abgesehen arbeitete er erst seit einer Woche in der bayerischen Hauptstadt. Aber vielleicht würde Viehaus oder einer der Kollegen den Mann wiedererkennen oder ein Gesichtsvergleich etwas ergeben.

»Mir gefallen die Augen noch nicht richtig«, sagte Penelope, nachdem sie die vorläufige Skizze eingehend studiert hatte.

»Größer, enger, schräger?«, fragte Eugenie mit gezücktem Bleistift.

»Ich weiß nicht.« Penelope überlegte. »Ich meine, das rechte Auge war etwas kleiner.«

»Lag es am Auge oder am Lid?«, fragte Jason.

»Ich glaube, das rechte Lid hing etwas herab. Und die Tränensäcke waren vielleicht noch ein wenig intensiver. Das könnte aber auch an der Parkplatzbeleuchtung gelegen haben.«

Eugenie führte flink einige Striche aus und verwischte mit dem Zeigefinger die Konturen unter den Augen. »So?«

Penelope nahm sich vor ihrer Antwort Zeit, rief sich erneut mit geschlossenen Augen die beängstigende Begegnung mit dem Mann ins Gedächtnis. Am Ende nickte sie: »Ja, das könnte er sein.« Sie sah zu Jason auf. »Ich fürchte, ich kriege es nicht besser hin.«

Jason nahm die Skizze in die Hand. »Sie ist sehr gut geworden. Du bist eine brillante Beobachterin, Penelope. Ein Gesicht so zu beschreiben, dass es nachgezeichnet werden kann, ist äußerst schwierig. Tatsächlich können das nur wenige, das sieht nur im Fernsehen immer so einfach aus. Glaub mir, manche Phantombilder ähneln nicht im Entferntesten dem später gestellten Täter. Ich habe den Wollmützenmann zwar nur im Profil gesehen, aber meiner Meinung nach hast du ihn gut getroffen. Das ist erstklassige Arbeit, von euch beiden!«, lobte er. »Und jetzt, Penelope, fahre ich dich in die Schule.«

»Wie geht es mit der Verbrecherjagd weiter? Hältst du mich auf dem Laufenden?«, fragte Eugenie ihren Bruder neckend, während sie die beiden zur Tür begleitete und ihnen aufsperrte.

»Sicher nicht«, sagte Jason knapp.

»Puh, Babyboy lässt den Polizisten raushängen«, sagte Eugenie mit einer Grimasse zu Penelope.

»Danke, Große, für deine Hilfe. Auch für Theseus. Ich hole ihn heute bei dir ab. Könnte aber spät werden.«

»Schon klar. Kommt doch jederzeit am Abend zum Essen vorbei, ihr zwei. Die Mädchen würden sich freuen«, schlug Eugenie zum Abschied vor.

»Wir kommen sehr gerne«, nahm Jason die Einladung wie selbstverständlich für Penelope mit an, griff nach ihrer Hand und drückte sie, wohl weil er gespürt hatte, dass Penelope sonst spontan abgelehnt hätte.

Kaum waren sie allein, sagte Penelope: »Du wolltest mir noch was gestehen?«

»Wow, fix auf den Punkt!«, reagierte Jason. »Es handelt sich um deine Brille. Die Spurensicherung hat sie gefunden. Die Polizei geht vorerst davon aus, dass sie dem Opfer gehört.«

»Mist«, entfuhr es Penelope. »Haben sie auch meinen Seidenschal?«

»Ja. Beides wird aktuell auf DNA-Spuren untersucht. Natürlich auch auf Täterspuren.«

Penelope fuhr sich mit der Hand an die Kehle, sie war blass geworden. »Was …«, sie räusperte sich, »was bedeutet das für mich?«

»Der Seidenschal lag im Wasser und wird kaum Spuren ergeben. Bei deiner Brille besteht immerhin die Möglichkeit, dass man einen Fingerabdruck rekonstruieren kann und sich Hautpartikel unter der Einfassung finden lassen. Da deine DNA aber nicht in unserer Datenbank erfasst ist, geschieht gar nichts.

Danach aber werden die Daten gespeichert sein. Du solltest also, wenn möglich, nie mit dem Gesetz in Konflikt geraten, sonst haben sie dich gleich. Aber da mache ich mir bei dir keine Sorgen«, sagte er mit einem kleinen Zucken um den Mundwinkel, das Penelope nicht zu deuten wusste. Bevor sie sich darüber weitere Gedanken machen konnte, sprach Jason weiter: »Es gibt allerdings noch ein zweites Aber.«

»Was denn noch?«, wollte Penelope wissen.

»Weil sie keine DNA-Spuren des Opfers an deinen Sachen finden werden, könnten Brille und Schal in einer Suchmeldung im Fernsehen landen. Ich werde auf jeden Fall versuchen, dich da herauszuhalten, dafür habe ich das Phantombild gebraucht. Trotzdem sollte ich wissen, ob es jemanden gibt, der beides im Zusammenhang erkennen könnte?«

Penelope musste nicht lange nachdenken. »Ja, meine Mutter. Sie hat mir den Schal geschenkt.«

»Sonst niemand?«

»Nein.«

»Sicher?«

»Ja.« Es klang ungeduldig.

»Gut, deine Mutter hast du ja im Griff.« Jason setzte den Helm auf.

»Das denkst du«, seufzte Penelope leise. *In was für einen verdammten Alptraum bin ich da nur geraten?*

KAPITEL 15

Zurück im Präsidium startete Jason einen Abgleich des Phantombilds mit den gängigen Datenbanken. Es ergab sich kein Treffer, er hatte auch nicht wirklich damit gerechnet. Was er brauchte, war ein Abgleich mit der Personaldatenbank der Polizei. Leider hatte er hier keine Zugriffsberechtigung. Dazu benötigte er den Leiter der Sonderkommission, Klaus Viehaus. Was bedeutete, dass er Farbe bekennen und Bericht erstatten musste, allerdings würde er dabei Penelopes Identität nicht preisgeben.

Umso mehr überraschte ihn die Reaktion des Hauptkommissars. Jason hatte ehrlich damit gerechnet, dass ihm Klaus Viehaus den Kopf abreißen und ihn an die Löwen verfüttern würde, nicht umsonst hieß das Präsidium im Volksmund Löwengrube. Stattdessen zeigte der Mann Verständnis: »Ihr eigenmächtiges Vorgehen sollte keine Schule machen, aber in diesem Fall kann ich wenig dagegen sagen. Wir müssen über die Tischkante hinausdenken: Der Täter muss nicht unbedingt in der Exekutive angesiedelt sein, es könnte auch ein Staatsanwalt sein.« Viehaus beugte sich zu Jason vor: »Gut, damit ist also klar, dass Sie und Ihre unbekannte Freundin das Pärchen sind, das Samstagnacht von der Streife gestört wurde. Aussagen und Personenbeschreibung der beiden Beamten waren nicht sehr ergiebig, aber ich halte das Protokoll auf jeden Fall unter Verschluss. Ich bin einverstanden, Sie beide fürs Erste herauszuhalten, um den Täter nicht auf die Spur unserer bisher einzigen Zeugin zu locken. Die Brille und der Schal sind allerdings bereits als Beweise registriert, die DNA-Analyse läuft. Schwer, die wieder aus dem System zu kriegen. Ich sehe aber, was ich tun kann. Solange Ihre Freundin nicht auffällig wird, hat sie nichts zu befürchten. Sie wiederum halten weiter den Mund und berichten nur an mich. Und jetzt raus aus meinem Büro, bevor ich es mir anders überlege und Ihnen doch noch in den Arsch trete. Das nächste Mal kommen Sie sofort zu mir, sonst wird es kein nächstes Mal für Sie geben, und das war es dann mit Ihrer Karriere. Klar?«

»Glasklar.« Jason fand, er war noch ziemlich gut dabei weggekommen.

Zwei Stunden später rief ihn Viehaus erneut zu sich: »Das war nix, Samuel. Das Problem ist, dass weniger als die Hälfte unserer Beamten digital mit Foto erfasst ist. Trotzdem habe ich jede verdammte Datei zweimal gefilzt.«

»Wie steht es mit der Videoauswertung der Umgebung?«

»Läuft noch. Aber es war ein Samstagabend, warm und damit halb München auf den Beinen.«

Die Tür öffnete sich, und Viehaus' Assistent Kemal informierte seinen Boss: »Dr. Neunheinen muss Sie dringend sprechen.«

Viehaus war bei der Nachricht sofort aufgesprungen.

»Endlich tut sich was in der Gerichtsmedizin! Sagen Sie ihm, ich bin unterwegs. Sie kommen mit, Samuel.«

»Äh, er ist hier«, sagte Kemal, gab die Tür frei, und Dr. Neunheinen wälzte seine stattlichen hundertzwanzig Kilo herein, eine abgewetzte Ledermappe unter den Arm geklemmt. Ächzend nahm er Platz. Dabei nickte er Viehaus zu: »Tag, Klaus.«

»Danke, Kemal, das ist alles«, schickte Viehaus seinen zögernden Assistenten hinaus. Vor seinem Abgang streifte Kemals Blick neugierig Jason.

»Das Jungelchen darf bleiben?« Neunheinens dicker Finger zeigte auf Samuel.

»Ja, schieß los. Was hast du herausgefunden?«

»Haste nicht erst was zu trinken für mich?« Neunheinen schielte zum Schrank hinter Viehaus' Schreibtisch.

»Wir sind im Dienst«, erwiderte Viehaus knapp.

»Das ist sonst kein Problem.«

»Du kannst Wasser haben.«

»Wasser ist was für Fische. Haste Kaffee?«

Viehaus stand auf, schenkte aus der Kanne auf dem Sideboard ein und stellte die Tasse vor Neunheinen ab. Der zog einen Flachmann aus der Tasche und goss bis dicht unter den Rand voll. Anschließend rührte er vorsichtig um und trank einen Schluck. »Ich trinke nicht gerne in Gegenwart von Leichen«, sagte er, als wäre er danach gefragt worden.

»Gut, dass wir das geklärt haben. Was hast du herausgefunden?«, erkundigte sich Viehaus ungeduldig.

»Einiges. Unser Mord muss keiner gewesen sein.

Könnte sich auch um einen Unfall, unterlassene Hilfeleistung oder eine bewusste Herbeiführung einer Reaktion handeln.«

»Was soll das heißen?«

»Dass die Frau an einem anaphylaktischen Schock gestorben ist. Sie ist erstickt. Ich konnte eine Menge Antigene im Blut nachweisen sowie Ekzeme an ihrem Körper. Typische Anzeichen. Von ihren Eltern wissen wir, dass sie an einer Weizenunverträglichkeit litt.«

»Keine direkten Spuren von Gewaltanwendung?«

»Bis auf die Fesselspuren an Beinen und Handgelenken nur ein paar geringfügige Hämatome.«

»Wurde sie vergewaltigt?«

»Nicht nachweislich, jedenfalls konnten wir keine Verletzungen im Genitalbereich feststellen. Allerdings hatte sie auch ein starkes Barbiturat im Blut, sie wurde also betäubt, vermutlich über einen längeren Zeitraum hinweg ruhiggestellt. Und es gibt da noch ein paar Ungereimtheiten.« Dr. Neunheinen zog drei großflächige Aufnahmen hervor und breitete sie vor Viehaus aus. Das eine zeigte einen offenbar stark vergrößerten schwarzen Stern auf weißer Fläche, die anderen beiden unterschiedliche Perspektiven von in die Haut geritzten Buchstaben.

»*Pückler, MAS*«, las Viehaus laut vor. »Was soll das bedeuten? Eine Signatur? Der Täter hat sie markiert?«

»Möglich, aber ich vermute eher, das Opfer hat sich diese Buchstaben selbst beigebracht, und zwar mit einem spitzen Gegenstand aus Silber oder mit Silberanteilen. Ich konnte Oxidationsspuren in den Wunden feststellen.«

»Warum glaubst du, die Buchstaben stammen vom Opfer und nicht vom Täter?«

»Zum einen war sie Linkshänderin, und die Buchstaben sind auf ihrem rechten Arm eingeritzt. Zum anderen ergeben *MAS* die Initialen von *Mira Antonia Sobotic*, und unter dem Pseudonym *Mas Antonis* hat sie Krimigeschichten verfasst und im Netz veröffentlicht. Könnte sein, dass uns das tapfere Mädel damit den Namen des Täters geliefert hat.«

»Falls sie ihn kannte.« Viehaus blieb ruhig, während Jason damit schon mehr Mühe hatte. »Und was ist das?« Er zeigte auf die Abbildung mit dem schwarzen Stern.

»Das ist ein Mouche, Jungelchen. Ich habe es in ihrer Vagina gefunden.«

»Du findest ein Musch in ihrer Muschi? Willst du mich verarschen?«, polterte Viehaus los. »Das hier ist ernst, also lass deine perversen Scherze.«

»Ich bin ernst, mein Bester. Mouche ist Französisch für Schönheitspflästerchen.«

»Schönheitspflaster? Diese Dinger, die sich Frauen anno dazumal wahllos auf Gesicht und Brust klebten?«

»Nur im Rokoko, und auch nicht wahllos, du Unwissender.« Neunheinen hob dozierend den Finger. »Die ausgewählte Position des Mouche war ein geheimer Code innerhalb der besseren Gesellschaft. Er verriet eine Menge über die Trägerin.«

»Ach ja?« Viehaus sah aus, als wäre er Neunheinens Vorträge gewohnt und wartete auf die Pointe. »Und was verrät uns ein Musch in der Vagina?«

»Nichts.« Neunheinen lächelte wie ein Buddha.

»Jedenfalls ist mir hier kein Code bekannt. Aber …«, er tippte mit dem Finger auf das Blatt mit dem Stern, »es verrät uns trotzdem eine ganze Menge.«

Viehaus stieß ein Brummen aus. »Jetzt komm endlich zu Potte!«

Neunheinen nahm noch einen Schluck von seinem Kaffee mit Schuss und lehnte sich dann zurück. »Dieses Mouche ist aus Leder und eine Antiquität. Schätze, es hat mindestens 250 Jahre auf dem Buckel.«

Viehaus' Stirn zeichnete eine skeptische Falte. »Du kannst das Alter unmöglich so schnell via Radiokarbon bestimmt haben.«

»Muss ich auch nicht.« Mit der Geste eines Magiers, der ein Kaninchen hervorzaubert, zog der Gerichtsmediziner eine weitere Aufnahme des Sterns aus der Mappe. »Das ist seine Rückseite. Die eingebrannte Signatur mit dem doppelten ›BB‹. Et voilà: *Benoît Binet.*«

»Und wer soll dieser Typ sein?«

»Der Perückenmacher von Ludwig XIV.«, klärte Jason ihn auf.

»Bravo, Jungelchen! Gut aufgepasst.« Ohne Frage, Neunheinen liebte kuriose Fälle.

Viehaus wirkte genervt. »Wir haben also einen Mord, der vielleicht keiner ist, ein Opfer, das sich mit etwas Silbernem den Namen *Pückler* einritzt und einen alten Lederfetzen in der Vagina kleben hat, was, wie unser Schlauheini hier behauptet«, den Genannten traf ein frostiger Blick, »ein geheimer Code sein könnte. Was hast du noch? Du hast doch noch was, oder?«

»Zwei Sachen: Auf dem Mouche war der Teilfingerabdruck des Opfers zu finden, weil er mit Pomade behaftet war. Auch in ihrem Haar fand sich jede Menge fettiger Pomade von hoher Konsistenz.«

»Ja, und?«

»Nix und! Ich liefere euch die Spuren, kombinieren müsst ihr schon selber. Sonst hätte ich gleich Polizist werden können.«

»Verdammt, so viele Spuren, und eine verrückter als die andere. Wer schmiert sich heutzutage noch Pomade in die Haare, außer Luden und Elvis-Imitatoren?« Viehaus sah Jason an, als erwarte er von ihm eine Antwort. Der lieferte prompt: »Wenn dieser Mouche-Stern eine Antiquität ist, gibt es möglicherweise einen Händler oder einen Privatverkäufer. Wir sollten zunächst klären, ob er dem Opfer oder dem Täter gehörte.«

»Noch ein Schlaumeier!«, unkte Viehaus. »Sie müssen mir nicht meine Ermittlungsarbeit erklären. *Sie* haben den schwarzen Peter! Sie dürfen mir nämlich ein neues Täterprofil erstellen. Herzlichen Glückwunsch: Ihr Chef Beer wird sich freuen, wenn Sie ihn widerlegen. Und nicht vergessen: Sie berichten nur mir und halten ansonsten weiter den Mund. Das gilt auch für dich, Doktor Klugscheißer! Samuel, ich erwarte Ihren Bericht morgen auf meinem Tisch. Bringen Sie ihn persönlich, keine Mail.«

Bis zum späten Abend saß Jason an Fallanalyse und Täterprofil, bis er sich nicht mehr auf die Arbeit konzentrieren konnte. Immer öfter schob sich Penelopes Gesicht dazwischen. Er machte Schluss und rief sie an, um sein Kommen anzukündigen.

Kurz nach 23 Uhr läutete er bei Penelope, Theseus an seiner Seite. Zuvor hatte er überlegt, wie viel er ihr erzählen konnte. Nichts über den Zustand der Leiche oder die Indizien, aber er wollte ihr wenigstens so viel verraten, dass es sich bei Mira Sobotic nicht unbedingt um einen vorsätzlichen Mord handelte. Das würde sie vielleicht etwas beruhigen.

KAPITEL 16

Penelope empfing Jason mit gemischten Gefühlen. Den ganzen Tag hatte sie sich gefragt, wie sie sich verhalten würde, wenn es nur um sie beide ginge und der vermaledeite Kriminalfall nicht dazwischenkommen wäre.

Sollte sie ihm die Tür weisen? Hätte sie die Kraft dazu? Einen Zettel unter dem Türschlitz durchzuschieben zeugte jedenfalls nicht gerade von Mut und Charakter. War es nicht so, dass sie sich nach ihm sehnte und gleichzeitig große Angst davor hatte, ihm noch mehr Nähe zuzugestehen? Er hatte längst schon zu viel über sie erraten, Dinge, die sie unter Verschluss halten wollte, weil sie, an die Oberfläche gezerrt, nur schmerzen würden.

Theseus winselte bei ihrem Anblick freudig auf, stupste sie kurz mit seinem mächtigen Kopf an, drückte sich sodann an ihr vorbei und trabte in Richtung Wohnzimmer davon.

»Er fühlt sich bei dir schon richtig wie zu Hause«, sagte Jason und sah sie dabei an, als erwarte er, dass sie darauf einginge. Das machte sie noch verlegener, als sie sich ohnehin schon fühlte. »Komm rein«, sie trat einen Schritt zurück, »möchtest du etwas trinken? Trudi hat mir eine Flasche ihres Likörs mitgegeben.«

Im Wohnzimmer fanden sie Theseus aufrecht sitzend vor der Couch, auf der Giacomo thronte wie der König von Tonga und die riesenhafte Dogge furchtlos anfauchte. Jetzt fuchtelte er mit seiner Tatze vor Theseus' Nase herum, mit dem Ergebnis, dass der gutmütig der Bewegung folgte, dabei leise winselte und mit dem Schwanz wedelte. Theseus wollte eindeutig Freundschaft schließen.

Penelope, die kurz Anstalten gemacht hatte, ihren Kater retten zu wollen, sagte mit einem kleinen Lachen: »Dein Hund würde sich hervorragend als Anti-Aggressionstrainer machen. Bringt den überhaupt nichts aus der Ruhe?« Sie strich Theseus über den Kopf, was Giacomo als Affront betrachtete und mit einem empörten Zischlaut quittierte.

»Meine Schwester nennt Theseus auch *Mister Valium*. Sie mag Spitznamen, wie du sicher weißt.«

»Ja«, Penelope zögerte kurz, bevor sie vorsichtig ergänzte: *»Babyboy …«*

Damit war das Eis vorerst gebrochen, und nach einem ersten Gläschen von Trudis Teufelslikör erstattete ihr Jason Bericht.

»Also konnte euch die Phantomzeichnung nicht weiterhelfen?«

»Nein, aber sie ist noch nicht vom Tisch. Sobald wir den Täter gefasst haben, wird sie als Indiz herangezogen werden.«

»Muss ich dann zu einer, wie nennt ihr das, Gegenüberstellung?«

»Das kommt auf die Beweislage an. Wenn wir den Mann einwandfrei überführen können oder er ein Geständnis ablegt, wird das nicht nötig sein. Aber erst müssen wir ihn einmal haben«, meinte Jason grimmig.

»Klingt es blöd, wenn ich sage, dass ich irgendwie erleichtert bin, dass es kein richtiger Mord war, sondern eher eine Art Unfall oder Unglück?«

»Nein, weil ich weiß, wie du es meinst, und das war auch der Grund, warum ich es dir erzählt habe: Es lässt für die zwei anderen vermissten Frauen hoffen. Nichtsdestotrotz haben wir es mit einem skrupellosen Entführer zu tun.« Dr. Neunheinens Verdacht auf unterlassene Hilfeleistung oder bewusste Herbeiführung des Allergieschocks unterschlug er ihr lieber. Sein Blick fiel auf das offene Buch auf dem Tisch. »Was liest du gerade?«

»Die Biografie von Jeanne-Antoinette Poisson.«

»Die Frau sagt mir nichts. Heißt Poisson auf Deutsch nicht Fisch?« Jason stellte die Assoziation nur deshalb her, weil Dr. Neunheinen heute das Wasser abgelehnt hatte, weil es für Fische sei.

»Fisch stimmt. Und du hast mit Sicherheit schon von ihr gehört. Als Madame de Pompadour war sie die offizielle Mätresse Ludwigs XV.«

Das weckte Jasons Interesse. »Witzig, wir haben heute kurz über Benoît Binet gesprochen.«

»Dem Perückenmacher von Ludwig XIV.? Wie das?«

»Hatte etwas mit einem Fall zu tun«, sagte Jason knapp.

»Ich verstehe, du kannst nicht darüber sprechen.

Woher kennst du Binet? Er ist geschichtlich weniger bekannt.«

»Aus irgendeinem Historienschinken, in die mich meine Schwester immer geschleppt hat. Sie liebt französisches Programmkino.« Plötzlich kam ihm eine Idee. Sie hatten den Namen *Pückler* durch sämtliche Datenbanken gejagt, aber bis auf ein paar harmlose Verkehrssünder keinen nennenswerten Treffer erzielt. »Sag, Penelope, was fällt dir ganz spontan zum Namen *Pückler* ein?«

»Spontan, außer dem Eis? Eigentlich nur Fürst Hermann von Pückler-Muskau.«

»Der ist aber schon lange tot, oder?«

»Um die hundertfünfzig Jahre. Warum fragst du?«

»Nur so.«

»Er war jedenfalls eine schillernde Persönlichkeit.« Penelope überlegte kurz: »Und ziemlich exzentrisch.«

Das weckte Jasons Neugier. »Eine schillernd-exzentrische Persönlichkeit?«

»Ja, der Fürst war seiner Zeit voraus, vielseitig interessiert, ein Kosmopolit, aber auch ein Frauenheld und Snob. Seine Verschwendungssucht war legendär, und er hielt nicht viel von gesellschaftlichen Konventionen. Er kaufte sich auf einer seiner Orientreisen eine junge Sklavin und nahm sie als Gespielin mit auf sein Schloss Muskau. Von ihm stammt das bekannte Zitat: *Was man hat, ist nichts mehr – was man zu haben wünscht, ist alles.* Er hat sich vornehmlich als Reiseschriftsteller und Landschaftsarchitekt einen Namen gemacht. Pücklers Parks Muskau und Branitz gehören zum Weltkulturerbe.« Penelope geriet fast schon ins Schwärmen.

Jason hatte bei der Erwähnung der beiden Orte Hoffnung geschöpft. Vielleicht war der Name Pückler ein Hinweis darauf? »Wo liegen Muskau und Branitz genau?«

»Im Osten, im Bereich der ehemaligen DDR.«

»Das hatte ich befürchtet. Über was hat dieser Pückler so geschrieben?«

»Warte.« Penelope stand auf und suchte aus ihrer Bücherwand ein bestimmtes Exemplar heraus. »Hier.«

»*Briefe eines Verstorbenen* von Hermann von Pückler-Muskau«, las Jason laut vor.

»Es sind Briefe, die er auf seiner Englandreise für seine Freundin und frühere Ehefrau Lucie verfasst hat, eine Art fragmentarisches Tagebuch. Es ist sehr scharfsinnig, teilweise auch bissig. Der Fürst war ein exzellenter Beobachter.«

»Kann ich es mir ausleihen?«

»Freilich. Danach musst du mir erzählen, wie du es gefunden hast.«

»Das werde ich. Sag mal, hättest du irgendetwas zu essen da? Ich sterbe vor Hunger.«

»Natürlich.« Penelope sprang auf. Sie hatte am Nachmittag eingekauft und mehr als sonst in ihren Wagen geladen. Beim Auspacken hatte sie sich fast über die Menge an Lebensmitteln gewundert. Jetzt war ihr klar, warum sie das getan hatte. Einen Moment lang fragte sie sich, wann ihr die Fähigkeit des rationalen Denkens abhanden gekommen war. Während sie eine Brotzeit aus verschiedenen Käsesorten, gekochten Eiern, Tomaten, Gurken und Bauernbrot zusammenstellte, ging ihr durch den Kopf, dass David diese einfache Form des Abendessens früher gemocht hatte – bevor er in die Welt der Fünf-Gänge-Menüs eingetaucht war.

Jason griff tüchtig zu.

»Dein Hund sieht auch hungrig aus. Soll ich ihm etwas machen? Ich hätte noch Thunfisch da«, bot Penelope an. Es war, als hätte Theseus sie verstanden. Hatte er gerade noch sein Herrchen angestiert, legte er jetzt seinen Kopf auf ihren Schoß und seufzte herzerweichend.

»Keine Sorge, Theseus sieht immer hungrig aus. Ich habe ihn vorhin erst gefüttert.« Jason nahm sich noch ein Brot, bestrich es großzügig mit Butter, legte zwei Scheiben Käse darauf und sparte nicht mit Pfeffer. Bevor er kräftig davon abbiss, sah er Penelope über das Brot hinweg kaum weniger herzerweichend an als sein Hund: »Wie sieht es heute mit einer Runde Kuscheln aus?«

Penelope saß unwillkürlich stocksteif da. Bis zu diesem Augenblick hatte sie nicht gewusst, wie sie auf Jasons Nähe reagieren würde. Und nun hörte sie sich antworten: »Also gut, du darfst bleiben. Aber es gibt Regeln«, fügte sie nachdrücklich hinzu.

Jason kaute in Ruhe zu Ende und sagte dann: »Na, dann schieß mal los. Was hast du dir Feines ausgedacht? Soll ich vorher Kopfstand machen?«

Seine unbekümmerte Direktheit ließ sie um ihre Fassung ringen. »Du nimmst mich nicht ernst«, sagte sie mit der Stimme eines kleinen Mädchens.

»Oh, ich nehme dich sehr ernst.« Jason stand auf und zog sie in seine Arme. »Also, was kann ich für dich tun, Kleines«, flüsterte er nahe an ihrem Ohr. Sein warmer Atem und die heisere Stimme lösten einen Schauer der Erregung in ihr aus.

»Das hier ist nur Sex, nicht mehr. Nur Sex«, stammelte sie.

»Schon gut, wie du meinst. Sex klingt doch gut. Eigentlich wollte ich bloß schmusen. Aber der Wunsch der Lady ist mir Befehl.« Er hob sie auf und trug sie ins Schlafzimmer.

Gegen vier Uhr früh schreckte Penelope hoch. Sie hatte etwas gehört und machte die Nachttischlampe an. Das Bett neben ihr war leer, auch Giacomo lag nicht an seinem angestammten Platz. Da war das gurgelnde Geräusch wieder, es hörte sich an wie ihre Kaffeemaschine. Sie stand auf, öffnete die Tür und hörte nun Jasons Stimme aus der Küche. Mit wem sprach er? Mit Giacomo, wie sie als Nächstes feststellte. Offenbar hatte ihr Kater ein frühes Frühstück eingefordert, und Jason erklärte ihm gerade, dass er seine Kompetenzen lieber nicht überschreiten wolle. Theseus ragte neben Giacomo auf und lauschte mit schief gelegtem Kopf.

»Hallo, ihr drei, was macht ihr denn hier?«

»Ich konnte nicht schlafen, und Giacomo und Theseus leisten mir dabei Gesellschaft.«

Penelope trat näher. »Es ist der Fall, oder?«

»Ja, er beschäftigt mich, diese vielen Ungereimtheiten. Da dachte ich, ich könnte ebenso gut lesen.« Er zeigte auf das Pückler-Buch, das aufgeschlagen auf dem Tisch lag. »Es ist wirklich sehr interessant, aber in seiner blumigen Ausführlichkeit nicht ganz einfach.«

Jason schenkte sich eine Tasse Kaffee ein und hob die Kanne. »Du auch?«, fragte er.

Penelope überlegte nicht lange, sie fand, es hätte wenig Sinn, sich jetzt noch mal hinzulegen. »Ja, gerne.«

Jason reichte ihr den Kaffee und zeigte mit einer Geste auf ihren Stundenplan am Kühlschrank. »Ganz schön taff, dein Tagesablauf. Du hast sogar feste Zeiten fürs Katzenkloreinigen?«

»Ist das eine Frage?« Penelope kniff die Augen zusammen.

»Sagen wir so, dieser Plan verrät eine Menge über dich. Und damit meine ich nicht, was du wann machst.«

»Willst du jetzt mit mir über mein Leben diskutieren?« Eine leichte Schärfe hatte sich in Penelopes Stimme geschlichen.

»Entspann dich, heute nicht. Aber sicher bald. Mich interessiert auch, warum es in deiner Wohnung nur ein paar Klassenfotos gibt, aber keine mit Familie oder Freunden. Hast du keine Vergangenheit?«

»Sag mal, bin ich etwa ein Studienobjekt für dich?« Penelope fühlte sich durch Jasons Frage herausgefordert.

»Nein, ich interessiere mich für den Menschen Penelope. Ist das falsch?«

»Nein, schon gut«, lenkte Penelope ein. »Aber bitte lass es nicht an mir aus, wenn du bei dem Fall nicht weiterkommst.«

»Du kannst mir ja helfen«, erwiderte Jason, dem eine Idee gekommen war. »Wie wäre es mit einem Assoziationsspiel: Was fällt dir spontan ein, wenn du die drei folgenden Begriffe hörst: *Pückler, Schönheitspflaster, Pomade.*«

»Theater.«

»Gut. Warum?«

»Auch spontan?«

»Natürlich.«

»Ich glaube, es ist die Pomade im Haar. Du hattest gestern Benoît Binet erwähnt, den Perückenmacher Ludwig XIV. Die Perücken wurden damals gepudert. Vorher wurden sie mit Pomade präpariert, damit der Puder, gewonnen aus Weizen oder Kartoffeln, darauf haften konnte.«

»Und Perücken wurden mit Haarnadeln befestigt? Zum Beispiel aus Silber?«

»Wohl eher die Schleifen und Gebilde darauf. Hat das alles mit dem Fall zu tun?«

»Ja, aber ich kann dir nicht die Zusammenhänge erklären.«

»Hm ...« Penelope zog die Stirn kraus, hob ihre Tasse, setzte sie wieder ab und griff nach dem Buch des Fürsten. Sie blätterte darin.

»Was ist? Was suchst du?«

»Es gibt da eine Stelle, in der Pückler etwas beschreibt.« Sie hatte sie gefunden: »Hier, der Fürst hatte Spaß daran, berühmte Gemälde nachzustellen. Bevorzugt mit leicht bekleideten Damen. Für ihn waren Frauen Teil seines gestalterischen Hobbys.«

Jason sah von ihr zu der aufgeschlagenen Seite, kombinierte den durch Weizenunverträglichkeit verursachten Tod der Studentin mit dem von Penelope erwähnten Puder in historischen Perrücken, und darauf erhellte sich sein Gesicht. Er küsste Penelope, schnappte sich das Buch und rief: »Ich muss los. Danke, Penelope! Ich melde mich heute Abend.«

Hauptkommissar Viehaus las Jasons Bericht. Dann sah er auf: »Sie halten unseren Entführer für eine Art Hobby-Künstler?«

»Ja, er ist entweder Fotograf, Maler, oder er filmt. Meiner Meinung nach geht es dem Täter primär um die Inszenierung; sexuelle Begierden scheinen dabei eine eher untergeordnete Rolle zu spielen.«

»Das ist mir zu dünn, die Indizien beliebig. Ihre These schießt weit über das Ziel hinaus, Samuel.«

»Nein, es grenzt die Tätersuche ein«, hielt Jason dagegen. »Das Opfer, Mira Sobotic, hat uns eigenhändig die Hinweise dafür geliefert. Sie hat Theaterwissenschaften studiert und in ihrer Freizeit mehrere Kriminalgeschichten verfasst, die sie unter Pseudonym selbstverlegt hat. Und zwar so erfolgreich, dass sie sich damit ihr Studium finanzieren konnte. Und eben habe ich noch recherchiert, dass sie an einer Magisterarbeit über Fürst Hermann von Pückler-Muskau schrieb.«

Viehaus stand der Zweifel ins Gesicht geschrieben: »Sie behaupten also, dass das Opfer, obwohl es sich zweifellos in einem seelischen Ausnahmezustand befinden musste, eine kriminalistische Denkweise an den Tag legte und uns auf diese Weise zum Täter hinführen wollte? Preisfrage, Samuel: Warum ritzt sie sich dann den Namen *Pückler* ein, anstatt zum Beispiel das Wort *Künstler* oder *Fotograf*, was auch immer?«

»Daran arbeite ich noch. Ich bin mir sicher, dass der Name *Pückler* noch für einen zweiten, konkreteren Hinweis steht als zum Beispiel der Begriff *Künstler*. Ich vermute, es ist ein Ort.«

»Fein, dann kommen Sie wieder, wenn Sie ihn gefunden haben.« Viehaus wollte das Gespräch beschließen, doch Jason hatte noch etwas in petto. »Einen Moment.« Er zog eine zweite Akte heran, die er mitgebracht hatte. »Ich habe hier die Berichte über insgesamt drei Einbrüche: zwei in Kostümverleihen, einer in der Münchner Staatsoper, allesamt verübt in den vergangenen Wochen. Der letzte Diebstahl fand statt zehn Tage, bevor das erste Mädchen entführt wurde.«

»Und was genau wurde gestohlen?« Viehaus war nun mit mehr Aufmerksamkeit bei der Sache.

»Perücken und Frauenkleider im Stil des 18. Jahrhunderts.«

»Ich verstehe, Sie glauben, der Täter hätte sich hier für seine Inszenierungen bedient?«

»Ja, das wäre durchaus möglich.«

»Also gut, es könnte immerhin eine Spur sein. Ich werde einen meiner Leute darauf ansetzen. Und wenn Sie so überzeugt von Ihrer These sind: Bitte sehr, beweisen Sie sie und finden Sie die ominöse Zweit-Verknüpfung zu diesem Pückler!«

Damit war Jason entlassen. Auf dem Weg zurück in sein Kabuff überlegte er, dass es schwierig werden würde, einen Ort zu finden, wenn man den besonderen Umstand bedachte, dass Fürst Pückler auch Reiseschriftsteller gewesen war. Doch sein Instinkt sagte ihm, dass er auf der richtigen Spur war. Der Operationsradius des Täters hatte sich bis dato auf München beschränkt. Also dürfte der fragliche Ort mit hoher Wahrscheinlichkeit auch in München oder der näheren Umgebung zu finden sein.

KAPITEL 17

Einen Tag später verschwand erneut eine junge Frau, es war die vierte Entführung einer Studentin innerhalb von drei Wochen. Die Boulevardpresse reagierte gewohnt reißerisch, und immer mehr Nachfragen beunruhigter Münchner Bürger trafen bei der Polizei ein.

Jason vergrub sich völlig in seine Arbeit, Theseus zog mehr oder weniger bei Penelope ein, da sein Herrchen die Nächte fast ausschließlich im Präsidium verbrachte, zusammen mit Viehaus und seinen Kollegen, die rund um die Uhr arbeiteten. Trotzdem traten die Ermittlungen auf der Stelle.

Penelope bekam Jason die Woche über kaum zu Gesicht. Zweimal schlüpfte er mitten in der Nacht zu ihr ins Bett und war schon wieder weg, wenn sie selbst um sechs Uhr in der Früh aufstehen musste.

Jason war nahe daran, an seiner eigenen These zu verzweifeln. Er war Pücklers Buch inzwischen mehrmals durchgegangen. Erst am Samstagabend kam er zu einer vernünftigen Zeit bei Penelope an, da Viehaus ihn mit den Worten »Sie sehen scheiße aus, Samuel! Ich will Sie erst am Montag wieder hier sehen« heimgeschickt hatte.

Sie verbrachten einen schönen Abend zusammen, bestellten asiatisches Fingerfood ins Haus, und Jason ließ den Fall tatsächlich für ein paar Stunden ruhen.

Als Penelope am folgenden Sonntagmorgen unter der Dusche stand und das Telefon klingelte, nahm Jason das Gespräch für sie entgegen.

Als er sich mit den Worten: »Penelopes Anrufbeantworter« gemeldet hatte, fragte eine unbekannte Frauenstimme: »Äh, ist das … David?« Es klang erstaunt und verzagt, gleichzeitig konnte Jason aber auch heraushören, dass sich die Anruferin tatsächlich darüber freuen würde, wenn er wirklich David wäre.

»Nein, hier ist Jason«, antwortete er ungewohnt zurückhaltend. Sein Gespür verriet ihm, dass es sich hier um einen bedeutungsvollen Anruf handelte, der ein weiteres Puzzleteil zu Penelopes rätselhafter Persönlichkeit beisteuern könnte. Er vernahm nun ein unentschlossenes Räuspern im Hörer, gefolgt von hastig hervorgestoßenen Worten, in denen leichte Verunsicherung mitschwang: »Hier ist Caroline, eine Freundin von Penelope. Ich wollte mich wieder einmal bei ihr melden. Und ihr auch zum Geburtstag gratulieren.«

»Sie hat heute Geburtstag? Das wusste ich nicht.« Tatsächlich hatte er sich absichtlich nicht näher für Penelopes Geburtsdatum respektive Alter interessiert, gerade weil es für sie selbst so wichtig zu sein schien. Dabei wäre es für ihn ein Leichtes gewesen, es herauszufinden.

»Ist sie da? Könnte ich sie bitte sprechen?«, fragte Caroline als Nächstes, und Jason fand, sie musste eine sehr nette und taktvolle Person sein. Jeder andere hätte jetzt vermutlich nachgehakt oder seiner Verwunderung Ausdruck verliehen, warum Jason nicht über Penelopes Geburtstag Bescheid wusste, obwohl er ihr Telefon bediente – was in jedem Fall eine gewisse Vertrautheit voraussetzte.

»Sie ist da, duscht aber gerade. Kann sie Sie zurückrufen?«

»Ja, es …«, sie hielt inne, unterbrochen durch die Frage einer kindlichen Stimme.

Vom Telefon abgewandt, hörte er die ihm unbekannte Caroline sagen: »Mami telefoniert gerade, Schatz. Zieh dir schon mal die Schuhe an, ja? … Entschuldigen Sie, das war meine kleine Tochter. Richten Sie Penelope bitte liebe Grüße von ihrer Freundin Caroline aus, und dass ich an sie denke. Und falls sie zurückrufen möchte, sie hat meine Nummer. Bye!«

Nachdenklich legte Jason auf. Er schrieb eine kurze Nachricht für Penelope, dass er Brötchen besorge, rief Theseus und kehrte eine Viertelstunde später mit Frühstück und einem riesigen Sommerblumenstrauß zurück.

»Oh! Für mich? Danke, er ist wunderschön!«, freute sich Penelope, als sie ihm die Tür öffnete. Sie nahm den Strauß und versenkte sofort ihr Gesicht darin. Doch Jason täuschte sie nicht damit, ihm entging keineswegs, dass sie es aus Verlegenheit tat und nicht, weil die Blumen so gut dufteten.

Schon bei ihrer ersten Begegnung im Treppenflur hatte er Penelope als eine Person empfunden, die keinen Wert darauf legte, von ihrer Umgebung wahrgenommen zu werden, weil sie es offenbar vorzog, unsichtbar durch die Welt zu laufen und jeden überflüssigen Schnittpunkt mit ihr mied.

Er musste zugeben, dass gerade dieses Verhalten ihn anfänglich an Penelope gereizt hatte. Sie war ein vielschichtiger Charakter, doch konnten die Anzeichen von Schuld, Selbstkasteiung und unterschwelliger Wut, die er an ihr ausgemacht hatte, nicht immer Bestandteil ihrer Persönlichkeit gewesen sein. Sie musste sich selbst mit diesem Panzer umgeben haben, und er war entschlossen, diesen zu durchbrechen. Es gab einen Grund für ihren Wandel, und er wollte ihn verstehen, zur echten Penelope durchdringen. Deshalb hatte er sie am Anfang geradezu überrollt, kein Nein akzeptiert.

Erst hatte es ihn überrascht, dass sie so zügig auf sein Spiel eingegangen war, jedoch hatte er eine plausible Erklärung dafür gefunden: An jenem Abend waren ihm Penelopes erweiterte Pupillen nicht entgangen. Sie musste etwas genommen haben, was ihm selbstredend nicht gefallen konnte, und viel hatte nach dieser Entdeckung nicht gefehlt, und er wäre abgesprungen. Er kannte die schwerwiegenden Folgen, wusste, was es hieß, sich mit jemandem einzulassen, der ein Problem mit Drogen oder Psychopharmaka hatte.

Am Ende hatten professionelle Neugier, aber auch sein ehrliches Interesse an Penelope die Bedenken überwogen. Inzwischen war er froh, dass er sich auf sie eingelassen hatte. Was er am Anfang eher als Experiment betrachtet hatte, war schnell zu etwas Tieferem geworden. Schritt für Schritt tastete er sich nun an Penelope heran, entwirrte nach und nach die seidenen Fäden, in die sie sich eingesponnen hatte wie eine Schmetterlingsraupe in ihren Kokon.

Diese Caroline schien ein weiterer Faden zu sein, eine Verknüpfung mit der Außenwelt, die Penelope fast wie einen Feind betrachtete, weil diese in ihrer Unberechenbarkeit ihre streng gehütete Ordnung durcheinanderbringen konnte. Eine Ordnung, die wie eine beständige Mahnung als minutiöser Plan am Kühlschrank hing und unter anderem mehrfach ein mysteriöses ›D.‹ enthielt, das ihn schon länger beschäftigte. Es war an der Zeit, mehr darüber herauszufinden.

»Du weißt, wofür die Blumen sind?«, begann Jason. Ihn interessierte Penelopes Antwort, ihre Reaktion darauf. Nur wenige Menschen verschwiegen ihren Geburtstag oder vergaßen ihn gar.

Penelope wich seinem Blick beharrlich aus, klammerte sich an den Strauß, als suche sie an ihm Halt.

Erneut verriet ihm ihr Schweigen mehr über sie, als jede mögliche Antwort es hätte tun können. Er verfolgte den Reigen sich widerstreitender Gefühle in ihrem Gesicht, sah, wie Penelope abwog, ob er mehr wusste, als er sollte, während sie gleichzeitig mit sich rang, ob sie mit der Wahrheit herausrücken oder seine Frage mit einer leichten Bemerkung parieren sollte. Sie entschied sich für Letzteres: »Weil du mich umwerfend findest?« Sie versuchte sich an einem koketten Lächeln, was jedoch jenseits ihrer Möglichkeiten lag. Sie war nicht geschaffen für Koketterie, dazu war sie zu ehrlich, zu unverfälscht. Sie konnte sich nicht verstellen, hatte weder das nötige Talent noch Übung darin. Er fand, dass gerade das Penelopes besonderen

Charme ausmachte, das, was ihn von Anfang an zu ihr hingezogen hatte. Egal, in welcher Lage oder Situation man ihr begegnete, man bekam immer Penelope pur, selbst in ihrer Schutzrüstung aus Leid und Selbstkasteiung. Er erlöste sie: »Alles Gute zum Geburtstag, Penelope.«

Sie zuckte kaum merklich zusammen. »Danke«, wiederholte sie leise. »Woher weißt du es? Hat meine Mutter angerufen, während ich unter der Dusche war? Dafür hat sie nämlich ein besonderes Talent.« Sie ging voraus in die Küche und holte eine Vase aus dem Küchenschrank.

»Wenn das deine Art ist, nachzufragen, ob sie es mir verraten hat, so lautet die Antwort darauf nein.«

Penelope hantierte mit dem Gefäß, stopfte die Blumen hinein und füllte es mit Wasser auf, während sich auf ihren Wangen rote Flecken abzeichneten. Jason registrierte den Ausdruck einer stillen Wut. Er konnte sich denken, was Penelope aufregte, und fand es immer wieder interessant, wie Frauen gerne falsche Schlüsse zogen. Er setzte sich und wartete auf die Eruption, die nicht lange auf sich warten ließ.

Heftig wandte sich Penelope jetzt zu ihm um. »Woher weißt du es dann? Schnüffelst du mir etwa nach?«

»Sicher nicht. Deine Freundin Caroline hat es mir vorhin gesagt. Ich soll dir Grüße von ihr ausrichten, auch, dass sie an dich denkt. Du möchtest sie bitte zurückrufen.«

Penelope biss sich auf die Lippe, auf eine Art, als hätte sie Angst, sie könnte ihren Mund öffnen, und ungewollte Worte würden daraus hervor purzeln. Sie stellte die Vase auf den Tisch, drehte sich von ihm weg und murmelte kaum hörbar: »Ist gut.«

Augenscheinlich wollte sie nicht näher auf den Anruf dieser Caroline eingehen. Jason beobachtete sie, wie sie auf ihre Hände starrte, die jetzt ohne Beschäftigung waren. Wohl deshalb schnappte sie sich einen Lappen und begann die ohnehin blitzblanke Arbeitsfläche zu polieren. Auf Jason wirkte ihr Treiben, als wolle sie Flecken aus ihrem Leben tilgen. Niemals hatte Penelope abweisender auf ihn gewirkt.

Aber so leicht würde er es ihr dieses Mal nicht machen. Er fasste nach einem weiteren losen Faden, der sich ihm durch Caroline angeboten hatte, und zog daran: »Wer ist David, Penelope?«, fragte er sanft und registrierte nun mit einigem Interesse, wie Penelope abrupt in der Bewegung einfror, sich nach einer Sekunde besann, um hektischer denn je weiterzuwischen, während sich die roten Flecken auf ihren Wangen intensivierten. Offenbar fehlten ihr die Worte, denn weder sagte sie etwas, noch warf sie ihn raus. Mit beidem hatte er gerechnet.

Wow, dachte Jason, *richtig wunder Punkt*. Also stand das ›D‹ auf ihrem Plan für David, und dieser David war Auslöser und Ursache für Penelopes Persönlichkeitsstörung. Der Grund, warum sie sich so weit in sich zurückgezogen hatte, dass er kaum an sie herankam, bisher nur an ihrer Oberfläche gekratzt hatte. Aber warum räumte sie diesem David Zeit in ihrem Plan ein? Das ergab irgendwie keinen Sinn.

Mehrere Sekunden verstrichen, während derer Jason förmlich spüren konnte, wie sich Penelope in ihren

Schutzpanzer zurückzog, eine neuerliche Atmosphäre von Distanz zwischen ihnen schuf.

»Es geht dich zwar nichts an, aber David ist mein Exmann«, sagte Penelope mit mühsam beherrschter Stimme. Sie warf den Lappen in die Spüle und sah demonstrativ auf die Uhr: »Ich muss heute noch viel arbeiten. Danke für das Frühstück.«

Also doch, sie servierte ihn ab. Ihr Benehmen entlockte Jason ein amüsiertes Prusten: »Du wirfst mich raus?«

»Ja, und ich bitte dich, mich künftig in Ruhe zu lassen«, sagte Penelope steif.

»Wir machen uns die Dinge gerne einfach, nicht wahr?« Jason schüttelte den Kopf, was Penelope nicht sehen konnte, weil sie ihm weiter stur den Rücken zuwandte. »Weißt du, was dein Problem ist, Penelope? Du hast dich in deinem eigenen kleinen Gedankennest richtig bequem eingerichtet. Alles, was um dich herum geschieht, betrachtest du aus der Vogelperspektive, als ob es dich nichts anginge. Für dich sind die Menschen klein, weil du sie alle weit von dir schiebst; niemand soll dir zu nahe kommen. Du kommst mir vor wie Pippi Langstrumpf: Die hat sich die Welt auch so gemacht, wie sie ihr gefiel. Aber so läuft es nicht, Penelope. Es geht in dieser Welt nicht nur um dich und um deine Gefühle. Andere Menschen haben auch welche. Du bist nicht die Einzige auf dieser Welt, der das Schicksal übel mitgespielt hat. Und da wir gerade dabei sind: Du tust auch deiner Mutter unrecht. Meiner Meinung nach hast du einen völlig falschen Blick auf sie.«

Penelope gefiel natürlich nicht, was Jason sagte. Was wusste er schon von ihrem Leben? »Du tust ja gerade so, als würdest du sie schon länger kennen! Ich sag dir was, meine Mutter und ich gehen dich überhaupt nichts an«, erwiderte sie frostig.

Jason sah sie an, als hätte sie ihn enttäuscht. Es versetzte ihr einen Stich.

»Du bist der widersprüchlichste Mensch, der mir je begegnet ist. Du hast ein völlig schiefes Selbstverständnis, die Art und Weise, wie du mit deinem sozialen Umfeld umgehst, ist geradezu beispielhaft. Das schließt deine Selbsteinschätzung mit ein. Du stößt alle Menschen, die dich lieben und sich um dich sorgen, von dir. Du verletzt sie, Penelope.«

Der Ärger schoss in Penelope hoch wie eine brodelnde Flüssigkeit. Diese Anmaßung! Jason hatte kein Recht, so mit ihr zu reden. Die Tatsache, dass sie einige Male mit ihm geschlafen hatte, bedeutete nicht, dass sie eine Beziehung hatten. Das war nur Sex gewesen! Das war die Abmachung, die Regel, die sie aufgestellt hatte, und er war damit einverstanden gewesen. Und nun leitete er von dem bisschen Sex ab, über ihr Leben richten zu können, ihre Seele sezieren zu dürfen wie die der kriminellen Subjekte, mit denen er beruflich zu tun hatte?

»Was fällt dir ein? Ich verbitte mir dieses … dieses Täterprofil!«, schrie sie. »Verlass sofort meine Wohnung!« Mit bebendem Finger zeigte sie auf die Tür.

Der Einzige, der ihrer Aufforderung folgte, war Theseus. Er trabte in den Flur, kehrte aber sofort zurück, da ihm sein Herr nicht hinterhergekommen war.

Fragend steckte er seinen großen Kopf durch die Tür, doch Jason beachtete ihn nicht weiter.

»Nein, ich denke gar nicht daran, jetzt zu gehen«, sagte er, unbeeindruckt von Penelopes Wutausbruch. »Ich lasse mich genauso wenig zurückstoßen wie deine Mutter. Ich werde erst gehen, wenn du dir angehört hast, was ich dir zu sagen habe. Setz dich«, sagte er bestimmt, als wäre er der Lehrer und nicht sie.

Diesen Ton kannte Penelope nicht an Jason. Er klang so ganz anders als sonst, wie ein Mann mit echten Prinzipien, jemand, der wusste, was er wollte, und danach handelte, jemand, den man gerne an seiner Seite wüsste, wenn es schwierig wurde.

Ihre Wut legte sich und machte einem hilflosen Gefühl Platz. Sie war sich selbst unangenehm – nicht nur, weil ihr die Situation entglitten war, sondern weil sie sich davor scheute, was Jason ihr weiter zu sagen hätte. Weil er ihr etwas sagen würde, was sie längst wusste, etwas, was sie nicht wahrhaben wollte. Schon länger kannte sie den Weg aus dem Labyrinth, in dem sie sich verrannt hatte, und war doch immer wieder freiwillig umgekehrt, weil sie sich vor dem Neuen, das sie draußen erwartete, noch mehr fürchtete als vor den dunklen Winkeln, in die das Schicksal sie katapultiert und mit denen sie sich schließlich arrangiert hatte. Weil dagegen anzukämpfen ihr mehr Kraft abverlangte, als ihrem Schmerz nachzugeben.

Genau das hatte ihr Jason zu verstehen gegeben: Dass sie zwar wisse, was richtig sei, aber entgegengesetzt handle. Mit anderen Worten, dass sie ein Mensch sei, der absichtlich auf den Gefühlen anderer herumtrample, nur um seine Ruhe zu haben. Sie war noch nicht verbohrt genug, um nicht selbst zu erkennen, dass Jason gerade den Finger in die richtige Wunde gelegt hatte.

Dabei war diese Auseinandersetzung allein ihre Schuld; sie hätte sich niemals auf Jason einlassen dürfen, ihn so nah an sich heranzulassen war ein Fehler gewesen. Sie hatte sich ihr Lebensgebäude in vielen Jahren mühsam aufgebaut, und nun kam dieser junge Jason daher und versuchte, ihre Mauern zum Einsturz zu bringen. Sie war zornig auf sich selbst, weil sie es so weit hatte kommen lassen, aber genauso auch auf Jason, weil er so hartnäckig war. Verdammt, hätte er nicht woanders einziehen können? Dann wäre alles anders gekommen, und sie könnte weiter auf den ruhigen Gewässern ihres Lebens dahindümpeln und müsste jetzt nicht gegen Stromschnellen rudern.

Giacomo spürte ihre Unruhe. Er kompensierte es mit einer neuerlichen Zuneigungsbekundung und sprang auf ihren Schoß. Sie vergrub ihre unruhigen Hände in seinem Fell, den Kopf gesenkt. Sie wollte jetzt nicht Jasons Blicken begegnen, fühlte sich nicht stark genug, weil sie ahnte, dass sie dann nicht mehr gegen die Tränen ankämpfen können würde, die längst hinter ihren Augen brannten. Ausgelöst durch quälende Erinnerungen, die sie lange verdrängt hatte.

Jason hatte eine Pause eingelegt, hatte Penelope bewusst Zeit gelassen, damit seine Worte in ihren Gedanken reifen konnten. Nun begann er erneut zu sprechen. »Du beklagst dich darüber, dass sich deine Mutter ständig in dein Leben einmischt; stellst sie als vollendete Egoistin dar und behandelst sie wie eine Lästigkeit, mit der man sich abfinden muss, eben weil es die Mutter ist. Ich sehe Ariadne als jemanden, der immer für dich da gewesen ist. Ein Blinder kann sehen, dass sie dich liebt. Wie alle Alleinerziehenden, ohne Unterstützung des Vaters, hat sie es nicht leicht gehabt. Du selbst hast mir erzählt, wie sie im Schichtdienst als Kellnerin gearbeitet hat, um euch durchzubringen. Ich fand auch gerade den Anruf deiner Freundin Caroline äußerst aufschlussreich. Ich glaube, sie ist eine Person, der sehr viel an dir liegt, und ich vermute stark, dass du auch sie aus deinem Leben gedrängt hast. Gib es zu, tief in dir drin weißt du es selbst. Der eigenen Wahrheit kann man nicht entfliehen, Penelope. Es ist an der Zeit, dich ihr zu stellen. Erzähl mir, was passiert ist.«

Penelope fühlte, wie die Lawine ihres Lebens über ihr zusammenschlug. Je mehr Jasons kleine Rede zu ihr durchdrang, umso schwerer fühlte sie das Gewicht ihrer Schuld auf sich lasten. Aber sie war noch nicht so weit, hatte nicht die Kraft, sich dagegen zu stemmen oder sich darunter hervor zu graben. »Ich kann nicht. Lass mich in Ruhe. Geh!«, sagte sie erstickt.

»Also gut«, willigte Jason zu ihrer Überraschung ein. »Ich gehe. Melde dich, wenn du reden willst. Aber eines will ich dir noch sagen.« Jason stand auf und tippte auf den Stundenplan an ihrem Kühlschrank: »Weißt du, wie ich diesen Plan sehe? Als organisierte Zeitfolter, eine Logistik des Irrsinns. Du bist doch keine Maschine in einer Fabrik, die 24 Stunden lang ausgelastet sein muss, um ihre Daseinsberechtigung zu erwirtschaften. Du bist ein Mensch, Penelope! Wo bleibt da die Zeit für die Liebe, das Leben mit all seine Verrücktheiten?«

Und dann schnappte er sich eine Breze aus der Frühstückstüte und verließ die Küche. Theseus wirkte kurz unentschlossen, was zu tun sei. Er stupste Penelope mit seiner feuchten Nase sanft an, aber als sie nicht reagierte, trabte er seinem Herrn hinterher. Gleich darauf fiel die Wohnungstür ins Schloss. Merkwürdigerweise war es ein Laut, der Penelope beinahe körperlich schmerzte. Etwas in ihr rief: *Nein, komm zurück, Jason, lass mich nicht allein.* Doch sie war schon zu lange in ihrer Passivität gefangen, konnte sich nicht daraus lösen, blieb, wo sie war. Ließ ihn gehen.

Eine halbe Stunde nach Jasons verbaler Attacke saß sie immer noch da und versuchte vergeblich, Ordnung in ihre Gedanken zu bringen. Bis Giacomo fand, seine Rolle als Seelentröster übererfüllt zu haben. Er sprang von ihrem Knie und positionierte sich maunzend vor dem Kühlschrank, denn er wusste genau, dass sich darin noch saftiger Lachs befand.

Penelope stand seufzend auf, streckte ihre steifen Glieder und meinte: »Du hast ja recht, mein Lieber. Warum solltest du nicht das schönste aller Katzenleben haben?« Beim Öffnen des Kühlschranks stach ihr der Stundenplan ins Auge. Jasons Stimme war sofort wieder in ihrem Kopf, das, was er gesagt hatte, bevor er sie verlassen hatte.

Aber Penelope wollte jetzt nicht über sich nachdenken, sie fühlte sich nicht bereit dazu, sie war viel zu aufgewühlt und durcheinander. Vielleicht später. Aber sie hob nun langsam ihre Hand und nahm das Blatt ab.

Auch wenn sie nicht genau zu sagen vermocht hätte, warum sie es tat. Aber es fühlte sich richtig an. In den letzten Jahren hatten sich für sie nicht viele Dinge richtig angefühlt. Außerdem, sagte sie sich weiter, kannte sie ihn sowieso in- und auswendig, sie brauchte ihn im Grunde gar nicht mehr.

Nicht lange darauf ging eine Nachricht von Jason ein:

Abendessen, 20 Uhr bei mir. Ich koche.

Ungläubig, beinahe fassungslos, las sie die wenigen Worte mehrmals. Was hatte das zu bedeuten? Hieß das, dass er ihren Rauswurf ignorierte? Hatte sie ihm nicht deutlich zu verstehen gegeben, dass sie keine Fortsetzung ihrer, ihrer … Ja, was hatten sie eigentlich? Der Gedanke an eine Beziehung war für sie viel zu weit weg, geradezu abwegig – schließlich lagen zwischen ihrer ersten Begegnung und heute gerade einmal zwei Wochen.

Sie sollte sofort ablehnen, damit Jason verstand, dass sie es vollkommen ernst damit gemeint hatte, dass sie ihn nicht wiedersehen wollte – außer bei künftig wohl unvermeidbaren, flüchtigen Begegnungen im Treppenhaus.

Ach, wie hatte sie sich ausgerechnet mit einem Nachbarn einlassen können? Warum hatte sie die möglichen Komplikationen nicht bedacht? *Eben, Penelope, weil du gar nicht gedacht hast!* Das hatte sie nun davon. Sie hatte sich eine Verrücktheit geleistet, weil sie einmal im Regen hatte tanzen wollen, und musste nun mit den Konsequenzen leben. Kurz erwog sie, die Nachricht zu ignorieren und überhaupt nicht zu antworten.

Sie könnte jetzt gleich das Haus verlassen und erst spät zurückkehren. Jason war nicht dumm, er würde das Signal sicher als solches erkennen. Aber das löste ja das Problem *Jason* nicht, außerdem wäre es feige, und sie hatte sich schon einmal feige gegen ihn verhalten und wollte es nicht wiederholen. So oder so war Jason niemand, der sich so leicht abspeisen ließ. Wie seine Essenseinladung bewies.

Erneut fragte sie sich, was dieser junge, attraktive Mann an ihr finden mochte? Er war hartnäckig, mit der Tendenz zur Lästigkeit. Wie neulich begann sie, unruhig in ihrer Wohnung herumzustöbern, der Küche folgte das Wohnzimmer, sie nahm Gegenstände in die Hand und setzte sie wieder ab, vom Schlafzimmer ging es weiter ins Bad, wo sie minutenlang ihr Gesicht im Spiegel erforschte, auf der Suche nach Antworten auf Fragen, die sie nie gestellt hatte. Anschließend nahm sie ihre rastlose Wanderung wieder auf. Als könnte sie beim Laufen besser nachdenken als beim Sitzen.

Am Ende gestand sie es sich ein: Sie war neugierig, was Jason noch von ihr wollte, warum er die Möglichkeit dieses einfachen Abgangs aus ihrem Leben nicht beim Schopf gepackt hatte. Also brachte sie ihre innere Stimme, die sie vor dem Abend warnte, zum Schweigen, und sagte zu.

KAPITEL 18

Am Montagmorgen erwachte Penelope mit einem schweren Kopf in ihrem eigenen Bett. Am liebsten hätte sie die vorangegangen Stunden unter *wir haben gut gegessen (asiatisch), ein wenig geredet (stark untertrieben) und sind dann im Bett gelandet (heiß)* abgehakt.

Warum hatte sie nicht auf ihren Instinkt gehört und die Einladung abgelehnt? Ach, was hätte sie darum gegeben, wenn Jason den Mittelteil ausgelassen hätte und sie sich nun nicht mit sich selbst auseinandersetzen müsste, sie weiter vor den eigenen Gedanken weglaufen könnte.

Das menschliche Gehirn, fand Penelope in dieser Sekunde, war ein tückisches Organ. Will man nicht denken, tut man es erst recht. Das Gespräch mit Jason, das hier und da in einen Streit auszuarten gedroht hatte, ließ sie nicht mehr los. Er hatte sie mit Worten nicht geschont, ihr unter anderem vorgeworfen, dass ihr Leben nicht mehr als ein Faksimile sei. Anstatt sich dem Leben zuzuwenden, ducke sie sich freiwillig in den Schatten, führe ein Leben in einer erstarrten Wirklichkeit und unter falschen Vorstellungen. »Worauf wartest du, Penelope? Dass du wiedergeboren wirst und ein anderes Schicksal leben kannst? Du lebst jetzt, du bist hier nicht auf der Durchreise. Die Gegenwart ist deine Wirklichkeit. Deine einzige. Es liegt an dir, etwas daraus zu machen. Stattdessen verschließt du dich ihr und den Menschen, denen an dir liegt. Warum? Fühlst du dich dadurch etwa besser?«

Sie war nicht davon ausgegangen, dass er darauf ernsthaft eine Antwort von ihr erwartete. Aber vielleicht wäre es besser gewesen, sie hätte etwas erwidert, ihn gestoppt. Denn als Nächstes hatte er etwas gesagt, das sie erst richtig betroffen gemacht hatte. Es ließ sie seither nicht mehr los, hatte sich in ihrem Kopf festgesetzt wie eine lästige Melodie, die eine andere überlagerte. Es ergab keine Harmonie, aber sie ahnte, dass sie dahin gelangen konnte, wenn sie es schaffte, die Töne zu ordnen.

Erneut rekapitulierte sie Jasons Kritik: »Du kommst mir vor, Penelope, wie jemand, der ständig auf dem Absprung ist, der allen guten Dingen ausweicht, weil er glaubt, nichts Gutes mehr im Leben verdient zu haben. Du bist quasi vor dir selbst auf der Flucht. Sich gut zu fühlen, fühlt sich für dich schlecht an, nicht wahr? Du bist ganz schön verkorkst, Kleines.«

Sie hatte die Wahrheit hinter seinen Worten erkannt, leider fühlte sie sich dadurch erst recht mies, was im Sinne des Gesprächs kontraproduktiv war. Es brachte sie in die Defensive, und vielleicht hatte sie deshalb etwas überreagiert: »Mein Leben geht dich nichts an, Jason! Danke für das gute Essen.« Sie war aufgesprungen, er hingegen war vollkommen ruhig geblieben, und seine Stimme hatte enervierend sanft geklungen: »Siehst du, das ist genau das, was ich meine. Du flüchtest. Schon wieder. Lass uns darüber reden, über das, was in deinem Leben passiert ist.«

»Ich möchte aber nicht mit dir darüber sprechen.«

»Also *ist* etwas in deinem Leben passiert …«

Sie hatte die Lippen zusammengepresst und sich dabei ausgehebelt gefühlt, weil sie es Jason ungewollt bestätigt hatte. Jason würde einmal einen erstklassigen Profiler abgeben. Hilflos hatte sie zur Tür gesehen, den Moment zu gehen hatte sie längst verpasst. Aber sie war nicht bereit gewesen zum Reden, konnte ihr Innerstes nicht vor Jason ausbreiten, diese rote Linie konnte und wollte sie nicht überschreiten. Dennoch, welche pathologische Neugier hatte sie dazu gebracht, ihm weiter zuzuhören? Denn Jason sprach weiter, und sie hatte sich gefragt, ob es zu seiner Methodik gehörte, selbst viel zu reden, um sie dadurch vielleicht zum Sprechen zu animieren.

Mit einem kleinen Lachen hatte er gemeint: »Du machst gerade ein Gesicht, als wäre das alles sehr anstrengend für dich. Wenn dich mein Optimismus nervt, bitte sehr. Aber nur, weil ich recht habe, und das weißt du. Du bist eine schöne und begehrenswerte Frau, aber du bewegst dich nicht, trittst auf der Stelle. Ich will dich aus deiner Bequemlichkeit reißen. Es bringt nichts, über seinem Schicksal zu brüten. Sich mit seinem Schicksal zu arrangieren ist zwar auch eine Methode, aber es ist Vergeudung. Und das finde ich in Anbetracht deiner Klugheit ignorant.«

Freilich gefiel es Penelope nicht, von jemandem, den sie erst seit zwei Wochen kannte, derart zerpflückt zu werden. Dazu von einem Mann, der zehn Jahre jünger war als sie selbst. Sie fühlte sich dadurch irgendwie abgewertet, als wäre das ihr Zugestoßene nicht relevant. »Alle Achtung, du weißt ganz schön über mich Bescheid, was?«, hatte sie verkniffen entgegnet. »Lernst du das alles in deinem Studium?«

»Du irrst dich, dazu reicht ein gesunder Menschenverstand aus. Überrascht dich das?«

»Nein, aber es zeigt mir, dass du ganz schön von dir selbst eingenommen bist.«

»Nein, aber ich habe Eigenliebe und Selbstvertrauen. Und beides gewinnt man nur, wenn man sich selbst vertraut. Du aber, Penelope, vertraust dir nicht, du bist unsicher und betrachtest jeden, der hinter deine Fassade schauen könnte, als deinen Feind. Darum hältst du alles und jeden auf Abstand, darum möchtest du auch nicht mit mir sprechen oder eine echte Beziehung mit mir führen. Das wäre zu viel Nähe für dich. Deshalb hast du auch diese unsinnige Regel aufgestellt und gefaselt, es sei nur Sex. Ausgerechnet *du* wolltest die Bedeutung von Sex herabsetzen. Das ist so töricht wie entlarvend, weil es nichts gibt, was deiner Persönlichkeit weniger entsprechen würde. Wir wissen beide, dass du zu der Sorte Mensch gehörst, die eine Beziehung mit lebenslanger Liebe gleichstellen. Sex hat für dich eine Bedeutung, weil er Teil der Liebe ist. Dein Verhalten zeugt von Unsicherheit, und es ist feige. Sei ein wenig mutig, Penelope, lass dich auf mich ein und mach es nicht so kompliziert. Das bedeutet nicht gleich, dass wir heiraten und drei Kinder bekommen müssen.«

Der letzte Satz, begleitet von einem frechen Jason-Lächeln, hatte die Atmosphäre etwas aufgelockert. Unwillkürlich hatte Penelope das Gefühl überkommen, dass es tatsächlich einfach sein könnte, dass es mit Jason eben nicht kompliziert wäre. Er war ehrlich und unverfälscht, sagte, was er dachte. Keine Spielchen hinterrücks. Weil das nicht zu ihm passte. Jäh wurde ihr bewusst, dass er auf seine Art Trudi ähnelte. Bei ihr wusste sie auch jederzeit, woran sie war. Auch David war so gewesen, bis er ein anderer David geworden war. Und auch sie war eine andere geworden, jedoch kaum in einem zuträglichen Sinne; diese Erkenntnis drang erstmalig zu ihr durch.

»Was hat dich so weise gemacht?«, hatte sie an dieser Stelle leise gesagt, während sie sein Lächeln erwidert hatte, noch zaghaft, aber mit der Möglichkeit auf mehr.

»Weise?« Jason hatte gelacht, war aber gleich wieder ernst geworden. Er hatte ihre Hand genommen und gesagt: »Das, Kleines, sind schlichte Wahrheiten, die bereits ein Kind bei seiner Geburt kennt. Die Liebe ist der Anfang.« Und dann hatte er sie geküsst, und sie waren noch vor dem Nachtisch im Bett gelandet. Den hatten sie später gegessen. Auch im Bett. Und als sie gegen zwei Uhr morgens gegangen war, weil sie Giacomo nicht so lange alleine hatte lassen wollen, hatte er ihr beim Anziehen ihrer Unterwäsche zugesehen und gesagt: »Hab keine Angst davor, wieder glücklich zu sein, Penelope. Tauche die Welt in deine eigenen Farben. Es muss ja nicht gerade schlüpferblau sein.« Sie hatte die Anspielung durchaus verstanden und ein

Kissen nach ihm geworfen, aber er hatte recht, mit ihrer Funktionswäsche war nun wirklich nicht viel Staat zu machen.

Während sie sich für die Schule fertigmachte, wälzte sie die verschiedensten Gedanken. Vielleicht lag das Problem nicht darin, dass sie kompliziert war, sondern es waren die Männer, die das Leben so schwierig machten? Sie seufzte und wünschte sich, dass es tatsächlich so einfach wäre. Stimmte es, was Jason gesagt hatte? Dass sie auf der Stelle träte, weil sie vor sich selbst auf der Flucht sei? Jedenfalls hatte es Jason in sehr kurzer Zeit geschafft, ihr ruhiges, festgefügtes Leben ins Wanken zu bringen. Irgendwie kam sie sich ein wenig so vor, als wolle Jason sie mit Gewalt über die rote Ampel stupsen. Sie sah ihre Bereitschaft und ihre Möglichkeiten erschöpft, konnte mit den Erfordernissen, die zwischenmenschliche Beziehungen mit sich brachten, nicht mehr richtig umgehen. Ja, sie gab es zu, sie war überfordert. Zu viel war in den letzten Monaten passiert, zu viel hatte sich geändert, zunächst schleichend, sie hatte es gar nicht richtig wahrgenommen, aber es hatte tatsächlich mit der Freundschaft zu Trudi begonnen.

Am Nachmittag, nach der Schule, erzählte sie Trudi von dem Abend mit Jason, und womit er sie konfrontiert hatte.

Die alte Dame lächelte nur: »Wenn wir, Jason und ich, dir auf die Nerven fallen, weil wir dich in deinen bequemen Hintern treten, damit du die schönen Seiten des Lebens wieder wahrnimmst, solltest du vielleicht umziehen.«

Penelope tat etwas anderes. Sie zog los und kaufte sich neue Unterwäsche. Sie fand, das war immerhin ein Anfang.

KAPITEL 19

Am folgenden Tag setzte sich Penelope nach der Schule daran, Arbeiten zu korrigieren. Leider war es ihr unmöglich, sich zu konzentrieren, während Giacomo vor ihr saß und sie fixierte, als wolle er sie in einen großen, fetten Lachs verwandeln. Längst hinkte sie ihrem Zeitplan hinterher, doch ihr Blick stahl sich immer wieder zum Fenster. Es war ein schöner Sommertag, wie gemalt, und eigentlich viel zu schade, um ihn drinnen zu verbringen.

»Weißt du was, Giacomo?«, sagte sie zu ihrem Kater, »wir gehen raus, die Arbeit kann mich mal.« Sie legte ihm sein Ausgehgeschirr an, was Giacomo zu Freudensprüngen veranlasste, und verließ mit ihm die Wohnung. Auf dem Weg nach unten pfiff Penelope Trudis Lied vom kleinen Gardeoffizier. Spontan klingelte sie bei ihr; noch bevor Trudi die Tür öffnete, war klar: Trudi buk und rauchte.

»Wir gehen spazieren. Kommst du mit?«

»Du gehst am Nachmittag spazieren und missachtest deinen Stundenplan? Warst du heimlich an meiner Adenauer?«, zog Trudi sie auf.

»Danke, dass du mich daran erinnerst! Dann gehe ich jetzt wieder nach oben und korrigiere weiter ...«

Giacomo maunzte ungehalten und zog an seiner Leine, als hätte er ihre Worte genau verstanden.

»Na endlich zeigst du mal Humor und Zähne, Liebes. Jason tut dir gut.«

»Trudi! Ehrlich, du hörst dich schon an wie meine Mutter.« Aber Penelope war viel zu gut gelaunt, um echte Entrüstung zu entwickeln.

»Ich mag deine Mutter. Das ist mal eine Frau, die das Leben an den Hörnern zu packen weiß, in allen Belangen.« Trudi lächelte. Sie schien etwas high zu sein, da konnte sie schon mal anzüglich werden.

»Gott, Trudi, ich weiß nicht, wie du das immer schaffst, aber jetzt leide ich wieder an unmöglichem Kopfkino.«

»Sei nicht alt. Fantasie ist das Beste überhaupt! Heb sie dir für heute Abend für Jason auf. Gehen wir?« Trudi war flink in ihre Schuhe geschlüpft und stand schon auf dem Treppenabsatz.

Auf ihrem Weg zur Grünanlage kamen sie an der Heiligkreuz-Kirche vorbei. Trudi blieb davor stehen und betrachtete das Gotteshaus mit zurückgelegtem Kopf, wie ein Künstler, der nach Inspiration sucht.

»Was ist los? Willst du etwa in die Kirche gehen?«

»Ja, komm, lass uns etwas Weihrauch inhalieren.« Trudi zog sie auf die Tür zu.

»Aber Giacomo!«, rief Penelope und hob die Leine.

»Nimm ihn mit.«

»In die Kirche?«

»Ja, warum denn nicht? Was bist du immer umständlich, Liebchen. Giacomo isst, kackt und pippelt wie jeder andere, oder?«

»Äh, ja?«

»Dann ist er ein Gottesgeschöpf. Rein mit euch.«

Zögernd betrat Penelope die Kirche. Sie war schon ewig nicht mehr in einem Gotteshaus gewesen. Genau genommen nicht mehr seit damals, als das Schicksal bei ihr zugeschlagen hatte.

Das wurde ihr aber erst richtig bewusst, als sie an Trudis Seite das Kirchenschiff durchschritt. Die Stuhlreihen waren bis auf zwei ältere Frauen leer. Die beiden zeigten auf Giacomo, steckten die Köpfe eng zusammen und flüsterten.

Trudi blieb vor den Stufen zum Altar stehen. Dahinter ragte ein drei Meter hoher, blutender Christus am Kreuz auf.

»Sieh dir diese Scheußlichkeit an«, sagte Trudi nicht gerade leise, »die Dornenkrone vergoldet, die Wangen rosa angemalt und all diese rote, fließende Farbe. Ich ärgere mich jedes Mal, wenn ich ihn sehe. Stell dir vor, der arme Kerl könnte sich selbst so betrachten! Wer will schon in aller Ewigkeit an seine schlimmsten Stunden erinnert werden?«

»Bist du gläubig, Trudi?«, fragte Penelope verwundert. Sie hätte Trudi nie mit Religion in Verbindung gebracht. Ihre Freundin schien ihr so fest im freiheitlichen Gedankengut verankert, dass jede Form religiöser Beeinflussung oder Mystik an ihr abprallen musste.

»Nein, jedenfalls nicht so, wie sich die Kirche das vorstellt. Das ist mir zu dogmatisch. Aber ich mag die Stille hier, sie hat etwas Erhabenes, genau wie ein leeres Theater. Man ahnt die großen Dramen, und jetzt, vor der Vorstellung, holt der Raum Atem.«

»Vorstellung?«

»Der Gottesdienst, Liebes. Komm mit.«

»Wohin?«

Aber Trudi strebte bereits auf die beiden Beichtkabinen am Rande des Kirchenschiffs zu und verschwand in einer. »Los, los, ab mit dir, in die andere«, zischte sie.

Penelope schlüpfte hinein, auch weil sie damit den interessierten Blicken der beiden Kirchenbesucherinnen entging. Sie kam sich dabei reichlich absurd vor, mit Giacomo an der Leine, der sich nach kurzer Erkundung weigerte, ihr zu folgen, und wie die personifizierte Anklage steifbeinig draußen verharrte.

»Was hast du vor?«, fragte Penelope, weil sie auf Trudis Seite ein Feuerzeug klicken hörte.

Trudi öffnete die Klappe, die ansonsten Pfarrer und Sünder trennte, und sagte: »Ich rauche einen Joint.«

»Was?«, entfuhr es Penelope. Sie senkte die Stimme sofort zu einem Flüstern: »Bist du verrückt?«

»Nein, praktisch. Bei all dem Weihrauch merkt das kein Mensch.«

»Ich merke es, meine Tochter«, dröhnte da ein tiefer Bass. Penelope schoss vor Schreck hoch und stieß sich ihren Kopf an der niedrigen Decke. »Autsch.« Sie sank zurück und blieb feige sitzen. Vielleicht übersähe der Sprecher sie ja, und der Kelch ginge an ihr vorüber? *Genau, vielleicht war es ja ein tauber und zugleich blinder Pfarrer, der auch Giacomo übersah*, echote eine spöttisch-gemeine Stimme in ihr nach.

Trudi rief aufgeräumt: »Wer da?«

Der Besitzer der Stimme schob den Vorhang ihrer Kabine beiseite und Penelope hörte Trudi geradezu penetrant munter sagen: »Oh, der Herr Intendant des Hauses! Möchten Sie auch einmal ziehen?«

Zehn Minuten später saßen sie zu dritt im Pfarrhaus nebenan, tranken entspannt Tee mit einem ebenso entspannten Pfarrer, und Penelope faszinierte der Anblick des Mannes im Priesteranzug, der sich in schönster Eintracht mit Trudi den Joint teilte.

Er hieß Konrad Aue und entpuppte sich als Spätberufener, der als Angehöriger der 68er-Generation durchaus schon Bekanntschaft mit Zauberstoff gemacht hatte und sich nicht ungern daran erinnerte. Alle gewannen der Entwicklung das Positive ab, bis auf Giacomo, der sich auf das Stromern in der Grünanlage gefreut hatte und sein Missfallen jetzt dahingehend ausdrückte, dass er dem Pfarrer in den Gummibaum kackte. Der Baum hatte allerdings schon vorher ziemlich mitgenommen ausgesehen. »Oh, wie peinlich«, stöhnte Penelope und sprang auf. »Ich mache das sofort weg.«

»Halb so wild«, sagte Pfarrer Aue, dessen Pupillen ebenso erweitert waren wie die Trudis. »Muttern hat immer gesagt, Scheiße sei die ultimative Düngung.« Er lachte wummernd.

Während Penelope die Bescherung mit Küchenpapier beseitigte, gönnte sich Pfarrer Aue einen weiteren tiefen Zug und reichte den Joint an Trudi zurück. Die nahm ihn zwar entgegen, legte ihn jedoch im Aschenbecher ab. Ihre Aufmerksamkeit war auf die Schwarzweiß-Fotografien an der gegenüberliegenden Wand gerichtet: Die üblichen Aufnahmen von Hochzeitspaaren und Taufen, Gruppenbilder von Priesterweihen und einzelne Porträts, aber auch Kriegsaufnahmen und Soldaten in Wehrmachtsuniform fanden sich darunter. »Das ist eine ungewöhnliche Mischung«, meinte Trudi. »Darf ich mir die aus der Nähe ansehen?«

»Aber natürlich, die meisten stammen noch von meinen Vorgängern. Viele sind aus der Zeit vor, während und nach dem Zweiten Weltkrieg, einige wenige habe ich auch selbst mitgebracht.«

Trudi studierte die Bilder eingehend. Plötzlich deutete sie auf eine Schwarzweiß-Fotografie, auf der ein gut aussehender Mann in Priestertracht abgebildet war, die Hand schützend auf der Schulter eines halbwüchsigen Jungen. Ohne sich umzuwenden, fragte sie: »Sagen Sie, Herr Pfarrer, wissen Sie, wer der Mann darauf ist?« Irgendetwas lag in Trudis Stimme, das Penelope aufhorchen ließ. Sie klang anders als sonst, tiefer, rauer, als stünde ihre Freundin unter großer Anspannung.

Pfarrer Aue schien die Veränderung in Trudis Ton auch zu bemerken. Er erhob sich und trat neben sie. »Ja, ich weiß, wer das ist. Der Name des Priesters ist Leopold Brunnmann, und der Junge auf dem Bild, das ist mein Vater. Pater Leopold hat meinen Vater gerettet, nachdem meine Großeltern als Angehörige der katholischen Zentrumspartei von den Nazis deportiert worden waren. Leopold Brunnmann hat damals viele hundert Menschen gerettet. Ein furchtloser Mann. Er selbst wurde 1944 von der Gestapo ermordet. Warum fragen Sie? Kannten Sie ihn?«

»Nein.«

Penelopes und Pfarrer Aues Blicke begegneten sich in einem stillen Dialog, beide wussten, dass dieses Nein, schnell und entschlossen hervorgestoßen, etwas verbarg, worüber Trudi nicht sprechen wollte. Pfarrer Aue versuchte es trotzdem: »Dann kannten Sie vielleicht meinen Vater?«

»Auch nein.« Trudi, die sich wieder gesetzt hatte, lächelte ihn liebenswürdig an. »Aber ich freue mich sehr, dass er von einem Mann Gottes gerettet wurde.« Sie reichte ihm den Joint, als handle es sich um eine Friedensgeste.

Konrad Aue nahm ihn zwar entgegen, legte ihn aber nach kurzem Zögern in den Aschenbecher. Seine Augen hatten sich unmerklich verengt.

»Darf ich Ihnen eine persönliche Frage stellen, Frau Trudi?«

Trudis Lächeln vertiefte sich. »Ich ahne schon, was kommt.« Und zu Penelope gewandt: »Du musst wissen, Penelope, auch Priester haben eine bevorzugte Kaminspiel-Frage. Gleich will er von mir wissen, ob ich an Gott glaube. Wetten?«

»Sie nehmen mir das Wort aus dem Mund, Frau Trudi.« Pfarrer Aue lächelte gutmütig und breitete seine Hände in einer pastoralen Geste aus, die wohl andeuten sollte, dass er für alles offen sei.

Trudi nahm einen großen Schluck aus ihrer Teetasse. Über den Rand hinweg schaute sie ihr Gegenüber an und sagte provozierend langsam: »Ich denke, also bin ich kein Christ.«

»Ha!« Pfarrer Aue klopfte sich auf den Schenkel und lehnte sich dann schmunzelnd in seinem Sessel zurück: »Sehr gut, Sie antworten mir mit einem Zitat Karlheinz Deschners.«

»Ja, je größer der Dachschaden, desto schöner der Ausblick zum Himmel. Hat er auch gesagt. Ein kluger Mann.«

»Könnte es sein, dass Sie eine Art grundsätzliches Problem mit Religion haben, Frau Trudi?«

Penelope reckte den Kopf, sah, wie sich Trudis Augen verengten wie die eines Feldherrn, der abwog, wie viele Soldaten er in die Schlacht werfen sollte. Sie freute sich auf den Schlagabtausch, Pfarrer Aue schien Trudi ein würdiger Gegner zu sein.

»Nicht mit der Religion, solange sie den Menschen Trost spendet und sie zu besseren Taten hinführt, aber ich billige deren Auswüchse nicht. Rasse oder Religion sollten einem niemals zum Verhängnis werden. Ich bin Jüdin, das ist mein Volk, aber auch nicht mehr. Wissen Sie, das Nazitum hatte auch religiöse Züge, viele Leute haben den Hitler verehrt wie ihren Gott, sahen in ihm eine Art Heilsbringer. Darum sind sie ihm bis zum bitteren Ende in den Untergang gefolgt, blind und fanatisch. Ich brauche weder Gott noch Religion, ich unterwerfe mich einzig meinem Gewissen. Religion hat in den letzten Jahrtausenden zu viele Menschen verblendet; wie alle Ideologien verstellt sie den Blick auf das Wesentliche, ist darauf ausgerichtet, das freie Denken einzuschränken; sie zielt auf Unterwerfung, und das ist das Gegenteil von Freiheit. Religion sollte verbinden, inklusiv sein, stattdessen grenzt jede für sich Andersgläubige aus. So betrachtet ist Religion auch eine Form des Rassismus. Ich für meinen Teil denke gerne und bewundere die Geheimnisse der Welt, aber ich suche nicht nach Erklärungen für sie. Wenn Sie so wollen, ist Religion nicht Bestandteil meiner Spiritualität«, erklärte Trudi würdevoll.

Penelope hätte Trudi jetzt zu gerne gefragt, was sie denn unter Spiritualität verstünde, begnügte sich aber vorerst mit ihrer Rolle als Zaungast. Außerdem waren Konrad Aue und Trudi vollkommen aufeinander konzentriert. Dies war mehr als ein Gespräch, sie loteten sich gegenseitig aus. Das hatte Trudi auch schon mit ihr getan, erinnerte sich Penelope.

Aue nickte nun versonnen, sagte aber nichts. Penelope dachte eigentlich, ihre Freundin würde es nun dabei belassen, als sie doch den Fehdehandschuh auspackte: »Gibt es Ihnen nicht auch zu denken, dass sich die drei großen monotheistischen Religionen nur in einer einzigen Sache einig sind: Wenn es um die Rechte beziehungsweise die Nicht-Rechte der Frauen geht.«

»Und warum glauben Sie, dass das so ist?«, stellte Aue die Gegenfrage.

Trudi zuckte mit den Schultern. »Vermutlich, weil viele Männer schwach sind. Dabei muss ein starker Mann eine Frau nicht beherrschen.«

»Ich stimme Ihnen zu. Wir Männer sind traurige Gestalten, definieren uns durch unsere Männlichkeit, dabei ist sie innerhalb der Zeugungslotterie reiner Zufall.«

»Ach, ist das so?«, entfuhr es Trudi. »Eine sensationelle Aussage, finde ich: ein Pfarrer, der nicht an die gottgegebene Vorsehung glaubt.« Es klang ehrlich verblüfft.

»Ich war nicht immer Pfarrer, Frau Trudi. Neben Theologie habe ich auch Biologie und einige Semester Physik studiert. Und ich interessiere mich auch für die Metaphysik. Promoviert habe ich mit einer Arbeit über die Thesen von Immanuel Velikovsky.«

»Dem Autor von *Welten im Zusammenstoß*?«, fragte Penelope.

»Ja. Man sollte die Dinge immer von allen Seiten betrachten, wissen Sie. Es hilft einem, die Dinge besser zu verstehen. Mir sind in meinem Beruf eine Vielzahl Menschen begegnet, die an einer kognitiven Dissonanz leiden, sie sind unverrückbar davon überzeugt, im Besitz der einzig wahren Wahrheit zu sein, was wiederum jede vernünftige Diskussion mit ihnen unmöglich macht. Jedoch wäre ein Welt, in der die Menschen auch einmal an ihren Gewissheiten zweifelten, sicher eine bessere Welt«, sagte er ruhig, aber es glomm ein Funken in seinen Augen, der Trudi nicht entging.

Sie hob den Zeigefinger und lachte: »Sie sind mir ja ein Schelm, Herr Pfarrer. Kognitive Dissonanz! Das ist ja eine feine Umschreibung für eine ignorante Denkweise. Da haben Sie mich mal richtig aufs Glatteis gelockt. Sehr gut! Ich sollte mir öfter einen Joint in Beichtstühlen genehmigen, da lernt man wirklich interessante Menschen kennen.«

»Noch einen Tee?«, fragte Konrad Aue und zeigte auf Trudis leere Tasse.

»Gerne.«

Von da an wurde die nachmittägliche Teestunde mit dem Pfarrer zum festen Bestandteil in ihrem wöchentlichen Ablauf. Penelope freute sich jedes Mal darauf, denn Trudi und Konrad Aue schenkten sich in ihren Gesprächen selten etwas.

KAPITEL 20

Penelope musterte ihre ABC-Schützen. Alle vollzählig, kein Stuhl war unbesetzt. Da geriet Yildin in ihr Blickfeld.

»Was ist mit deinem Gesicht passiert, Yildin?«, fragte sie den Kleinen misstrauisch. Er war ein aufgeweckter kleiner Kerl mit einem frühen Sinn für Romantik: Bereits am zweiten Schultag hatte er Penelope verkündet, dass er sie einmal heiraten wolle und ihr dabei ernsthaft versichert, dass sie die Mutter seiner Söhne sein würde.

An diesem Morgen wies Yildin ein blaues Auge und eine aufgeschürfte Wange auf. Und das war bei Weitem nicht das erste Mal, dass er mit sichtbaren Blessuren im Unterricht aufgetaucht war. Penelope waren schon zuvor hier und da blaue Flecken an ihm aufgefallen, aber so schlimm wie heute hatte der Kleine noch nie ausgesehen. Unwillkürlich ballte sie die Fäuste. Bei den früheren Anlässen befragt, was passiert sei, hatte Yildin stets mit einer Ein-Indianer-kennt-keinen-Schmerz-Miene angegeben, das käme vom Spielen mit seinen zwei älteren Brüdern. Seine Erklärungen waren immer mit abenteuerlichen Geschichten gewürzt: Mal sei er beim Klettern im Baum von einem Ast gestürzt, mal sei er auf einen Rechen getreten, als er hinter Kaninchen herjagte. Selbige hatten auch bei irgendeiner Rettungsaktion eine Rolle gespielt; Penelope hatte bei seinen Flunkereien nur noch den Kopf geschüttelt.

Sie hatte deswegen bereits mit ihren Lehrerkollegen gesprochen, dem Vertrauenslehrer, dem Schulpsychologen, der Schulkrankenschwester, dem Direktor und dem Schulrat. Sie hatte zuletzt auch einen Kontakt beim Jugendamt bemüht, aber der Mann hatte ihr gesagt, die Familie sei nicht auffällig, sozusagen eine Bilderbuch-Migrantenfamilie, wobei Penelope sich fragte, was das sein sollte? Trug diese Wortschöpfung nicht bereits den Kern einer Diskriminierung in sich? Weder Staatsbürgerschaft noch Religionszugehörigkeit waren für Penelope von Bedeutung. Es ging ihr allein um die Kinder, sie waren ihre Schutzbefohlenen, und Penelope fühlte sich für sie verantwortlich, auch außerhalb des Schulgebäudes. Wenn sie den Leuten damit auf die Nerven ging, war ihr das egal. Sie hatte wegen Yildin alle schon ganz nervös gemacht, und längst haftete ihr der Ruf einer leicht hysterischen Eiferin an.

Sicherlich mochte hier auch ihre Vorgeschichte eine Rolle spielen. Sie war bereits drei Jahre zuvor einmal bei einem anderen Schüler etwas übereifrig vorgegangen, jedenfalls hatten das die übrigen Beteiligten damals so eingeschätzt. Doch sie mischte sich lieber einmal zu viel ein als einmal zu wenig.

Die Eltern hatten sich damals durch ihre telefonischen Nachfragen und ihren unangekündigten Besuch belästigt gefühlt, sich beim Schulamt über sie beschwert, und sie hatte deswegen am Ende eine

Abmahnung erhalten. Überdies hatten die Eltern das Kind von der Schule genommen und es damit ihrer Aufsicht entzogen.

Ein halbes Jahr später hatte Penelope in Erfahrung gebracht, dass das achtjährige Mädchen den Eltern schließlich doch weggenommen worden war, nachdem ein Amtsarzt einen sexuellen Missbrauch des Kindes ohne jeden Zweifel nachgewiesen hatte. Doch niemand hatte es für nötig erachtet, ihr gegenüber ein Wort darüber zu erwähnen. Oder sich gar zu entschuldigen. Penelope überkam immer noch die gleiche ohnmächtige Wut, wenn sie daran dachte, wie die Leidenszeit des Kindes aufgrund von Behördenignoranz, Paragrafen und mangelnder Zivilcourage unnötig verlängert worden war. Damals hatte sie sich geschworen, dass sie sich von niemandem mehr Einhalt gebieten lassen würde, selbst wenn es sie ihre Stelle kosten würde. Und jetzt hatte ihr der Direktor erneut ausdrücklich verboten, Yildins Eltern aufzusuchen, obwohl weder Vater noch Mutter bisher zu einem Elternabend erschienen waren.

Allerdings musste sie eines zugeben: Yildin war, im Gegensatz zu dem Mädchen damals, trotz allem ein sehr guter Schüler und verhielt sich mustergültig, soweit dieser Maßstab auf einen knapp achtjährigen, aufgeweckten Jungen anwendbar war. Bis auf die Verletzungen selbst hatte sie keinerlei Hinweise oder Anhaltspunkte für ihren Verdacht, und das machte sie schlichtweg wahnsinnig. Ihr Entschluss, sich über das strikte Verbot des Direktors hinwegzusetzen, stand fest. Das war sie dem Kind und ihrem Gewissen schuldig.

Sie war darauf vorbereitet, dass Yildin ihr wieder die Geschichte mit seinen Brüdern auftischen würde, als er antwortete: »Der Alzheimer ist schuld. Voll krass.«

»Alzheimer?«, fragte sie verdutzt und vergaß völlig, ihn darauf hinzuweisen, dass *voll krass* keine adäquate Ausdrucksweise war. »Wer soll das sein?«

»Wieso? Niemand. Hat meine kleine Schwester, weißte.«

»Nicht *weißte*, sondern *wissen Sie*«, korrigierte sie automatisch, um dann verwundert nachzufragen: »Deine Schwester hat Alzheimer?« Penelope war bekannt, dass es eine sehr aggressive Variante von Kinderdemenz gab, die meist tödlich endete, aber sie kam äußerst selten vor. Und Yildins Schwester sollte betroffen sein?

»Woher weißt du das denn?«, hakte sie vorsichtig nach.

»Das sagt mein Vater immer, weißte sondern wissen Sie. Und ab und zu auch meine Mutter. Sie ist Doktor.«

Penelope wurde ein wenig mulmig zumute. Wenn das stimmte … Die arme Familie! Andererseits war nicht auszuschließen, dass sie gerade dabei war, erneut ein Opfer von Yildins ausufernder Fantasie zu werden. So leicht würde sie ihm nicht auf den Leim gehen. »Und deshalb hast du ein blaues Auge?«, kam sie auf das Thema ihrer Unterhaltung zurück.

»Ja, und wegen den vollfetten Wühlmäusen.«

Puh! Penelope atmete beinahe hörbar auf. Also doch wieder eine von Yildins Fantastereien! Immerhin waren diesmal keine Kaninchen daran beteiligt.

Sie änderte ihre Taktik, vielleicht konnte sie Yildin überlisten: »Was haben die vollfetten Wühlmäuse denn getan? Dich ins Gesicht geboxt?« Das brachte ein paar der Mitschüler zum Kichern.

Yildin schoss hoch wie ein Schachtelteufel, stemmte die Arme in die Seiten und rief entrüstet: »Hey, die Yasmin hat wieder vergessen den Käfig abzuschließen, nicht weißte sondern wissen Sie. Deshalb sind die Shit-Kaninchen abgehauen und Vater hat gesagt, ich muss sie einfangen. Weil die Wühlmäuse haben unseren Garten umgegraben, und ich rein in ein vollfettes Loch. Zackbummpeng.« Er klatschte in die Hände.

Penelope ließ die Schultern hängen. Es war hoffnungslos. Gegen Yildins Fantasie war kein Kraut gewachsen. Und die Kaninchen waren auch zurück. Jetzt reichte es ihr. Noch heute Nachmittag würde sie der Familie einen Besuch abstatten.

KAPITEL 21

Überrascht verharrte Penelope vor dem gepflegten Einfamilienhaus mit der Doppelgarage und dem weitläufigen Garten. Sie überprüfte die Adresse auf ihrem Zettel. Der Name auf dem Klingelschild stimmte. Hier wohnte ihr Schüler Yildin.

Das Gartentor stand einladend weit offen. Penelope sah es als ein Zeichen an, umfasste das Lenkrad fester und schob ihr Rad entschlossen in die von Blumenrabatten gesäumte Einfahrt.

Mitten im Weg lag ein Kinderfahrrad mit Stützrädern und bunten Wimpeln; auf der Wiese zu ihrer Linken parkte ein verlassener Rasenmäher, und es roch durchdringend nach frischgemähtem Gras. Alles in allem eine Vorstadtidylle, wenn da nicht die lauten Kinderschreie hinter dem Haus gewesen wären.

Penelope ließ sofort ihr Fahrrad fallen und sprintete los. Als sie um die Ecke bog, sah sie in ungefähr zwanzig Metern Entfernung den kleinen Yildin, der sich im Gras wälzte, während ein Mann auf ihn einschlug.

»Hey, Sie! Hören Sie sofort damit auf!«, schrie sie mit sich überschlagender Stimme. Im selben Moment verfing sich ihr rechter Fuß im vollen Lauf in einem

Loch, sie segelte durch die Luft und stürzte schwer zu Boden, während ein stechender Schmerz ihr gesamtes Bein hinauffuhr. Sie japste nach Luft. Doch sofort fiel ihr Yildin wieder ein, und sie wälzte sich trotz der Schmerzen herum. Der Mann und Yildin kamen auf sie zugelaufen.

»Haben Sie sich was getan?« Zweifellos war der Mann Yildins Vater, er sah aus wie die ältere Version seines Sohnes, und er wirkte sehr besorgt.

Kein Wunder, dachte Penelope grimmig. Eine fremde Frau hatte gerade gesehen, wie er seinen Sohn misshandelt hatte!

Der Vater registrierte, wie Penelope ihr Bein umklammerte, und befahl Yildin, der seine Lehrerin anglotzte, als wäre sie ein frisch gestrandeter Alien: »Schnell, hol deine Mutter!«

Jetzt kam Bewegung in Yildin. Er schoss wie ein Blitz davon. Kurz darauf kehrte er mit einer Frau zurück, die einen Arztkoffer dabei hatte. In ihrem Schlepptau befand sich ein kleines Mädchen, das ein weißes, flaumiges Kaninchen wie ein Baby in ihren Armen hielt.

Die Frau kniete sich neben Penelope und tastete mit kundigen Fingern ihren bereits anschwellenden Knöchel ab, während sie erklärte: »Ich bin Dr. Öztürk. Yildin sagte mir, Sie seien Frau Arendt, seine Lehrerin?« Erstaunt bemerkte Penelope, dass Frau Öztürk Deutsch mit einem leichten bayerischen Einschlag sprach.

»Ja, ich … autsch!«, entfuhr es ihr, weil Yildins Mutter gerade auf den Schmerzpunkt gedrückt hatte.

»Vermutlich haben Sie nur eine böse Verstauchung«,

sagte Dr. Öztürk. »Aber um sicherzugehen, würde ich den Knöchel gerne röntgen. Ich mache Ihnen einen Stützverband, und danach fahren wir in meine Praxis. Außer, Sie ziehen Ihren Hausarzt vor?« Sie sagte dies mit einem Ausdruck im Gesicht, als wäre sie es durchaus gewöhnt, dass Patienten zunächst an ihren Fähigkeiten zweifelten.

Penelope schüttelte den Kopf. »Nein, ich komme gerne mit Ihnen.« Das war die Gelegenheit, mit der Mutter zu sprechen. Sie schien eine patente Frau zu sein. Penelope konnte nicht verstehen, wie sie es zulassen konnte, dass ihr Mann den kleinen Sohn misshandelte.

Dr. Öztürk entnahm ihrem Koffer eine Tube Salbe. »Die wirkt kühlend und schmerzlindernd«, sagte sie, während sie Penelopes Knöchel großzügig damit einschmierte. »Was ist denn, Yildin, warum zappelst du so herum?«, fragte sie im gleichen Atemzug und ohne richtig hinzusehen, als hätte sie Augen im Rücken, eine Eigenschaft, die wohl jede Mutter auszeichnete.

»Er hat sich in einem Ameisenhaufen gewälzt«, erklärte sein Vater, der an Yildin herumklopfte. »Am besten, du ziehst alle deine Sachen aus, Sohn, und stellst dich unter die Gartendusche.«

»*Er* hat sich darin gewälzt?«, fragte Dr. Öztürk, stutzte, um dann in scharfem Ton zu ergänzen: »Wo sind deine beiden Brüder, Yildin?«

Yildin, der sich gerade bis auf die Unterhose ausgezogen hatte und sich mit beiden Händen emsig am Hintern kratzte, murmelte: »Weg.«

»Diese verflixte Bande! Nichts als Unsinn im Kopf«,

seufzte Dr. Öztürk und zog eine weitere Tube aus ihrer Tasche. Sie reichte sie ihrem Mann. »Wenn Yildin geduscht hat, schmier ihn damit ein, das hilft gegen den Juckreiz. Sie warten hier, Frau Arendt, ich hole den Wagen und fahre damit direkt auf den Rasen. Sie sollten mit dem Knöchel nicht auftreten, solange ich ihn nicht geröntgt habe. Keine Sorge«, ergänzte sie mit einem Seufzer, »der Boden besteht sowieso nur noch aus Löchern. Wir haben eine Wühlmaus-Plage.«

Penelope blieb mit Yildins Vater und dem kleinen Mädchen zurück. Die sagte zu ihr: »Willst du Zwerg Nase mal halten?«

Bevor Penelope etwas sagen konnte, saß ihr bereits ein verschrecktes Kaninchen auf der Brust. Yildins Vater mischte sich sanft ein: »Aber nein, Yasmin«, packte Zwerg Nase mit geübtem Griff und reichte ihn an seine Tochter zurück: »Bring ihn wieder in den Stall. Es ist Fütterungszeit. Und vergiss nicht wieder, danach den Riegel vorzuschieben. Du weißt, was das letzte Mal passiert ist?«

»Ja, Papa. Yildin ist hingefallen. Zackbummpeng«, kreischte die Kleine und lief eifrig davon, während sich Penelope verlegen frische Kötel von ihrer Bluse strich und sich wünschte, eines der Wühlmauslöcher wäre für sie groß genug, dass sie darin versinken könnte. Sie hatte sich diese sprichwörtliche Scheiße verdient und sich gründlich blamiert.

Gleich darauf kehrte Frau Öztürk mit dem Auto zurück. Sie stieg aus, lief um den Wagen herum und verfrachtete Penelope mithilfe ihres Mannes auf den Beifahrersitz.

Später in der Praxis, als feststand, dass Penelopes Knöchel lediglich verstaucht war und Frau Öztürk auch noch ihre Abschürfungen versorgt hatte, fragte diese: »Was wollten Sie eigentlich bei uns? Gibt es Probleme mit Yildin in der Schule?«

»Nein, Ihr Sohn ist ein ausgezeichneter Schüler«, versicherte Penelope etwas zu hastig und ergänzte: »Ich war zufällig in der Nähe, und da hörte ich Schreie.« Leider konnte sie nicht verhindern, dass sie bei ihren Worten rot wurde. So konnte man sich irren. Nicht Yildin litt an einer überbordenden Fantasie, sondern sie! Im Ergebnis hatte sie einen verstauchten Knöchel und musste ihn tagelang schonen. Das geschah ihr ganz recht. Heute hatte sie, die Lehrerin, eine wirklich gute Lektion fürs Leben erhalten.

Yildins Mutter sah sie an, als dächte sie sich ihren Teil: »Dann kommen Sie doch einmal ganz offiziell bei uns vorbei. Wir veranstalten nächstes Wochenende ein kleines Fest. Sonntag, zwölf Uhr? Bringen Sie gerne jemanden mit. Hier«, Dr. Öztürk reichte ihr ein paar Krücken, »probieren Sie sie aus. Und nicht vergessen! Das Bein wenigstens heute nicht mehr belasten und, wenn es geht, auch die nächsten Tage nicht, und so oft wie möglich hochlegen und kühlen. Kommen Sie Freitag zur Kontrolle wieder vorbei. Und jetzt fahre ich Sie nach Hause.«

KAPITEL 22

Auf Krücken öffnete sie Jason am Abend die Tür.

»Schei…benhonig! Penelope, was hast du denn angestellt?«, rief er erschrocken, während sich Theseus an Penelope vorbeidrückte und sofort ihr Sofa in Besitz nahm. Giacomo begrüßte seinen unfreiwilligen Kumpel mit einem Fauchen und ließ sich wachsam neben ihm nieder.

»Gestolpert«, sagte Penelope und bemühte sich, nicht kleinlaut zu klingen. Scham ließ einen irgendwie schrumpfen, wie sie festgestellt hatte.

»Wo?« Jason kniff die Augen zusammen. Ihm konnte sie nichts vormachen.

Penelope wandte sich von ihm ab, damit er wenigstens ihr Gesicht nicht sah, während sie auf dem Weg zu ihrem Sessel erklärte: »Im Garten eines Schülers.«

»Gestolpert?«, wiederholte Jason gedehnt. Er hatte sie eingeholt und sah ihr nun direkt ins Gesicht. »Das war nicht zufällig der Garten von Yildins Eltern?« Penelope zuckte zusammen. Sie hatte Jason gestern Abend von ihrer Befürchtung erzählt, ihr Vorhaben aber mit keinem Sterbenswörtchen erwähnt. Jason hatte es auch so erraten. Darum bestand ihre Antwort aus Schweigen.

»Mensch, Penelope, du verdammter Dickkopf! Was hatte ich dir gesagt? Geh da nicht allein hin! Wenn es unbedingt sein musste, hättest du mir nicht Bescheid geben können? Ich wäre mitgekommen. Bist du gestoßen worden?«

»Nein, niemand hat mir was getan. Ich bin da wirklich nur hingefallen. Da war so ein blödes Mauseloch. Und Zackbummpeng!«

»Moment! Du suchst Yildins Eltern auf und fällst dann in deren Garten auf die Nase?« In Jasons Stimme mischten sich Unglauben, Belustigung und eine gehörige Portion Restmisstrauen.

Doch zunächst sorgte er für ihre Bequemlichkeit. Er half ihr in den Sessel, platzierte ihren bandagierten Fuß auf dem Tisch und schob noch ein Kissen darunter. Danach stellte er die mitgebrachten Einkäufe in die Küche, versorgte sie mit Tee und setzte sich zuletzt ihr gegenüber aufs Sofa. Dort verschränkte er die Arme und sagte: »Und jetzt raus mit der Sprache, die Geschichte interessiert mich brennend.«

Nachdem sie ihm die ganze Peinlichkeit geschildert hatte, ohne sich selbst dabei zu schonen, brach Jason in herzhaftes Gelächter aus. Selbstredend, dass es ihn primär amüsierte, dass das kleine Kaninchen sie auch noch vollgekötelt hatte.

»Herrlich«, prustete er. »Da ziehst du wie Justitia mit Schwert und Flamme in die Schlacht, und am Ende humpelst du mit Kaninchenscheiße auf der Bluse von dannen.« Er kriegte sich fast nicht mehr ein.

Männer sind Primaten, dachte Penelope böse. Aber es stimmte, sie hatte sich wahrlich nicht mit Ruhm bekleckert, sondern mit … ganz genau. Aber dafür musste Jason nun daran glauben: »Ich habe eine Einladung von der Familie erhalten. Es ist ein türkisches Fest. Nächstes Wochenende. Und du kommst mit.«

KAPITEL 23

Seit David ein paar Wochen zuvor zufällig Penelope im *Da Mario* entdeckt hatte, befand er sich in einem Zustand permanenter Unruhe. Reizbar und nervös, konnte er sich selbst nichts mehr recht machen, und auch im Büro störte ihn jede Fliege an der Wand. Um seinen Mitarbeitern und Kollegen seine Launen zu ersparen, hatte er seinen Arbeitsplatz mittlerweile nach Hause verlegt. Kalkulieren und rechnen konnte er auch dort, jedoch fehlte es ihm an der nötigen Konzentration. Ständig schob sich Penelopes Gesicht vor seine Gedanken. Auch wenn der Schmerz um den Verlust ihrer Liebe niemals aufgehört hatte, hatte er dennoch mit der Zeit gelernt, mit dieser inneren Narbe zu leben. Nun aber hatte er Penelope mit diesem blonden Schönling gesehen, und seither war die Wunde neu aufgebrochen.

In den ersten Monaten ihrer Trennung war er, von Penelope unbemerkt, ein-, zweimal zu ihrer Schule gefahren. Er hatte gegenüber des Ausgangs auf sie gewartet, nur um einen Blick auf sie werfen zu können. Er hatte sich eingeredet, dass er sich nur vergewissern wollte, dass es ihr gutging, dass ihr Leben weiterging. Tatsächlich war er seiner Sehnsucht gefolgt, hatte gehofft, dass sie ihn entdecken würde, auf ihn zukommen und ihm gestehen würde, dass sie ihn genauso vermisse wie er sie.

Doch sie hatte ihn beide Male nicht bemerkt, und er hatte daraufhin nie wieder ihre Nähe gesucht, weil sie zu sehen, aber nicht mit ihr sprechen zu können, den Trennungsschmerz nur noch verschlimmerte. Auch kürzlich im *Da Mario* hatte sie ihn nicht bemerkt, und es setzte ihm zu, dass sie seine Anwesenheit nicht gespürt hatte, seinen drängenden Wunsch, dass sie ihn wahrnehmen möge. Selbst seiner Begleitung war aufgefallen, wie er Löcher in den Rücken seiner Exfrau gestarrt hatte. Dem jungen Begleiter Penelopes war sein Benehmen ebenfalls nicht entgangen, aber er hatte ihn auf geradezu provozierende Art ignoriert, als wäre er, David, gar nicht vorhanden. Er hatte sich dadurch hilflos gefühlt, irgendwie reduziert, wie jemand, der nicht von Belang war.

Seine gesamte Aufmerksamkeit hatte dieser Typ Penelope gewidmet, mit ihr gelacht und geflirtet und sogar ihre Hand gehalten. Und in ihm, dem unfreiwilligen Zuschauer, war der unsinnige Wunsch herangereift, das Rad der Zeit um sechs Jahre zurückzudrehen.

Es hatte ihn selbst überrascht, wie sehr ihn das Geschehen wenige Tische weiter verletzt hatte, die Intensität seiner Gefühle. Seit dieser unverhofften Begegnung quälte es ihn, ob er womöglich nicht genug um Penelope und ihre Liebe gekämpft, zu früh aufgegeben hatte.

Dabei hatte sie ihn verlassen; eines Tages war sie fort gewesen. Es war eine schleichende, toxische Entwicklung gewesen, ihm war zu Beginn kaum bewusst, dass man auf so verschiedene Art trauern konnte. Während er nach Dominiks Tod im gemeinsamen Schmerz ihre Nähe suchte, wollte sie für sich sein, zog sich am Abend früh zurück, vergrub sich in ihre eigene Stille. Er hatte das respektiert und Trost und Vergessen in seiner Arbeit gesucht. Und darauf gehofft, dass es mit der Zeit leichter für sie werden würde.

Doch als Penelope endlich aus ihrer Schockstarre erwachte, begann eine Zeit haltloser Selbstbezichtigungen und Vorwürfe, auf der Suche nach einem oder einer Schuldigen, die es nicht gab. Es war ein Unfall gewesen, aber wie oft er ihr auch versicherte, dass sie keinerlei Schuld an dem Unglück traf, er erreichte sie nicht mehr, und die Distanz zwischen ihnen wuchs. Je verzweifelter er versuchte, diese zu überbrücken, desto erbitterter wurden ihre Wortgefechte. Am Ende kam es ihm so vor, als habe Penelope es regelrecht darauf abgesehen zu streiten, als sei dies der alleinige Zweck ihrer Gespräche, ihm Dinge an den Kopf zu werfen, Worte wie Handgranaten, die ihn treffen sollten.

Penelope schien sich in einem permanenten Zustand der Wut zu befinden; ohnmächtig musste er mitansehen, wie sie sich innerlich selbst zerfleischte. Seinen Vorschlag, sich professionelle Hilfe zu suchen, lehnte sie ab. Zuletzt fühlte er sich ihrer zunehmenden Verbitterung nicht mehr gewachsen, ihr Verlust war schließlich auch sein Verlust, und er wich ihr immer öfter aus, die Arbeit wurde sein Anker, wie auch seine Familie, die Eltern, seine Brüder, die Schwester. Er hatte Penelope immer als Kämpferin gesehen, darauf gehofft, dass sie mit der Zeit erkennen würde, dass sie den Kampf gegen das Schicksal nicht gewinnen konnte, sie den Verlust von Dominik irgendwann als Teil ihres Lebens akzeptieren würde.

Dass sie so einfach alles hinter sich ließ, ihn und ihr Zuhause, gab ihm bis heute das Gefühl, als sei nicht nur ihre Ehe gescheitert, sondern auch seine Frau, als hätte er all die Jahre ein Phantom geliebt, die Vorstellung einer Penelope, die es so gar nicht gab. Doch die Trauer um ihren kleinen Sohn hatte Penelope vollkommen aus ihrer eigenen inneren Verankerung gerissen, sie in einen Abgrund von Schmerz und Selbsthass getrieben, so dass sie nicht mehr zu sich selbst zurückfand, nicht mehr die Penelope war, in die sich der junge David einst verliebt hatte.

Doch in der Penelope, die er mit dem jungen Mann im *Da Mario* gesehen hatte, hatte er die frühere Penelope wiedererkannt. Es gab sie noch. Seitdem war ein irrwitziger Funke der Hoffnung in ihm entfacht, den er einfach nicht loswurde, weil er sich von Penelopes Lächeln nährte. Doch ebenso wie ihn dieser Funke innerlich wärmte, brannte in ihm der glühende Dolch der Eifersucht. Wer war dieser junge Mann, dem Penelopes Lachen gegolten hatte?

Mit einem ärgerlichen Laut klappte er den Laptop jetzt zu, es war ihm unmöglich, sich auf die Zahlentabelle zu konzentrieren. Dieser Typ war doch viel zu jung für Penelope! Noch hinderte ihn sein Reststolz daran, Ariadne anzurufen und auszufragen. Oder sollte er sich an Caroline wenden? Er war Taufpate ihrer kleinen Tochter und mindestens einmal im Monat bei der kleinen Familie zu Gast. Bis heute fiel es ihm schwer zu verstehen, warum Penelope selbst ihre beste Freundin aus ihrem Leben verbannt hatte – auch wenn Carolines Erklärung einleuchtend geklungen hatte: Caroline war überzeugt, dass Penelope es nicht hatte ertragen können, sie so glücklich mit ihrem Baby zu sehen. Wenige Wochen nach der Geburt der Kleinen hatte Penelope Caroline zu verstehen gegeben, dass sie die Freundschaft nicht fortzusetzen wünsche. Ohne Streit, ohne Aussprache. Penelope hatte einfach nicht mehr auf Carolines Anrufe und Kontaktversuche reagiert. Hatte eine Mauer des Schweigens um sich hochgezogen, sich von allem abgeschottet, was ihr früheres Leben erfüllt und ausgemacht hatte.

Erneut sah er sich dem unerwünschten Bild ausgesetzt, wie Penelope in den Armen des jungen Fremden lag, so losgelöst während ihres Tanzes. Sein Verstand sagte ihm, er solle sich für sie freuen. Wenn man jemanden liebte, dann wollte man das Beste für ihn, wollte, dass er glücklich war. Penelope war für eine lange Zeit sehr unglücklich gewesen, und es hatte nichts gegeben, was er hatte tun können, um sie zu trösten oder ihr den Schmerz zu erleichtern. Er hatte gedacht, mit Liebe gehe alles, aber hier hatte sie versagt, *er* hatte versagt.

Viel zu lange hatte er nicht wahrhaben wollen, wie sehr die Trauer seine Frau verändert hatte, bis er sie am Ende nicht mehr wiedererkannte. Zuletzt war sie sogar dem Wahn verfallen, er betrüge sie mit einigen seiner Mitarbeiterinnen wie zum Beispiel seiner Sekretärin

Margarita, nur weil die Frauen hier und da Repräsentationspflichten für ihn übernommen hatten, die Penelope selbst abgelehnt hatte. Dabei hatte er stets darauf geachtet, dass sich die Damen abwechselten, weil er in ihnen keine falschen Hoffnungen wecken wollte. Selbst als sich Penelope vollkommen in ihre innere Welt zurückgezogen hatte, hatte er noch immer gehofft, dass sie eines Tages zu ihm zurückfinden würde, sie ihre Liebe wiederfänden.

Und dann hatte sie ihn verlassen. Die Frage, was er anders hätte machen können, hatte ihn sogar in die Praxis eines Therapeuten getrieben, doch er hatte die Therapie bald wieder abgebrochen, weil jede Sitzung bei ihm noch mehr Fragen aufgeworfen hatte, er sich danach noch ratloser fühlte als zuvor. Was half es ihm schon, seine Gefühle zu analysieren? Er kannte sie ja selbst, wusste, was er empfand.

Er leugnete nicht, dass er eine Zeitlang dem Rausch des beruflichen Erfolgs erlegen war; ein Auftrag hatte den nächsten ergeben, er war von Gipfel zu Gipfel gejagt. Warum hatte er nicht schon früher versucht, diesem Hamsterrad zu entkommen? Aber Erfolg war eine gefährliche Droge, und er war ihr für eine Weile verfallen gewesen.

Doch schon vor Jahren hatte er die Bremse gezogen, arbeitete jetzt nicht mehr für ein Bankenkonsortium, sondern leitete die Filiale einer Sparkasse und beriet junge Familien auf dem Weg zum Eigenheim.

Als er Penelope kennengelernt hatte, war sie ihm stark erschienen, heiter und neugierig auf das Leben. Bis er entdeckte, wie viel Furcht körperliche Nähe ihr einflößte. Streicheln und Küssen hatte sie zwar gemocht, aber sobald sich mehr daraus entwickelte, hatte sie sich beinahe ängstlich zurückgezogen. Es hatte ihm nichts ausgemacht, geduldig zu sein, auf sie zu warten. Ihr Vertrauen war mit der Zeit gewachsen, und sie hatte begriffen, dass es ihm um sie ging, um ihr Wesen, ihre Persönlichkeit, das, was den Menschen Penelope ausmachte.

Eines Tages, bei einer gemeinsamen Tour auf seinem Mofa, als sie an einem idyllischen Weiher haltgemacht hatten, war schließlich alles aus dem jungen Mädchen herausgebrochen. Sie hatte ihm offenbart, was sie als Kind erlebt hatte, und er konnte nun nachvollziehen, warum sie dem Körperlichen zwischen Mann und Frau mit einer Mischung aus Abscheu und Furcht begegnete. Ab diesem Moment hatte die Heilung einsetzen können. Irgendwann war Penelopes Lust von alleine erwacht, und eines Tages hatte sie ihm zu verstehen gegeben, dass sie bereit war, den nächsten Schritt zu gehen.

Ihre erste gemeinsam verbrachte Nacht war seine schönste Erinnerung. Sie waren übers Wochenende mit dem Mofa weggefahren, hatten sich viel Zeit genommen, und weil sie einander schon so lange kannten, verband sie bereits eine große Vertrautheit. Auch, weil sie beide von der ersten Begegnung an gewusst hatten, dass sie für immer zusammen sein wollten. Sie hatten ihre Liebe nie in Frage gestellt, sie war selbstverständlich gewesen, keiner hatte je einen anderen oder eine andere gewollt. Sie vervollständigten sich, waren sich so ähnlich, dass sie oft denselben Gedanken teilten, um dann lachend ihre Sätze gegenseitig zu beenden, als sei die Seele des einen der Zwilling des anderen.

Bis der Tod sie getrennt hatte. Dominiks Tod. Er hatte nicht nur seinen kleinen Sohn verloren, sondern auch Penelope. Sie hatte den Verlust nicht verwunden, aber anders als er, der in seiner Liebe zu Penelope Trost gesucht, sich ein weiteres Kind mit ihr gewünscht hatte, hatte sie sich immer mehr in sich zurückgezogen. Es war ein furchtbares Schauspiel gewesen, ihr dabei zuzusehen, wie sie zunehmend am Leben verzweifelte, in ihrer eigenen Wirklichkeit versank, sich in einen Schuldkomplex einspann, der beherrscht war von Trauer und Wut.

Sie war so zornig gewesen damals, auf alles und jeden, aber am meisten auf sich selbst; sie gab sich die Schuld an dem Unglück. Weil sie nicht da gewesen war. Und auch ihm hatte sie bittere Vorwürfe gemacht, weil die Poollandschaft seine Idee gewesen war und er sie auch dazu überredet hatte, das Kindermädchen einzustellen, gegen das sie sich so lange gesträubt hatte.

Als Dominik im Außenwhirlpool verunglückte, war Penelope gerade mit Caroline unterwegs beim Einkaufen und der Junge mit dem Au-pair-Mädchen allein zu Hause gewesen.

Noch immer hatte er die Stimme seiner Frau im Ohr, als sie ihn an jenem Schicksalstag in der Arbeit anrief und ihm mitteilte, dass ihr Sohn tot sei, weil sie mit ihrer Freundin shoppen war! Es lag so viel Verzweiflung, aber auch Irrsinn in der Art, wie sie ihn durch den Hörer angeschrien hatte, dass ihm noch heute ein kalter Schauer über den Rücken rann, wenn er daran dachte.

Er war aus dem Büro gestürmt und nach Hause gerast. Das blaue Blinken der Einsatzfahrzeuge und Rettungswagen in seiner Einfahrt hatte er schon aus der Ferne sehen können. Bis dahin hatte er es nicht glauben, nicht wahrhaben wollen. Doch der Alptraum war real. Als er Penelope fand, saß sie allein auf dem Sofa, blass und apathisch, schien ihn nicht einmal wahrzunehmen.

»Sie haben ihr eine Beruhigungsspritze gegeben«, hatte ihm Caroline erklärt. Sie kam aus der Küche, mit zwei Tassen Kaffee. Er hatte sich zu Penelope aufs Sofa gesetzt, sie umarmt, wollte für sie beide stark sein, aber sie hatte ihn nur angesehen und gesagt: »Ach, du bist es. Hast du Dominik gesehen? Er ist ganz kalt und steif.« Und dann hatte sie eine Decke über sich gezogen, obwohl es sehr warm gewesen war, hatte sich zur Seite gedreht und sich der Wirkung der Spritze überlassen.

Er hatte sofort Penelopes Mutter Ariadne informiert, die kurz darauf eintraf, wie auch seine Eltern, seine Schwester und seine beiden Brüder, aber Penelope hatte auf niemanden mehr reagiert, sie war wie erstarrt.

Er hatte sie nach oben in ihr Bett getragen, das Rollo herabgelassen, aber die Tür offen gelassen, damit er sie hörte, falls sie ihn rief. Dennoch war er alle zehn Minuten nach oben geeilt, um nach ihr zu sehen, hatte mit dem Arzt gesprochen, mit der Polizei, hatte sich um alle Formalitäten gekümmert, sogar das verstörte Kindermädchen getröstet, das ebenso unter Schock stand. Später war sie von jedem Vorwurf freigesprochen worden. Selbst dass er an jenem Tag funktioniert hatte, hatte ihm Penelope im Nachhinein vorgeworfen.

David barg seinen Kopf in den Händen. Die Erkenntnis, dass er etwas ändern musste, dass es so nicht mit ihm weitergehen konnte, tat weh. Sein Leben bestand nur noch aus Arbeit – auch seine Mutter beschwerte sich über seine seltenen Besuche und fand, er sehe schlecht aus, blass und abgekämpft. Wenn es selbst Penelope gelungen war, eine neue Liebe zu finden, dann musste es doch auch ihm möglich sein, eine neue Seite in seinem Leben aufzuschlagen? Viel zu lange hatte er sich der wahnwitzigen Hoffnung hingegeben, dass sie für immer zusammengehörten, so wie sie es sich bei ihrer Hochzeit geschworen hatten, hatte sich an die Vorstellung geklammert, dass Penelope zu ihm zurückkehren und sie, wenn sie schon nicht von vorne beginnen konnten, eine zweite Chance erhielten. Doch nie hatte sie auf seine Briefe reagiert, die er ihr regelmäßig zu ihren Geburtstagen und zu Dominiks Todestag geschrieben hatte. Sie hatte mit ihrem alten Leben abgeschlossen, und auch er würde sich endgültig abfinden müssen. Er musste das Tor zur Vergangenheit versiegeln, damit sein Herz nicht mehr hindurchschlüpfen und umherirren konnte, auf der Suche nach seiner verlorenen Liebe.

Er stand entschlossen auf, wusste jetzt, was er zu tun hatte. Etwas, das er schon viel früher hätte tun sollen, viel zu lange schon vor sich hergeschoben hatte. Nach einem kleinen Umweg über die Garage ging er nach oben und verharrte kurz vor dem Schlafzimmer, das er und Penelope früher geteilt hatten. Nachdem sie ihn verlassen hatte, war er ins Gästezimmer im Erdgeschoss gezogen, gleich neben seinem Büro.

Langsam drückte er die Klinke der gegenüberliegenden Tür herunter und fand sich in Dominiks früherer Welt wieder, einem Universum, bevölkert von Plüschtieren, Legosteinen, Plastiksauriern und Superhelden. Alles sah noch genauso aus wie am Tag von Dominiks Tod. Penelope hatte ihm damals verboten, irgendetwas zu verändern. Bis heute hatte er sich daran gehalten. Er stellte die beiden mitgebrachten Kartons ab, und während er die ersten Spielsachen einsammelte, liefen ihm Tränen über die Wangen. Konnte es etwas Traurigeres im Leben eines Vaters geben, als das Zimmer seines Kindes aufzulösen?

Doch Dominik war fort, für immer. So wie Penelope.

KAPITEL 24

Selbstverständlich hatte auch Trudi ihren Spaß an der Geschichte von Penelopes Verstauchung.

»Sag, Liebes, hast du noch mehr närrische Dinge in deinem Leben getan? Ich meine etwas richtig Verrücktes, etwas Gefährliches?«, fragte sie ihre Freundin beim nächsten nachmittäglichen Kaffee.

Penelope überlegte, dass Jason, legte sie ihre früheren Maßstäbe an, eine Verrücktheit war, aber ganz sicher nicht gefährlich – außer für ihr Herz. Aber es gab da tatsächlich etwas in ihrem Leben, etwas, von dem nur ihre Mutter und wenige Beteiligte wussten. Und viel später hatte sie nur David davon erzählt, damit er verstand, warum sie war, wie sie war.

»Ja, da gibt es etwas. Mit elf habe ich das Baby meiner Nachbarn entführt«, erklärte sie schlicht.

»Ach, das klingt ja mal interessant. Warum hast du das getan?«

»Weil ich es retten wollte.«

»Und, hast du es gerettet?« Trudi hatte sich gespannt vorgebeugt.

»Das weiß ich nicht. Sie haben es mir bereits am nächsten Morgen wieder weggenommen. Meine Mutter und die Leute vom Jugendamt haben damals eine

Riesensache daraus gemacht. Ich musste zum Psychologen, aber so richtig Interesse, warum ich das getan hatte, hat keiner daran gezeigt. Ich hatte eher das Gefühl, dass ich allen furchtbar lästig war mit meiner Tat, ihnen unnötig Arbeit und Scherereien bereitete. Fortlaufend wurde mir eingetrichtert, dass man so etwas nicht machen darf, es strafbar sei.«

»Wovor wolltest du das Baby denn retten?«

»Vor seinen Eltern. Ich war mir damals ganz sicher, dass sie ihm böse Dinge antaten. Du hättest den Vater sehen sollen, er hatte so etwas Gemeines an sich, dass mir jedes Mal, wenn ich ihn sah, ein Schauer über den Rücken rann. Mein Kinderzimmer grenzte gleich an das des Babys, und ich konnte es immerfort schreien hören. Am liebsten wäre ich durch die Wand zu ihm gekrochen. Ich habe oft selbst mit ihm zusammen geweint, ich fühlte mich so hilflos, und in mir wuchs eine solche Wut heran, dass ich eines Tages beschloss, etwas zu unternehmen. Ich wäre sonst noch geplatzt.«

»Weißt du, was später aus dem Kind geworden ist?«

»Nein, meine Mutter ist gleich danach mit mir von dort weggezogen. Ich bin später trotzdem noch mal hingefahren und habe an der Tür geklingelt, aber es hat niemand aufgemacht. Wiederum ein paar Tage darauf stand die Tür offen, und ich sah, dass die Wohnung leergeräumt war. Sie waren fort, mit dem Kind.«

»Das war ganz schön mutig von dir, da alleine hinzufahren. Ich wünschte, mancher Erwachsene würde diesen Mut aufbringen, den du mit elf hattest.«

»Meine Mutter sah das völlig anders«, schnaubte Penelope. »Sie wurde sehr zornig, als ich es ihr erzählt habe. Sie fand es nämlich furchtbar dumm von mir.«

»Damit hatte sie nicht so ganz unrecht, Liebes. Dieser Mann hätte dir was antun können. Sie hat sich um dich gesorgt.«

»Meine Mutter hat sich nicht gesorgt, sie wollte nur keine Schwierigkeiten. Meine Mutter sorgt sich nur um sich selbst.« Penelope fiel jetzt selbst auf, wie hart und endgültig das klang. Gleichzeitig wurde ihr klar, dass sie damit bei Trudi nicht durchkommen würde. Ihre Freundin ging den Dingen gerne auf den Grund.

»Das ist ein ziemlich harsches Urteil über die eigene Mutter. Verrätst du mir, was du eigentlich genau für ein Problem mit ihr hast?«, fragte sie prompt.

»Ach, nur das Übliche, wie alle Teenager halt«, suchte Penelope auszuweichen.

»Ich meinte nicht damals, sondern heute. Das weißt du ganz genau.«

Penelope seufzte. Wo sollte sie anfangen? Was warf sie ihrer Mutter eigentlich konkret vor? Oberflächlichkeit und einen Lebensstil nahe am Jugendwahn, den sie, als Tochter, meist als peinlich empfand? Oder waren es nicht vielmehr die stürmischen Auseinandersetzungen in ihrer Kindheit, weil ihre Mutter sie in ewiger Rastlosigkeit von Ort zu Ort geschleppt hatte, kaum, dass sie sich irgendwo eingewöhnt und Freunde in der Schule gefunden hatte?

Sie hatte sich als Jugendliche deshalb immer mehr in sich zurückgezogen, bis sie am Ende keine Freundschaften mehr geschlossen hatte, weil sie sie ja doch nicht weiterführen konnte. Aber dann hatte sie David und seine Familie kennengelernt und durch sie erstmals die Geborgenheit erfahren, die sie als Kind oft vermisst hatte.

Trudis Frage brachte sie auch deshalb in Erklärungsnot, weil sie mit ihr nicht über David reden wollte. Die Wahrheit war, dass tatsächlich kein offener Konflikt zwischen ihr und ihrer Mutter schwelte, Ariadne löste eher eine Art Abwehrmechanismus in ihr aus; sie fühlte sich einfach besser, wenn sie sie auf Abstand halten konnte. Ihre Mutter hatte eine Art an sich, die sie fürchten ließ, sie würde sofort ihr gesamtes Leben vereinnahmen, sobald sie ihr mehr Nähe zugestand. Dann fiel ihr doch ein, was sie Trudi antworten konnte: »Kaum war ich bei ihr aus- und mit David zusammengezogen, hat sie einen reichen, sehr viel älteren Mann geheiratet. Ich glaube, sie hat nur darauf gewartet, mich loszuwerden. Ich war ihr lästig, ein uneheliches Kind, das ihr die besten Jahre ihres Lebens gestohlen hatte.«

Trudi runzelte die Stirn: »Das hört sich nicht gut an, Penelope.«

»Sag ich doch«, murmelte Penelope und wich Trudis Blick aus, weil sie sich gerade ziemlich unwohl in ihrer Haut fühlte. Sie sprach ungern über ihre Mutter; es kam ihr dann immer so vor, als müsse sie sich verteidigen. Bloß gegen was und wen überhaupt, hätte sie ebenso wenig zu sagen vermocht.

»Nein, das meinte ich nicht. *Du*«, Trudi zeigte auf sie, »hörst dich nicht gut an. Jedenfalls nicht wie die Penelope, die ich kenne. Ich glaube, das hast du dir so zurechtgelegt, weil es für dich bequem ist. Es passt nämlich vorzüglich zur Leidensrolle, die du für dich in Anspruch nimmst. Du siehst dich viel lieber als Opfer.«

»Bitte?« Penelope riss die Augen auf. Trudi nahm zwar grundsätzlich nie ein Blatt vor den Mund, aber derart unerbittlich war sie noch nie mit ihr umgesprungen. »Leidensrolle? Opfer? Ich verstehe nicht …«

»Oh, ich denke schon. Du bist klug und du verstehst es genau, du willst es bloß nicht wahrhaben, sondern rennst lieber mit verschlossenem Herzen durchs Leben. Aber die Wahrheit hat eine große Kraft. Nichts, was du tust, kann sie jemals zerstören. Weil sie in dir liegt. Solltest du es versuchen, zerstörst du damit nur dich selbst. Ralph Emerson hat einmal gesagt: *Das, was hinter uns liegt, und das, was noch vor uns liegt, ist nichts im Vergleich zu dem, was in uns liegt.* Darum, öffne dein Herz, Penelope, und schaffe Platz für die Liebe. Sie allein weist den Weg zu den Sternen.«

»Warum liegt dir so viel an mir, Trudi?«, fragte Penelope, die ein leises Staunen erfüllte. Etwas tief in ihrem Inneren flatterte, war bereit auszubrechen, aber noch war der Weg zu den Sternen versperrt.

»Weil du es wert bist, Penelope«, erwiderte Trudi. »Darum sage ich dir, was dein Problem ist: Du hast Angst vor dem Leben, und das macht dich unfrei, mutlos und leider auch kleinmütig. Du erträgst die Menschen nur in winzigen Dosierungen. Mit deinen jungen Schülern hast du es einfacher. Sie können dir nicht gefährlich werden, darum fällt es dir bei ihnen leicht, ihren Ansprüchen gerecht zu werden. Sie bekommen den ganzen Menschen Penelope, ihre Warmherzigkeit und Fürsorge und Güte. Alle anderen hältst du auf Abstand. Selbst deine Mutter. Bis Jason aufgetaucht ist, bist du nie ausgegangen wie andere junge Leute, und du hast keine einzige Freundin, jedenfalls habe ich nie gesehen, dass dich eine besucht hätte.«

»Aber du bist doch meine Freundin!«, stammelte Penelope betroffen.

»Natürlich, Liebes, aber du hast keine in deinem Alter. Ich finde das nicht richtig, Freundschaft ist wichtig. Jeder braucht jemanden, auf den er sich blind verlassen kann, der auch mal schlechte Launen erträgt. Mit dem man lachen und laut denken kann, und den man bei Kummer mitten in der Nacht anrufen kann. Jemanden, der einen versteht, wenn man sich selbst nicht versteht.«

»Es reicht doch, wenn du mich verstehst, oder?« Penelope reagierte jetzt beinahe trotzig. Das Paradoxe jedoch war, dass sie unfreiwillig fasziniert von dem war, was Trudi ihr vorhielt, vielleicht, weil sie in ihrem Inneren längst ähnliche Gespräche mit sich selbst geführt hatte. Hatte nicht auch Jason ihr kürzlich etwas in der Art an den Kopf geworfen?

Trudi beugte sich vor, hob Penelopes Kinn sanft an und zwang sie, sie anzusehen. »Siehst du das Bild dort?«

Penelope wandte sich der Fotografie mit den beiden jungen Frauen zu, die sich an der Taille umklammert hielten und in die Kamera lachten.

»Das bin ich mit meiner Freundin Marlene. Wir haben uns im Krieg kennengelernt. Sie hat mich gerettet, in mehrerlei Hinsicht. Ohne sie und ihren Dickkopf wäre ich heute nicht hier. Familie ist wichtig, Freundschaft ist es auch, vielleicht noch mehr, weil wir sie uns selbst erwählen. Und weil ich derzeit offenbar deine einzige Freundin bin, sehe ich es als meine Pflicht an, dir auf den Zahn zu fühlen. Du verhältst dich abschätzig deiner Mutter gegenüber, und du hast keine Freunde. Ergo hast du ein Problem damit, Nähe zuzulassen, aus Angst, verletzt zu werden. Lass dir gesagt sein, Liebes, das haben schon andere versucht, unter anderem ich, es hat nicht funktioniert. Was dich jedoch am meisten verrät: Da ist diese unauslöschliche Traurigkeit in deinen Augen. All das zeigt mir, dass du jemanden verloren hast, den du sehr lieb gehabt hast. Ich tippe auf ein Kind.«

Penelope erschütterte, wie Trudi die Wahrheit erraten hatte. Unter der Last von Trudis scharfsinnigen Beobachtungen sank sie in sich zusammen, und ihr Gesicht zuckte verräterisch; endlich brach sie in Tränen aus.

»Ja, so ist es gut. Du musst weinen. Es hilft, ich weiß das«, murmelte Trudi, die aufgestanden war und sich zu Penelope auf die Sessellehne gesetzt hatte. Mit beiden Armen umfasste sie ihre junge Freundin und wiegte sie wie ein kleines Kind. Und wie zuvor die Tränen brachen nach einer Weile die Worte aus Penelope hervor. Sie erzählte Trudi die ganze Tragödie, die sich vor nunmehr bald sechs Jahren zugetragen hatte.

Am Ende überraschte Trudi sie erneut. »Ja, das hebt das ganze Leben aus den Angeln, das kann man nicht so einfach in die Tube zurückdrücken«, sagte sie mit bewegter Stimme. »Das erklärt ein wenig, warum du bist, wie du bist, Liebes. Aber ich verstehe nicht, warum du glaubst, dich selbst deshalb bestrafen zu müssen? Ich sehe keine Schuld bei dir.«

»Aber das ist doch das Problem! Natürlich trage ich die Schuld, aber niemand will das verstehen!«, rief Penelope vehement und sicherlich auch zu laut, vielleicht aus Enttäuschung darüber, dieselbe fruchtlose Diskussion nun auch mit Trudi führen zu müssen.

»Ach, und mit *niemand* sind dein Exmann, deine Mutter und deine Freunde gemeint? Deshalb verkriechst du dich in deiner Wohnung, mit einem Kater als einzigem Gefährten?«

»Es ist mein Leben!«, presste Penelope hervor.

»Sei nicht trotzig. Es ist Verschwendung eines guten, jungen Lebens. Warum kein neues Glück versuchen? Jemanden glücklich zu machen, das ist doch der eigentliche Sinn des Lebens! Ich habe Tausende gesehen, die überhaupt nie eine Chance dazu hatten, dabei hätten sie alles dafür gegeben.«

»Bitte Trudi, ich weiß, du bist im Krieg gewesen und hast sicher Schreckliches erlebt, aber das waren andere Zeiten.«

»Jetzt bist du gemein. Und herzlos. Das steht dir nicht, das bist du nicht. Das waren keine anderen Zeiten, das waren Menschen wie du und ich. Liebe und Leid fühlen sich in jeder Zeit und für jeden absolut gleich an. Du hast den Schmerz nicht für dich allein gepachtet. Also hör endlich auf, dich wie die tragische Figur aus einer griechischen Tragödie zu benehmen.«

Penelope fühlte eine jähe Schwäche. Natürlich hatte Trudi recht. Mit jedem einzelnen Wort. Gerade deshalb fürchtete sie sich vor einer weiteren Vertiefung des Gesprächs. Schon jetzt fühlte sie sich innerlich seziert, als hätte Trudi nach und nach die Schichten ihrer Seele freigelegt und schutzlos ihren Angriffen ausgeliefert. Irgendwie schien es zwei Trudis zu geben: Die, die ihr in die Seele schaute und sie mit Verständnis und Trost überschütten konnte, und jene, die hart und unerbittlich war und ihr Innerstes von der einen Sekunde zur anderen in eine Feuerqualle verwandeln konnte. Penelope war dem nicht gewachsen und stand abrupt auf: »Ich muss gehen, ich habe noch zu arbeiten.«

»Mumpitz. Setz dich. Wir sind noch nicht am Ende.«

Es lag so viel natürliche Autorität in Trudis Stimme, dass Penelope der Aufforderung fast automatisch folgte. Ein kleiner Teil in ihr wollte vielleicht auch bleiben, angetrieben von einer beinahe schmerzhaften Neugierde, was Trudi ihr noch vorhalten würde.

Doch Trudi war komplexer als das Labyrinth von Knossos, sie knüpfte nochmals an den Beginn ihres Gesprächs an: »Zurück zu deiner Mutter. Vielleicht hat sie mit ihrer Heirat gewartet, bis du ausgezogen warst, eben weil sie wusste, dass es dir bei Davids Familie gut ging und du sie von nun an nicht mehr brauchtest?«

Penelope starrte Trudi an. War es das? Das, was sich die ganze Zeit über an ihrem Unterbewusstsein festgekrallt hatte wie eine Muschel an einem Felsen? Sie fühlte, wie sich etwas in ihr löste, an die Oberfläche drang, um ihr die eigene Verirrung vor Augen zu führen. Hatte sie sich all die Jahre an eine falsche Vorstellung ihrer Mutter geklammert, allein aus dem Grund, sie damit auf Abstand halten zu können? Hatte sie ihr gar eine Schablone aufgedrückt, um ihren eigenen, schäbigen Blick auf sie zu rechtfertigen, ihr eigenes Verhalten damit vor sich zu legitimieren? Aber das bedeutete, sie war eine höchst niederträchtige Person. Sie barg ihr Gesicht in den Händen und wagte nicht mehr, Trudi in die Augen zu sehen. Für diese bittere Erkenntnis würde sie eine Weile brauchen, damit sie sich richtig auf dem Grund ihrer Seele absetzen konnte.

Trudi lächelte leise in sich hinein. »Fein, ich sehe, deine Rädchen arbeiten. Mach was draus, ja? Beende deine Irrfahrt, wirf den Anker, sei Odysseus und nicht Penelope! Warte nicht zu lange und rede mit deiner Mutter. Versprichst du mir das?«

Penelope hob den Kopf und gab Trudi mit einem Nicken zu verstehen, dass sie ihrem Rat folgen würde.

Nach einer merklichen Pause fuhr Trudi fort: »So, und jetzt erzähl mir mehr über die Geschichte mit dem Kind, das du entführt hast. Wo habt ihr gewohnt?«

»In der Perlacher Siedlung, bei der U-Bahnstation.« Penelope rieb die Handflächen ineinander, aber Verlegenheit und Scham ließen sich nicht einfach so abstreifen. »Ich denke seither oft an das Baby und frage mich, was wohl aus ihm geworden ist. Später, als Studentin, habe ich noch mal beim Jugendamt nachgefragt, aber die durften mir natürlich keine Auskunft geben. Meine Mutter behauptet, ich hätte ein Helfersyndrom.«

»Du hast viel mehr, Liebes, nämlich ein gutes Herz. Und du hast Zivilcourage, hast sie schon als Kind besessen. Ich wünschte, es gäbe mehr davon auf dieser Welt.«

Trudi seufzte hörbar, während eine jähe Veränderung mit ihr vonstatten ging. Mit einem Mal wurde sie ganz steif, saß mit durchgedrücktem Rückgrat auf der Stuhlkante, und Penelope bemerkte, wie ein Ausdruck zwischen Wut und Hass in ihre Augen trat. »Man muss hinsehen, wenn etwas passiert, sich nicht einfach wegdrehen und davonstehlen«, brach es aus ihrer Freundin hervor. »Nur deshalb konnte das damals, in meiner Zeit, alles so geschehen. Es herrschte ein Klima der Angst und der Gleichgültigkeit. Es galt das St.-Florian-Prinzip, Hauptsache, es traf die anderen.« Trudi schüttelte den Kopf. »Mut ist eine wahrhaft seltene Währung. Aber es ist müßig, sich über die Unzulänglichkeiten der Menschen den Kopf zu zerbrechen. Sie sind, wie sie sind, und heute ist kein Tag für Weltschmerz. Lachen wir dem Teufel ins Gesicht! Sláinte!« Trudi ergriff ihr Glas und leerte es mit einem Zug.

Penelope fühlte sich immer betroffen, Trudi so zu sehen, sie in dieser verstörenden Stimmung zu erleben. Das Beste, was sie tun konnte, war zu schweigen. Sie bewunderte Trudi für ihre Kraft und fragte sich einmal mehr, woher Trudi sie nahm? Was hatte den Menschen Trudi geformt? Ihre Kriegserlebnisse in Tod und Gefahr, das Glück, eine große Liebe gelebt zu haben?

Das Klingeln des Telefons unterbrach ihren Gedankengang. Trudi ging ran: »Oh, der Herr Pfarrer, welch Vergnügen! Ja? Sehr gerne. Wir freuen uns. Natürlich, bringen wir mit!« Sie beendete das Gespräch. »Das war unser Lieblingspfarrer. Er lädt uns zwei Mädels morgen um drei Uhr zum Tee ein.«

»Habe ich das gerade richtig verstanden? Du sollst ihm Dope mitbringen?«, fragte Penelope milde entsetzt. Aber so langsam wunderte sie sich über nichts mehr.

»Quatsch! Du sollst Giacomo mitbringen.«

»Oh, reicht es ihm nicht, dass er ihm das letzte Mal, du weißt schon …?«

»Eben, er sagt, sein Gummibaum habe nie besser ausgesehen. Er habe sogar neue Triebe bekommen.« Trudi sah aus, als hätte sie noch eine Weisheit parat, wartete aber lieber ab, bis sie dazu aufgefordert wurde. Penelope tat ihr den Gefallen.

»Und, was kommt noch?«, fragte sie vorsichtig. Sie befürchtete, dass dieses Vorgeplänkel in ein weiteres Trudi-Wortgefecht ausarten würde. Aber das gehörte zur Freundschaft dazu, dass Freunde einem die Wahrheit sagen durften, selbst, wenn sie schmerzhaft war. Oder gerade deswegen.

»Auch Scheiße hat was Gutes!«

»Nicht, wenn man reintritt«, parierte Penelope.

»Pah, du bist der pessimistischste Mensch, den ich kenne. Keine Ahnung, wie ich mit dir befreundet sein kann.«

»Doch das passt, weil du, Trudi, der optimistischste Mensch bist, den ich kenne. Die Physik nennt das Gravitation.« Penelope freute sich über das Geplänkel, weil es der zuvor entstandenen Atmosphäre die Schwere nahm. Daran konnte auch Trudis folgende Bemerkung nichts ändern.

»Ja, ich finde auch, dass Optimismus eine prima Eigenschaft für eine Todgeweihte ist.«

»Och, Trudi, immer das letzte Wort …«

»Ach, und wie soll ich bitte wissen, dass du nichts mehr sagen wirst?«

»Komisch«, Penelope schwächte den Ernst ihrer Bemerkung mit einen Lächeln ab, »ich dachte eigentlich, dass du genau über diese geheime Eigenschaft verfügst – mehr über deine Gesprächspartner zu erraten, als ihnen lieb sein kann.«

»Nein, Liebes, ich beobachte Reaktionen und Körpersprache und ziehe dann meine Rückschlüsse. Du, zum Beispiel, bist zwar mit Jason zusammen, denkst aber in letzter Zeit auch oft an deinen Exmann David.«

»Gott, wie schaffst du das bloß immer? Kannst du in mein Gehirn schauen?« Penelope war fassungslos.

»Du streitest es also nicht einmal ab? Gut, Fortschritt. Und nein, ich kann nicht in dein Gehirn schauen. Es ist ein natürlicher Vorgang. Man nennt das Aufarbeitung.«

Penelope kniff wie ein Bogenschütze ein Auge zusammen, dann schoss sie ihren Pfeil ab: »Sag mal, hast du mit Jason über mich gesprochen?«

»Nein.«

Das Nein kam verdächtig schnell. Zu schnell. Wenn es nicht Jason gewesen war, kam nur noch eine Person in Frage. Penelope ließ ihren Kopf auf die Tischkante sinken, am liebsten hätte sie hineingebissen. »Oh Gott«, stöhnte sie gequält, »du hast dich mit meiner Mutter verbündet.«

»Ja, sie ist eine großartige Person.«

»Wieso finden nur alle meine Mutter so toll?«

»Vielleicht, weil sie das ist?«

»Du kennst sie nicht so, wie ich sie kenne.«

»Mumpitz! Mehr fällt dir dazu nicht ein, Frau Lehrerin? Was genau wirfst du ihr vor? Du müsstest doch selbst am besten wissen, dass ihr Leben nicht immer ein Tanz in der Sonne war. Weißt du, was der Unterschied zwischen dir und deiner Mutter ist? Deine Mutter hat die Fähigkeit zu träumen nie verloren. Anstatt darüber die Nase zu rümpfen, solltest du dich für sie freuen, und du solltest auch nie vergessen, dass eine Mutter der rote Faden im Leben ihrer Kinder ist. Sie ist immer für dich da, eine Säule der Liebe, unverrückbar, unerschütterlich. Außerdem, Dummerchen, kann man das Glück nicht auf Dauer auf Abstand halten. Es passiert genauso wie das Unglück.«

KAPITEL 25

Warum sind Sie Priester geworden?« Trudi überfiel Pfarrer Aue am nächsten Tag mit ihrer Frage, kaum, dass sie Platz genommen und er ihnen Tee eingeschenkt hatte.

Der Pfarrer ließ sich mit der Antwort Zeit. Er beugte sich vor, griff nach seiner Tasse und nahm einen vorsichtigen Schluck. Danach sah er von Trudi zu Penelope und begann: »Kennen Sie das Gefühl? Man stellt Ihnen eine besondere Frage, und Sie wissen eigentlich die Antwort darauf, aber Sie zögern, weil Sie unsicher sind, wie der Fragende diese aufnehmen wird?«

»Pah, über solche Feinheiten bin ich lange hinaus. Penelope kennt das aber sicher bestens, nicht wahr?«

Penelope nickte zustimmend. »Allerdings bin ich jetzt sehr gespannt auf Ihre Antwort, Herr Pfarrer.«

»Denn mal los mit der Lebensbeichte!«, forderte Trudi schwungvoll.

Konrad Aue schenkte Trudi ein warmes Lächeln. »Sie erinnern mich sehr an meine Mutter, Frau Trudi. Tatsächlich deutete anfangs rein gar nichts auf meinen späteren Beruf hin. Hätte mir jemand in meiner Jugend gesagt, ich würde einmal katholischer Priester werden, ich hätte ihn für verrückt erklärt. Die Entscheidung fiel am Sterbebett meiner Mutter. Ich war Anfang dreißig und auf dem besten Weg, es meinem Vater gleichzutun, der zeitlebens nicht sehr viel auf die Reihe gebracht hat. Mein Vater war das, was man als einen Lebenskünstler bezeichnen würde. Bei seinem Tod, er starb einige Jahre vor meiner Mutter, hat er wenig Spuren hinterlassen.«

»Immerhin hat er Sie hinterlassen«, warf Trudi ein.

»Sagen wir so: Die größte Lebensleistung meines Vaters bestand darin, die richtige Frau zu wählen und zu heiraten. Es war meine Mutter, die für ihn gesorgt hat. Verstehen Sie mich nicht falsch, er war ein liebenswerter und sehr gebildeter Mann, und er hat meine Mutter aufrichtig geliebt und sie ihn. Aber er konnte sich mit der ›Eintönigkeit eines geregelten Alltags‹, wie er es nannte, nicht abfinden. Eine normale Anstellung kam für ihn nicht in Frage; er hat sich zwar als Unternehmer in einigen abenteuerlichen Geschäften versucht, aber die sind alle spektakulär gescheitert. Am liebsten hockte er im Wirtshaus, er liebte es zu diskutieren, oder aber er saß zu Hause und vertiefte sich in seine Zeitung oder seine Bücher. Manchmal verschwand er auch für ein paar Tage, er nannte es ›die Welt erfahren‹. Heute weiß ich, dass er ein Entwurzelter war und zeitlebens nicht mehr zu sich selbst zurückfand. Der Krieg hatte ihm alles genommen, seine Eltern, seine Kindheit, sein Zuhause und ein Stück weit seine Würde. Er starb, als ich gerade mein zweites Studium begonnen hatte, das ich jedoch, genau wie das erste, nicht allzu ernst nahm. Und dann starb auch meine Mutter, doch zuvor hat sie etwas zu mir gesagt, das mein ganzes Leben auf den

Kopf gestellt hat. Seither weiß ich, dass wenige Worte ausreichen können, um einem Menschen die Augen zu öffnen. Ihm einen neuen Weg aufzuzeigen.«

»Sie haben eine Art Erleuchtung erfahren?«, fragte Trudi und beugte sich neugierig vor.

»Wenn Sie es so nennen wollen«, erwiderte er mit einem verlorenen Lächeln. »In der Stunde ihres Todes hat mir meine Mutter ihre eigene Version der Genesis gegeben; den Grund, warum sie meinen Vater so sehr geliebt hat. Sie sagte, dass Gott am siebten Tage nicht geruht, sondern die Liebe erschaffen habe. Denn die Liebe sei das Universum, das die Erde und alles, was Gott in den ersten sechs Tagen vollbracht hat, umschließe. So wie eine Mutter ihr Kind mit ihrer Wärme und Liebe umschließt, so habe auch sie meinen Vater umschlossen. Weil er jemanden gebraucht habe, der ihn in den Kreis der Liebe aufnahm. Weil jeder Mensch mindestens einen Kreis der Liebe um sich ziehen müsse, der einen zweiten Menschen einschließe. Denn ohne die Liebe verhungere die Seele und werde angreifbar für die Verlockungen des Bösen. Das waren ihre Worte. In diesem Moment hatte ich meine Berufung gefunden: Die Menschen in den Kreis der Liebe zu führen. Mit Gottes Hilfe, der die Urkraft Liebe am siebten Tag erschuf.«

KAPITEL 26

Penelope fühlte sich etwas unsicher, als sie das Gartentor zum Haus der Familie Öztürk durchschritt. Und zwar nicht wegen ihres Knöchels, denn sie konnte inzwischen wieder ohne große Schmerzen auftreten, sondern weil die Einladung sie an ihren peinlichen Auftritt erinnerte.

Sie war sich ziemlich sicher, dass Yildins Mutter den wahren Grund für ihren Überraschungsbesuch erraten hatte. Ebenso war sie sich darüber im Klaren, dass sie sich deshalb noch bei ihr entschuldigen musste. Allerdings nicht heute in diesem öffentlichen Rahmen, sondern in der nächsten Woche unter vier Augen bei der abschließenden ärztlichen Untersuchung.

Jason drückte ihre Hand, als spüre er ihre Unsicherheit. Sie sah zu ihm auf und lächelte, dankbar, dass er sie begleitete, obwohl er eine harte Woche hinter sich hatte und dies sein erster freier Tag war. Es war zwar keine weitere junge Frau mehr entführt worden, aber von den drei Vermissten fehlte noch immer jede Spur. Inzwischen war Jason wieder zum Handlanger degradiert worden, weil sein Chef Beer und die Kollegen die Salmonellen-Krise überwunden hatten. Da auch der Diebstahl der Kostüme nach wie vor nichts weiter als eine Vermutung und er mit seiner These bis dato keinen Schritt weitergekommen war, war sie vom Chef ad acta gelegt worden.

Sie wurden von türkischer Rap-Musik empfangen, die ihnen in voller Lautstärke entgegenschallte.

»Was hast du noch mal gesagt, feiern die hier heute?«, fragte Jason, der einen riesigen Blumenstrauß in der Hand hielt, während Penelope eine Tüte Macarons dabei hatte, die sie gemeinsam mit Trudi gebacken hatte.

Sie standen am Rand der Terrasse und betrachteten erstaunt die Szene vor sich, die so kunterbunt war wie ihre Macarons. Die Frauen und Mädchen waren herausgeputzt wie zu einer Hochzeit, jedoch meist barfuß. Dafür lagen vor dem Terrasseneingang mehr Glitzer-High-Heels herum als in einem Schuhladen. Nur einige wenige ältere Frauen trugen das traditionelle Kopftuch, während die Männer den klassischen Anzug gewählt hatten; die jüngeren Gäste hingegen waren in schicker Freizeitkleidung erschienen.

Neben einem riesigen Büffet, das unter einem nach allen Seiten offenen Zelt aufgebaut war, erhob sich eine Bühne, auf der sich der Frontmann einer Band gerade die Seele aus dem Leib rappte. Die jüngeren Partybesucher hatten sich davor aufgereiht, tanzten mit hochgereckten Armen und grölten den Refrain des Sprechgesangs mit.

»Ich wusste nicht, dass das hier so eine extravagante Sache ist.« Penelope ärgerte sich, weil sie nicht richtig bei Frau Öztürk nachgefragt hatte. Sie hatte automatisch an ein Sommerfest mit Grill gedacht. Deshalb trug sie einen Jeansrock, eine kurzärmelige Bluse und flache, weiße Zehensandaletten. Sie war eindeutig underdressed. Sie hatte nicht auffallen wollen und tat es nun erst recht.

»Die Musik ist jedenfalls schon mal gut«, meinte Jason, setzte sich in Bewegung und zog Penelope mit sich. Eine elegante Frau in einem Cocktailkleid aus blauem Taft löste sich aus einer kleinen Gruppe und näherte sich ihnen: Yildins Mutter.

»Da sind Sie ja, Frau Arendt«, wurde sie herzlich von ihr begrüßt, und Penelope stellte ihr Jason vor, der es sich nicht nehmen ließ, die Gastgeberin mit einem Handkuss zu verzücken.

»Entschuldigen Sie bitte meine legere Kleidung«, beeilte sich Penelope zu sagen, »ich hatte nicht mit einem so feierlichen Rahmen gerechnet.«

»Warum denn?«, gesellte sich nun auch Yildins Vater zu ihnen. »Eine so schöne Frau wie Sie muss sich mit nichts schmücken«, sagte er galant. »Herzlich willkommen im Hause Öztürk. Unser Heim ist Ihr Heim.«

»Wie geht es Ihrem Knöchel?«, erkundigte sich Yildins Mutter, ganz Ärztin.

»Sehr gut, danke. Ich spüre fast nichts mehr.«

»Trotzdem sollten Sie heute vielleicht lieber noch nicht tanzen.« Yildins Mutter deutete auf die wild zappelnden Jugendlichen auf dem Rasen.

»Darf ich fragen, was heute gefeiert wird?«, fragte Jason, nachdem sie ihre Gastgeschenke überreicht und Yildins Mutter einen der Kellner des Cateringservices nach einer Blumenvase geschickt hatte.

»Unser Ältester ist heute sechzehn geworden und hat sich diese Party gewünscht«, erklärte Yildins Vater mit einem Lächeln. »Die Musik ist nicht ganz unsere Richtung, aber die Jugend liebt sie.«

»Und wo ist Yildin?«, fragte Penelope, die ihn bisher nirgendwo entdecken konnte.

»Oh, unser Kleiner ist im Haus und schmollt. Er hat sich eine Showeinlage für seinen Bruder in den Kopf gesetzt, eine Art Duett mit seiner Schwester, aber Yasmin hat es sich, wie es scheint, anders überlegt. Jetzt ist er mit der ganzen Welt böse.«

»Soll ich mal mit ihm sprechen?«, bot Penelope an.

»Gerne, kommen Sie mit. Dann zeige ich Ihnen auch das Haus.«

Auf dem Weg über die Terrasse traf Penelope auf jemanden, mit dem sie hier nicht gerechnet hatte: Schulrat Anton Seeberger, an seiner Seite eine verkniffen wirkende Blondine, die aussah, als wäre ihr heute eine lästige Pflicht auferlegt worden. Er stellte sie als seine Frau vor, und Penelope fühlte sich von ihr gemustert wie im Ausverkauf; vor allem entging ihr nicht der missbilligende Blick, mit dem die schlechtgelaunte Frau Jason bedachte. Sobald sie und Jason ihr den Rücken gekehrt hätten, würde sie ihre scharfe Zunge wegen des Altersunterschieds wetzen. Zu ihrer eigenen Überraschung stellte Penelope jedoch fest, dass sie das nicht im Geringsten störte.

Sie hatte die Episode schon wieder vergessen, als sie in Begleitung von Frau Öztürk Yildins Zimmer betrat. Der Junge hockte wie ein Häufchen Elend auf seinem Bett und wischte lustlos auf einem Tablet herum.

»Hallo, Yildin«, sagte sie.

Er sah auf, und als ihm klar wurde, wer da im Türrahmen stand, zog ein Lächeln, so strahlend wie der Sonnenaufgang über Capri, über sein Gesicht.

»Frau Lehrerin! Boah, voll krass.« Er sprang auf, rannte auf sie zu und umschlang ihre Hüften.

»Na, das nenne ich eine Begrüßung«, sagte seine Mutter lächelnd. »Was haben Sie mit ihm gemacht? Die Rose von Istanbul versprochen?«

»Sie müssen mir helfen«, sagte der Kleine eifrig zu Penelope. »Alle anderen dürfen gehen«, fügte er bestimmt hinzu und unterstrich seine Aussage, indem er seine Mutter kurzerhand aus dem Zimmer schob. Jason folgte ihr. Bevor er die Tür schloss, sagte er noch zu Yildin: »Pass auf, sie ist meine Freundin. Klar?«

»Hey, alles fett, Kumpel. Sie muss nur rappen. Keine Babys.«

Jason schloss lachend die Tür, und auch Penelope musste lächeln.

Yildin hatte bereits ein zerknittertes Stück Papier in der Hand. »Ich habe einen krassen Rap geschrieben für meinen Bruder. Und jetzt ist die doofe Yasmin zu feige. Allein macht null Sinn. Aber mit Lehrerin! Das ist sogar noch fetter als mit kleiner Schwester.«

Yildins Eifer war rührend. Penelope tat es leid, weil nichts daraus werden würde. Sie auf einer Bühne, vor all diesen Leuten? Nein, ausgeschlossen. Während sie fieberhaft überlegte, wie sie Yildins Ansinnen ablehnen könnte, ohne ihn zu verletzen, huschten ihre Augen über den Zettel. Das Gekritzel war kaum zu entziffern.

»Wo *Yasmin* steht, ist Ihr Text. Sie müssen das auswendig lernen. Boah, mein Bruder wird staunen!« Yildin hüpfte aufgeregt zur Tür, rief: »Ich bin gleich wieder da«, und flitzte davon.

Penelope sank auf Yildins Bett, nur am Rande nahm sie die FC-Bayern-Bettwäsche wahr. *Vielleicht könnte Jason …?* Geschähe ihm ganz recht, so wie er vorhin über sie gelacht hatte. Unvermittelt verstummte die Musik auf der Terrasse, und Penelope empfand die plötzliche Stille als Wohltat. Doch die Atempause währte nur kurz, da jetzt Yildins eifrige Jungenstimme aus dem Lautsprecher schallte. Er verkündete eine *sensationelle Sensation, die alle voll fett vom Hocker hauen* werde, und dann nannte er ihren Namen.

Jetzt hatte sie den Salat. Sie würde sich *voll fett* blamieren. Weder konnte sie den Text lesen noch die Worte richtig aussprechen. Sie würde höchstens die türkischen Gäste beleidigen! Vor ihrem geistigen Auge entstand bereits das Bild, wie man sie mit Schuhen bewarf. Während sie noch nachdachte, wie sie aus dieser Nummer wieder herauskam, kehrte Yildin zurück.

»Boah, meine Brüder haben gestaunt!« Der kleine Kerl glühte vor Stolz über seinen Coup.

»Hör mir bitte zu, Yildin«, fasste sich Penelope ein Herz und wedelte mit dem Zettel. »Ich kann kein Wort hiervon entziffern. Und selbst wenn, ich wüsste nicht, wie ich es aussprechen sollte.«

»Aber Sie sind Lehrerin, hey! Sie wissen alles!«

»Nein, Yildin, Lehrer wissen nicht alles. Und ich kann kein Türkisch.«

»Wir haben eine Stunde. Ich bringe Ihnen bei.«

Penelope stieß die Luft aus. »Ausgeschlossen, das lerne ich niemals in so kurzer Zeit. Es tut mir wirklich leid, aber ich kann nicht mit dir auftreten.« Sie konnte förmlich mitansehen, wie die Erkenntnis in Yildin aufstieg, dass seine groß angekündigte *sensationelle Sensation* soeben in den Fluten des Bosporus versank.

Der Kleine biss die Zähne dermaßen fest zusammen, dass der schmale Kiefer mahlte, um seine Tränen zurückzuhalten. Penelope zog es das Herz zusammen, aber es ging nicht anders.

»Wenn du magst, gehe ich runter und verkünde durch das Mikrofon, dass es allein meine Schuld ist«, und fügte nach einer winzigen Pause hinzu: »Weißte?«

»Schon gut.« Yildin schleppte sich mit hängenden Schultern zu seinem Bett und ließ sich wie ein gefällter Baum darauf fallen. Seine Darbietung hatte das Format eines großen Tragöden.

Minutenlang starrte Penelope auf die schmale Gestalt auf dem Bett und kam sich dabei sehr schäbig und sehr feige vor, vielleicht auch, weil sie den Eltern mit ihrem anfänglichen Misshandlungsverdacht Unrecht getan hatte. Langsam formte sich ein neuer Gedanke in ihr. Sie nahm all ihren Mut zusammen, denn sobald sie ihren Vorschlag ausgesprochen hätte, gäbe es kein Zurück mehr für sie: »Vielleicht gibt es ja doch eine Lösung, Yildin.«

Eine gute Stunde später betrat Penelope, die sich zuvor mit einem Glas Champagner Mut angetrunken hatte, neben Yildin die Bühne. Sie trug eine Schirmmütze mit dem Aufdruck *Queen of Rap*, und auf ihrer

Schulter thronte Trudis Papagei Jekyll & Hyde. Das Tier plusterte sich auf, krächzte mehrmals: »Applaus, Applaus« und nickte mit dem Kopf, als wolle es sich verbeugen. Trudis Süßer benahm sich, als genösse er die Situation voll und ganz – im Gegensatz zu Penelope, der ihre wackligen Beine kaum gehorchten. Aber sie wusste, sie tat das Richtige; es war an der Zeit, endlich über ihren Schatten zu springen und aus ihrer Unsichtbarkeit hervor ins Licht zu treten.

Yildin tänzelte über die Bühne wie ein Profi, schnalzte und keuchte ins Mikrofon und gab alles in allem ein paar wirklich seltsame Laute von sich, die sich für Penelope anhörten, als hätte sich das Kind verschluckt, doch die Zuhörer johlten, er machte seine Sache wohl gut. Dann war die Reihe an ihr beziehungsweise an Mr. Hyde. Sie hielt das Mikrofon ein Stück von sich weg und gab ihm die ersten Töne des türkischen Unabhängigkeitsmarschs vor. Doch, was sonst immer geklappt hatte, auch gerade noch im Auto, nachdem sie den Papagei einer verdutzten Trudi entführt hatten, versagte jetzt. Mr. Hyde stellte Nicken und Applaus-Applaus-Rufe ein und … schwieg.

Yildin sah schon ein wenig unglücklich aus und wiederholte den letzten Refrain. Penelope versuchte es erneut, hielt dem Papagei das Mikrofon vor den Schnabel, und endlich, endlich krächzte er los. Leider war alles, was er von sich gab, die liebliche Melodie von Flipper, dem Delfin. Durchaus gekonnt, jedes Wort verständlich, jeder Ton am Platz –, aber nichts, das einem Rap je unähnlicher gewesen wäre. Der Papagei hatte sich nicht für den türkisch krächzenden Mr. Hyde, sondern eine Vorstellung als freundlicher Jekyll entschieden.

Das Publikum begann zu kichern, das Gelächter wurde immer lauter, und Penelope blickte zu Yildin, dessen Augen vor Schreck weit aufgerissen waren, so dass fast nur noch das Weiße darin zu sehen war. Seine Brüder vor der Bühne stießen sich an und feixten. Das brachte Penelope auf, schließlich war der Auftritt Yildins Geschenk an seinen Bruder. Wie konnte sie die Situation für Yildin noch retten?

Bevor sie richtig darüber nachgedacht hatte, holte sie tief Luft und gab auf der Bühne ihr Bestes, und das war das gesamte türkische Repertoire von Trudis Mr. Hyde, soweit sie es im Kopf bewahrte. Es ging erstaunlich gut – kein Wunder, so oft, wie sie dem türkischen Unabhängigkeitsmarsch aus seinem Schnabel während ihrer zahlreichen Besuche bei Trudi schon gelauscht hatte.

Beflügelt durch die begeisterten Zugabe-Rufe der Jugendlichen wiederholte sie den Text ein zweites Mal und ließ sich am Ende gemeinsam mit Yildin feiern. Der Papagei, nicht minder beflügelt, krächzte unentwegt: »Danke, danke« und »Applaus, Applaus«, aber keine einzige türkische Silbe kam an diesem Tag mehr über seine Lippen.

Später dachte Penelope, dass Jekyll & Hyde nicht nur ein sehr begabter Papagei war, sondern auch ein äußerst kluger.

Denn sie bemerkte zu spät, dass zwar die jungen Leute begeistert auf die Darbietung reagierten, die Älteren jedoch reglos, mit verschränkten Armen und grimmigem Gesichtsausdruck vor der Bühne verharrten. Die Stimmung wirkte seltsam gekippt. Was war jetzt wieder schiefgelaufen? Mit dem Blick suchte sie nach Jason, der auch nur ratlos neben ihren Gastgebern stand und hilflos mit den Schultern zuckte.

Herr und Frau Öztürk wirkten auf Penelope weniger grimmig, trugen jedoch einen höchst überraschten Ausdruck zur Schau. Frau Öztürk fasste sich als Erste. Sie stieß ihren Mann an und flüsterte ihm kurz etwas zu, woraufhin beide lautstark in den Applaus der Jugend einfielen, bis einige der anderen erwachsenen Gäste es ihnen gleichtaten. Die Atmosphäre entspannte sich wieder.

Penelope wusste, sie sollte jetzt eigentlich die Bühne verlassen, verharrte aber wie festgewurzelt. Herr Öztürk rettete sie. Er stieg zu ihr hinauf, bedankte sich durch das Mikro für die schwungvolle Einlage mit seinem Jüngsten und geleitete sie nach unten, wo Jason sie in Empfang nahm.

»Wow, du warst großartig, Penelope! Wer hätte gedacht, dass eine echte Rampensau in dir steckt«, raunte er ihr ins Ohr, so dass ihn niemand sonst verstehen konnte.

»Jason, wirklich!«, raunte Penelope noch immer peinlich berührt, während Yildins Brüder die Bühne stürmten und den Kleinen auf ihre Schultern hoben. Yildin winkte, schwenkte ausgelassen seine Kappe und nahm die Huldigungen der Menge wie ein Popstar entgegen.

»Herr Öztürk«, wandte sich Penelope an ihn. »Ich denke, ich muss mich bei Ihnen und Ihren Gästen für mein fehlerhaftes Türkisch entschuldigen. Sicher habe ich den Unabhängigkeitsmarsch völlig verzerrt wiedergeben.« Penelope würde im Leben nicht zugeben, dass ihre Kenntnisse von einem Papagei stammten.

»Unabhängigkeitsmarsch?«, wiederholte Herr Öztürk verständnislos. »Hat Ihnen Yildin das erzählt? Ja, ist das zu fassen?« Seine Miene hatte sich verfinstert, während seine Augen seinem kleinen Sohn folgten, der noch immer den Triumph auf den Schultern seiner beiden älteren Brüder auskostete.

»Nein, Yildin hat damit nichts zu tun«, versicherte ihm Penelope hastig. »Ich habe den Text, äh … von einem Freund gelernt. Der Auftritt war allein meine Idee.«

»Von einem Freund?«, kicherte Frau Öztürk jetzt. »Was ist das für ein Mensch? Kneipenbesitzer im Hafen von Istanbul?«

»Äh, wie meinen Sie das?« Penelope schwante längst, dass sie auf diesem Grundstück gerade zum zweiten Mal in ein voll krasses Fettnäpfchen getreten war.

»Meine liebe Frau Arendt«, setzte Frau Öztürk zu ihrer Erklärung an, »Sie haben gerade eine ganze Palette übelster Spelunkenausdrücke zum Besten gegeben. Sie aus dem Mund einer Dame zu hören, war ein wenig … schockierend.«

»Oh, mein Gott!« Penelope schlug sich die Hand vor den Mund.

»Machen Sie sich nichts draus. Es war unterhaltsam, und Sie haben Yildin damit eine Riesenfreude bereitet. Aber wiederholen sollten Sie das lieber nicht noch mal vor Publikum. Und Ihrem türkischen Freund würde ich fest auf die Füße treten. Der hat Sie schön auf den Arm genommen. Aber ich bin froh, dass die Idee nicht von Yildin stammte.«

KAPITEL 27

Kaum hatte Penelope die Tür zu ihrer Wohnung geöffnet, schlug Jason und ihr ein Geruch entgegen, der ihnen die Tränen in die Augen trieb: »Oh Gott, was stinkt denn hier so? Da fallen ja die Fliegen von der Wand!«, rief Penelope entsetzt.

Jason stürzte an ihr vorbei ins Wohnzimmer.

»Theseus, böser Hund!« Die Dogge lag auf dem Sofa und machte sich ganz klein. Giacomo saß aufrecht neben ihm. Er wirkte empört.

Penelope riss die Balkontür auf und holte keuchend Luft. Der Gestank war bestialisch. Jason mäanderte suchend durchs Wohnzimmer. »Verdammt, wo ist es?«

Penelope war indes im Bad verschwunden. »Ich habe *es* gefunden.« Ihre Stimme klang erstickt.

»Oh«, sagte Jason, sobald er neben ihr stand. Er konnte sich nur schwer das Lachen verkneifen, auch Penelopes Schultern zuckten. »Na so was! Voll fett, Alter«, ergänzte er in Yildins Jargon.

Penelope, mit einem schützenden Kleenex vor dem Mund, schüttelte es inzwischen vor Lachen. »Unglaublich, seit Jahren versuche ich Giacomo dazu zu bewegen, das Katzenklo zu benutzen, und dann kackt dein Hund rein.«

Jason beförderte die Bescherung beherzt in die Toilette und sagte: »Ich mach das Katzenklo gleich sauber.«

»Schon in Ordnung. Ich schütte genügend frische Streu drauf und kümmere mich später darum.«

»Gut, und ich sollte gleich noch eine Runde mit unserem Stinktier drehen. Kommst du mit?«

»An die frische Luft? Nichts könnte mich jetzt davon abhalten! Ich lege Giacomo nur kurz die Leine an, der Arme wird sicher auch raus wollen. Und danach möchte ich noch einmal bei Trudi vorbeischauen. Die hat mir das mit dem türkischen Unabhängigkeitsmarsch schließlich eingebrockt.«

Jason hatte Jekyll & Hyde sofort nach dem Auftritt wieder bei Trudi abgeliefert und war danach wieder zu Penelope auf die Party zurückgekehrt.

»Ah, willst du ein Huhn rupfen?« Jason zog die Augenbrauen hoch.

»Wohl eher einen Papagei.«

»Darf ich diesmal mitkommen? Sie hat mich heute schon wieder sehr schnell an der Tür abgefertigt. Langsam komme ich mir diskriminiert vor.«

»Ich frage Trudi vorher lieber«, wich ihm Penelope wie gewohnt aus.

Jason nickte, als hätte er keine andere Antwort erwartet. Und dann versetzte er ihr einen Schrecken. »Sag, was versteckt unsere Trudi eigentlich in ihrer Wohnung. Eine Leiche?«

»Jason!« Es hörte sich an wie ihr übliches *Mama!* »Wie kommst du bloß darauf? Sie ist eine harmlose alte Dame, die leider sehr krank ist. Deshalb empfängt sie nur so selten Besuch.« Was irgendwie schwach klang, nach einer halben Wahrheit. Einer Ausrede. Das wusste sie, und Jason wusste es auch. Aber er war nun einmal Polizist, und sie wollte weder ihn noch Trudi in die Bredouille bringen.

»Schon gut, ihr zwei. Behaltet euer schmutziges kleines Geheimnis für euch«, sagte Jason jetzt gutmütig. »Solange Trudi diese herrlichen Kuchen backt, kann sie von mir aus die Anführerin einer russischen Mafiabande sein.«

KAPITEL 28

»Hat er wirklich russische Mafia gesagt?« Trudi war dabei, frischen Kuchenteig anzurühren. Im Hintergrund sang Dr. Jekyll die Ode an Flipper in einer Endlosschleife.

Jasons ironische Bemerkung interessierte Trudi weit mehr als Penelopes Rap-Desaster. Natürlich fand sie es rasend komisch und hatte ihr mehrmals versichert, wie gerne sie dabei gewesen wäre. Yildin hatte Penelope die Kappe mit dem Rap-Queen-Aufdruck geschenkt, und sie hatte sie an ihre Freundin weitergereicht. Nun thronte sie auf Trudis Kopf, und Penelope fürchtete, sie könne jeden Moment in der Teigschüssel landen. Auf jeden Fall schien die Kappe Trudi zu inspirieren:

»Was hältst du davon, wenn wir künftig gemeinsam mit meinem Süßen auftreten?« Sie stellte sich entsprechend in Positur und gab ein paar türkische Brocken aus Mr. Hydes Repertoire zum Besten. Ohne Frage, auch seine Besitzerin hatte von ihrem Papagei gelernt und ein Talent für Sprechgesang entwickelt. Trudi beschloss ihre kleine Vorstellung mit einem albernen Kichern und fiel auf den Küchenstuhl.

Penelope warf einen kritischen Blick auf die Adenauer, die auf einem Teller zwischen ihnen lag. »Wie viel hast du heute schon geraucht, Trudi?«, fragte sie mit einer steilen Falte auf der Stirn.

»Einiges. Heute ist kein guter Tag.«

»Oh Trudi«, sofort kniete Penelope an ihrer Seite, »ich wünschte so sehr, ich könnte etwas für dich tun, das es für dich leichter macht.«

Trudi nahm die Kappe ab und fuhr sich abwesend durchs Haar. Sie schwieg. Allerdings auf eine Art und Weise, als wollte sie etwas sagen, wüsste aber nicht wie.

»Was ist los, Trudi?«, fragte Penelope, der nicht entgangen war, dass Trudi gerade einen inneren Kampf ausfocht.

»Nein, es wäre keine gute Sache«, murmelte Trudi nach einigen Sekunden in sich hinein, und zu Penelope sagte sie entschieden: »Ich werde dich nicht damit beschweren.« Sie machte eine entsprechende Geste in Richtung ihrer kleinen Drogenplantage.

»Mach dir darüber keine Sorgen. Ich werde mich selbstverständlich darum kümmern, dass das alles verschwindet, bevor …« Penelope unterbrach sich, konnte den Satz nicht zu Ende führen. Bisher war es ihr ganz gut gelungen, die Tatsache zu verdrängen, dass ihre Freundin in absehbarer Zeit nicht mehr da sein würde.

»Noch ist es nicht so weit, Liebes.« Trudi tätschelte Penelopes Arm. Sie langte nach der Adenauer, änderte jedoch ihre Meinung und legte sie wieder weg. »Ich habe dir doch von meinem Freund, dem Gärtner, erzählt?«

»Der, der dich auf die Idee mit der Plantage gebracht und dir geholfen hat?«

»Ja, er steckt in Schwierigkeiten. Er verweigert, so wie ich, die Behandlung, und nun hat seine Tochter, die sich nie sonderlich um ihn gekümmert hat, beschlossen, ihm eine Pflegerin ins Haus zu setzen. Vermutlich, um ihr schlechtes Gewissen zu beruhigen, weil sie in Berlin wohnt und nur an Weihnachten den Weg hierher findet«, ergänzte Trudi mit einem kleinen Schnauben. »Jedenfalls rief er mich vorhin an und meinte, die Krankenschwester käme schon morgen mit dem Bus aus Polen.«

»Wieso wehrt er sich nicht dagegen? Er ist doch noch voll geschäftsfähig, oder?«

»Schon, aber seine Tochter ist Juristin und hat ihm anscheinend damit gedroht, dafür zu sorgen, dass er ins Krankenhaus muss, sollte er die Pflegerin nicht reinlassen.«

»Aber er kann doch weder gezwungen werden, ins Krankenhaus zu gehen, noch einer Pflegerin zuzustimmen«, regte sich Penelope auf. »Soll ich einmal mit der Tochter sprechen?«, bot sie an.

»Nein, Liebes. Mein Freund sagt, die Krankenschwester an sich sei gar nicht das Problem, nur könne er vor ihr kaum seine Pflanzen geheim halten. Er wird sie noch heute vernichten müssen. Und sein Vorrat reicht höchstens noch für zwei Tage.«

»Jetzt verstehe ich, es würde bei ihm also auf eine Art Entzug hinauslaufen. Ich nehme an, er hat dich darum gebeten, ihn künftig damit«, Penelope stupste die Adenauer an, »zu versorgen.«

»Ja, und das ist genau das Problem. Er wohnt draußen in Straßlach. Du musst wissen, er sitzt wegen eines schweren Beinleidens seit einigen Tagen im Rollstuhl. Darum auch die Pflegerin. Ich habe mir schon überlegt, ihm den Stoff mit der Post zu schicken. Aber mein Freund sagt, das sei zu unsicher, und er möchte mich auf keinen Fall in Schwierigkeiten bringen. Er habe das schon einmal für eine Freundin gemacht, aber die Sendung sei nie angekommen. Er hat mir deshalb dringend davon abgeraten.« Trudi hatte die lange Rede erschöpft. Vermutlich spielte auch die Sorge um ihren Freund eine Rolle. Jedenfalls griff sie erneut nach der Adenauer und sog diesmal daran wie eine Verdurstende an einem Strohhalm.

Noch während Trudi sprach, sah sich Penelope einem inneren Konflikt ausgesetzt. Alles in ihr drängte sie, Trudi und ihrem Freund aus diesem Dilemma zu helfen. Aber eine Karriere als Drogenkurier? Das war eine hohe moralische Barriere. Sollte sie erwischt werden, würde die Tatsache, dass sie Grundschullehrerin war, besonders schwer wiegen. Und ihr Freund Jason war bei der Polizei. Er konnte das nicht gutheißen.

»Weißt du was, Trudi?«, hörte sie sich da zu ihrer eigenen Überraschung sagen, »das hier ist ein Notfall, und deshalb werde ich das einmalig für dich übernehmen. Und für die Zukunft wird mir auch eine Lösung einfallen.«

Offenbar setzte der Drang, Trudi in ihrer schwierigen Lage helfen zu wollen, alle ihre Bedenken an die möglichen Folgen außer Kraft. Schon wieder überraschte sie sich selbst, war erneut über ihren Schatten gesprungen.

Es entspann sich eine wortreiche Diskussion, in der Trudi Penelopes Angebot vehement ablehnte, selbst dann noch, als Penelope vorschlug, sich das Auto ihrer Mutter auszuleihen und gemeinsam mit ihr hinzufahren. »Nein, nein, nein. Ich werde eine andere Lösung finden, Liebes. Vergiss die ganze Sache. Ich hätte dir gar nicht erst davon erzählen sollen. Jetzt habe ich dein Helfersyndrom aktiviert. Apropos, wenn du magst, könntest du mich dabei unterstützen, den Vorrat anzulegen. Das Zerkleinern ist ein wenig kräfteraubend.«

So kam es, dass Penelope Trudi dabei half, eine größere Menge Zauberstoff herzustellen, der Trudi und ihren Freund auf Wochen versorgen konnte.

Da Penelope den naheliegenden Verdacht hegte, dass Trudis Lösung darin bestehen würde, alle ihre Kräfte zusammenzunehmen und allein mit den Öffentlichen oder einem Taxi zu ihrem Freund nach Straßlach zu fahren, stibitzte sie ihr während des nächsten nachmittäglichen Kaffees kurzerhand den frisch angelegten Vorrat – den Namen ihres Freundes hatte sie ihr schon früher entlockt –, und machte sich mit dem Fahrrad auf den Weg.

Und dann ging alles schief.

KAPITEL 29

Es heißt, ein Unglück komm selten allein. Obwohl Penelope fand, dass das in ihrem Fall noch untertrieben sei. Seit Trudi und Jason in ihr Leben getreten waren, überschlugen sich die Ereignisse geradezu. Sie hatte zum ersten Mal in ihrem Leben Marihuana geraucht, hatte nach David mit einem anderen Mann geschlafen, war Zeugin in einem Mordfall, hatte mit einem Papagei auf einer Bühne gestanden und nun war sie noch zum Drogenkurier mutiert. Hätte ihr vor Wochen jemand diese erstaunliche Metamorphose prophezeit, Penelope hätte ihn für verrückt erklärt.

***

»Mist«, fluchte Penelope. Ausgerechnet jetzt musste das passieren! Sie kniete auf dem Isarhochuferweg bei Pullach und bemühte sich, die herausgesprungene Fahrradkette wieder aufzuziehen.

»Benötigen Sie Hilfe, junge Frau?«, ertönte eine sonore Stimme hinter ihr.

Penelope sah auf, blinzelte gegen die Sonne an, um den Schreck ihres Lebens zu bekommen: Neben ihr stand ein graumelierter Streifenpolizist und lächelte sie freundlich an; sein jüngerer Partner wartete ein paar Meter weiter entfernt und telefonierte mit dem Handy.

Ausgerechnet Polizisten! Wie wahrscheinlich war das denn? Sie senkte rasch den Kopf und wandte sich wieder ihrem Fahrrad zu, während sie rief: »Nein, das ist sehr nett, aber ich habe es gleich. Vielen Dank.« Ebenso hektisch wie erfolglos fummelte sie weiter an der Kette.

»Kommen Sie, lassen Sie mich mal ran.« Der Polizist kniete nun neben ihr, und Penelope blieb nichts anderes übrig, als beiseite zu rücken – alles andere wäre für einen unbescholtenen Bürger (der sie in diesem Moment wohl nicht mehr war) auffällig gewesen. Offenbar setzte die Münchner Polizei ihre Charmeoffensive fort: Erst heute Morgen hatte sie im Merkur einen Artikel gelesen, in dem eine Streifenbesatzung viel Beifall für die Rettung einer Entenmama und ihrer sieben Küken aus dem Trappentreutunnel erfuhr. Penelope widerstand nur mit Mühe dem Bedürfnis, zu ihrem Einkaufskorb vor dem Lenkrad zu schielen, in dem sie, unter einem Geschirrtuch und mit mehreren Packungen Nudeln abgedeckt, Trudis Zauberstoff versteckt hatte.

Der junge Polizist hatte sein Telefonat mittlerweile beendet und gesellte sich nun auch zu ihnen. »Keine Sorge. Mein Kollege hat drei Kinder aufgezogen. Der weiß, wie man Fahrräder repariert. Auch alte.«

»Das ist wirklich sehr freundlich von Ihnen«, murmelte Penelope einsilbig und tat so, als müsste sie ihre Kappe richten, dabei zog sie sie unauffällig tiefer in die Stirn. Sie vermied es, dem jüngeren Polizisten in die Augen zu sehen, bemerkte aber seine interessierten

Blicke. Sie hätte die Jeansshorts nicht anziehen sollen, die Jason so gefiel. Offenbar nicht nur ihm.

Ihr Helfer gab einen Schnalzlaut von sich. »Tut mir sehr leid, aber da ist nichts zu machen. Sehen Sie«, er zeigte mit dem öligen Finger auf die Kette, »das Glied hier ist völlig verbogen. Ich könnte die Kette mit Gewalt vielleicht trotzdem reindrücken, aber dann springt sie bei nächster Gelegenheit wieder raus.« Er erhob sich und rieb sich die schmierigen Finger. »Sie haben nicht zufällig ein Taschentuch bei sich, junge Frau?«, fragte er.

Penelope fasste nach dem Riemen ihrer Handtasche, die sie beim Fahrradfahren üblicherweise vor den Bauch geschnallt trug, und griff überrascht ins Leere. Erschrocken sah sie an sich herab. Offenbar war sie im Zuge ihres illegalen Vorhabens derart konfus gewesen, dass sie tatsächlich ihre Handtasche auf dem Küchentisch liegengelassen hatte. »Leider nein«, erwiderte sie. Sie überlegte, ob sie ihm im Austausch für seine Freundlichkeit nicht ihr Geschirrtuch anbieten sollte, und befand, dass sie das Risiko eingehen musste.

»Was meinst du, Karl«, sagte der Kettenspezialist, während er sich die Finger mit dem Tuch säuberte, »bringen wir die junge Dame und ihr Fahrrad zum *Radl Willi*?«

»Vielen Dank, aber das ist wirklich nicht nötig«, wehrte Penelope ab. »Ich rufe meinen Freund an.« Die beiden Polizisten machten keine Anstalten zu gehen, sondern blieben abwartend stehen, dabei wünschte sich Penelope nichts sehnlicher, als dass sie endlich verschwinden würden! Ihr war nämlich eingefallen, dass sich auch ihr Handy in der Handtasche befand. Ihr Puls raste, und sie konnte fühlen, wie sich der Schweiß zwischen ihren Schulterblättern sammelte. »Oje, ich habe mein Handy nicht dabei«, gab sie verlegen zu.

»Kein Problem. Hier, nehmen Sie meins.«

»Danke.« Penelope war so nervös, dass ihre Finger kaum die richtigen Tasten trafen. Tatsächlich verwählte sie sich und erreichte eine fremde Mailbox. Erschrocken legte sie auf. Später verfluchte sie sich, weil sie nicht die Geistesgegenwart besessen hatte, so zu tun, als wäre Jason am Apparat.

»Ihr Freund geht wohl nicht ran? Kommen Sie«, der hilfreiche Polizist griff nach ihrem Lenkrad, »wir nehmen Sie mit. Wir haben sowieso Dienstende, und der *Radl Willi* liegt auf unserem Weg.«

Derart der Kontrolle über die Situation enthoben, blieb Penelope nichts anderes übrig, als sich zu fügen. Sie löste den Korb von ihrem Klapprad, das sich der graumelierte Polizist sogleich über die Schulter schwang. Offenbar wollte der jüngere dem nicht nachstehen. Er deutete auf den Korb und sagte: »Ich trage den für Sie.«

»Nein!« Penelope machte unwillkürlich eine abrupte Rückwärtsbewegung.

»Hoppla! Was haben Sie denn da drin, Lady? Kokain?« Der Mann lachte über seinen eigenen Scherz.

Penelope ärgerte sich über ihre unbewusste Reaktion. Zu ihrem Leidwesen machte sie gerade die Erfahrung, dass man sich bei kriminellen Aktivitäten nicht nur besser gar nicht erst erwischen ließ, sondern im Notfall auch über Nerven wie Drahtseile und schauspielerisches Talent verfügen sollte. Letzteres war eine ziemlich hohe Hürde, wenn einem das eigene moralische Korrektiv, vulgo das schlechte Gewissen, dazwischen kam.

»Entschuldigen Sie bitte«, sie versuchte sich an einem offenen Lächeln, »aber ich bin es nicht gewohnt, dass man mir derart unter die Arme greift. Hier«, sie streckte ihm den Korb hin. Sie hatte keine andere Wahl, als auf sein Angebot einzugehen, wollte sie seinen Argwohn nicht erregen. Sie musste sich jetzt unbedingt zusammenreißen und die Nerven behalten. Wenn sie nur nicht so schwitzen würde ... Ihre Hände waren ganz feucht, und das Shirt schien förmlich an ihr zu kleben. Sie folgte den Polizisten, von denen einer ihr Fahrrad, der andere mindestens 100 Gramm feinstes Dope trug, den Uferweg bis zu dem kleinen Kiosk hinauf, neben dem ihr Einsatzfahrzeug parkte. Klapprad und Korb wurden im Kofferraum verstaut, und Penelope nahm auf dem Rücksitz Platz. Die Fahrt über den kurvenreichen Pullacher Berg hinauf bis zum Fahrradgeschäft dauerte gerade einmal fünf Minuten.

Schon hielten sie vor einem kleinen Laden mit der Aufschrift *Radl Willi*. Sie stiegen aus, der Polizist öffnete den Kofferraum, und das Erste, was Penelope sah, war, dass ihr Korb umgefallen und sein Inhalt herausgepurzelt war. Penelope schwitzte schlagartig sämtliches Körperwasser aus, während sie nach dem Korb griff und rasch alles wieder einsammelte. In ihrer Hektik blieb sie mit einem der beiden Zauberstoffpäckchen an ihrer Fahrradklingel hängen und riss prompt ein Loch in die Tüte. Geistesgegenwärtig suchte sie es mit der Hand zu verdecken. Sie wagte kaum hinzusehen, ob und wie viel herausgerieselt war.

Ein wettergegerbter Mann in einem fleckigen Blaumann war inzwischen interessiert an den Wagen herangetreten und wurde von Penelopes Begleitern mit einem freundlichen »He, Willi!« begrüßt.

»Was bringt ihr mir für eine Leiche, Jungs?«

»Sieh's dir an. Die Kette ist hinüber.«

Willi beugte sich über den Kofferraum wie ein Arzt über einen Patienten und gab anschließend einen Schnalzlaut von sich, der nichts Gutes verhieß. Penelopes Herz hämmerte bis zum Hals, und ihr war inzwischen so schlecht vor Angst, dass sie nahe daran war, sich in den Straßengraben zu übergeben. Lange stünde sie das nicht mehr durch.

Radl-Willi, der seine Erstdiagnose beendet hatte, wuchtete das alte Klapprad heraus, und der Polizist schloss den Kofferraumdeckel. Vor Erleichterung hätte Penelope beinahe einen Seufzer ausgestoßen.

»Vielen Dank«, sie gab ihren beiden Helfern die Hand, »das war wirklich sehr freundlich von Ihnen.«

»Folgen Sie mir, Lady«, sagte Radl Willi, »sehen wir uns den Patienten an.« Bevor er sich seiner Werkstatt zuwandte, rief er noch über die Schulter zurück: »Übrigens, ihr solltet euren Kofferraum mal wieder reinigen, Jungs. Der riecht wie der Aschram, in dem ich meine Jugend verbracht habe.«

»Schmarrn! Der Wagen wurde erst gestern aufbereitet. Der ist absolut in Ordnung.« Der jüngere Polizist, der schon halb in den Wagen eingestiegen war, reagierte entsprechend entrüstet.

»Mag sein, aber ich rieche guten Shit hundert Meter gegen den Wind, und euer Kofferraum hat eindeutig eine Ladung davon abgekriegt.«

»Jetzt mal halblang, Kumpel.« Der Fahrer war wieder ausgestiegen.

»Wollen wir wetten?« Radl-Willi hob das Fahrrad von seiner Schulter, und Penelope hätte den Alten am liebsten mit Stummheit geschlagen. Das Adrenalin jagte längst wie kleine Stromstöße durch ihren Körper, und sie überkam gerade das surreale Gefühl, als zöge ihr gesamtes Leben an ihr vorbei. Ihr blieb nichts anderes übrig, als ruhig dazustehen, während sich die Lawine von der Bergspitze löste und langsam, aber unaufhaltsam auf sie zurollte.

Sie bemerkte nun, wie der nachdenkliche Blick des jüngeren Polizisten auf ihr ruhte, wie er weiter zu ihrem Korb wanderte, ihr vorheriges, abwehrendes Verhalten hinzuaddierte und endlich zu dem kombinatorischen Schluss kam, nicht auf die Wette einzugehen, sondern den Kofferraum zu öffnen.

»Sie bleiben, wo Sie sind!«, sagte er im besten Beamtenton zu Penelope, griff unter den Deckel und hob ihn an. Er entdeckte die losen Krümel auf dem Boden und wischte darüber. »Was ist das für ein Zeug?« Er rieb es zwischen den Fingern und schnüffelte daran.

»Sieht aus wie loser grüner Tee«, sagte der ältere Polizist und ließ Penelope hoffnungsvoll aufmerken. Offenbar mochte er nicht so recht an einen Verdacht glauben.

»Das ist kein Tee«, sagte sein Partner bestimmt. »Das ist getrockneter Hanf.«

»Sag ich doch«, murmelte Willi mit einem entschuldigenden Seitenblick auf Penelope. Offenbar schwante ihm gerade, dass er seine Neukundin mit seiner flapsigen Bemerkung in Schwierigkeiten gebracht hatte.

»Tut mir leid, Lady«, sagte er leise, und Penelope erkannte, dass es an der Zeit war, mit offenen Karten zu spielen:

»Ihr Kollege hat recht, es ist getrockneter Hanf. In diesem Fall dient er als medizinisches Marihuana. Er ist für einen Krebspatienten bestimmt.«

»Sie sind Ärztin?«, fragte der ältere Polizist zuversichtlich. Er wollte wohl keine Kriminelle in ihr sehen, was Penelope als tröstlich empfand. Ein Polizist, der an das Gute glauben wollte, war sicher eine Rarität in diesen Zeiten. Leider musste sie ihn enttäuschen.

Sie betrat den Pfad der Wahrheit, der sie unmittelbar ins Verderben führen würde: »Nein, ich habe nur den Botengang übernommen.«

»Dann arbeiten Sie für eine Apotheke oder einen medizinischen Dienst?« Erneut erweckte er den Eindruck, als wolle er ihr eine goldene Brücke bauen.

»Äh, nein«, stammelte Penelope unsicher. »Aber ich bin eine Freundin des Kranken.« *Mehr oder weniger.*

»Das ist eine große Menge für lediglich einen Patienten«, mischte sich nun wieder sein Kollege ein und wog eines der Päckchen in der Hand. »Können Sie dafür die entsprechenden Rezepte vorweisen?«

»Das kann ich nicht«, antwortete Penelope ehrlich.

Der Polizist kniff die Augen zusammen. »Das heißt,

Sie geben hier und jetzt zu, dass wir Sie dabei aufgegriffen haben, als Sie dabei waren, circa 100 Gramm Marihuana an einen Kunden auszuliefern?«

»Nicht Kunden, Patienten! Er ist todkrank und benötigt es, um seine Schmerzen zu lindern. Die Krankenkassen übernehmen nur einen Bruchteil der Kosten. Wissen Sie, was medizinisches Marihuana kostet?«

»Nein, aber das muss ich auch nicht. Von wem haben Sie das Zeug?«, fragte er scharf.

Scheiße, Scheiße, Scheiße. Daran hatte sie ja noch gar nicht gedacht, dabei war die Frage naheliegend! Niemals würde sie Trudi verraten. Deshalb sagte sie den Satz, den sie aus unzähligen Fernsehkrimis und Büchern kannte: »Ich sage nichts mehr ohne meinen Anwalt.«

Der Polizist revanchierte sich dafür mit dem zweithäufigsten Drehbuchsatz: »Sie sind vorläufig festgenommen.« Und dann klärte er sie über ihre Rechte auf und fragte nach ihren Papieren, die sich bekanntlich in ihrer Handtasche in ihrer Wohnung befanden.

Nur am Rande bekam Penelope die Diskussion der beiden mit, die sich nicht einig waren, ob sie sie im Präsidium in der Stadtmitte abliefern oder mit zur Dienststelle in Pullach nehmen sollten. Eine kurze Rücksprache mit ihrem Vorgesetzten entschied die Angelegenheit zugunsten des Präsidiums, sehr zum Verdruss des älteren Polizisten. »Da geht er hin, der Feierabend«, hörte sie ihn murmeln.

Den ganzen Weg in die Ettstraße überlegte Penelope, wer sich um Trudi kümmern würde, während sie im Gefängnis saß.

KAPITEL 30

»He, Samuel!«

Jason sah auf. Einer der dienstälteren Kommissare steckte den Kopf in den vormaligen Abstellraum, den man freigeräumt und ihm zugeteilt hatte. So kam sich Jason auch vor: abgestellt. Tatsächlich platzte das Präsidium wegen der Vorbereitungen für den Oktoberfest-Einsatz aus allen Nähten, und auch die Münchner Sicherheitskonferenz warf bereits ihre Schatten voraus.

»Kommen Sie mit«, wurde er aufgefordert, »Ihr Türkisch wird gebraucht.«

Seit Jason bei einer Kollegenfeier ein paar Tage zuvor Mr. Hydes orientalischen Rap zum Besten gegeben hatte, hielt sich das hartnäckige Gerücht, er könne Türkisch. Er verzichtete darauf, den Irrtum erneut aufzuklären, weil alles interessanter war, als in diesem winzigen Kabuff an einem Bericht zu schreiben, den hinterher kein Mensch lesen würde. Sein Chef Beer hatte ihn wegen seiner unsinnigen ›Pückler-These‹, wie er sie genannt hatte, endgültig kaltgestellt.

»Was ist los?«, fragte er, während er neben dem Mann herlief, der, falls er sich richtig erinnerte, Kleinschmidt hieß.

»Keine Ahnung. Darum brauche ich Sie ja. Ich habe eine komplett Verhüllte und eine junge Hübsche im Büro hocken.«

Er führte Jason in sein Büro, in dem die zwei erwähnten Frauen saßen. In der Tat trug die eine die dunkle Abaya mit Gesichtsschleier, der nur die Augen freiließ, während die andere modern gekleidet war und lediglich ihr Haar mit einem bunten Seidentuch verhüllt hatte. Die beiden unterhielten sich auf temperamentvolle Weise. Eindeutig Türkisch, soweit reichten Jasons Kenntnisse.

Der Kommissar nahm Platz, während Jason in Ermangelung einer weiteren Sitzgelegenheit neben ihm stehen blieb.

»Ihre Party, Samuel«, sagte Kleinschmidt und zeigte auf die beiden Frauen, die sich durch ihr Eintreten nicht im Geringsten in ihrem Palaver stören ließen.

»Wissen Sie was, Samuel?«, sagte Kleinschmidt in die Geräuschkulisse hinein und sprang wieder auf, »ich besorge uns frischen Kaffee.«

Auf sich allein gestellt und ohne nennenswerte Türkischkenntnisse, blieb Jason nichts anderes übrig, als die Frauen laut auf Deutsch anzusprechen: »Guten Tag! Vielleicht sollten wir uns erst einmal gegenseitig vorstellen? Mein Name ist Jason Samuel.«

Es war, als hätte er nichts gesagt. Die beiden Frauen ignorierten seine Anwesenheit und redeten in unverminderter Lautstärke weiter.

Jason überlegte nicht lange. Er holte Luft, rief sich eine Passage des angeblichen türkischen Unabhängigkeitsmarschs in Erinnerung und kehrte dann den Mr.

Hyde raus, indem er ein paar kräftige türkische Flüche vom Stapel ließ. Damit erreichte er, was er wollte: ihre ungeteilte Aufmerksamkeit.

Die beiden Frauen verstummten und schauten ihn verblüfft an. »Sie können Türkisch?«, fragte die jüngere erstaunt.

»Sie können Deutsch?«, fragte Jason nicht minder erstaunt zurück.

»Natürlich!«

»Frage: Warum haben Sie das nicht gleich gesagt?«

»Ihr Kollege hat nicht gefragt, sondern uns wie Ausländer behandelt. Wir haben beide einen deutschen Pass«, antwortete sie spitz.

Jason lächelte die hübsche junge Frau an. »Worum geht es denn bei Ihrem Streit?« Er sah fragend zwischen den beiden Frauen hin und her.

»Wir haben keinen Streit. Das ist eine Bekannte. Ich bin hier, um für sie zu übersetzen. Mein Name ist Fatima Akema.«

»Also spricht Ihre Bekannte doch kein Deutsch?«, schlussfolgerte Jason.

»Nicht so gut wie ich. Es geht um Frau Akemas ältesten Sohn. Sie hat Anspruch auf Sozialleistungen und sagt, ihr Sohn würde ihr diese stehlen, indem er das Geld auf sein Konto überweisen lasse und es von dort direkt weiter auf das Konto seines Onkels in Istanbul schicke.«

»Also handelt es sich um eine Art Sozialbetrug? Hat Ihre Freundin das dem Jobcenter schon gemeldet? Das wäre in dem Fall zuständig.«

»Nein, das habe ich die ganze Zeit versucht, ihr klarzumachen. Aber sie sagt, ihr Sohn und der Onkel seien Verbrecher, und sie wolle sie bei der Polizei anzeigen. Sie sei eine ehrliche Frau und wolle keinen Betrüger als Sohn. Dazu habe sie ihn nicht erzogen.«

»Also gut, ich muss zunächst Ihre Personalien aufnehmen. Haben Sie Ihre Ausweise zur Hand?«

Die junge Übersetzerin sprach eine Weile auf ihre Begleitung ein, die daraufhin unvermittelt aufsprang und sich unter lautem Lamentieren Schleier und Abaya vom Leib riss. Zum Vorschein kam eine dezent geschminkte circa fünfzigjährige Frau in einem figurbetonten grünen Kleid, eleganten Pumps und Tizianrot gefärbten Locken.

»Was ist denn jetzt los?« Jason blinzelte und hoffte schwer, dass die Frau sich nicht weiter ausziehen würde. Er hatte davon gehört, dass Polizisten wegen sexueller Übergriffe angezeigt worden waren, obwohl sich die Frauen die Kleider selbst vom Leib gefetzt hatten. Erst kürzlich hatte es einen solchen Vorfall mit einer Münchner Prostituierten gegeben. Und er war allein mit den beiden Frauen, ohne Zeugen. *Verdammt*, fluchte er innerlich, *wo bleibt Kleinschmidt mit dem Kaffee? Holt er die Bohnen aus Venezuela?*

»Sie sagt, sie lasse sich scheiden und emanzipiere sich. Sie sei eine deutsche Frau mit deutschen Rechten.« Die Übersetzerin lächelte und zog ein Päckchen Kaugummi hervor. »Auch einen?«, bot sie ihm an.

Jason bediente sich gerne. Ein paar Sekunden kauten sie einträchtig vor sich hin, als würden sie einen Apfeltee zusammen trinken.

»Was ist hier los?« Kleinschmidt stand mit einer

dampfenden Tasse in der Tür, und Jason atmete bei seinem Erscheinen unwillkürlich auf.

»Die Frau möchte Anzeige gegen zwei Familienmitglieder erstatten. Sohn und Onkel. Es geht um mutmaßlichen Sozialbetrug«, berichtete Jason.

»Das haben Sie in der kurzen Zeit alles herausgefunden?« Kleinschmidt klang ungläubig.

»Ich habe zunächst herausgefunden, dass die Damen hier Deutsche sind.« Jason hütete sich, sich auch nur die geringsten Anzeichen von Schadenfreude oder Triumph anmerken zu lassen. Er genoss hier nicht mehr als Kadettenstatus.

»Gut«, Kleinschmidt räusperte sich, »dann bringen Sie die Frauen rauf zur Kollegin Sinselmann, zweiter Stock. Die wird sie aber vermutlich weiter zum Jobcenter schicken.«

»Kommen Sie«, Jason winkte die beiden zur Tür.

Sie waren schon fast hindurch, als Kleinschmidt ihm hinterherrief: »Hey, die sollen ihre Kleider mitnehmen!« Er zeigte auf Übergewand und Schleier, die vor seinem Schreibtisch auf dem Boden lagen.

Die Frau, die beides abgeworfen hatte, verstand die Geste auch so. Sie las sie auf und hielt sie Jason mit einer feierlichen Geste entgegen.

»Was erwartet Ihre Freundin von mir, Frau Akema?«, fragte er vorsichtig.

»Sie möchte, dass Sie sie nehmen und entsorgen. Sie will die Sachen nie mehr sehen.«

Jason sparte sich eine Diskussion, nahm die Kleidungsstücke mit einem Schulterzucken an sich und lieferte die beiden Frauen im Betrugsdezernat ab.

Auf dem anschließenden Weg zu den Müllcontainern im Hof hatte er eine Begegnung der dritten Art: Er beobachtete, wie seine Freundin Penelope einem Polizeiwagen entstieg und von zwei Polizisten, die er hier noch nie gesehen hatte, in die Mitte genommen und auf eine unmissverständliche Art ins Gebäude geführt wurde. Sie trug zwar keine Handschellen, aber Penelope war allem Anschein nach festgenommen worden!

Er eilte der Dreiergruppe hinterher, achtete aber darauf, von ihnen nicht bemerkt zu werden. Er hielt es für angebracht, sich so lange im Hintergrund zu halten, bis er wusste, was Penelope zur Last gelegt wurde. Er rief sich das übliche Prozedere bei Festnahmen ins Gedächtnis: zunächst die Feststellung der Personalien, falls dies nicht schon vor Ort geschehen war, danach die erkennungsdienstliche Aufnahme und das Verhör. Er musste also unbedingt noch vor dem Fingerabdruckabgleich eingreifen.

Als Polizist glaubte er nicht an Zufälle, aber an den Teufel. Wenn der mutmaßliche Mörder wirklich einer von ihnen war, bestand die Möglichkeit, dass er Penelope im Präsidium über den Weg liefe und sie wiedererkannte. Als weiterhin einzige Zeugin wäre sie damit in höchster Gefahr. Verdammt, er brauchte einen Plan! Sein Blick streifte seinen Arm. Mist, jetzt hatte er glatt vergessen, die Kleidungsstücke in den Container zu werfen. Egal.

Er folgte der Dreiergruppe auf dem Weg nach oben. Das gesamte Präsidium summte wie ein Bienenstock. Am späten Nachmittag herrschte fast immer Hochbetrieb, und alle Schreibtische waren besetzt. Die Beamten waren mit dem beschäftigt, was sechzig Prozent aller Polizeiarbeit ausmachte: sie tippten Protokolle.

Penelope und ihre Begleiter, denen man am Empfang mitgeteilt hatte, dass zurzeit niemand von der Kripo frei wäre, der sich um die Festgenommene kümmern könnte, wurden nach oben geschickt und gebeten, ein Beschlagnahmeprotokoll zu verfassen. Fluchend sah sich der Jüngere nach einem freien Platz um, während der Ältere erneut demonstrativ auf die Uhr sah und dieses Mal etwas von *Nachtschicht* murmelte. Die Bereitschaftspolizisten teilten sich die Schreibtische im Schichtdienst, die wenigsten besaßen einen eigenen. Endlich hatten die beiden einen leeren entdeckt und steuerten darauf zu.

Jason wartete noch, bis sie sich gesetzt hatten, der jüngere Beamte direkt vor den Bildschirm, während Penelope und der ältere ihm gegenüber Platz nahmen. Sofort eilte er davon, um den Plan umzusetzen, der in ihm herangereift war. Kurz darauf kehrte er zurück, mit drei Henkelbechern Kaffee auf einem Tablett. Jetzt kam alles darauf an, dass Penelope geistesgegenwärtig genug war und auf sein Spiel einging. Ansonsten vertraute er darauf, dass ihm spontan ein Plan B einfallen würde.

»Was, sind die Kollegen etwa schon weg?«, rief Jason und stellte das Tablett auf der Tischkante direkt neben Penelope ab. »Erst ordern und dann abhauen. Was ist, Kameraden, wollt Ihr vielleicht den Kaffee haben?«, bot er an.

»Ja, lass stehen«, sagte der jüngere Polizist, der die

Tastatur zu sich herangezogen hatte und zu tippen begonnen hatte.

»Kriegt sie auch einen?« Jason zeigte mit dem Kopf auf Penelope.

»Natürlich.« Der Ältere nickte ihm freundlich zu.

Jason nahm die Tasse und stellte sich absichtlich ungeschickt an, so dass der Kaffee überschwappte und sich reichlich auf Penelopes Kleidung und die Uniformhose des Polizisten ergoss, Jasons vornehmliches Ziel.

»Oh verdammt! Kannst du nicht aufpassen, du Tölpel!« Der Mann war aufgesprungen und wischte sich hektisch über die Kaffeeflecken. Aus Rücksicht auf Penelope hatte Jason darauf geachtet, dass das Gebräu nicht allzu heiß war. Er entschuldigte sich wortreich, zog ein Taschentuch hervor und rieb damit über Penelopes Shorts. Dabei flüsterte er ihr rasch und unbemerkt einen Satz zu.

»So eine Sauerei«, schimpfte der Polizist indessen weiter. »Ich verschwinde kurz auf die Toilette.«

»Nehmen Sie mich mit?«, bat Penelope und zeigte auf ihre eigene besudelte Kleidung.

»Meinetwegen«, brummte er. »Kommen Sie.« Er griff nach ihrem Oberarm, allerdings nicht allzu fest. Jason folgte ihnen unaufgefordert. Vor der Toilette angekommen sagte er zu dem Mann: »Sie können ruhig hineingehen. Ich habe solange ein Auge auf die Frau. Das ist das Mindeste, was ich nach dem Missgeschick für Sie tun kann.«

Er erntete einen abschätzigen Blick, dann zuckte der Polizist mit den Schultern: »Gut. Sie warten hier auf sie und rühren sich nicht vom Fleck, bis ich zurück bin.«

»Natürlich«, sagte Jason, ohne mit der Wimper zu zucken.

Kaum war der Mann durch die Tür verschwunden, war Jason schon in der Damentoilette.

»Schnell, zieh das an!«, zischte er, während er Schleier und Abaya hervorzog, die er im Abfallkorb unter einem Stapel Papierhandtücher versteckt hatte. Penelope verzichtete auf überflüssige Fragen und streifte sich beides hastig über.

»Du gehst raus und spielst Mr. Hyde. Fluche auf dem ganzen Weg nach draußen. Dann spricht dich garantiert niemand an. Und jetzt los. Wir treffen uns später in deiner Wohnung.«

Danach hatte Jason einige unangenehme Stunden zu überstehen, weil er einen Drogenkurier hatte flüchten lassen.

Die Überwachungskamera im Toilettenflur hatte leider nichts aufgezeichnet: Auf der Linse klebte ein Kaugummi.

KAPITEL 31

Als Jason endlich bei ihr klingelte und Penelope ihn einließ, tat er das, wonach sie sich schon seit Stunden gesehnt hatte: Er nahm sie einfach nur in die Arme und wiegte sie minutenlang, streichelte über ihr Haar und murmelte Koseworte. Keine Vorwürfe, keine Fragen, nur Geborgenheit und Verständnis. Es war bereits das zweite Mal, dass sie in seinen Armen weinte, wie sie in letzter Zeit überhaupt sehr oft weinte.

Es hatte einmal eine Zeit vor sechs Jahren gegeben, in der ihre Tränen unaufhörlich geflossen waren, dass es für ein ganzes Leben gereicht hätte. Irgendwann war sie erstarrt und die Tränen waren versiegt. Doch seit sie Jason begegnet war, flossen sie wieder; seit sie Jason kannte, war überhaupt vieles anders geworden.

»Wie geht es dir?«, fragte er und hielt sie an den Schultern von sich, um ihr in die Augen blicken zu können.

»Soweit ganz gut. Danke für das, was du für mich getan hast.« Ihre Stimme kam kaum über ein heiseres Flüstern hinaus. Auf dem Weg nach Hause hatte Penelope wie unter Trance agiert. Da war auch der Eindruck von Gefahr gewesen, die ihr heute ganz nahe gekommen war, und sie haderte mit der Gewissheit, dass dies nicht nur von ihrer Verhaftung herrührte.

Da war noch etwas anderes gewesen, etwas, woran sie sich unbedingt erinnern musste, aber offenbar war ihr Bewusstsein noch nicht bereit, sich ihren Ängsten zu stellen. Immer wieder entzog sich dieses Ereignis aus dem Rand ihres Sichtfelds. Lag es daran, dass sie mit der ungewohnten Kleidung seltsamerweise das erreicht hatte, wonach sie die letzten Jahre immer gestrebt hatte? Nämlich sich von der Außenwelt abzugrenzen, sie auszusperren aus ihrem Leben, quasi unsichtbar zu werden?

Sie hatte die Welt heute aus einer neuen, für sie völlig fremden Perspektive erlebt und dabei durchaus unterschiedliche Schwingungen aufgefangen. Zwar war sie weitestgehend ignoriert worden, jedoch hatten sie hier und da auch mitleidige, missbilligende und sogar hasserfüllte Blicke getroffen. Die Bandbreite menschlicher Reaktionen hatte sie völlig unvorbereitet getroffen.

Vor allem die Bemerkung eines höchstens vierjährigen Dreikäsehochs hatte zwiespältige Gefühle in ihr hervorgerufen. Den Finger in der Nase, hatte er sie in der Straßenbahn eine ganze Weile angestarrt, um sie dann kindlich staunend zu fragen: »Bist du ein schwarzes Gespenst?« Obgleich sie seine Frage mit einem Lachen quittiert hatte, hatten sie seine Worte nachdenklich gestimmt. Ihr war sofort der Spruch *Kindermund tut Wahrheit kund* durch den Kopf geschossen, und der Gedanke: Was, wenn es wirklich so war und die Menschen ihrer Umgebung sie genau so wahrnahmen? Umhüllte ihre Trauer sie wie ein schwarzes Gewand, wandelte sie wie ein dunkles Gespenst durch ihr Leben?

In jedem Fall war dieses unfreiwillige Experiment eine auf seine Art exotische Erfahrung gewesen. Als sie die fremde Kleidung in ihrem Schlafzimmer abgelegt hatte und aus der anonymen Penelope, die sich unerkannt durch die Menge hatte bewegen können, wieder die ›alte‹ Penelope wurde, kam es ihr so vor, als hätte sie einen Stoß in eine Richtung erhalten, die ihr den Weg aus der Sackgasse ihres Lebens aufzeigen konnte. Und obwohl sie wusste, dass es richtig wäre, diesem Pfad zu folgen, zögerte sie. Weil ihr immer noch der Mut dazu fehlte. Doch der erste Schritt war getan.

Unter Jasons forschendem Blick holten sie jetzt das Ausmaß und die Folgen ihres Handelns mit ganzer Wucht ein. Vermutlich deshalb reizte sie den Moment der Wahrheit noch aus, ertrotzte sich noch einige weitere Minuten, in denen sie Penelope Arendt war, die Grundschullehrerin, und nicht Penelope Arendt, der Drogenkurier. Sie würde Jason in alles einweihen. Das hatte sie zuvor mit Trudi abgesprochen; es ging nicht anders, er war längst viel zu sehr involviert. Nach ihrer Beichte würde sie sich mit Hilfe eines Anwalts stellen.

Sie bückte sich nach Giacomo, der seit geraumer Zeit um ihre Beine strich und maunzte. Sie hob ihn auf. »Er hat Hunger«, sagte sie.

»Dein Kater hat immer Hunger, wie Theseus. Du weichst mir aus, Penelope«, sagte Jason ruhig.

»Stimmt, entschuldige. Komm, setzen wir uns ins Wohnzimmer.« Dort, auf dem Sofa, mit dem schnurrenden Giacomo wie ein Schutzkissen auf ihrem Schoß, fragte sie als Erstes: »Wie viel weißt du schon?«

»Gute Verhörtechnik, Penelope. Lernt man das als Lehrerin?«, fragte er zurück.

»Nein, als Schuldige.« Ihr Lächeln war gequält, erreichte nicht ihre Augen.

»Gut, ich mache es dir einfach. Mir ist bekannt, warum du vorläufig festgenommen wurdest. Was ich nicht hundertprozentig weiß, aber stark vermute, ist, dass der Stoff von Trudi stammt, die wohl in ihrer kleinen Wohnung ein paar Hanfpflanzen zu viel hält, um damit nur ihren Eigenbedarf zu decken.«

»Woher …?«, hauchte Penelope mit übergroßen Augen.

»Wie fleißig unsere kranke Freundin auch backen mag, der Marihuana-Geruch hängt in ihren Kleidern und in deinen, egal, wie lange du sie auf deinem Balkon auslüftest.« Jasons Lächeln erreichte seine Augen. »Was ich nicht weiß, ist, wieso *du* mit 118 Gramm Dope durch die Gegend radelst und dabei ausgerechnet zwei Polizisten aufgabelst.«

Penelope atmete hörbar aus. »Trudi hat einen schwerkranken Freund, der wegen seiner Schmerzen dringend Marihuana benötigt. Ich war auf dem Weg zu ihm, weil es für Trudi zu beschwerlich gewesen wäre.«

»Du riskierst deinen Job, begehst eine Straftat für Trudi und ihren Freund? Alle Achtung. Das hätte ich dir nicht zugetraut.«

»Ich wollte auf diese Weise nur Trudi zuvorkommen, es war eine Art Kurzschlusshandlung«, verteidigte sich Penelope. »Keine Sorge, Jason, ich habe bereits mit einem Anwalt telefoniert und werde mich gleich morgen früh stellen.«

»Du hast was getan?« Jason sprang alarmiert auf.

»Ja, vorhin ist alles furchtbar schnell gegangen, inzwischen habe ich nachgedacht. Nur so kann ich dich aus der Sache raushalten.«

»Nein, so bringst du mich in die Sache rein! Ich habe alles im Griff. Wenn du dich stellst, wirst du deine Arbeit verlieren, Penelope. Ich weiß, wie viel sie dir bedeutet. Was hast du dem Anwalt erzählt?«

»Noch nichts, nur um einen Termin gebeten.«

»Gut, ruf ihn an und sag ihm wieder ab. Es gibt keinen Grund, dich selbst ans Messer zu liefern. Die Polizei weiß nicht, wer du bist.«

»Aber meine Fingerabdrücke? Ich habe sicher welche hinterlassen!«

»Den Tisch im Präsidium habe ich nach dem Kaffeedesaster abgewischt, und um jene im Wagen habe ich mich auch gekümmert, indem ich veranlasst habe, dass er in die Aufbereitung geschickt wird. Er ist schon dort. Eine Untersuchung lohnt sich nicht, das wird viel zu teuer. Es geht hier schließlich nicht um ein Kapitalverbrechen wie Mord.«

»Und was ist mit denen an meinem Fahrrad?«, wandte sie weiter ein. »Die zwei Polizisten wissen doch, wo es ist!«

»Schon erledigt. Ich konnte den Bericht einsehen und wusste, wo es sich befindet. Bevor ich hierherkam, habe ich es abgeholt. Dieser Willi ist ein feiner Kerl, ich soll dir von ihm ausrichten, dass er dich nicht in Schwierigkeiten bringen, sondern nur die Polizisten aufziehen wollte. Er wird angeben, dass ihm das Rad gestohlen wurde.«

Das stoppte Penelope lediglich für eine Sekunde. »Aber die Kameras im Präsidium?«, fragte sie.

»Richtig, das war der einzige Schwachpunkt. Deshalb habe ich alles gecheckt. Deine Radlerkappe hat einen Schatten auf dein Gesicht geworfen, und du wurdest nicht richtig erfasst. Für eine Fahndung reicht das nicht. Außerdem bist du ein viel zu kleiner Fisch. Wir können die Medien nicht mit den Fotos eines jeden Kleinkriminellen überschwemmen. Übrigens«, Jason wirkte leidlich amüsiert, »hattest du einen Fürsprecher. Der ältere der beiden Polizisten, die dich geschnappt haben, glaubt dir die Story vom medizinischen Marihuana.«

»Schön, dass die Wahrheit noch Gewicht hat.«

»Das Wichtigste ist, dass der Polizei weder dein Name noch deine Adresse bekannt sind, und so soll es auch bleiben, bis wir dieses Entführerschwein haben. Das Einzige, was mir Sorgen bereitet, ist, dass du deinen Polizistenfreunden noch mal in die Arme laufen könntest. Pullach und Umgebung sind ab jetzt für dich tabu. Übrigens, ich habe ein neues Fahrrad für dich besorgt, mit den besten Grüßen von Radl-Willi. Es steht unten neben deinem alten. Die Farbe wird dir allerdings kaum gefallen. Es ist schlüpferblau, passend zu deiner Unterwäsche. Tut mir leid.«

»Oh, bitte sag mir, dass du mich auf den Arm nimmst!«

»Ein wenig.« Jason grinste wieder auf seine unnachahmliche Art, der den Wunsch in ihr weckte, ihn zu küssen. Wieder erriet er ihre Gedanken. Es tat ihr so gut, sich in Jasons Umarmung hineinfallen zu lassen, seine Nähe zu atmen. Auf seltsame Weise schaffte auch er es, für sie die Welt auszusperren. Bis Giacomo sie entrüstet trennte und an seine eigenen Bedürfnisse erinnerte. Was Penelope zusätzlich ins Gedächtnis rief, dass sie Trudi versprochen hatte, noch bei ihr vorbeizuschauen, nachdem sie mit Jason gesprochen hatte.

Sie löste sich von Jason. »Ich muss noch zu Trudi runter.«

Jason küsste sie ein letztes Mal zart und murmelte in ihr Ohr: »Du schmeckst so gut.« Er streckte sich. »Ich muss sowieso noch mit Theseus raus, bevor er wieder dein Katzenklo beehrt. Geh du schon mal vor zu Trudi, ich komme nach. Wir sollten Kriegsrat halten.«

KAPITEL 32

Oh nein, es tut mir so leid, Liebes«, lamentierte Trudi zum gefühlt hundertsten Mal. Sie entzündete ihre Adenauer und sog mehrmals kräftig daran. »Verhaftet, wie eine Verbrecherin! Und das ist allein meine Schuld. Ich hätte dir niemals von Aaron erzählen dürfen!« Sie stärkte sich mit einem weiteren Zug aus der Adenauer, um sie im nächsten Moment beinahe fallen zu lassen. »Was bin ich doch für eine egoistische Person! Ich darf nicht mehr so viel rauchen, wir haben ja bald nichts mehr übrig.« Sie blickte zum Balkon, auf dem ihre Hanfplantage sehr an Volumen eingebüßt hatte. Es würde eine Weile brauchen, bis genügend nachgewachsen war, um die Versorgung zweier Kranker zu gewährleisten. »Wie soll es jetzt bloß weitergehen?«

»Keine Sorge, Trudi«, beschwichtigte Penelope ihre Freundin. »Ich habe die letzten Jahre sparsam gelebt. Wenn du und dein Freund sich Rezepte ausstellen lassen, übernehme ich die Kosten. Das hätte ich gleich tun sollen.«

Trudi sah Penelope beinahe erschrocken an: »Du willst uns unsere Medizin finanzieren? Hast du überhaupt eine Ahnung, was das kostet?«

»Ja, natürlich, ich hab mich schlau gemacht. Mach dir über das Geld keine Gedanken, Trudi.«

»Danke, aber es ist völlig ausgeschlossen, dass ich das annehme«, entgegnete diese kategorisch. »Und ich bin mir sicher, dass mein Freund das ebenfalls nicht zulassen wird. Ich weiß ja, dass du ein Helfersyndrom hast, aber bitte respektiere meine Entscheidung. Es ist mein Problem, ich finde schon einen Ausweg.« Trudis Blick wanderte zur Anrichte mit den glücklichen Momentaufnahmen ihres Lebens. Ihr weltferner Ausdruck versetzte Penelope einen Stich, weil es offensichtlich war, woran ihre alte Freundin gerade dachte: Sie würde einfach ein wenig früher gehen, um ihren Gregor wiederzusehen. In Penelope stieg ein panikähnliches Gefühl auf, sie war noch nicht bereit, ihre Freundin loszulassen, nicht, solange es eine so einfache Lösung gab, ihr die benötigten Medikamente zu verschaffen.

»Es ist doch nur Geld, Trudi. Bald wird genug Hanf nachgewachsen sein, und ich verspreche dir, ich werde mir auch etwas einfallen lassen, wie wir deinem Freund Aaron künftig helfen können. Für jedes Problem gibt es eine Lösung.«

»Ach Penelope, Liebes, das sagst ausgerechnet du?« Trudi lächelte sie auf eine bedeutungsvolle Weise an, der Penelope nur zwei Sekunden lang standhielt, bevor sie die Augen senkte. Sie war froh, dass Jason inzwischen eingetroffen war, ansonsten hätte ihr Trudi mit Sicherheit eine furiose Standpauke gehalten.

»Wenn ich mir zuvor ein wenig Mut anrauche, könnte ich noch einmal den Boten spielen«, versuchte sie mit einem Scherz abzulenken.

»Hast du heute gar nichts gelernt?« Trudi schwenkte demonstrativ ihre Pfeife.

»Dann nimm meine Hilfe an, Trudi«, bekräftigte Penelope. »Lass dir ein Rezept ausstellen. Punktum. Neues Thema: Hast du etwas gegessen?«, fragte sie. Sie stand auf und hob den Deckel des Kochtopfs an. Sie hatte ihrer Freundin gestern Abend noch einen Gemüseeintopf vorbeigebracht, doch es fehlte kaum etwas davon. »Trudi, du musst doch essen!«, rief sie besorgt.

»Ich hatte heute keinen Hunger. Ich lebe von der Luft und der Liebe. Und du, mein kleiner Gardeoffizier?« Sie schenkte Jason ihr strahlendstes Lächeln.

»Ich auch, meine liebe Trudi, ich auch.« Er küsste ihr die Hand, weil er wusste, dass Trudi diese galante Geste gern mochte. Sie kicherte jungmädchenhaft. Das Marihuana entfaltete seine Wirkung.

Penelope, die den Herd angestellt hatte, nahm Teller und Besteck aus dem Schrank. »Du isst jetzt etwas, Trudi, und danach ruhst du dich aus«, meinte sie energisch und nahm Trudi bei der Gelegenheit die Adenauer weg. »Ich schaue später noch mal bei dir vorbei. Und mach dir bitte keine Sorgen. Du hast mich und Jason. Wir werden uns um alles kümmern, ja?«

Bevor sie gingen, sah Penelope noch kurz nach Jekyll & Hyde. Der Papagei hatte sich heute erstaunlich ruhig verhalten. Sein Futterspender war fast noch voll, ausreichend Wasser hatte er auch. Wenn Trudi schon nicht an sich selbst dachte, ihren Papagei vergaß sie nie.

KAPITEL 33

Mitten in der Nacht rüttelte Jason sie wach.

»Was ist los?«, fuhr Penelope erschrocken auf.

»Nichts, du hast nur wieder schlecht geträumt.«

Penelope setzte sich auf und strich sich das verschwitzte Haar aus der Stirn.

»Ich hole dir ein Glas Wasser.«

Während Jason in die Küche tappte, überlegte Penelope, wovon sie geträumt hatte, aber sie konnte sich nicht erinnern, es war, als läge ein Nebel über ihren Träumen. Sie wusste, dass sich darunter etwas verbarg, etwas, woran sie sich unbedingt erinnern musste, weil es bedeutsam war.

Jason brachte ihr das Glas, sie sah hinein, und das Licht der Deckenleuchte spiegelte sich in seiner Oberfläche, so wie sich an ihrem ersten Abend mit Jason der Mond im Kleinhesseloher See gespiegelt hatte. Plötzlich sah sie völlig klar, wusste wieder, wovon sie gerade geträumt hatte.

»Jason, ich glaube, ich habe den Mann gestern vor dem Präsidium gesehen!«, rief sie aufgeregt.

»Den Wollmützenmann, der dich auf dem Parkplatz belästigt hat?«

»Nein, nicht der vom Phantombild! Womöglich ist er gar nicht der Täter, sondern der Rikschafahrer!«

»Welcher Rikschafahrer?«, fragte Jason verblüfft.

»Während du im *Da Mario* warst, um trockene Anziehsachen zu besorgen, haben zwei Paare das Lokal verlassen. Eins ihrer Fahrzeuge hätte beim Wegfahren beinahe einen Rikschafahrer übersehen, der von links kam. Ich glaube, diesen Mann habe ich gestern gesehen.«

Jason blickte sie aufmerksam an: »Wie sicher bist du dir da? Würde es für eine Gegenüberstellung reichen?«

»Schwer zu sagen, ich hatte ja meine Brille nicht. Mir ist weniger sein Gesicht in Erinnerung geblieben als sein auffällig weißes Haar. Es war ziemlich lang, und er trug es in einem Pferdeschwanz. Vermutlich habe ich deshalb die Begegnung vor dem Präsidium aus meiner Wahrnehmung verdrängt, weil es mehr ein Eindruck war, weniger ein Erkennen. Ich meine aber sagen zu können, dass er sehr groß ist und ziemlich dünn.«

»Verdammt, das reicht nicht aus. Aber es ist immerhin ein Hinweis, dem ich nachgehen werde. Komm, schlafen wir noch eine Runde. Ich bin wirklich todmüde.«

Aber er konnte nicht mehr schlafen. Penelope schien es ähnlich zu gehen. Plötzlich setzte sie sich erneut auf. »Was hast du da gerade gesagt?«

»Was? Das mit dem Hinweis?«

»Nein, das *todmüde*. Du suchst doch weiter nach einem Hinweis, der den Namen *Pückler* in einen zweiten Kontext zum Opfer setzt, richtig? Einen Ort?«

»Ja. Warum fragst du?«

»Weil mir noch etwas eingefallen ist. Es könnte allerdings zu weit hergeholt sein.« Penelope verstummte unsicher.

»Glaub mir, wir jonglieren mit den abstrusesten Theorien und Vermutungen, und nichts wäre zu weit hergeholt, wenn wir dadurch die drei Vermissten retten könnten«, ermunterte Jason sie.

»Also gut, als du mir von dem Tod des Mädchens erzähltest, hast du erwähnt, dass sie Theaterwissenschaften studierte und nebenher Kriminalgeschichten verfasste. Und gerade Krimigeschichten zeichnen sich durch vielfältige Querverbindungen aus, die am Ende zum Täter führen. Ich glaube, du hattest von Anfang an Recht, dass der Name *Pückler* ein Hinweis auf ihren Aufenthaltsort sein könnte. Hier ist meine Interpretation: Dieses arme Mädchen wusste, dass es sterben würde, hatte quasi seinen Tod vor Augen und war dennoch geistesgegenwärtig genug, den Namen *Pückler* als Hinweis zu hinterlassen. Folgendes ging mir gerade durch den Kopf: Vorgestern bin ich beim Schulausflug mit meiner zweiten Klasse an der U-Bahnstation in Großhadern am Klinikum ausgestiegen. Und genau dort steht eine Pyramide aus Glas. Wenn das Opfer also tatsächlich *unseren* Fürsten gemeint hat, dann …«

Jason brauchte nur eine Sekunde, um ihren Gedankengang aufzugreifen: »Verdammt, Pückler ist in einer Pyramide beerdigt! Unsere Studentin könnte sie eventuell von dem Ort aus gesehen haben, an dem sie gefangen gehalten wurde. Sie kam aus Hamburg, kannte sich in München nicht aus und wusste daher nicht, dass sie im Ortsteil Großhadern war. Danke, Penelope! Vielleicht könnte das ja tatsächlich der entscheidende Hinweis sein, nach dem ich gesucht habe!«

Jason küsste sie, sprang aus dem Bett und schlüpfte in seine Jeans. »Ich muss sofort ins Präsidium. Als Erstes brauche ich die Videoüberwachungsbänder dieser U-Bahn-Haltestelle und …« Er murmelte etwas, das Penelope nicht verstand, weil er sich gerade sein Shirt über den Kopf zog. Sie verkniff sich die Bemerkung, dass es halb vier in der Nacht war, stattdessen schwang sie die Beine aus dem Bett und brachte Jason bis zur Tür.

»Ich melde mich bei dir, sobald ich kann«, sagte er. Theseus lag quer im Flur und klopfte nur kurz schläfrig mit dem Schwanz auf den Boden, als sein Herrchen über ihn hinweg stieg und verschwand.

»Tja, du Riesenmonster«, sagte Penelope und strich ihm über den mächtigen Kopf, »wie es aussieht, musst du wieder mit mir vorliebnehmen.«

***

Penelope hörte erst zwei Tage später wieder von Jason.

Zuvor hatte sich die Nachricht bereits wie ein Lauffeuer verbreitet: Der Entführer, der München wochenlang in Atem gehalten hatte, war endlich gefasst worden! Laut ersten Medienberichten seien die drei Studentinnen am Leben, es gehe ihnen den Umständen entsprechend gut. Penelope hatte sich selten so erleichtert gefühlt.

Später erzählte ihr Jason, wie es zu der Festnahme gekommen war: Er hatte zunächst die Videoaufnahmen durchgesehen, die zur Stunde von Penelopes unfreiwilligem Aufenthalt vor und im Präsidium gemacht worden waren, aber niemanden darauf entdecken können, auf den Penelopes Beschreibung eines auffällig großen Mannes mit schlohweißen Haaren gepasst hätte. Vermutlich hatte der Mann nur in der Nähe des Präsidiums herumgelungert, es aber nicht betreten. Eine Sackgasse.

Daraufhin war er ihrer Vermutung nachgegangen, dass die Opfer in der Nähe des Klinikums festgehalten wurden. Er forderte mit Unterstützung des Hauptkommissars die Videoüberwachungsbänder von den Münchner Verkehrsbetrieben an und verbrachte den Rest des Tages damit, die Bilder auszuwerten. Nach stundenlanger Suche war er endlich auf zwei Personen gestoßen, auf die Penelopes Beschreibung annähernd passte. Er druckte Standbilder von den beiden Männern aus und marschierte damit zu Klaus Viehaus.

»Und dann hat Kommissar Zufall eingegriffen«, erklärte Jason Penelope, als könne er es noch immer nicht glauben.

»Trudi behauptet ja immer, es gebe keine Zufälle. Alles sei miteinander verknüpft«, merkte Penelope an.

»Glaub mir, Kleines, das war einer! Denn zufällig saß gerade unser Gerichtsmediziner, Dr. Neunheinen, beim Hauptkommissar. Dem Mann hat ein Blick auf die beiden Bilder genügt, um den Täter einwandfrei zu identifizieren. Er sagte uns, es handle sich um einen ehemaligen Mitarbeiter der Gerichtsmedizin

München, der vor über zehn Jahren wegen Unregelmäßigkeiten entlassen worden sei, übrigens ein Fall, den damals unser heutiger Polizeipräsident Wielandt als leitender Ermittler bearbeitet hatte. Was wiederum erklärt, warum unser Täter ihn per SMS involviert hat. Er musste wegen seiner Entlassung damals noch immer eine Stinkwut auf den Polizeipräsidenten gehabt haben. Jedenfalls hat er später als Aushilfe in der Leichenhalle des Klinikum Großhadern gearbeitet. Die Überprüfung seiner Personalien ergab, dass der Mann zwar am anderen Ende Münchens, in Pasing, gemeldet war, seine Wohnung allerdings kürzlich gekündigt hatte. Als Nächstes fanden wir heraus, dass seine Mutter vor einigen Wochen gestorben und er in ihr Haus in Großhadern gezogen war. Und von dort aus kann man auf die Glaspyramide sehen!«

Der Zugriff sei in den frühen Morgenstunden des nächsten Tages durch das SEK erfolgt, erzählte ihr Jason weiter. Wie sich herausstellte, hatte der Täter große Ambitionen als Maler gehabt. Die gesamte Wohnung war mit seinen Gemälden vollgestopft gewesen. Die Studentinnen hatten die von ihm gestohlenen Kostüme anziehen müssen; mit Barbituraten gefügig gemacht, hatte er sie als seine Modelle missbraucht. An sexuellen Handlungen sei der Mann nicht interessiert gewesen, wenigstens das war den armen Frauen erspart geblieben.

Am Ende seines Berichts sagte Jason nachdenklich: »Vielleicht hat Trudi recht, wenn sie behauptet, dass es keine Zufälle gibt und alles im Leben miteinander verknüpft ist.«

»Wie kommst du jetzt darauf?«

»Na ja, der entscheidende Hinweis mit der Pyramide kam schließlich von dir. Die Polizei, aber vor allem diese drei Studentinnen haben es dir zu verdanken, dass wir den Mann endlich schnappen konnten. Aber auch nur, weil ich, Jason Samuel, so klug war, mir eine hochintelligente und gebildete Frau wie dich auszusuchen.« Jason zog sie an sich und küsste sie.

»Du bist wirklich eingebildet, weißt du das?«, murmelte Penelope ein wenig außer Atem.

»Fürst Pückler würde darauf wohl antworten: Das ist eine meiner vortrefflichsten Eigenschaften!«

KAPITEL 34

Zwei Wochen später räumte Penelope gerade die Einkäufe für Trudi in deren Kühlschrank und erzählte ihr dabei von ihrem Schulalltag, als ihre Freundin plötzlich und ohne jeden Zusammenhang in den Raum hinein sagte: »Jason ist ein guter Junge. Er ist deine Katharsis.«

Penelope hielt kurz mit einem Broccoli in der Hand inne, dann fuhr sie fort, das Gemüse wegzupacken. Mit Bedacht schloss sie dann den Kühlschrank und wandte sich langsam Trudi zu, forschte in ihrem Gesicht nach einem Grund für diese vergleichsweise kryptische Bemerkung über Jason als den Reiniger ihrer Seele.

Trudi saß sehr aufrecht, beinahe erstarrt da, den Blick leicht abwesend, während ihre kleine gepflegte Hand mit dem Ehering den Anhänger ihrer Kette berührte, ein Stückchen Holz, das wie ein Anker geformt und in Silber gefasst war. Penelope war schon früher aufgefallen, dass die Kette für Trudi eine Art Talisman darstellte. In letzter Zeit griff Trudi häufiger nach ihr. Penelope vermutete, dass die Kette ein Geschenk ihrer Freundin Marlene war, denn auf dem Bild in Trudis Wohnzimmer trugen beide Frauen genau diesen identischen Anhänger.

Doch heute hatte die Geste etwas Anrührendes, offenbarte eine Seite an Trudi, die sie sonst vor ihr verbarg. Trudi hatte etwas Verzagtes an sich, als suche sie in dem Anhänger Trost; gleichzeitig konnte Penelope auch eine beinahe grimmige Entschlossenheit an ihrer Freundin ausmachen. Seltsam, dachte sie, als stünde Trudi im Begriff, einen inneren Feind niederzuringen. Kurz zweifelte Penelope an ihrer Beobachtung, doch dann fing sie eine neue Schwingung auf, fast wie eine Eingebung: Trudi umgab die Essenz von Mut, das, was Mut wesentlich ausmachte: Angst zu haben, und sie dennoch zu überwinden. Sich den eigenen Dämonen zu stellen. Der Gedanke löste ein beengtes Gefühl in Penelopes Brust aus.

»Warum sagst du das?«, fragte sie Trudi jetzt. »Ist das die Einleitung für ein romantisches oder ein ernstes Gespräch?« Ihrer jähen Beklemmung zum Trotz mühte sie sich um den Anstrich von Heiterkeit; noch immer zog sie es vor, die Klippen ihrer Seelentiefen zu umschiffen.

Trudi indes schwieg. In letzter Zeit hatte sie sich öfter auf diese Weise abwesend gezeigt. Penelope war es nur noch nie so bewusst geworden wie heute. Vielleicht, dachte sie weiter, weil sie offener geworden war, empfänglicher für die Gefühle anderer, wie eine Blume, auf die nach einem langen Winter der erste sanfte Sonnenstrahl fiel. Sie setzte sich und wartete in Ruhe ab.

Als Trudi nach einer Weile zu reden begann, nahm sie den vorherigen Gesprächsfaden jedoch nicht auf. Dafür sagte sie mit einem metallischen Unterton, den

Penelope so nie zuvor von ihr gehört hatte, in die Stille hinein: »Ich möchte unbedingt begraben werden, nicht verbrannt! Hörst du? Unbedingt!« Um nach einer kaum merklichen Pause beinahe flüsternd zu ergänzen: »Mir sind die Würmer allemal lieber als das Feuer.«

Penelopes Verstand benötigte zwei Sekunden, bis er die Bedeutung von Trudis Wortes erfassen konnte. Trudis Umgang mit ihrem nahenden Tod, ihre lässige Art, das Thema geradezu beiläufig in die Unterhaltung einfließen zu lassen, als handle es sich um leichte Konversation, konnte sie jedes Mal neu schockieren. Seit der Tod ihr Dominik genommen, ihn so grausam aus ihrem Leben gerissen hatte, klaffte ein Loch in ihrem Herzen, durch das es Tod und Schrecken ein Leichtes war, einzudringen und in ihrer Wunde zu rühren.

Und seit Trudi sie gebeten hatte, sie auf die Zugspitze zu bringen, und Penelope nach und nach verinnerlichte, dass ihr bald auch ihre treue Freundin genommen werden würde, fühlte sie sich verletzlicher denn je; längst gewannen die alten Dämonen, ihre Ängste neue Kraft und bedrängten sie in ihren Nächten. Der Schlafmangel machte sich inzwischen bemerkbar und zehrte an ihrem Gemüt.

Ihr fiel jetzt auf, dass Trudi sie mit einer seltsamen Intensität betrachtete, als wolle sie ihr eine geheime Botschaft mitteilen. Penelope bemerkte etwas sehr Wundes in den Augen ihrer kranken Freundin, sah ihren eigenen Schrecken darin gespiegelt. Gesprächsfetzen, einige frühere Bemerkungen Trudis blitzten in ihrer Erinnerung auf, und zusammen mit der Tatsache, dass ihre Freundin Jüdin war, ergaben sie plötzlich ein

Bild, ein Fragment aus Trudis Vergangenheit, das für sie die schreckliche Erkenntnis in sich trug, warum Trudi das Feuer so sehr fürchtete.

Der Gedanke daran trieb Penelope einen eisigen Stift ins Rückenmark. Plötzlich fiel es ihr schwer zu atmen, als wäre dem Raum aller Sauerstoff entzogen. Beinahe glaubte sie, den Widerschein des Feuers in Trudis Augen erkennen zu können, hatte selbst den furchtbaren Gestank von verbranntem Fleisch in der Nase, fühlte die vernichtende Hitze auf ihrer Haut, hörte die verzweifelten Schreie der Todgeweihten. Spürte den Schmerz.

Nie zuvor hatte ihr Trudi einen derart tiefen Einblick in ihre Seele gewährt. Penelope fühlte sich, als wäre sie unmittelbar in den unheilvollen Sog von Trudis Vergangenheit geraten. Was sie selbst lange verdrängt hatte, auch, weil sie wusste, wie es sich anfühlte, an erlittenes Leid zu rühren, sprach sie nun aus:

»Du hast den Holocaust erlebt.«

Auf Trudis Zügen lag eine ganze Welt des Leidens, und ihre Stimme klang noch ein Stück rauer als sonst: »Ja, und ich habe ihn überlebt. Aber ich spreche nie darüber, ich habe ihn in die tiefste Ebene meiner Seele verbannt, wohin sich mein Denken und Fühlen nur in ganz schwachen Momenten verirrt. Ich habe viele gekannt, die zwar überlebt haben, aber nie mehr zurück ins Leben fanden, weil sie sich nicht aus dem Erlittenen befreien konnten; sie waren elendig an die eigenen schrecklichen Erlebnisse gekettet. Unschuldig verurteilt. Viele haben sich umgebracht, andere wurden wahnsinnig. Das Leid hat sie innerlich zersetzt. Es ist richtig, dass diese Zeit der Greuel und Unmenschlichkeit im kollektiven Gedächtnis wachgehalten werden muss, damit sie sich niemals wiederholt. Aber ich gehöre zu jenen, die nicht daran erinnert werden müssen. Ich will das nicht, die Erinnerung ist für mich einfach zu grausam. Als es damals endlich alles vorbei war, habe ich beschlossen, meine Kriegsvergangenheit abzuschütteln und zu vergessen. Alles, was ich wollte, war, diese grauenvolle Zeit hinter mir zu lassen. Ein neues Leben anzufangen, ohne den Ballast meiner Erinnerungen. Und das solltest du auch, Liebes«, schloss Trudi sanft.

Penelope hatte sich bei ihren letzten Worten unwillkürlich verkrampft. Natürlich hatte sie verstanden, warum ihr Trudi diesen kurzen Augenblick der Intimität gewährte, sie ihren inneren Dämonen das Seelengefängnis öffnete – obgleich sich ihre Freundin damit den furchtbaren Qualen der eigenen Erinnerungen auslieferte. Wie klug Trudi war ... Sie kannte Penelope einfach zu gut, und ihr war nicht entgangen, wie sehr ihrer jungen Freundin gerade in der letzten Zeit der Gedanke, sie an den Tod zu verlieren, zusetzte. Dieser Blick in Trudis Vergangenheit war ein Geschenk an sie. Trudi hatte ihr damit Spektrum und Konsequenzen menschlichen Leids vor Augen geführt und ihr den Weg aufgezeigt, den sie für sich selbst gewählt hatte. Sie, Penelope, stand an einem Scheideweg und hatte nur zwei Möglichkeiten: Entweder sich endgültig in ihrem Leid zu verlieren und emotional zu verkümmern, oder sich für das Leben zu entscheiden.

Aber noch sträubte sich etwas in Penelope dagegen – dabei war ihr längst klar, dass nur sie allein einen Richtungswechsel herbeiführen könnte, sie selbst aktiv werden müsste. Sie hatte sich lange genug abgeschottet, hatte zu lange an einer Stelle verharrt, weil es bequemer war, alles andere an sich vorübertreiben zu lassen, ohne selbst tätig zu werden. Auch Jason gegenüber hatte sie sich bisher passiv verhalten, jegliche Annäherung war von ihm ausgegangen, er hatte sie einfach mitgerissen, indem er kein Nein akzeptiert hatte.

Den Gedanken an eine mögliche Zukunft mit ihm hielt sie jedoch nach wie vor auf Abstand. Es würde bedeuten, ihre Seele erneut preiszugeben. Wie ein lichtscheues Wesen bevorzugte sie weiterhin den Schatten. Denn zu lange schon bewegte sie sich innerhalb seiner Konturen; er war ihr vertraut geworden. Jedoch, um das Vertraute abzuschütteln, bedurfte es eines unbedingten Willens, anders würde sie die Traurigkeit von Herz und Seele niemals überwinden können. Penelope zweifelte jedoch daran, dass sie Trudis Stärke besaß, diese innere Kraft, sich selbst aus ihrem Sumpf aus Schmerz und, ja, sie gab es zu, Selbstmitleid zu befreien. Die Wahrheit war: sie hatte Angst davor, wieder glücklich zu sein, weil es sich für sie wie ein Verrat an Dominik anfühlte.

»So einfach ist das nicht. Ich bin nicht du, Trudi«, sagte sie nun kraftlos.

»Natürlich nicht, niemand ist ich, außer mir«, erwiderte Trudi streng. »Daher musst *du* vorwärts gehen und darfst nicht länger auf der Stelle treten. Wenn du dein Leben nicht änderst, Penelope, überlässt du dem Teufel den Sieg. Du musst versuchen, deine Angst zu überwinden, denn Angst ist die Abwesenheit von Liebe.«

***

Lange dachte Penelope über Trudis Worte nach, und am Ende entschied sie sich gegen die Angst und trat dem Licht einen weiteren Schritt entgegen. Am selben Abend noch holte sie die Schmetterlingssammlung ihres Vaters aus dem Schrank und hängte sie im Wohnzimmer auf. Lange stand sie davor und stellte sich bewusst der Flut ihrer Erinnerungen, hörte Dominiks begeistertes Stimmchen, wenn er über das Wunder dieser anmutigen und zerbrechlich-zarten Wesen gestaunt hatte, derselben Faszination erlegen wie sie selbst einst als Kind.

KAPITEL 35

Trudi legte den Hörer auf. Sie hatte lange mit ihrer Freundin Marlene in Krakau gesprochen. Marlene wusste nichts von ihrer Erkrankung. Trudi hatte sie ihr ganz bewusst verschwiegen, da Kampf Marlenes zweite Natur war; sie würde sich von einem inoperablen Tumor nicht aufhalten lassen und sofort sämtliche Spezialisten mobilisieren, die sie auftreiben konnte. Und vermutlich würde sie sich trotz ihres schlimmen Beins noch am selben Tag nach München chauffieren lassen. Marlene hatte sich nie mit aussichtslosen Situationen abgefunden; das war auch einer der Gründe, warum der Tod nie eine echte Chance gegen sie gehabt hatte. Nicht einmal der Teufel namens Albrecht Brunnmann. Am Ende hatte Marlene auch ihn besiegt.

Es hatte einmal eine Zeit gegeben, in der auch Trudi gekämpft hatte, doch nun war sie des Kampfes müde; ihr Schicksalsfaden spulte seinem Ende zu, und sie sehnte sich jeden Tag ein Stück mehr danach, wieder mit ihrem Gregor vereint zu sein.

Doch bevor sie endgültig gehen konnte, gab es noch eine Aufgabe, die sie diesseits des Paradieses zu erfüllen hatte: Penelope. Denn auch sie verband ein gemeinsames Schicksal: sie hatten beide ihr einziges Kind verloren, und wie Penelope hatte Trudi deswegen lange Jahre mit ihren Schuldgefühlen zu kämpfen gehabt, hatte daran festgehalten, das Schicksal habe ihr ihren Sohn mit Vorsatz genommen – als gebe es die geheime Buchhaltung eines höheren Wesens, das Leben mit Leben aufwog. Doch das Schicksal ist seine eigene Konstante. Es blickt weder zurück noch nach vorne, es ist.

Dennoch hatte sie als junges Mädchen einige sehr törichte Dinge getan, hatte sich selbst für unverwundbar gehalten, und ihre großspurige Unvorsichtigkeit hatte ihren Patenonkel Manfred und seine Frau Karin das Leben gekostet. Deren Tod lastete bis heute auf ihrem Gewissen; sie hatte es Marlene nie erzählt, und Gregor erst in jenen traumatischen Wochen nach Peters Unfall, als sie sich anklagte, der Tod ihres Sohnes sei ihre Schicksalsschuld. Manfred und Karin seien gestorben, weil sie sich in den Kopf gesetzt hatte, Marlene nach Warschau zu begleiten; sie war kein Kind mehr, wollte endlich eine echte Widerstandskämpferin sein! Deshalb war sie ihrem Patenonkel zur Fälscherwerkstatt gefolgt, als er die Papiere für Marlene besorgte. Am frühen Morgen hatte sie sich zurückgeschlichen, dem Fälscher gegenüber behauptet, Manfred schicke sie, und für die Goldkette ihrer Mutter eigene Papiere erstanden. Doch die Gestapo hatte die Wohnung im Auge, und sie hatte sie danach unwissentlich zu ihrem Paten geführt. Sie war nur entkommen, weil Manfred ihr »flieh!« zugerufen und sich auf den Mann gestürzt hatte, der sie festhielt, und auch Karin sich einen erbitterten Kampf mit der Gestapo lieferte. Noch im Wegrennen hatte sie miterleben müssen, wie die Gestapo die beiden mit Schüssen durchsiebte. Sie selbst hatte sich in eine Ruine gestürzt, und ihr war die Flucht durch einen geheimen Kellerausgang geglückt. Danach war ihr gar nichts anderes übrig geblieben, als Marlene in den Zug nach Warschau zu folgen. So hatte ihr gemeinsames Schicksal seinen Lauf genommen, das sie beide nach Auschwitz geführt hatte. Wo sie ihrer großen Liebe begegnet war …

Es war richtig gewesen, Penelope von sich zu erzählen und ihr einen kurzen Blick in ihre durch die Feuer von Auschwitz gebrandmarkte Seele zu gewähren. Wie beladen diese junge Frau war … Vielleicht hätte sie es schon früher tun sollen, aber sie verfügte nicht über Marlenes Stärke, mied normalerweise die Dämonen ihrer Erinnerung. Zu lange war der Krieg Teil ihres Lebens gewesen; für sie hatte er bereits im Jahr 1937 begonnen, als die Schikanen gegen Juden zunahmen, sie nach der Reichsprogromnacht im November '38 nicht mehr in die Schule gehen und ihre Eltern nicht mehr hatten auftreten dürfen. Und er endete für sie erst Anfang 1950, als Gregor aus der französischen Gefangenschaft entlassen worden war. Um in seiner Nähe sein und ihm heimlich Essen ins Lager schmuggeln zu können, hatte sie getan, was nötig war, um für ihn und ihre Liebe zu überleben.

Sie hatte sich selbst erniedrigt und sich im deutschlandfeindlichen Nachkriegsfrankreich mit Auftritten als Nachtclubsängerin durchgeschlagen. Für die Franzosen war sie eine *Boche*, es interessierte niemanden, dass sie als Jüdin selbst Opfer der Nazis gewesen war. Nach dem Krieg hatte jeder mit sich selbst zu tun, es war keine Zeit für Mitgefühl und Selbstmitleid. Mit Gregors Rückkehr war ihr innerer Krieg zu Ende gegangen. Weil es ihn gab, konnte sie ihr altes Leben hinter sich lassen und eine neue Zeitrechnung beginnen. Eine Zeit der Liebe. Erinnerungen, überlegte Trudi jetzt weiter, führten ein seltsames Eigenleben. In letzter Zeit überfielen sie sie zu jeder Tages- und Nachtzeit, und manches Mal schlichen sie sich auch in ihre Träume, vermengten die unterschiedlichsten Zeiten miteinander, so dass sie sich beim Erwachen oft desorientiert fühlte und eine Weile brauchte, um sich wieder in der Wirklichkeit zurechtzufinden, einer Wirklichkeit ohne Gregor. Vermehrt drängte in diesen Tagen tief Verschüttetes an die Oberfläche, darunter Begebenheiten, an die sie sich jahrzehntelang nicht erinnert hatte, wie an ihre erste Begegnung mit Gregor.

Auch schrieb Marlene an ihrer Biografie und hatte sie um Mithilfe bei der Recherche gebeten. Trudis Beschäftigung mit dem gemeinsam Erlebten verstärkte noch ihren unwirklichen Eindruck, sie würde zwischen den Zeiten wandeln. In der vergangenen Nacht hatte sie besonders intensiv geträumt.

Sie war wieder ein kleines Mädchen, vielleicht sechs oder sieben, und kauerte mit ihrem kleinen Bruder in ihrer Schlafkammer. Sie hielt ihm wie so oft die Ohren zu, damit er nicht hören konnte, wie ihre Eltern miteinander stritten. Früher hatten ihre Eltern nie gestritten. Daran war nur dieser Mann schuld, den ihre Mutter »den Hitler« nannte. Aus irgendeinem Grund hatte ihre Mutter fürchterliche Angst vor diesem Hitler. Deshalb hasste auch die kleine Trudi den Mann aus tiefstem Herzen. Sie wünschte, sie wäre schon größer, dann würde sie den Mann töten. Vielleicht nächstes Jahr. Wenn der Hitler weg wäre, dann würden ihre Mutter und ihr Vater nicht mehr streiten, und sie könnten in ihrem Zuhause bleiben, müssten nicht in dieses Amerika fahren. Denn ihre Mutter sprach ständig davon, dass sie mit ihnen dorthin wollte. Ihr Vater hingegen wollte nicht verreisen. Er hielt den Hitler für eine vorübergehende Erscheinung, eine Bemerkung, die Trudi nicht so richtig einordnen konnte, aber er sagte ebenso oft, dass es schon nicht so schlimm werden würde, und dass zu übertreiben in der Natur des Menschen liege und ihre Mutter Vertrauen haben solle.

Trudi glaubte, dass ihr Vater gar nicht streiten wollte, weil er auch sehr oft Sätze wie *Beruhige dich bitte, Myriam* zur Mutter sagte, doch jedes seiner Worte schien ihre Mutter nur noch wütender zu machen. Je ruhiger die Stimme ihres Vater wurde, umso lauter wurde ihre Mutter, und dann schlug die Haustür mit einem Knall hinter ihr zu, und ihr Vater kam zu ihnen in die Kammer und nahm sie und ihren Bruder fest in die Arme, und manchmal drückte er dabei so fest zu, dass ihr kleiner Bruder Ariel vor Schmerz wimmerte. Trudi selbst ließ sich keinen Schmerz anmerken, und auch nicht ihre Angst. Stattdessen träumte sie sich immer öfter in eine Zeit zurück, als es diesen Hitler noch nicht gegeben hatte und ihr Zuhause friedlich und voller Lachen gewesen war.

Seit damals geriet die Zeit in ihren Träumen oft durcheinander, Wünsche und Vorstellungen trafen auf die harte Realität, und plötzlich wachte sie mitten im Krieg auf, konnte ihren Körper nicht mehr fühlen, was sich jedoch auf merkwürdige Weise gut anfühlte, und über sie beugte sich ein freundliches Gesicht, aus dem sie ein paar warme dunkle Augen besorgt betrachteten. Der Fremde erinnerte sie an ihren Vater, und sie lächelte ihm spontan zu. In ihrem Traum kannte sie sogar seinen Namen: Gregor. Und sie wusste auch, dass sie ihn liebte. Sie waren zusammen glücklich in einer Welt, in der es keinen Mann namens Hitler gab.

In ihren Träumen stellte sie sich auch oft vor, wie das Leben ihrer Eltern, ihrer Geschwister – ihre Mutter hatte noch ein Brüderchen bekommen – und ihr eigenes verlaufen wäre, wenn ihr Vater recht behalten und dieser Hitler nur eine vorübergehende Erscheinung gewesen wäre. Oder wenn sich ihre Mutter durchgesetzt hätte und ihre Familie nach Amerika ausgewandert wäre. In beiden Fällen wären sie und Gregor sich niemals begegnet. Ihre Liebe, ihr gemeinsames Schicksal hatte sich nur durch den Krieg erfüllt; ihre Wege hätten sich niemals gekreuzt, hätte Gregor nicht auf der Suche nach Rachel, seiner nach Auschwitz deportierten Verlobten, an diesem verfluchten Ort als Arzt angeheuert. Doch Rachel war gleich nach der Ankunft an Typhus gestorben, und Gregor war in Auschwitz geblieben, weil Arzt zu sein das Einzige war, das seinem Leben noch einen Sinn geben konnte. Trudi war fünfzehn, als er sie rettete, er flickte ihren geschundenen Körper buchstäblich wieder zusammen, nachdem sie in die Hände des Barbaren Albrecht Brunnmann gefallen war. Gregor hatte Rachel nicht retten können, aber er setzte nun alles daran, wenigstens Trudi dem sicheren Tod zu entreißen. Trudi war nicht nur äußerlich verwundet, weit schlimmer wogen ihre seelischen Verletzungen. Doch eines Tages war ihr Überlebenswille erwacht, und sie wusste, dass sie Gregor liebte und wollte. Gregor, der doppelt so alt war wie sie, wehrte sich lange gegen ihre Liebe, er wollte nicht mehr lieben, für ihn bedeutete Liebe Schmerz. Doch er hatte keine Chance gegen Trudi. So wie ihre Freundin Marlene Trudi gelehrt hatte, dass man für den Frieden kämpfen musste, so hatte sie auch um ihre Liebe gekämpft.

Nur zu gut konnte sie sich deshalb in Penelope versetzen, ihre gefühlsmäßige Emigration einschätzen. Sie selbst hatte ihren Schrecken mit Gregors Liebe und dem Beistand ihrer Freundin Marlene besiegt. Penelope musste noch verinnerlichen, dass man den Schrecken zwar bändigen, ihn wegsperren konnte, aber um ihn auch abzuschütteln, musste man die Liebe wiederfinden.

Als sie das Bild von Leopold Brunnmann an Pfarrer Aues Wand entdeckte und im ersten Moment annehmen musste, es handle sich um Albrecht Brunnmann, hatte der Krieg kurz wieder sein hässliches Haupt gehoben. Doch dann stellte sie fest, es war nicht *er*, sondern sein älterer Bruder, der ihm frappierend ähnelte und den der jüngere Albrecht ebenfalls auf dem Gewissen hatte. Was für eine schreckliche Zeit, in der ein Bruder den Bruder vernichtete.

Marlene hatte ihr von ihrer Vorgeschichte mit Brunnmann erzählt, damals, während ihrer gemeinsamen, jahrelangen Jagd nach dem Naziverbrecher. Durch Marlene hatte sie auch vom Schicksal ihrer jungen Freundin Deborah Berchinger erfahren. Sie war eines der unzähligen Opfer, die Albrecht Brunnmann auf dem Gewissen hatte. Zwar war ihm die junge Deborah physisch entkommen, doch ihre Seele hatte er getötet. Auch wegen Deborahs Schicksal hatte Marlene damals alles daran gesetzt, dass die junge Trudi nicht an ihren seelischen Verletzungen zugrunde ging. Diese Seele wenigstens hatte sie dem Teufel Brunnmann nicht überlassen wollen. Und es war ihr gelungen.

Das, was Marlene für Trudi gewesen war, das wollte Trudi nun für Penelope sein.

Und so hatte das vergilbte Bild in Pfarrer Aues Fotogalerie nicht nur an ihre Kriegserlebnisse gerührt, sondern sie erneut in der Gewissheit bestärkt, wie sehr das Schicksal bei allem Regie führte. Niemand konnte ihm entrinnen.

Sie hatte eine Weile überlegt, welche Rolle sie genau in Penelopes Schicksal spielen sollte, und dabei war ihr Plan wie von selbst herangereift. Wozu hatte man Freundinnen? Aus diesem Grund hatte sie heute Marlene angerufen und ihr von Penelope erzählt. Doch dies war nur der erste Schritt, um Penelope zurück auf den Pfad der Liebe zu führen. Sie hatte dazu gleich noch mehrere Gespräche zu führen. Sie zog ihr zerfleddertes Notizbuch heran, das sie seit ihren Jahren in Frankreich begleitete und das aussah, als würde es mittlerweile mehr von ihrem Willen als von seiner Bindung zusammengehalten. Ihr nächstes Telefonat galt Ariadne, Penelopes Mutter.

Trudi lächelte. Heute war ein guter Tag.

KAPITEL 36

Erzählst du mir, was du Geheimnisvolles in deiner Abstellkammer versteckst?«, fragte Jason Penelope am darauffolgenden Abend, während er energisch Theseus' mächtigen Kopf wegdrückte. Die verfressene Dogge hatte sich unter dem Tisch zu ihm heran gerobbt, darauf spekulierend, etwas von seinem Teller zu stibitzen.

»Was?« Die Frage traf Penelope unvorbereitet. Sie hatte sich eben erhoben, um das Geschirr abzuräumen. Nun setzte sie sich wieder, mit langsamen, steifen Bewegungen.

»Na ja, immerhin hast du einen Fortschritt gemacht.«

»Welchen Fortschritt?«

»Du hast die Schmetterlingssammlung aus dem Schrank geholt und aufgehängt.«

»Das, was du Fortschritt nennst, war ein leerer Platz an meiner Wohnzimmerwand. Das ist alles«, erwiderte sie kurz angebunden.

»Wir wissen beide, dass das nicht alles ist.« Jason ließ nicht locker.

Seine Entschlossenheit verdross Penelope. »Ehrlich, Psychologen sind schon eine Plage, aber wenn sie auch noch Polizisten sind, dann sind sie schlimmer als die Pest.«

»Danke, das nehme ich als Kompliment! Und du hast meine Frage nicht beantwortet.«

»Die Antwort lautet natürlich nein. Das geht dich nichts an.«

»Danke sehr, das war die letzte Bestätigung.«

»Wofür?«, fragte Penelope misstrauisch.

»Dass du etwas vor mir versteckst.«

»Ich verstecke gar nichts vor dir, ich will es dir nur nicht zeigen!«

»Aha, wir sind spitzfindig! Und warum willst du es mir nicht zeigen?«

Bisher hatte Penelope ihr Gespräch lediglich als Geplänkel empfunden, jetzt fing es an, sie zu ärgern, dabei hatte gerade noch eine so harmonische Atmosphäre geherrscht. »Um was geht es hier eigentlich? Um die Tatsache, dass ich meine Privatsphäre schütze, oder dass ich dir den Inhalt meiner Abstellkammer nicht zeigen will?«

Dafür erntete sie nur ein rätselhaftes Lächeln von Jason. Penelope fühlte sich dadurch herausgefordert: »Ich verstehe. Du bist es nicht gewohnt, dass dir eine Frau Paroli bietet.« Sie wusste selbst, dass sich das nach einem hilflosen Gemeinplatz anhörte, aber sie fühlte sich von Jason in die Ecke gedrängt.

»Nein, ich bemühe mich nur, die Menschen zu verstehen. Ich bemühe mich, *dich* zu verstehen, Penelope. Du bist ein klassisches Beispiel für metaphysische Verzweiflung, du haderst mit deinem Sein. In letzter Zeit scheint es dir nicht sehr gut zu gehen. Du schläfst unruhig, träumst viel. Wie lange empfindest du dein Leben schon als Bürde?«

Penelope merkte, wie ihre Wangen heiß wurden. »Ich weiß, was du versuchst, du Psychologe. Denkst du im Ernst, ich lasse mich mit dir auf eine Diskussion über mein *Sein* ein? Rede also nicht so mit mir.«

»Wenn doch, schickst du mich dann wieder weg und schiebst dann einen Zettel unter meiner Tür durch?«

Penelope unterdrückte einen missbilligenden Laut. Darauf konnte sie nicht einmal etwas erwidern, weil sie es sich selbst zuzuschreiben hatte. Feigheit war ein Bumerang; sie fiel immer wieder auf einen zurück. Ihr fiel erneut Jasons Namensvetter aus der Antike ein. Um das goldene Vlies zu stehlen, überwand der griechische Held mit seinem Schiff Argo als Einziger die gefährliche Brandung der Plankten, zweier Felsinseln im Meer, indem er einfach gegen den Strom segelte. Der zeitgenössische Jason glich seinem antiken Vorbild; er ließ sich von ihrem Widerstand nicht abhalten, er fuhr einfach darüber hinweg.

»Ich weiß, wofür der Buchstabe *D.* auf deinem Plan steht. Er steht nicht für David«, sagte Jason in die entstandene Stille hinein.

Penelope, die, um sich zu beruhigen, einen Punkt über Jasons Kopf fixiert hatte, blickte ihn nun direkt an. »Wer hat es dir erzählt?«, fragte sie resigniert. »Meine Mutter oder Trudi?«

»Weder noch. Es gibt einen Polizeibericht und eine Akte, wie du weißt.«

»Gut, du Schnüffler, du weißt also Bescheid. Und? Das ist über sechs Jahre her. Ich komme damit klar.«

»Den Eindruck habe ich nicht. Sein Kind zu verlieren ist ein unaussprechlicher Verlust. Für eine Mutter wird das Leben nie mehr so sein wie zuvor.«

»Das brauchst du mir nun wirklich nicht zu erzählen.« Penelope verschränkte ihre Hände im Schoß, damit Jason nicht sehen konnte, dass sie zitterten.

»Natürlich nicht, Kleines. Stattdessen möchte ich dir eine Geschichte erzählen.«

Penelopes erster Reflex war Misstrauen, und fast war sie versucht zu erwidern, sie wolle sie nicht hören. Doch Jason hatte es geschafft, ihre Neugierde zu wecken. »Was für eine Geschichte?«

»Die Geschichte von der Raupe Immertreu, die zur Nimmertreu wurde.«

»Eine Kindergeschichte?«

»Was ist bitte schön eine Kindergeschichte? Eine Geschichte ist eine Geschichte. Möchtest du sie nun hören?«

Penelope nickte abwägend. »Also gut.«

»Es war einmal«, begann Jason, »die kleine Raupe Immertreu. Alle prophezeiten ihr, dass aus ihr einmal ein wunderschöner Schmetterling werden würde, weil ihre Eltern die schönsten Schmetterlinge weit und breit waren. Sie solle nur immer viel fressen, damit sie nicht nur schön, sondern auch groß und stark würde. Eines Tages, als sie gerade an einem saftigen Blatt knabberte, das ihr direkt vor die Füße gefallen war, wurde sie gestört. Jäh sah sie sich von einer Kakerlaken-Gang umzingelt, die Immertreu als fette, hässliche Raupe verhöhnte, die nichts als Fressen im Sinn habe.

Die kleine Raupe antwortete: ›Aber das ist doch meine Bestimmung! Ich muss fressen, damit ich groß und stark werde und ein schöner Schmetterling mit Flügeln, um mit ihnen in den Himmel zu fliegen.‹

Daraufhin lachten die Kakerlaken gemein, und die kleine Raupe bekam Angst und versuchte, vor ihnen zurückzuweichen, doch der Ring der Kakerlaken schloss sich noch enger um sie. Der Anführer baute sich drohend vor ihr auf und sagte böse:

›Wie dumm du bist! Du wirst nie im Leben ein Schmetterling werden! Du bist nichts weiter als ein Schmarotzer, der uns alles weg frisst!‹

›Doch, es ist meine Bestimmung, ein Schmetterling zu werden‹, beharrte die kleine Raupe tapfer.

Wieder lachte die Gang auf ihre hämische Art, und Immertreu begann nun am ganzen Leib zu schlottern.

›Nein, du wirst niemals ein Schmetterling werden, denn du hast den Makel‹, zeigte der Anführer nun auf sie.

›Was denn für einen Makel?‹, fragte die kleine Raupe verunsichert.

›Den weißen Fleck!‹, sagte der Anführer.

›Welchen weißen Fleck? Ich habe doch keinen weißen Fleck?‹ Immertreu drehte und wendete sich, und obwohl sie genau wusste, dass sie keinen weißen Fleck hatte, so suchte sie ihn dennoch.

›Du kannst ihn nicht sehen, weil er gleich hinter deinem Kopf sitzt. Aber wir können ihn sehen. Eigentlich würden wir dich ja fressen, aber die mit dem weißen Makel schmecken uns nicht. Andere sind da nicht so wählerisch.‹

Nach diesen Worten verschwanden die Kakerlaken, aber die kleine Raupe konnte ihr hässliches Lachen noch lange hören, es schwang in der Luft wie der unheilvolle Vorbote des nahenden Herbstes. Plötzlich war ihr schrecklich kalt. So schnell sie konnte, robbte Immertreu zum Teich, in der Hoffnung, sie könnte den Makel vielleicht in der Spiegelung des Wassers entdecken. Aber so sehr sie sich auch mühte, sie konnte keinen Blick auf die Stelle hinter ihrem Kopf werfen.

Da entdeckte sie einen Frosch, dem sie schon früher begegnet war, und rief ihn an: ›Du, lieber Frosch, kannst du mir bitte helfen und etwas für mich nachsehen?‹

Aber der Frosch musterte sie auf eine Weise, als wäre sie ihm furchtbar lästig, und erwiderte: ›Mit Schmarotzern rede ich nicht.‹

›Aber ich bin doch kein Schmarotzer?‹, hauchte die kleine Raupe und wich erschrocken zurück.

›Doch, die Kakerlaken waren vorhin da und haben mich vor dir gewarnt. Du hast den Makel.‹ Er kehrte ihr den Rücken und hüpfte davon.

Die kleine Immertreu fragte noch viele auf ihrem Weg, aber immer war die mächtige Kakerlaken-Gang schon vor ihr da gewesen. Niemand wollte mehr etwas mit ihr zu tun haben, alle wandten sich von ihr ab oder liefen davon, sobald sie sich ihnen näherte. Die kleine Raupe wurde zur Ausgestoßenen, einsam und allein verbrachte sie ihre Tage damit, den weißen Makel an sich zu suchen, und vergaß darüber völlig ihre Bestimmung zu fressen. Und so wurde sie dünner und dünner, und eines Tages legte sie sich hin, sandte einen letzten sehnsuchtsvollen Blick in den weiten blauen Himmel … und starb.

Die Kakerlaken hatten recht behalten: Aus der kleinen Raupe Immertreu wurde nie ein Schmetterling. Seither flüstern die Blätter in den Wipfeln der Bäume die traurige Geschichte der kleinen Immertreu, die zur Nimmertreu wurde: Sie hatte sich selbst verloren, weil sie nicht mehr an sich glaubte.«

Jason hatte seine Geschichte beendet, aber er ließ Penelope keine Zeit für eine Reaktion, sondern redete weiter: »Du ähnelst der kleinen Raupe, Penelope. Immertreu hat sich einen Makel eingebildet und sich dabei selbst verloren. Trauer kann wie eine Kakerlake sein. Wenn du sie zu nah an dich heranlässt, frisst sie dich auf. Der strikte Stundenplan, in den du dein Leben presst wie in ein Korsett, ist in Wirklichkeit genauso zwanghaft wie die Suche Immertreus nach einem nicht existenten Makel. Du musst dich aus dieser seelischen Zwangsjacke befreien.«

»Sagst du mir gerade, ich bilde mir Dinge ein? Ich … sei verrückt?« Penelope hatte ihre Stimme kaum mehr unter Kontrolle.

»Natürlich nicht. Aber ich sage dir, was du tust: Du versuchst den Schmerz und die Erinnerung zu verdrängen und kannst gerade deshalb nicht loslassen. Die Trauer wird dich auf Dauer krank machen, auch physisch.«

»Was weißt du schon über Trauer?«, höhnte sie.

»Sie ist das Thema meiner Dissertation. Aus der Liebe geboren, ist Trauer eines der stärksten menschlichen Gefühle überhaupt. Das bewegt und interessiert mich.«

»Also bin ich für dich doch ein Studienobjekt, eine Art therapeutisches Projekt? Wie lange kennen wir uns? Sechs Wochen? Denkst du, man kann Wunden, die sechs Jahre schwelen, in sechs Wochen heilen? Du bist anmaßend, und du bist ein Fantast!«, fuhr sie ihn an.

»Nein, ich bin Jason, der Mann, der dir helfen will. Du stellst zu hohe Ansprüche an dich selbst. Ich würde dir gerne mehr über die Trauer als solche erzählen. Wärst du bereit, mir zuzuhören?«

»Da ich dich vermutlich kaum davon abhalten kann …«, meinte Penelope verstockt.

»Eben«, Jason lächelte ihr zu, als wolle er ihr Mut machen, bevor er ausführte: »Das Wesen der Trauer ist immer individuell und empirisch nicht eindeutig belegbar, da es sich dabei ja um einen nach außen nicht sichtbaren Vorgang, eben ein Gefühl handelt. Es gibt also kein präzises Richtmodell, aber die Wissenschaft kennt vier Phasen, oder, anders ausgedrückt, Wellen der Trauerarbeit. Phase 1 ist der Schockzustand, eine Art innere Leere; unser Verstand versucht, die furchtbare Nachricht zu leugnen, weil das Unaussprechliche nicht wahr sein darf. Dennoch funktioniert man, geht quasi auf Distanz zu sich selbst, sieht sich wie in einem Film agieren. Man kontrolliert seine Emotionen, weil es gilt, nach dem Tod eines geliebten Menschen notwendige Dinge zu erledigen. In Phase 2 brechen dann die Emotionen aus. Zur Trauer kommen Wut und nicht selten Aggression,

Angst und Einsamkeit und, sehr oft, das Gefühl von Schuld. So wie bei dir.«

Jason suchte Penelopes Blick einzufangen, doch sie wich ihm trotzig aus, schob die Pfeffermühle auf dem Tisch umher, während Jason unbeirrt weitersprach: »Phase 3 steht für Aufarbeitung und Loslassen. In dieser Phase wird eine bewusste Verbindung zum Verstorbenen aufgebaut, um die gemeinsamen Erinnerungen wachzurufen und intensiv zu erleben. Ich vermute, die Schmetterlingssammlung stellt für dich eine solch besondere Verbindung zu Dominik dar. Er hat sie wohl sehr geliebt?«

Penelope brachte nicht mehr als ein Nicken zustande, ein mächtiger Kloß saß in ihrem Hals.

»In Phase 4 erfolgt die Akzeptanz des Verlustes. Indem der Trauernde ihn anerkennt, wird er zur Realität und bereitet gleichzeitig den Boden für einen Neuanfang. Ich habe selten einen Fall von so hoher emotionaler Selbstkontrolle erlebt wie bei dir, Penelope. Du hast zwar Phase 3 teilweise durchlebt, bist aber danach zu Phase 2 zurückgekehrt. Du hast sechs Jahre lang funktioniert, aber immer am Rande einer Depression. Ein Wunder, dass du nicht zu Alkohol oder Tabletten gegriffen hast. Arbeit ist allerdings auch eine Ersatzdroge, wie dein Stundenplan zeigt. Für dein soziales Umfeld hast du nicht die erwarteten Reaktionen gezeigt. Du hast nicht geschrien, du bist verstummt. Dadurch entstand der Druck von außen, Reaktionen vorzutäuschen, die du nicht empfunden hast. Du hast dich dadurch allein gelassen gefühlt und wolltest am Ende auch allein sein. Darum hast du die Beziehungen zu den dir nahestehenden Menschen bewusst abgebrochen, hast alle Verbindungen zu deinem früheren Leben gekappt. Deinen Mann David zu verlassen, war der erste Schritt in deine selbstgewählte Isolation.«

Penelope hielt es kaum mehr auf ihrem Stuhl: »Du kannst das nicht verstehen!«, rief sie erregt. »In der ersten Zeit konnte ich Davids Nähe nicht ertragen, aber wenn er wegfuhr, habe ich ihn vermisst. Ich war so zerrissen, und am Ende konnte ich die Situation als ganzes nicht mehr ertragen. Überhaupt, dieser verdammte theoretische Trauerkram! Denkst du, ich hätte mich nicht schon längst damit beschäftigt? Über etwas zu referieren oder zu lesen, ist etwas anderes, als es zu erleben! Ich stecke in mir drin, ICH! David, meine Mutter, Caroline, sogar der Direktor meiner Schule haben mir damals geraten, zu einem Psychologen zu gehen.«

»Und, hast du es getan?«

»Nein, ich hatte sowieso das Gefühl, durchzudrehen. Es gab Tage, da konnte ich mich selbst nicht mehr spüren, und dann schlug ich wie panisch auf eine Wand ein, suchte den Schmerz. Da brauchte ich niemanden, der mir meinen Zustand bestätigt und mich mit Psychopharmaka vollstopft. Ich habe gleich nach Dominiks Unfall mehrere Beruhigungsspritzen bekommen, aber ich habe diese Betäubung wie einen Betrug empfunden. Als wollte ich mich aus der Realität rausstehlen. Ich *wollte* ja um meinen Kleinen trauern, den ganzen Schmerz spüren. Nur dann fühlte ich mich ihm noch richtig nahe. Verstehst du das?« Ängstlich sah sie ihn an.

»Sehr gut sogar.«

»Ich lag immerzu wach, es war, als hätte mich ein schwarzes Loch angesaugt, und ich fiel und fiel, und mein Herz hat sich angefühlt, als wäre es aus Glas, und manchmal, manchmal …«, sie flüsterte jetzt, »habe ich mir gewünscht, es würde zerspringen, damit ich wieder bei Dominik sein könnte. Er fehlt mir so …«

»Aber du bist nicht gestorben, sondern hast dich in deine eigene Welt zurückgezogen und hast alle, die sich um dich sorgten, vor den Kopf gestoßen. Sogar deine Mutter.«

»Ja, ich weiß, aber so einfach ist das nicht. David, er …« Sie hielt inne, auf eine Art, als würde ihr bewusst werden, dass sie gerade dabei war, viel zu viel über sich preiszugeben. Fast zu spät ging ihr auf, dass Jason sie geschickt genau an diesen Punkt manövriert hatte. Wie zum Teufel konnte er ahnen, dass es da noch mehr gab, einen weiteren Grund, aus dem sie ihren Mann David verlassen hatte? Etwas, worüber sie noch nie mit jemandem gesprochen hatte, weil es viel zu beschämend war. Denn im Gegensatz zur kleinen Immertreu hatte sie wirklich einen Makel. Nein, *das* konnte sie Jason nicht sagen. Niemals. Es machte sie erneut wütend, weil er sie beinahe dazu gebracht hätte.

»Ich musste da raus«, sagte sie aufgebracht. »Alles in diesem Haus hat mich an Dominik erinnert. Dieser verdammte Pool samt Whirlpool, den David nachträglich hat einbauen lassen. Für eine dämliche Poolparty! Nicht ein einziges Mal hat er ihn selbst benutzt, und dann ist, ist … » Ihre Stimme versagte kurz, sie tastete nach ihrer Serviette und schnäuzte geräuschvoll hinein, redete weiter: »Ich konnte es nicht mehr ertragen, dort zu leben, aber David hat sich geweigert, von dort wegzugehen. Er sagte, es würde nichts ändern, wir würden den Schmerz überallhin mitnehmen. Und … er … er hatte … recht«, schluchzte sie auf. »Der Schmerz ist immer da, er wohnt in mir.« Sie begann am ganzen Leib zu zittern.

Jason war sofort bei ihr und schloss die Arme um sie, hielt sie ganz fest. Penelope vergrub ihren Kopf in seiner Schulter. Und dann sagte sie es doch, das, was sie niemals jemandem hatte anvertrauen wollen, das Geständnis entfloh einfach ihrem Mund, und es war eine einzige Selbstanklage: »David wollte wenige Tage nach der Beerdigung mit mir schlafen! Und ich habe es zugelassen und Lust dabei empfunden!« Sie heulte auf wie ein verwundetes Tier.

Es dauerte lange, bis sie sich wieder beruhigt hatte. Endlich hob sie den Kopf und sah Jason mit verquollenen Augen an: »Verachtest du mich jetzt?« Ihre Stimme klang klein und verzagt und entlockte Jason ein Lächeln. Er strich ihr mit dem Daumen über die tränenfeuchte Wange und sagte: »Nein, Kleines. Etwas Ähnliches habe ich mir schon gedacht. Ich wusste, dass du dir die Schuld an Dominiks Tod gibst, aber ich habe gespürt, dass dein Problem weitaus komplexer war, diese Schuld noch von einer anderen überlagert wurde.«

»Gut.« Penelope löste sich von ihm. »Jetzt weißt du, warum ich bin, wie ich bin. Ich bin ein herzloser Mensch. Ich habe meinen eigenen Sohn verraten.«

»Gott, Penelope, wie kann eine so kluge Person wie

du so einen Unsinn von sich geben?« Jason klang erstmals ungehalten.

»Was heißt hier Unsinn? Ich habe es doch bewiesen.« Penelope rückte von ihm ab.

»Weil du Lust empfunden hast? Das ist nicht das Problem, Penelope. Dein Problem ist, dass du deine Leidenschaft mit Gewalt unterdrücken willst. Du siehst sie als etwas Schlechtes an. Dabei ist Lust das natürlichste Gefühl der Welt. Was du nicht verkraften kannst, ist, dass dein Körper deinen Verstand überlistet hat.«

»Wie redest du denn mit mir?«, empörte sich Penelope und sprang auf.

»Wie mit jemandem, dem man den Kopf zurechtrücken muss. By the way, du hast keine Schuld am Tod deines Sohnes. Und dein Mann und das Au-pair-Mädchen tragen genauso wenig Schuld daran. Es war ein tragisches Unglück, Penelope, und einfach ein dummer Zufall, dass du ausgerechnet in dem Moment angerufen hast, als Dominik und seine Betreuerin gerade Verstecken spielten.«

Penelope erstarrte. »Was hast du gerade gesagt?«, wisperte sie.

»Dass du keine Schuld an dem Unglück …«

»Nein, der Anruf. Was ist mit meinem Anruf?« Plötzlich klang Penelope hektisch.

»Das Au-pair-Mädchen hat ausgesagt, dass du in dem Moment bei ihr angerufen hast, als Dominik gerade losrannte, um sich im Garten zu verstecken. Eure Mobilfunkdaten bestätigen das.«

Penelope überlegte kurz. »Stimmt, ich erinnere mich

wieder, ich habe sie angerufen. Aber das beweist doch nichts? Dominik ist in ihrer Obhut gestorben. Sie hat ihre Aufsichtspflicht verletzt.«

»Der Anruf *ist* ein Beweis, weil ihn euer Gärtner bestätigt hat. Leider konnte er den südlichen Terrassen- und Poolbereich nicht einsehen, da er sich gerade zum Heckenschneiden an der Ostseite des Hauses aufhielt. Aber er hat das Rückwärtszählen gehört, das Läuten des Telefons und wie sich das Au-pair darauf meldete. Sie hat dich mit ›Hallo, Frau Arendt‹ begrüßt. So steht es im Protokoll. Dein Mann hatte deshalb einen Ortstermin mit ihr, dem Gärtner und dem Ermittlungsrichter veranlasst. Danach wurde das Kindermädchen entlastet.«

Aus Penelopes Gesicht war längst alles Blut gewichen. Sie sah aus wie eine Tote.

»Scheiße«, entfuhr es Jason. »Das hast du nicht gewusst? David hat dir nie etwas davon erzählt?«

»Nein«, hauchte Penelope. Sie sank kraftlos gegen die Küchenzeile.

»Ich verstehe. Er wollte dich schützen, weil du dir schon genug unbegründete Vorwürfe gemacht hast. Für mich klingt das nach einem guten Mann. Aber es hat nichts genutzt. Du hast dich so oder so schuldig gefühlt. Warum?«

»Weil ich weder einen Pool noch ein Au-pair-Mädchen haben wollte, aber David hat einfach nicht lockergelassen, immer wieder fing er damit an, wie toll doch ein Pool für einen kleinen Jungen sei, und ich durch das Kindermädchen auch wieder mehr Zeit für ihn haben würde«, erwiderte Penelope heftig. Sie trank einen Schluck Wasser aus dem Hahn und wandte sich ihm wieder zu. Etwas gefasster fuhr sie fort: »Ich hätte mich durchsetzen müssen, aber ich war schwach. Und ich habe den Ausflug mit Caroline am Tag des Unfalls genossen. Wir haben im Brautsalon gesessen, Prosecco getrunken, herumgealbert. Sie war so glücklich, und ich habe mich so sehr für sie gefreut. Es war ein wunderschöner Tag, und er endete so grausam. Und kurz darauf ist dann noch dieses Prosecco-Foto in der Presse aufgetaucht, das die Besitzerin des Brautgeschäfts von uns geschossen hatte. Und gleich daneben noch ein anderes, unsägliches: Ich war wenige Wochen zuvor vollbekleidet, das Sektglas noch in der Hand, in den Pool gestürzt. Gerade noch war ich die Frau des in der Münchner Gesellschaft geachteten Unternehmensberaters David A. gewesen, die ihr Kind auf tragische Weise verlor, und nur wenige Tage später brandmarkten mich dieselben Zeitungen als verantwortungslose Mutter, die übermäßig Sekt trinkt und zügellose Poolpartys feiert.«

Jason nickte. »Das muss furchtbar für dich gewesen sein«, sagte er mitfühlend. »Verrätst du mir, wie es zu dem Schnappschuss gekommen ist, auf dem du im Abendkleid in den Pool springst? Es lag in der Akte«, fügte er erklärend hinzu.

»Man kann es auf dem Foto nicht sehen, aber die Sekretärin meines Mannes oder besser, seine ehemalige, hat mich absichtlich gestoßen. Der Klassiker: Sie war hinter ihm her, und David hat sie entlassen. Sie ist am Tag der Party mit ihrem Bruder bei uns aufgetaucht und hat mir vor allen Gästen die Schuld für ihre Kündigung gegeben. Sie wollte mich demütigen, was ihr doppelt gelungen ist: Als wenige Wochen später Dominik verunglückt ist, hat sie das Foto, das ihr Bruder gemacht hatte, eiskalt an die Presse verkauft.« Penelope sprach jetzt kontrolliert, beinahe mechanisch, als hätte sie diese Sätze tausendfach in ihren Gedanken wiederholt und müsste jetzt nur auf die Wiedergabetaste drücken.

Jason stieß hörbar die Luft aus. »Das stellt einem wirklich die Frage, wie viel ein Mensch eigentlich ertragen kann. Der Verlust deines geliebten Kindes, die Schuld, die du dir selbst dafür gabst, dazu die ungerechten Anfeindungen der Medien, das hat den Schmerz potenziert. So etwas kann einen Menschen brechen und erklärt, warum sich die Spuren so tief in dich gegraben haben, warum du so orientierungslos vor dich hintreibst.«

»Bitte?«, Penelope schnappte nach Luft. »Erst bezichtigst du mich der metaphysischen Verzweiflung, und jetzt treibe ich auch noch orientierungslos vor mich hin? Nimm es mir nicht übel, Jason, aber das ist reichlich theatralisch. Mir passt mein Leben genau so, wie es ist, ich habe alles im Griff. Ich verstehe nicht, warum wirklich jeder, meine Mutter, Trudi, du, glaubt, mir darüber Vorträge halten zu müssen. Es ist immer noch mein Leben, und …« Sie unterbrach sich, Verwunderung zeichnete ihr Gesicht. Als staunte sie gerade selbst über ihre Reaktion, als fragte sie sich, ob diese nicht vielmehr ein Reflex früherer Verhaltensweisen war, ein Automatismus eher als ein Ausdruck echter Wut. Eigenartigerweise vermisste sie auch das

Gefühl der Verlegenheit, mit dem sie fest gerechnet hatte, nachdem sie Jason von der Nacht mit David so kurz nach Dominiks Tod erzählt hatte. Vielleicht, weil Jason sie verstand? War Verständnis womöglich der Schlüssel, um der Schuld etwas von ihrer Last zu nehmen?

Ihr fiel auf, wie Jason sie ansah. Sein Blick löste Unbehagen in ihr aus, als wüsste Jason, woran sie gerade gedacht hatte.

»Was du Vorträge nennst, Penelope, ist die Sorge der Menschen, denen etwas an dir liegt. Du solltest ihnen zeigen, dass dir auch an ihnen etwas liegt. Denk darüber nach, welcher Mensch du sein willst. Du bist nicht nur Lehrerin, du bist auch Tochter, Freundin, Geliebte. Schließ uns nicht aus.«

In diesem Moment schwang mit einem leisen Quietschen die Tür zur Abstellkammer auf. Offenbar hatte sich auch Theseus ausgeschlossen gefühlt. Nur noch das Hinterteil des riesigen Viehs schaute zur Tür heraus. Sein Schwanz wedelte, und unmittelbar darauf ging etwas zu Bruch. Penelope ahnte sofort, was es war. Jason war aufgesprungen und rief scharf: »Theseus! Hierher!« Der Hund kam langsam rückwärts aus der Kammer herausgetappt und wandte sich treuherzig seinem Herrchen zu. Aus seinem Maul ragte eine von Penelopes getöpferten Figuren. Penelope nahm sie ihm ab und platzierte sie demonstrativ mitten auf dem Tisch, zwischen Pfeffermühle und Brille. Da sowieso gerade die Stunde der Wahrheiten angebrochen zu sein schien, kam es darauf nun auch nicht mehr an.

Jason riss zunächst die Augen auf, um dann in schallendes Gelächter auszubrechen. Penelope stand mit verkniffenem Mund daneben wie eine Person, die das Unvermeidliche über sich ergehen lassen muss.

»Ich schmeiß mich weg! Damit habe ich nun wirklich nicht gerechnet. Ich hatte recht, du *bist* ein Widerspruch in sich!«, brachte er zwischen zwei Lachsalven hervor. Er griff nach der zwanzig Zentimeter großen Figur, einer Art afrikanischem Fruchtbarkeitsgott, und begutachtete sie von allen Seiten. »Bemerkenswert«, sagte er.

Penelope war klar, was er damit meinte: Das Bemerkenswerte an der Figur war der circa zehn Zentimeter lange erigierte Penis, der von ihr abstand. So, wie sie jetzt auf dem Tisch stand, wirkte die Figur nun auch weit perverser als sonst auf sie, und sie fragte sich erstaunt, ob das womöglich an Jasons Reaktion liegen konnte.

»Sag, sehen die alle so aus?«, wollte er wissen.

»Ja.« In Penelopes Augen flackerte Unsicherheit auf, als würde sie sich selbst gerade zum ersten Mal die Frage nach dem Wieso stellen. »Als ich mit dem Töpfern anfing, wollte ich nicht das Übliche fabrizieren. Es gibt eine Methode, mit geschlossenen Augen zu arbeiten und sich selbst überraschen zu lassen, was dabei herauskommt. Es war etwas Ähnliches wie das, ich habe es nur nach und nach verfeinert. Ich töpfere nur für mich selbst, es hat so etwas Meditatives.«

»Ich finde die Figur klasse, sie hat etwas Echtes, Urwüchsiges. Schon mal daran gedacht, sie auszustellen?«

»Niemals!« Penelope wollte nach der Figur schnappen, aber Jason hielt sie außerhalb ihrer Reichweite. »Warte, mir kommt da gerade eine Idee.«

»Was für eine Idee?«, fragte Penelope misstrauisch.

Jason stellte die Figur zurück auf den Tisch, nahm Penelopes Lesebrille und setzte sie mittig auf dem Penis ab. »Ein Brillenständer!« Jason kicherte wie ein kleiner Junge nach einem gelungenen Streich. »Meine Schwester hat doch nach einer Anregung für ihre Schaufenster gesucht. Hier ist sie! Sie wird begeistert sein!«

»Sei nicht albern«, sagte Penelope, die gerade kläglich daran scheiterte, sich selbst das Lachen zu verkneifen. Der Brillenständer war wirklich komisch.

Da fiel ihr eine Bewegung Jasons auf. »Was tust du denn da?«, rief sie alarmiert.

»Ich fotografiere Penisboy«, sagte Jason. Penelope stürzte sich sofort auf ihn, um ihm sein Mobiltelefon zu entwenden. »Bist du verrückt? Das ist privat!«

»Jetzt nicht mehr. Mein Hund hat das gesehen, und Theseus ist die größte Klatschbase der Gegend.« Jason wurde immer ausgelassener. »Außerdem ist es zu spät. Bin gespannt, wie schnell Eugenie antwortet.«

Sehr schnell. Jasons Telefon klingelte kaum eine Minute später. »Hier, Eugenie für dich.« Jason drückte Penelope das Telefon einfach in die Hand, ohne sich vorher selbst zu melden. Penelope wusste anschließend nicht mehr, wie es passiert war, aber nach dem Telefongespräch hatte sie eine Verabredung mit Eugenie. Jasons Schwester würde am nächsten Tag bei ihr vorbeikommen und sich ihre Figuren ansehen.

»Tja, meine Schwester hätte auch als Vertreter Karriere gemacht. Ich glaube, es ist ihre Stimme. Was andere mit ihren Augen schaffen, macht sie mit verbaler Hypnose. Sie ist ein Überredungsmonster.« Jason grinste übers ganze Gesicht.

Penelope rollte mit den Augen. »Das hast du mir eingebrockt. Überhaupt, wieso bist du eigentlich so unanständig fröhlich?«

»Weil das heute ein großartiges Gespräch war. Dieser Abend ist ein Sieg! Wer solche Figuren macht«, er zeigte auf den umfunktionierten Fruchtbarkeitsgott, »der wird auch eines Tages seine Traurigkeit besiegen.«

KAPITEL 37

»Dein Handy klingelt«, murmelte Penelope schlaftrunken.

Jason war längst wach und sah auf die Uhr auf dem Nachttisch. Sie zeigte kurz vor fünf an. »Es ist deines, Penelope«, teilte er ihr mit.

»Was?« Und dann: *»Trudi!«* Sie schlug die Decke zurück. Jason war schneller und schon aus dem Bett.

»Hier«, er hatte Licht gemacht und reichte ihr das Handy. Auf dem Display leuchtete tatsächlich Trudis Name auf. Penelopes Herz zog sich schmerzhaft zusammen.

»Trudi?«, rief Penelope atemlos.

»Es ist so weit«, sagte Trudi schlicht.

»Ich bin gleich bei dir.« Ähnlich einer Schwangeren, deren Tasche für das Krankenhaus gepackt war, hatte auch Penelope ihre Kleidung für Trudis letzten Ausflug bereitliegen. Wenige Minuten später schloss sie die Tür zur Wohnung ihrer Freundin auf.

Trudi erwartete sie in der Küche. Sie war bereits angezogen und sah wie immer adrett aus. Das braune, taillierte Hahnentritt-Ensemble mit den Kniebundhosen und den festen Stiefeln war nicht nur ausgefallen, sondern hatte mehr als fünfzig Jahre auf dem Buckel, wie Penelope von Trudi wusste. Gerade war diese dabei, ihre Adenauer zu stopfen. Nur ihrem grauen Gesicht und den zitternden Händen war anzumerken, dass sie unsägliche Schmerzen litt.

»Lass mich das für dich machen«, sagte Penelope und nahm ihr die Pfeife ab. Kurz darauf saugte Trudi daran. Nach den ersten Zügen entspannte sie sich etwas. »Danke, Liebes. Scheußlich, wie abhängig ich inzwischen von dem Zeug bin. Aber irgendwie ist das ja meine *letzte Zigarette.* Sozusagen.«

»Trudi!«, entfuhr es Penelope. Noch immer konnte sie sich nicht daran gewöhnen, wie selbstverständlich ihre Freundin über den eigenen Tod sprach.

»Was denn, stimmt doch. Oh, mein Kavalier!«, begrüßte sie Jason, als sie ihn in der Tür entdeckte.

»Guten Morgen, meine Schöne. Und elegant wie immer. Lass dich ansehen!« Er kam näher, nahm ihre Hand, und Trudi erhob sich, um unter seiner Führung ihre übliche Pirouette zu drehen. Etwas weniger schwungvoll als sonst.

Vielleicht die letzte ihres Lebens, erwischte sich nun Penelope selbst dabei, wie sie den Dingen einen neuen, bedeutungsschweren Status verlieh.

»Charmeur!«, murmelte Trudi etwas kraftlos, während Jason sein galantes Ritual vervollständigte, indem er einen angedeuteten Kuss auf ihren Handrücken hauchte und ihr dann den Stuhl zurechtrückte, damit sie sich wieder setzen konnte.

Penelope hatte inzwischen Kaffee gekocht, stellte eine Tasse vor Trudi hin und schüttete den Rest in eine Thermoskanne.

»Hast du auch nicht den Kirschlikör vergessen?«, erinnerte sie Trudi an ihre bevorzugte Mischung.

»Natürlich nicht.«

»Gut, dann nimm die Flasche und gib noch einmal genauso viel hinzu. Dann ist es genau richtig. Du bist immer so knauserig.«

»Trudi!«

»Was denn? Hast du Angst, ich würde mich totsaufen? Haha«, sie lachte ihr raues Nachtclub-Lachen. »Ich mag es so. Also immer rein damit. Und gib die Flasche her. Mein Kaffee ist auch noch ein wenig schwach.« Sie trank ein paar kleine, vorsichtige Schlucke ab und füllte dann mit ihrem Likör nach, der angesichts seines Alkoholgehalts diese Bezeichnung kaum verdiente. »Auch einen Schluck, Jason?«

»Nein, ich muss euch ja noch fahren.«

»Du kommst mit?« Trudis Augen leuchteten auf.

»Ja, bis zur Bergstation der Bahn, wenn es dir recht ist.«

»Musst du heute nicht die Welt retten?«, fragte sie kokett.

»Müssen schon, aber wollen nicht. Ich rufe von unterwegs an und nehme mir den Tag frei. Wegen wichtiger familiärer Angelegenheiten. Keinesfalls werde ich meine beiden Damen heute allein lassen«, fügte er hinzu.

»Jason, du bist ein Goldstück! Habe ich dir das schon einmal gesagt?«

»Hier und da.«

»Gut.« Trudi schob die halb leere Tasse von sich und zog noch mal kräftig an ihrer Adenauer. »Ich bin bereit für meinen letzten Vorhang.« Sie stand auf und trat zu Jekyll & Hyde, der unruhig auf seiner Stange tanzte, bisher jedoch keinen einzigen Laut von sich gegeben hatte. »Na, mein Süßer«, sagte sie liebevoll. Sie kraulte seine Brust, sprach leise mit ihm, nahm minutenlang Abschied von ihrem jahrzehntelangen Gefährten. Künftig würde sich Penelope um ihn kümmern. Der Papagei gab gurrende Laute von sich, genoss die Streicheleinheiten sichtlich mit schief gelegtem Kopf.

»Adieu, mein kleiner Gardeoffizier, adieu, adieu …«, summte Trudi ein letztes Mal für ihn. Dann wandte sie sich ab, und Penelope sah erstmals Tränen in den Augen ihrer Freundin schimmern.

Jason nahm Trudis Arm, Penelope Jacke und Tasche. Langsam, Trudis fortschreitender Gebrechlichkeit angepasst, näherten sie sich der Wohnungstür.

Da hörten sie es hinter sich, der Papagei sang leise Trudis Lied: *»Adieu … mein kleines Liebchen, adieu, adieu … und vergiss mich nicht … und vergiss mich nicht …«*

KAPITEL 38

Trudi saß neben Jason auf dem Beifahrersitz. Penelope hatte darauf bestanden und selbst hinten auf der Rückbank Platz genommen, mit der Begründung, so würde ihr, Trudi, weniger schnell schlecht werden.

Dabei fühlte sie sich stark wie lange nicht mehr. Sie trat ihren letzten Weg aus freien Stücken an, würde den Garten ihres Lebens verlassen und direkt ins Paradies hinüberwechseln – wo Gregor sie erwarten würde. Heute Nacht hatte sie von ihm geträumt, er hatte sie angelächelt und die Hand nach ihr ausgestreckt. Die Liebe war ihre Kraft.

Aber noch war an diesem trüben Novembermorgen von den Bergen weit und breit nichts zu sehen, noch befanden sie sich auf dem Mittleren Ring und passierten soeben den Luise-Kiesselbach-Platz. So früh am Morgen war das Münchner Nadelöhr noch frei, und der Wagen glitt zügig dahin.

Trudis Blick fand Jasons kräftige Hände am Lenkrad, die ein wenig Gregors glichen, und ihre Gedanken schweiften ab, kehrten zurück zu jenem Morgen im August 1950, als sie neben Gregor in einem geliehenen, offenen Wagen gesessen hatte, das lange Haar mit einem französischen Seidentuch gebändigt, das er ihr erst wenige Stunden zuvor geschenkt hatte. Es war ein so überflüssiges wie kostbares Geschenk gewesen, sie hatten beide kaum Geld, und sie ahnte, dass er dafür Extraschichten auf dem Bau geleistet hatte. Alles nur, weil sie es vor einigen Tagen in einem Schaufenster bewundert hatte. Sie hatte sich sofort vorgenommen, bei solchen Gelegenheiten künftig ihren Mund zu halten, und ihm versichert, dass er ihr nichts schenken musste, weil er ihr mit seiner Liebe bereits die ganze Welt zu Füßen legte.

Einzelne Strähnen hatten sich im Fahrtwind unter dem Tuch hervorgestohlen und ihr Gesicht gekitzelt. Beim Versuch, ihr Haar zu ordnen, hatte sich der Stoff gelöst. Mit einem erschrockenen Schrei hatte sie sich umgewandt und gesehen, wie es davonflog, seine leuchtenden Farben in der Ferne verblassten. Da hatte Gregor etwas sehr Verrücktes getan. Er hatte mitten auf der Autobahn gebremst, die damals, im Gegensatz zu heute, noch menschenleer gewesen war, war mit Vollgas rückwärts gefahren, hatte am Rand angehalten, wo sich teilweise immer noch der Schutt der Alliiertenbombardements auftürmte, war ausgestiegen, auf die Straße gelaufen, und hatte ihr das Seidentuch zurückgebracht.

Ja, es war verrückt gewesen und dumm und gefährlich. Sie waren jung gewesen, und allein das Wissen, diesen schrecklichen Krieg überlebt zu haben, ließ sie alles intensiver empfinden, die Liebe, die Freude, die einfachen Dinge, aus denen sich das Glück in der Summe speiste. Wo Millionen gestorben waren, hatte das Leben ihnen eine zweite Chance geschenkt. Ihr Verdienst war, dass sie es wussten; der Wert des Lebens lag darin, den Augenblick zu genießen. Jeder Tag maß in der Ewigkeit. Nur einen einzigen zu verschwenden, bedeutete, das Geschenk zu missachten.

Sie hatte das Tuch danach noch oft getragen und es gehütet wie einen Schatz. Am Tag von Gregors Tod hatte sie es weggelegt, doch heute würde sie es für ihn tragen. Ein letztes Mal.

KAPITEL 39

Nebel begleitete sie auf der gesamten Fahrt, die Landschaft war wie in Watte gepackt, aber es war trocken, und die Straße lag wie ein geheimnisvolles graues Band vor ihnen.

Penelope beugte sich immer wieder in ihrem Gurt vor und sah nach Trudi. Ihre Freundin hielt die Augen geschlossen, und ein verträumtes Lächeln umspielte ihre Lippen. Trudis Hand mit dem Ehering lag locker auf einem Seidentuch, das sie über ihre Knie gebreitet hatte.

Kurz vor Garmisch riss der Nebel plötzlich auf. Zwischen den einzelnen Wolkenfetzen war hier und da sogar ein Stück Himmel zu erkennen, von jenem tiefen, intensiven Blau, das Sehnsüchte weckte. Vor dieser Kulisse zeichneten sich malerisch die weiß getüpfelten Spitzen der Alpen ab.

Trudi öffnete die Augen, als hätte sie auf genau diesen Moment gewartet. Mit jedem Kilometer, den die Berge nun näher kamen, schien sie aufrechter dazusitzen.

Penelope befand sich in einer merkwürdig ambivalenten Stimmung: Je näher die Talstation der Zugspitzbahn in Grainau kam, desto näher rückte auch der gefürchtete Zeitpunkt des Abschieds. Trudi wollte es so sehr; es war ihre freie Entscheidung, das hatte sie ihr mehr als einmal klar gemacht. Heute würde sie, Penelope, nicht nur eine Freundespflicht erfüllen, sondern auch Trudis innigsten Herzenswunsch. Trotzdem konnte sie sich nicht damit abfinden, dass heute ihr letzter Tag mit Trudi angebrochen sein sollte. Zu sehr war ihre Freundin bereits Teil ihres Lebens geworden. Unvorstellbar, dass sie Trudi nie mehr in ihrer Wohnung besuchen und sie inmitten eines Bergs von Dokumenten antreffen würde, nie mehr gemeinsamer Kaffeeklatsch, nie mehr Streitgespräche.

Sie hatten ihr Ziel in Grainau erreicht und stiegen aus. Die Sonne hatte sich an diesem Tag noch nicht zwischen Licht und Schatten entschieden. Immer wieder brach sie aus ihrem Wolkenbett hervor, schenkte ihnen ihre Wärme, um sich danach wieder zurückzuziehen.

Jason würde die beiden Frauen bis zur Bergstation begleiten und dort auf Penelopes Anruf warten.

Während der knapp halbstündigen Bahnfahrt kam kein Gespräch zustande. Trudi hatte sich in sich zurückgezogen, den Blick in eine unbestimmte Ferne gerichtet; Jason und Penelope respektierten ihr Schweigen.

Als der Zug an der Endstation zum Stehen kam, kam wieder Leben in Trudi.

»Soll ich wirklich nicht mitkommen?«, bot Jason ein letztes Mal an, als sie vor dem Aufzug standen, der zur Aussichtsterrasse führte. »Nein«, erwiderte Trudi bestimmt. »Heute ist Mädelsausflug. Ich muss noch ein paar Takte allein mit Penelope reden.«

»Oh, wie darf ich das verstehen?« Penelope, die mit dem Reißverschluss ihres Anoraks kämpfte, hob argwöhnisch den Kopf. Jason trat zu ihr, fädelte die Enden richtig ein und zog den Zipper hoch.

»Warte es einfach ab, Liebes«, lautete Trudis knappe Antwort.

Der Abschied zwischen Trudi und Jason war kurz. »Adieu, mein hübscher Gardeoffizier. Pass auf Penelope auf. Und vergiss nicht, was wir besprochen haben.«

»Natürlich, meine Schöne, verlass dich auf mich.« Jason zog sie fest in seine Arme und schämte sich seiner Tränen nicht.

Es war Trudi, die sich von ihm löste. »Geh, jetzt werd nicht sentimental. Ich zieh ja nicht in den Krieg.«

Sie wandte sich ab, und Penelope, die gegen den Kloß in ihrer Kehle kämpfte, nahm Trudis Arm. Über der Schulter trug sie den Rucksack mit Decke und Thermoskanne, und für alle Fälle hatte sie auch noch unbemerkt die Adenauer eingepackt. Falls Trudi es sich doch noch einmal anders überlegen sollte …

Bevor sie den Aufzug betraten, hörten sie Jasons Abschiedsgruß: »Die Welt wird ohne dich ärmer sein, Gertrude Siebenbürgen aus Berlin-Spandau!«

KAPITEL 40

Als sie in die klare, reine Bergluft hinaustraten, empfing sie das Felsmassiv des Wettersteingebirges in seiner vollkommenen archaischen Schönheit. Das vergoldete Gipfelkreuz auf der Zugspitze ragte verheißungsvoll vor ihnen auf, und Penelope beobachtete, wie sein Anblick ein verzücktes Lächeln auf Trudis Gesicht zauberte.

Es war dieses Lächeln, das die letzten Zweifel in Penelope tilgte, hinweggefegt von dem Bewusstsein, das Richtige zu tun. Für ihre Freundin. Um nichts dem Zufall zu überlassen, war sie mit Jason vor einigen Wochen schon einmal hier gewesen, als Generalprobe für Trudis letzten Weg.

Der Aufstieg zum Gipfel war kurz, aber steil, und Trudis Zustand schloss jegliche Anstrengung aus. Trudi hatte das eingesehen und der von Penelope vorgeschlagenen Alternative zugestimmt. Trudis Schritt war fest, ihrer zarten Gestalt zum Trotz, als sie die fast menschenleere Terrasse betraten. Einmal mehr fragte sich Penelope, woher Trudi ihre schier unglaubliche Kraft nahm. Dabei wusste sie es: Es hieß immer, der Glaube könne Berge versetzen, doch in Wirklichkeit war es die Liebe, die dieses Wunder vollbrachte.

Trudi trat an das Geländer, um die traumhafte Aussicht in sich aufzunehmen. »Die Welt ist voller Wunder, für den, der sie sieht«, sagte sie begeistert. »Spürst du es, Liebes? Was kann einer Seele mehr Linderung verschaffen, als sich der Schönheit der Natur hinzugeben?« Die Einzigen, die so früh mit ihnen in der ersten Bahn gesessen hatten, war eine Gruppe blutjunger Alpinisten in ihrer Nähe. Sie waren eifrig dabei, mit ihren Smartphones Aufnahmen von der Umgebung zu machen, und lachten jetzt über Trudis Bemerkung.

»Keine Sorge, ihr Racker, ihr werdet auch mal alt und zahnlos werden«, rief ihnen Trudi gutmütig zu.

Sobald die Bergsteiger abgezogen waren und sich Penelope vergewissert hatte, dass sie allein waren und niemand sonst sie beobachtete, lotste sie Trudi unter einer Absperrung hindurch zur rückwärtigen Terrasse, die für das Publikum gesperrt war. Dort lagerten überall Baumaterialien für die neue Bergbahn.

Penelope breitete die Decke in einer windgeschützten Ecke hinter einer Palette Holzverschalungen aus. Trudi ließ sich vorsichtig darauf nieder, sie wirkte nun doch etwas abgekämpft.

Penelope blieb neben ihr stehen, unsicher, was jetzt von ihr erwartet wurde. Bisher war sie von den Ereignissen getragen worden, konnte agieren. Nun aber war sie an dem Punkt angelangt, vor dem sie sich seit Monaten fürchtete. Es existierte keine Anleitung dafür, wie man sich gegenüber einer Freundin verhielt, die beschlossen hatte zu sterben.

»Na komm, Penelope«, Trudi klopfte neben sich auf

die Decke, »so einfach mach ich es dir nicht. Ich will dir noch ein paar Wahrheiten mitgeben. Aber zuerst pack die Thermoskanne aus. Sonst ist es kein richtiges Herbstpicknick.«

Penelope beeilte sich, ihr einzuschenken. Trudi nahm einen Schluck. »Dachte ich es mir doch. Du warst immer noch viel zu sparsam mit dem Likör.« Sie zog einen Flachmann aus ihrem Anorak und schenkte sich großzügig nach. »Ich will ja nicht nüchtern sterben.«

Penelope lachte auf eine Art, die Trudi verriet, dass sie jetzt viel lieber weinen wollte.

»Jetzt mach nicht so ein trauriges Gesicht, Liebes. Ich bin da, wo ich hinwollte, und es macht mich absolut glücklich, hier zu sein. Erinnerungen sind unsterblich, sie sind hier, bei mir. Ich kann spüren, wie sie mich umhüllen, sie halten und wiegen mich und werden mich sicher ins Paradies begleiten. Ich sterbe nicht, ich gehe nur hinüber.« Sie legte eine Pause ein, und plötzlich fror Penelope, als würden die nahen Schwingen des Todes auch sie berühren. Und das taten sie, als Trudi ihren Satz weiterführte: »So wie Dominik hinübergegangen ist.«

Penelopes Herzschlag setzte aus, kurz fehlten ihr die Worte.

Sie brauchte sie nicht, denn Trudi redete weiter: »Ich weiß, wie es ist, ein Kind zu verlieren, Penelope. Dein Schmerz ist auch der meine. Gregor und ich haben unseren einzigen Sohn Peter verloren. Es ist, als lande man im Nichts. Der Schmerz hat mich entzweigerissen, doch Gregor hat mich aufgefangen.

Ich kenne alle deine Gedanken, weil es auch die meinen sind. Ich kenne deinen Zorn, weil ich ihn selbst durchlebt habe. Ich kenne das Gefühl, das Leben zu verfluchen, weil es einem erst das unfassbare Glück eines Kindes schenkt und es einem dann wieder nimmt. Kein Kind sollte vor seinen Eltern gehen, es ist nicht recht, und nichts könnte grausamer sein. Es verwüstet dein Herz und verbrennt deine Seele, und der Tod ist einem so nah, dass man selbst ans Sterben denkt. Aber in dem Moment, in dem man sich für das Leben entscheidet, sollte man auch leben. Alles andere ist Verschwendung. Ich war im Krieg und habe schreckliche Dinge gesehen, es übersteigt den Verstand, wozu der Mensch fähig ist. Aber ich habe überlebt und etwas Wichtiges daraus gelernt: Wenn du das Geschenk des Lebens verleugnest, Penelope, verleugnest du auch dein eigenes Herz.« Trudi hielt inne, nahm einen Schluck und zog etwas aus ihrer wattierten Jacke. »Hier, sieh dir diese Aufnahme an.« Sie reichte sie Penelope.

Penelope erkannte den blonden jungen Mann darauf, der in Jeans, Unterhemd und in James-Dean-Pose an einer alten BMW-Maschine lehnte. »Woher hast du denn dieses Foto von Jason? Es ist wunderschön, es verströmt so eine melancholische Aura.« Sie gab es Trudi zurück.

Die versenkte sich sekundenlang in das Bild, und Penelope konnte beobachten, wie sich eine einzelne Träne aus Trudis Auge löste und darauf tropfte. Vorsichtig tupfte Trudi mit dem Ärmel darüber. Dann hob sie den Kopf und fixierte Penelope, als wolle sie ihr das

Folgende auch mit den Augen mitteilen: »Das ist nicht Jason, Liebes. Das ist mein verstorbener Sohn Peter.«

Stille. Dann flüsterte Penelope: »Das ist jetzt nicht wahr.«

»Oh doch. Das Schicksal hat immer recht. Und hier schließt sich der Kreis. Ich glaube, dass das Schicksal genauso ein Kreislauf ist wie die Natur. Ohne den Sommer gäbe es keinen Herbst, ohne den Winter gäbe es keinen Frühling, und ohne diesen keine Jahreszeit des Glücks. Alles ist miteinander verbunden und bedingt einander.«

»Was willst du mir damit genau sagen?«, fragte Penelope, die unwillkürlich zu zittern begonnen hatte. Was kam da noch auf sie zu?

»Du hast mir doch von dem Baby erzählt, dass du als Kind retten wolltest und das dann mit seinen Eltern verschwunden ist. Nun, ich habe es gefunden!«

»Du hast das Baby gefunden? Wie hast du das geschafft?« Penelope war inzwischen so weit, Trudi nicht nur alles zuzutrauen, sondern auch zu glauben – selbst dann noch, wenn ihre Freundin behaupten würde, den Stein der Weisen entdeckt zu haben.

»Das war einfach. Ich war fast fünfunddreißig Jahre lang Standesbeamtin und habe frühere Kontakte genutzt. Hier«, sie zog erneut etwas hervor, diesmal aus der Innentasche, »die Kopie der Geburts- und Adoptionsurkunde.«

»Trudi, was hast du denn noch alles in deinem Anorak verstaut?« Penelope schüttelte ungläubig den Kopf, während sie die Papiere entgegennahm.

»Achte auf Namen und Adresse auf der Geburtsurkunde«, betonte Trudi, nachdem Penelope die beiden Blätter auseinandergefaltet hatte.

Sekundenlang starrte Penelope auf das Blatt, bis die Buchstaben verschwammen, sich vor ihr auflösten und gleichzeitig ein Stück Vergangenheit heraufbeschworen. Sie hob ihren tränenverschleierten Blick und flüsterte: »*Ich* habe da gewohnt ... Dann war Jason ...« Ihre Stimme versagte endgültig.

»Ja, er war das Baby von nebenan. Verstehst du jetzt, warum ich sagte, dass alles einander bedingt und sich der Kreis hier schließt?«, sagte Trudi eindringlich. »Einst hast du Jason vor seinen eigenen Eltern gerettet, und nun ist er zur rechten Zeit gekommen, um dich zu retten. Darum habe ich ihn deine Katharsis genannt. Was ich dir damit sagen möchte, ist, dass, so sinnlos dir Dominiks Tod auch erscheinen mag, dadurch auch einige gute Dinge in Gang gesetzt wurden. Wir zum Beispiel hätten uns nie kennengelernt, wenn du deinen Mann nicht verlassen hättest. Meine letzten Monate wären ohne dich und Jason um vieles ärmer gewesen, ihr beide habt mir so viel Gutes erwiesen. Und, wer weiß, wie viele arme Frauen dieser Verbrecher noch auf dem Gewissen hätte, wenn du Jason nicht dabei unterstützt hättest, den Täter zu finden und die Mädchen zu befreien? Meine Freundin Marlene hat mich damals im Krieg gelehrt, dass selbst die dunkelsten Stunden etwas Gutes hervorbringen können. Auch wenn du das vermutlich nicht hören möchtest, aber Dominiks Tod hat tatsächlich einige positive Schicksalswendungen bewirkt. Du glaubst, das Schicksal hätte dir übel mitgespielt? Wenn das die Wahrheit ist, die du dir selber geschaffen hast, was würde dagegen sprechen, auch an ein gutes Schicksal zu glauben? Gib dir selbst eine zweite Chance, Penelope. Lebe. Finde dein Glück wieder. Du hast die Wahl: Entweder zelebrierst du weiter dein Leid, oder du lässt es gehen und entscheidest dich zu leben. Dominik ist jetzt ein Engel, und als Engel wünscht er sich nichts mehr, als dass seine Mutter wieder Freude und Liebe empfindet.«

»Du glaubst an Engel?«, stammelte Penelope, die sichtlich Mühe hatte, Trudis Äußerungen zu verkraften. Und doch wünschte sie sich nichts mehr, als daran glauben zu können.

»Nicht im esoterischen Sinn, aber damals, im Krieg, habe ich auch einen Engel gekannt. Er hat sehr viele Kinder gerettet, auch mich, ich war damals fünfzehn. Er war Arzt und hieß eigentlich Gustav, aber damals habe ich ihn als Peter kennengelernt, und Gregor und ich haben deshalb unseren Sohn nach ihm benannt. Das Gute hat viele Namen, Penelope. Die einen nennen es Liebe, die anderen nennen es Gott. Für dich bedeutet das Gute *Dominik*«, schloss Trudi sanft.

Penelope sank in sich zusammen, wie vor den Kopf gestoßen. Trudis Worte hatten den alten Schmerz freigesetzt. Und doch fühlte er sich erstmals dumpfer an, wie das stumme Echo vergossener Tränen, die bereits die Erlösung in sich trugen. Der Verlust Dominiks würde immer schmerzen, aber vielleicht würde die Trauer künftig nicht mehr ihr Leben bestimmen, der Schatten durchlässiger werden und endlich dem Licht Platz machen.

Ja, sie hatte ihr Schicksal selbst in der Hand. Vielleicht hatte Trudi recht, und Dominik war wirklich der Engel, der ihr den Weg weisen würde.

KAPITEL 41

TRUDIS VERMÄCHTNIS

Gertrude *Trudi* Siebenbürgen war Jüdin, aber sie sagte mir einmal, dass dies zwar ihre Rasse sei, aber nicht ihre Religion«, begann Pfarrer Aue an ihrem Grab. »Sie hat sich ein christliches Begräbnis gewünscht und sich von mir taufen lassen, weil sie im Tod mit ihrem Mann Gregor vereint sein wollte, der hier ebenfalls ruht. Trudi Siebenbürgen war ein wunderbarer Mensch. Und das sage ich nicht, weil ich das Privileg hatte, ihr Freund sein zu dürfen. Ich sage das, weil sie sich die kindliche Freude und Weisheit auch als Erwachsene erhalten hat, und diese beiden Eigenschaften kommen direkt von Gott. Sie hat es mir selbst erklärt, obwohl sie eigentlich davon überzeugt war, nicht an Gott zu glauben.« Pfarrer Aue lächelte: »Sie erzählte mir, ein sehr kluger Mann habe einmal zu ihr gesagt, dass man als Kind die guten Wahrheiten kenne und man das Gift des Bösen sehr wohl davon unterscheiden könne, aber als Erwachsener diese Fähigkeit wieder verliere. Man müsse für das Gute kämpfen, weil es nicht von allein geschehe, so wie auch das Böse nicht von allein geschehe; es sei stets der Mensch, der für das Böse verantwortlich ist. Sie sagte auch, dass das Böse meist den leichteren Part innehabe, denn oft reiche es aus, wegzusehen und sich dumm zu stellen; es gebe viele dumme Menschen, aber auch kluge, die feige seien. Für das Gute einzustehen, sei den meisten Leuten zu anstrengend.« Konrad Aues wacher Blick wanderte über die kleine Trauergemeinschaft. »Trudi Siebenbürgen hat *nicht* weggesehen, für sie war das Gute niemals zu anstrengend. Sie hat zwar nicht an Gott geglaubt, aber er hat an sie geglaubt.«

***

Jason und Penelope verabschiedeten sich als Letzte von Konrad Aue. Er hatte ihnen sein Pfarrhaus für ihre kleine Trauerfeier zur Verfügung gestellt.

Auf der Fahrt nach Hause war Penelope dankbar, dass Jason ihr Schweigen respektierte. Der heutige Tag hatte ihr viel Kraft abverlangt. Sie sehnte sich nach der Stille und der Sicherheit, die ihr ihre kleine Wohnung in den letzten Jahren gegeben hatte; wenigstens heute noch wollte sie alles ausblenden.

Die vergangene Woche war von hektischer Betriebsamkeit erfüllt gewesen. Penelope hatte sich auf die bürokratischen Notwendigkeiten, die Trudis Tod mit sich gebracht hatte, mit einem Eifer gestürzt, als könne sie ihr jemand streitig machen. Mit der ihr eigenen Akribie hatte sie sich um alles gekümmert, Behördengänge absolviert, die Gespräche mit dem Bestatter geführt und den Sarg ausgesucht, die Zeremonie mit

Pfarrer Aue besprochen und nach ihm auch selbst eine kurze Trauerrede für ihre Freundin gehalten.

Schon einmal in ihrem Leben hatten sie alle diese Planungen und Aktivitäten aufrechterhalten, doch nun war es vorüber, es gab nichts mehr für sie zu tun. Jetzt wartete sie darauf, dass sich vor ihr erneut der schwarze Abgrund auftun würde, in den sie auch damals nach Dominiks Tod gefallen war. Gleichzeitig hatte sie seit Tagen das sonderbare Gefühl, als sei sie auf Abstand zu sich selbst gegangen, als wäre ein Abschnitt ihres Lebens unwiderruflich vorbei. Noch fühlte sie sich nicht imstande, sich jetzt, in ihrer frischen Trauer um Trudi, mit sich selbst auseinanderzusetzen. Sie brauchte dazu Zeit, aber die Saat hatte Trudi mit ihren Worten auf der Zugspitze gelegt, die Metamorphose war eingeleitet, auch wenn sie noch nicht viel davon bemerkte.

In Penelopes Wohnung nahm Jason sie bei den Schultern und sah sie forschend an. »Wie geht es dir? Du siehst erschöpft aus.«

»Ich habe wenig geschlafen«, antwortete sie ausweichend und widerstand dem Impuls, sich fest in seine Arme zu schmiegen und alles Denken auszuklammern. Der Drang, jetzt alleine sein zu wollen, war stärker. Sie überlegte, wie sie ihm das diplomatisch vermitteln konnte, als sich ihr Blick in seinem verfing.

Penelope wappnete sich bereits für eine Diskussion, aber er überraschte sie einmal mehr: »Gut, dann gehe ich jetzt. Aber wenn du mich brauchst, ich bin für dich da. Melde dich, versprichst du mir das?«

»Ja.«

Er küsste sie, drückte sie noch einmal fest an sich und verließ die Wohnung. Penelope war erleichtert, dass Jason sie nicht bedrängt hatte, obwohl sie ihm angesehen hatte, dass er sie ungern in ihrer düsteren Stimmung zurückließ. Doch so sehr sie sich auch nach dem Alleinsein sehnte, ein letztes Mal die Welt aussperren wollte, eine Welt, die ihr nun auch Trudi genommen hatte, so sehr wusste sie auch, dass sie dem Drang nicht nachgeben würde.

Denn es gab noch etwas für sie zu tun, etwas, das es ihr verbot, sich in sich selbst zurückzuziehen: Trudis Brief. Sie hatte ihn nach ihrer Rückkehr von der Zugspitze auf deren Schlafzimmerkommode vorgefunden. Er lehnte an der Fotografie, die Trudi Arm in Arm mit ihrer blonden Freundin Marlene zeigte.

Für Penelope – Aber erst nach meiner Beerdigung öffnen!

stand in Trudis schwungvoller Handschrift auf dem Umschlag. Und ein zusätzlicher Vermerk, der Penelope erneut ein wehmütiges Lächeln ins Gesicht zauberte, weil er so typisch für Trudi war:

P.S. Und vergiss ja nicht, dem Bestatter auf die Zehen zu treten. Ich will mit meinen Zähnen beerdigt werden. Punktum!

Jetzt wartete Trudis Vermächtnis auf dem Küchentisch auf sie. Penelope schlich eine ganze Weile um den großen Umschlag herum. Sie war neugierig auf Trudis letzte Botschaft, fürchtete sich aber gleichzeitig davor. Ihre Freundin hatte es ja bereits angedeutet, dass sie ihr einige weitere Wahrheiten mit auf den Weg geben würde.

Erneut schossen ihr Tränen in die Augen, dabei hatte sie schon die ganze Woche so viel geweint, dass sie eigentlich keine mehr übrig haben konnte. Wie sie Trudi vermisste! Ihre Lebensfreude, ihre Güte und Weisheit, ihren treffsicheren Humor, aber vor allem ihren unbändigen Willen, niemals aufzugeben. Trudis Freundschaft hatte ihr Stärke verliehen, sie hatte ihr Halt gegeben. Und nun merkte sie, wie sie anfing zu schwanken, rückfällig zu werden drohte und Gefahr lief, sich erneut in ihren alten Mustern zu verlieren.

Sie zögerte darum nicht länger, riss den wattierten Umschlag auf und zog zwei kleine Kuverts heraus. Eines war für sie bestimmt, das andere war an eine Greta Jakob in Krakau adressiert. Es war unfrankiert. Penelope stutzte. Greta Jakob? Etwa die berühmte Schauspielerin? Plötzlich ging ihr ein Licht auf, warum ihr das Porträt der blonden Freundin Trudis immer seltsam vertraut vorgekommen war. Sie kannte sie von ihren Filmen her! Aber, überlegte sie weiter, hatte Trudi die Frau nicht Marlene genannt? Vielleicht war sie auch eine nahe Verwandte, die der Schauspielerin sehr ähnlich sah? Oder handelte es sich bei Greta Jakob gar um den Künstlernamen dieser Marlene?

Es war müßig, darüber zu spekulieren, darum schob sie den zweiten Umschlag zunächst zur Seite und öffnete den für sie bestimmten Brief. Trudis Kette mit dem kleinen Anker fiel ihr entgegen. »Oh Trudi«, schluchzte Penelope auf. Sie drückte die Kette an ihr Herz, während Tränen ihre Wangen nässten. Mit zitternden Fingern legte sie sie sich um. Das kleine Gewicht des Anhängers fühlte sich tröstlich an auf ihrer Haut. Anschließend faltete sie das engbeschriebene Blatt auseinander.

Meine liebgehabte Penelope,

ich hätte niemals gedacht, wie schwer es für mich sein würde, Dir diesen Brief zu schreiben. Aber ich habe Dir noch so viel zu sagen (von dem Dir vermutlich einiges nicht gefallen wird). Das meiste habe ich Dir schon früher einzutrichtern versucht, aber auf Deinen Dickkopf muss man mehrmals draufklopfen, bis man da durchkommt.
Dazu fällt mir unsere erste echte Begegnung ein: Weißt Du noch, Penelope, wie Du mich mit meiner Adenauer erwischt hast und wir über das Kaminspiel mit der Luziferfrage gesprochen haben? Was man tun würde, wenn man wüsste, dass der letzte Tag auf Erden angebrochen ist? Nun, ich für meinen Teil weiß es jetzt: Ich schreibe Briefe! Mit diesen Zeilen, Penelope, gebe ich Dir drei Aufgaben mit auf den Weg. Und drei Ratschläge. Und nein, Liebes, wir legen meinen Brief jetzt nicht beiseite, sondern lesen brav weiter.
Vielleicht hilft es Dir ja, wenn ich mit einem Eingeständnis beginne, nämlich dass Du recht hattest mit Deiner Bemerkung, mein Brief würde sich für

Dich anfühlen, als würde ich aus dem Jenseits zu Dir sprechen. Für mich fühlt es sich nämlich gerade auch ein wenig so an, gruselig. Darum gestatte ich mir jetzt einen Kirschlikör. Sláinte! Das solltest Du auch ab und zu, Dir einen kleinen genehmigen. Darum vermache ich Dir die restlichen sechs Flaschen. Trinke auf mein Wohl, Penelope. Du bist nämlich viel zu steif für Dein Alter, lebe und genieße, zelebriere die kleinen Freuden des Lebens. Das ist mein erster Rat.
Ich habe es Dir oft gesagt, Du hast ein gutes Herz, für alle, aber Du solltest dabei auch Dich selbst nicht vergessen. Finde und halte die Balance. Dabei helfen Dir Deine Familie, Jason, Dein Exmann David, Deine Freunde. Das ist mein zweiter Rat. Und gleichzeitig die Überleitung zu Deiner ersten Aufgabe:
Du rufst noch heute Deine Freundin Caroline an, verabredest Dich mit ihr und sprichst Dich mit ihr aus. Punktum. Sie soll wieder Teil Deines Lebens sein. Vergiss nicht, die Sonne scheint für alle, auch für Dich, Penelope.
Du hast mich einmal gefragt, warum ich mich so um Dich bemühe, warum mir so viel an Dir liegt. Ich habe geantwortet: »Weil Du meine Freundin bist und Du es wert bist.« Aber das ist nur die halbe Antwort. Du musst es Dir auch selbst wert sein, Penelope! Erkenne Deinen Wert und den Wert des Lebens. Du hast noch so viel zu geben, verschwende Dich nicht. Verstanden?
Das ist mein dritter Rat und die Überleitung zu Deiner zweiten Aufgabe: Du musst Dich mit David treffen! Tu es bald, es gibt noch sehr viel Ungesagtes

zwischen Euch. Sprich mit ihm, das Schweigen hat lange genug zwischen Euch gestanden. Prüfe Deine Gefühle für ihn …

So, und jetzt bin ich Dir noch die Geschichte mit meiner Kette schuldig. Ich war nicht immer so stark, weißt Du, weder im Leben noch in der Liebe. Aber ich habe Menschen getroffen, die mir geholfen haben, die mir den Weg gewiesen und mir gezeigt haben, dass man niemals, niemals die Hoffnung aufgeben darf. Menschen wie meine Freundinnen Marlene, Jolanta und Olga. Einst bildeten wir eine Schicksalsgemeinschaft, und dieser kleine Anker sollte uns immer daran erinnern. Die Kette ist das Symbol, dass man alles überwinden kann, wenn man nur zusammenhält. Nun gehört sie Dir. Aber nicht ich werde Dir erzählen, was genau es mit der Kette auf sich hat, sondern meine Freundin Marlene. Ich habe mit ihr telefoniert und ihr von Dir erzählt. Sie erwartet Dich.

Denn dies ist Deine dritte Aufgabe: Fahre nach Krakau, überbringe ihr meinen Brief, und hör ihr zu. Warte nicht zu lange, hörst Du? Marlene ist zweiundneunzig, zwar zäh wie Leder, aber die Wahrheit ist, das Leben ist endlich, und ich bin zu früh gegangen, um Dir Deinen Kopf endgültig geradezurücken. Du bist noch zu sehr Deinen alten Mustern verhaftet. Marlene wird Dir alle Flausen austreiben. Vertrau mir. Vertrau ihr.

Ich sehe Dich jetzt vor mir, wie Du das liest und Dich vielleicht fragst, warum ich Dir weiter so zusetze, Dich sogar nach Krakau schicke. Das hat einen bestimmten Grund. Du erinnerst Dich sicher, was ich Dir über

das Schicksal gesagt habe? Dass es Verbindungen gibt? Nun, zwischen uns gibt es viele Verbindungen. Eine, von der ich Dir noch nichts gesagt habe, ist die zu Pfarrer Konrad Aue. So zufällig die Bekanntschaft mit ihm entstanden sein mag, auch hier hatte das Schicksal seine Hand im Spiel. Ich meine das Bild des Priesters mit Pfarrer Aues Vater in seinem Wohnzimmer, Du erinnerst Dich vielleicht.
Ich kannte zwar diesen Priester auf dem Foto, Leopold Brunnmann, nicht, dafür aber seinen Bruder. Er hieß Albrecht Brunnmann, und er war der Teufel. Und er ist Teil von Marlenes und meinem Schicksal. Fahre nach Krakau. Ich bin sicher, das gehört zu Deinem Schicksal. Danach wirst Du wissen, welcher Mensch Du sein willst.
Ich weiß es schon.
Adieu, meine liebe Penelope, und pass gut auf meinen Süßen auf!
Deine Trudi mit Gregor (Oh ja!)

Der Kloß in Penelopes Hals ließ sich auch nicht durch die Tränen lösen, die ihr unentwegt über die Wangen liefen. Sie wusste hinterher nicht zu sagen, wie lange sie am Tisch gesessen und Trudis Brief immer und immer wieder gelesen hatte, als könne sie damit die Verbindung zu ihr aufrechterhalten. Endlich nahm sie die beiden Briefe und wollte sie in den wattierten Umschlag zurückstecken, als sie darin noch etwas bemerkte, das ihr vorher in ihrer Nervosität entgangen war: ein Post-it, an das mit einer Klammer vier kleingefaltete Zettel geheftet waren.

Auf der Post-it-Notiz stand eine Nachricht von Trudi: *Ich habe noch ein Kaminspiel für Dich. Es nennt sich: SCHICKSALSWORT.*

Von den vier angehefteten Zetteln war allerdings nur einer von Trudi selbst beschriftet worden, die anderen waren in jeweils anderer Handschrift verfasst, und es standen unterschiedliche Namen darauf:

Trudi
Ariadne
Caroline
Jason

Bevor sie sich ihnen zuwendete, schüttelte sie den Umschlag erneut, in der Hoffnung, dass noch ein fünfter Zettel herausfallen möge. Es war keine bewusste Handlung, eher ein Reflex, aber da war nichts mehr, bis auf eine leise Enttäuschung, die sie sich selbst nicht erklären konnte. Mit zitternden Fingern entfaltete sie zuerst Trudis Nachricht.

Ihr Schicksalswort für sie lautete *Hoffnung*.

Nacheinander las Penelope die zentralen Botschaften, die diese vier Menschen mit ihr verbanden:

Ihre Mutter schrieb: *Familie*
Caroline: *Verständnis*
Jason: *Schmetterling*

Ein warmes, tiefes Gefühl durchströmte Penelope, während sie die Zettel an sich drückte wie einen kostbaren Schatz. Da war Dankbarkeit und da war Liebe. »Oh, Trudi«, schluchzte sie auf, »du fehlst mir so sehr.«

Ja, sie würde tun, was Trudi ihr aufgegeben hatte. Ihre Freundin hatte recht, es war endlich an der Zeit, die Bruchstücke ihres Lebens neu zusammenzusetzen. Schon viel zu lange hatte sie in ihrer Lethargie verharrt. Sie war endlich dazu bereit, aus dem grauen Schatten ihrer selbstgewählten Einsamkeit zu treten, auch wenn sie sich keine Illusion darüber machte, dass dies nicht von einem Tag auf den anderen geschehen konnte. *Der Weg beginnt immer mit dem ersten Schritt*, das hatte ihr Jason gesagt. Jason! Sie fragte sich, warum er den Schmetterling als Schicksalswort für sie gewählt hatte? Weil er als Symbol für Veränderungen galt?

Oder, überlegte sie weiter, haderte sie mit seiner Botschaft, weil sie sich vielleicht ein anderes Wort von Jason gewünscht hätte? Sie horchte in sich hinein, doch sie fand keine Antwort darauf, nur das Echo unausgesprochener Fragen. Unwillkürlich suchte ihr Blick den leeren Umschlag. Was hatte sie vorhin noch in ihm zu finden gehofft? Den Zettel eines weiteren, immer noch wichtigen Menschen in ihrem Leben? Davids Schicksalswort für sie?

Auch wenn sie David lange nicht mehr gesehen, bewusst jede Begegnung mit ihm vermieden hatte, so war er nie ganz aus ihren Gedanken verschwunden. Und aus ihrem Herzen, so sehr sie auch dagegen angekämpft hatte. Was Trudi in ihrem Brief geschrieben hatte, entsprach der Wahrheit, es gab noch sehr viel Ungesagtes zwischen ihr und David; es lag eine besondere Magie in der ersten großen Liebe, und ihr Zauber bestand jenseits aller Vergänglichkeit.

Doch David war Vergangenheit. Ebenso wie Dominik war er ein Stück ihres Herzens, das sie nicht wieder zusammensetzen konnte. Anders als bisher wollte sie sich diesen düsteren Gedanken jedoch nicht länger überlassen, durfte dem Vergangenen keine Macht mehr über sie einräumen. Ihr fiel Konrad Aue ein und wie er auf Trudis Frage, warum er Priester geworden war, geantwortet hatte: dass wenige Worte genügen konnten, um einem Menschen die Augen zu öffnen, ihm einen neuen Weg aufzuzeigen. Schicksalsworte.

Heute konnte sie den ersten Schritt auf ihrem neuen Weg tun. Welcher es sein würde, sollte ebenso das Schicksal für sie entscheiden.

Sie legte die drei Botschaften ihrer Mutter, Carolines und Jasons vor sich hin, mischte sie und wählte mit geschlossenen Augen einen davon aus: Caroline. Und anstatt sich in ihrem Bett zu vergraben, so wie sie es eigentlich vorgehabt hatte, rief sie Caroline an. Das Erste, was ihre Freundin zu ihr sagte, war: »Ich habe so auf deinen Anruf gewartet, Pen.« Und dann sagten die beiden eine Weile gar nichts mehr, weil sie vollkommen von ihren Gefühlen überwältigt wurden. Nachdem sie ausreichend am Telefon geschluchzt und geheult hatten, war Caroline zu ihr gekommen, und sie hatten gemeinsam eine halbe Flasche von Trudis Teufelskirschlikör geleert. Später, als sie sich längst ausgesprochen hatten, hatte Penelope gefragt: »Wie bist du eigentlich an Trudi gekommen, Caro? Über Jason?«

»Ja, er hat mich angerufen und mir von Trudi und ihrem Vorhaben mit den Schicksalsworten erzählt. Ich fand die Idee einfach wunderbar, und ich habe auch einmal länger mit ihr telefoniert. Was für eine ungewöhnliche Frau.«

»Das war sie.«

»Willst du mir von ihr erzählen?«

Und das tat Penelope, begleitet von Trudis Papagei, der im Hintergrund leise das Lied vom kleinen Gardeoffizier summte.

KAPITEL 42

Am nächsten Morgen stand Jason mit einem kleinen Strauß Vergissmeinnicht vor Penelopes Tür. Sie hatte sich eben erst mit Kopfschmerzen aus dem Bett gequält.

»Wie geht es dir? Du siehst furchtbar aus«, sagte er zur Begrüßung.

»Sehr nett. Trudis Kirschlikör. Ich habe heute Morgen zwei Kater.« Penelope massierte mit gequältem Ausdruck ihre Schläfen, während sich Giacomo ausgiebig neben ihr streckte.

»Du hast dich gestern noch betrunken?«

»Nicht allein. Caroline war da. Wir haben uns ausgesprochen. Sorry für den Telegrammstil. Machst du Kaffee? Ich muss duschen.« Sie schwankte davon.

Als sie keine zehn Minuten später die Küche betrat, hielt ihr Jason wortlos ihre Lieblingstasse entgegen. Den ersten Schluck genoss Penelope mit geschlossenen Augen. Schon viel besser. Endlich öffnete sie die Lider und begegnete Jasons nachdenklichem Blick. Er lehnte am Küchentresen, erneut den kleinen Strauß in der Hand. Sie fand die Geste mit den Blumen entzückend, aber was war der Anlass? Zu gerne hätte sie ihn jetzt auch gefragt, was sein Schicksalswort

Schmetterling zu bedeuten hatte, aber irgendetwas an seiner Haltung verriet ihr, dass jetzt nicht der richtige Zeitpunkt dafür war. Sie hätte sich vielleicht darüber hinweggesetzt, wenn sie mehr Mut besessen und der Schmerz in ihrem Kopf weniger gehämmert hätte. Sie brauchte dringend noch mehr Kaffee und ein Aspirin, vielleicht wäre sie dann dazu bereit, ihm ihre Frage zu stellen.

Wie üblich war es jedoch wieder Jason, der die Initiative ergriff, indem er sich mit den Vergissmeinnicht vor ihr aufbaute und sie geradezu feierlich fragte: »Penelope, würdest du mich heute begleiten?«

»Wohin?«

»Auf den Friedhof.«

Penelopes Lächeln, mit dem sie die Blumen hatte entgegennehmen wollen, fror ein, ihre Augen weiteten sich. Damit hatte sie nicht gerechnet. Rasch verschränkte sie die Arme auf dem Rücken. »Auf den Friedhof? Zu Trudi?«, wisperte sie.

»Nein.« Der Blick, mit dem Jason sie bedachte, löste in ihr die unbestimmte Ahnung aus, dass heute noch etwas Bedeutsames auf sie zukommen könnte. Nervös blinzelte sie zu ihm auf, während Jason seinen Satz beendete: »Ich möchte mit dir das Grab meiner Adoptivmutter in Grünwald besuchen.«

Ungläubig schüttelte Penelope den Kopf und fragte sich, ob das womöglich Jasons Variante von *Ich-möchte-dich-meiner-Mutter-vorstellen* war? Gleichzeitig konnte sie spüren, wie Erleichterung durch ihren Körper rieselte und die Entspannung einsetzte, weil es nicht *der Friedhof* war. Der, auf dem Dominik begraben lag. Sie fühlte sich heute kaum dazu imstande, mit Jason ein Gespräch über ihren kleinen Sohn zu führen. Trudis Verlust verlangte ihr vorerst alles ab.

»Gerne«, antwortete sie. »Fahren wir mit deiner Vespa? Damit ich weiß, was ich anziehen soll …«

»Nein, meine Schwester hat mir ihren Wagen geliehen.«

Vierzig Minuten später stolperte Penelope neben Jason durch eine lange Reihe an Gräbern; der gekieste Weg knirschte unter ihren Sneakers. Seit sie auf dem Parkplatz aus dem Wagen gestiegen war, war sie von einer unbestimmten Furcht erfüllt. Als stünde ihr eine Prüfung bevor. Fast war sie deshalb versucht gewesen, Jason zu bitten, alleine zu gehen und sie im Wagen zurückzulassen. Andererseits, hätte sie diesem Gefühl nachgegeben, wäre sie sich lächerlich vorgekommen. Dabei empfand sie die friedvolle Stimmung, die dem Friedhof innewohnte, als wohltuend für ihre Seele. Es war tröstlich zu wissen, dass es für jeden Menschen eine letzte Ruhestätte gab, an der er befreit war von Mühsal und Sorgen. Hier fand jeder Schmerz sein Ende.

Als sie ungefähr neun war, hatten sie und ihre Mutter einige Zeit in München-Giesing gegenüber dem Ostfriedhof gewohnt. Von ihrem Schlafzimmerfenster im fünften Stock aus hatte Penelope weit über die Grabanlage blicken können und sich sofort von ihr angezogen gefühlt. Nach der Schule war sie oft ziellos zwischen den Grabstätten umhergewandert, hatte die eingravierten Namen und Todesdaten studiert, vielleicht auf der unbewussten Suche nach ihrem Vater,

Captain William Peterson. Anders konnte sie sich die ungewöhnliche Faszination nicht erklären, die der Friedhof bereits mit neun auf sie ausgeübt hatte.

Besonders aber hatten es ihr die verwitterten, von Moos überwucherten Gedenksteine angetan, deren Inschriften die Zeit längst ausgelöscht hatte: die vergessenen Gräber von vergessenen Menschen; vergangene Schicksale, an die sich heute niemand mehr erinnerte.

Eines Tages hatte sich ein wunderschöner blauer Schmetterling direkt vor ihren Augen auf einem dieser alten Grabsteine niedergelassen. Sie hatte das bezaubernde Wesen angesehen, und plötzlich und unerklärlich war da diese Gewissheit in ihrem Kopf gewesen, dass dieser Schmetterling die geflügelte Seele des hier begrabenen vergessenen Toten sei. Minutenlang hatten sie beide so verharrt, Mensch und Tier in gegenseitige Betrachtung versunken, verbunden in einem rätselhaften Dialog, der allein ihnen auf einer tieferen Ebene verständlich war. Endlich hatte der Schmetterling seine zarten Flügel ausgebreitet, war ganz nahe an ihr Gesicht herangeschwebt, wie in einem stummen Abschiedsgruß, um sich schließlich in den weiten Himmel zu erheben, bis sein eigenes Blau mit diesem verschmolzen war.

Penelope hatte ihm lange nachgesehen, und von einer intensiven, tiefen Melancholie erfasst, war ihr erstmals gegenwärtig geworden, dass diese Gräber nicht nur geheimnisvoll, sondern eigentlich auch sehr traurig waren. Von da an hatte sie es sich zur Gewohnheit gemacht, diesen von der übrigen Welt vergessenen Toten bei jedem ihrer Besuche Blumen mitzubringen und manchmal auch kleine Geschenke zu hinterlassen; hier einen Stein in Herzform, dort eine ihrer Schmetterlingszeichnungen. Sie hatte auch mit Wasser gefüllte Tonschalen aufgestellt, die sie von ihrem kargen Taschengeld kaufte, damit die Bienen und Schmetterlinge, die von ihren Blumen angezogen wurden, daraus trinken konnten. Einmal hatte sie bemerkt, wie ihr ihre Mutter zum Friedhof gefolgt war, aber sie hatte nichts gesagt, sondern nur stumm neben ihr gestanden, und war dann wieder gegangen. Doch von da an hatte ihre Mutter öfter Blumen mit nach Hause gebracht.

Zu jener Zeit hatte Penelope auch angefangen, sich Namen für die unbekannten Verstorbenen auszudenken, hatte sich ein glückliches Leben für sie ausgemalt und ab und zu kleine Geschichten dazu verfasst. Seit diesen fernen Tagen waren Friedhöfe für Penelope zu ganz besonderen Orten geworden, weil sie von einer Wahrheit zeugten, die für alle Menschen gleich galt. Sie war überzeugt, dass sich nur wenige Menschen der speziellen Atmosphäre dort entziehen konnten; für sie selbst jedenfalls fühlte es sich an, als sei sie dort ihrer eigenen Seele näher. Vielleicht, überlegte sie, weil man hier mit seiner eigenen Vergänglichkeit konfrontiert wurde, weil sich hier Erinnerungen sammelten, sich Trauer und Liebe trafen, verschmolzen. Die Begegnungen der Lebenden dort waren zwar flüchtig, aber tief, denn unter den Trauernden schien es eine besondere Zusammengehörigkeit zu geben, man war verbunden im gemeinsamen Schmerz – weil Trauer ein gnadenloser Gleichmacher war. Der Tod als letzte Wahrheit, als Lehrmeister des Menschen.

So friedvoll dieser Ort für Penelope früher auch gewesen sein mochte – vor sechs Jahren war er für sie zu einem Hort des Schreckens geworden, und fortan sollte dieser Schrecken ihr Leben bestimmen.

Im ersten Jahr ihrer Trauer war sie voller Wut und Zorn gegen David, gegen sich selbst, gegen die Welt, das ganze verdammte Universum gewesen. Und hatte damit alles zerstört. Der Wut war eine lange Phase der inneren Leere gefolgt. Jeden Tag hatte sie Dominiks Grab aufgesucht, musste ihm nahe sein, auch, um die Erinnerung an ihre Schuld wachzuhalten. Manchmal, in den ersten Monaten, war der Drang, sich auf Dominiks Grab zu werfen, schier übermächtig geworden. Sie wollte sich unter die Erde wühlen, ihre körperliche Hülle ablegen und ihrer eigenen, längst toten Seele folgen. Bei ihrem kleinen Jungen sterben. Bei ihm sein.

»Alles in Ordnung mit dir?«, fragte Jason, der stehen geblieben war und sie eindringlich musterte.

Penelope mied seinen Blick, während sie etwas zu hastig hervorstieß: »Ja, ja, natürlich.«

»Du weinst.« Er wischte ihr sanft über die tränenfeuchte Wange.

»Oh«, hauchte sie. Das war ihr nicht bewusst gewesen. Eigenartigerweise machte es ihr nichts aus, dass Jason sie so sah. So verletzlich. Mit leiser Verwunderung wurde ihr bewusst, dass sie Jason vertraute. Wann war das geschehen? Durch welche Ritze ihrer mühsam gehüteten Seelenmauer hatte er zu ihr vordringen können?

»Wir sind übrigens da.« Mit einer liebevollen Geste legte er den Vergissmeinnicht-Strauß auf das Grab vor ihm. Der Stein, der es bewachte, war außergewöhnlich. Dennoch überraschte es Penelope nicht, ihn hier anzutreffen. Es war ein Schmetterling mit ausgebreiteten Flügeln.

Sarah Samuel stand darauf. Und weiter:

Ich bin nicht fort, ich bin bei den Sternen.
Und warte dort auf Euch.
P.S. Weint nicht um mich, denn ich liebte das Lachen.

Erneut kullerten unbewusste Tränen über Penelopes Gesicht, denn ihr war, als hätte Dominik bei diesen Sätzen Regie geführt.

Ach, wie sehr sie das Lachen ihres kleinen wunderbaren Jungen vermisste, seine Fröhlichkeit und seine unbändige Entdeckerlust; mit allem wollte er ihr eine Freude bereiten, selbst wenn er einen rostigen Nagel gefunden hatte, streckte er ihn ihr voll kindlichem Eifer wie einen kostbaren Diamanten entgegen: »Für dich, Mami!«

Alles schien nun auf Penelope einzustürzen, die Erinnerung an Dominik, die vergessenen Gräber, der blaue Schmetterling, der Himmel, der ihn verschluckt hatte; Vergangenheit und Gegenwart vermengten sich, rissen sie aus ihrem schützenden Kokon und stießen sie ins Leben, dem sie sich so lange versagt hatte. Eine tiefe Dankbarkeit erfüllte sie, weil Jason sie hierher mitgenommen hatte; um nichts in der Welt hätte sie jetzt woanders sein wollen.

Jason verharrte mehrere Minuten in sich versunken neben ihr, dann zog er einen zusammengefalteten Zettel aus seiner Hose, grub mit den Fingern ein kleines Loch in die lockere Graberde, legte den Zettel hinein und bedeckte ihn wieder sorgfältig.

Penelope hätte ihn gerne gefragt, was er da tat, aber dieser stille Moment, den er mit ihr teilte, war auf seine Weise ergreifend. Auch wenn ihr die Traurigkeit die Kehle abschnürte, so war er paradoxerweise auch wunderschön.

Doch Jason antwortete ihr selbst auf ihre unausgesprochene Frage: »Ich war erst sechs, als Mutter starb, deshalb habe ich kaum eine bewusste Erinnerung an sie. Auch wenn sie nicht meine leibliche Mutter war, weiß ich trotzdem, wie sehr sie mich geliebt hat. Nicht, weil mein Adoptivvater es mir erzählt hat. Ich weiß es hier.« Jason legte seine Hand auf die Brust, dahin, wo sein Herz war. »Darum schreibe ich für sie auf, was mich bewegt, und kann es ihr auf diese Weise erzählen. So bleibt sie im Tod Teil meines Lebens.«

»Oh, Jason!« Penelopes eigenes Herz wurde von Gefühlen überflutet, so dass sie spontan ihre Arme um ihn schlang. Tatsächlich klammerte sie sich an ihn, als wollte sie den Augenblick der unfassbaren Nähe, die völlig unerwartet zwischen ihnen entstanden war, für immer festhalten. Und erneut war für sie die Möglichkeit greifbar, ihre eigene Trauer loszulassen, die innere Leere zu überwinden und das schwarze Nichts zu besiegen. Sie fühlte Zuversicht, und da war … *Hoffnung*. Trudis Schicksalswort.

»Komm«, Jason löste sich von ihr, »ich möchte dir noch etwas zeigen.«

Er zog sie mit sich, durch lange Reihen, bis nahe an den Wald heran, der hinter der südlichen Umfriedung in die Höhe wuchs, und blieb dann vor einem weiteren Grab stehen.

»Kannst du dich daran erinnern, wie du mir sagtest, du hättest das Gefühl, deine Mutter und ich seien uns schon einmal begegnet?«

»Ja?«, antwortete Penelope vorsichtig.

Plötzlich war sie wieder auf der Hut, die Wärme und die Nähe, die sie eben noch erfüllt hatten, verflüchtigten sich. Stattdessen kam es ihr so vor, als würde aus dem Grab eine kalte Hand nach ihr greifen. Das Beet war mit der gleichen liebevollen Fürsorge gepflegt wie das von Jasons Mutter; ein frisches Rosenbukett, wie ein Herz gebunden, lag mittig platziert darauf, die Grablaterne brannte. Da erst entdeckte Penelope den Namen *Frank Carstensen* auf dem Grabstein – den Namen ihres Stiefvaters, des Mannes, den ihre Mutter nur wenige Tage nach Penelopes Einzug bei Davids Familie geheiratet hatte.

Sie fasste sich erschrocken an den Hals, umklammerte Trudis Kette. »Warum zeigst du mir das?«, fragte sie, und ihre Stimme hörte sich selbst für sie fremd an. Welche Wendung nahm dieser Friedhofsbesuch? Hatte Jason das so geplant? Ihr war, als rolle eine Flutwelle heran, der sie nicht entkommen konnte.

»Weil ich deiner Mutter hier zum ersten Mal begegnet bin. Sie kommt oft hierher. Hast du wirklich gedacht, deine Mutter hätte Frank Carstensen nur seines Geldes wegen geheiratet? Ich finde, dieses Grab spricht seine eigene Sprache. Für mich sieht das nach echten Gefühlen aus.«

Penelopes Blick war starr auf das Grab gerichtet. Mit den eigenen Unzulänglichkeiten konfrontiert zu werden, war erdrückend. Mit jäher Klarsicht erkannte sie, dass sie sich an einer Lüge festgebissen und an ihr festgehalten hatte, weil es der einfachere Weg für sie gewesen war. Eine weitere Schranke, um ihre Mutter aus ihrem Leben auszusperren. Nun fühlte sie, wie die Scham eine Last von ihren Schultern spülte, die sie sich selbst auferlegt hatte.

Sie hatte ihrer Mutter all die Jahre Unrecht getan.

Nun war es Jason, der sie in die Arme nahm. Sie wusste nicht, wie lange sie an seiner Schulter weinte. Sie weinte nicht nur wegen dem, was sie ihrer Mutter angetan hatte, sondern auch wegen dem, was sie sich selbst angetan hatte. Sie war dumm, verbohrt und unsensibel gewesen. Und egoistisch. Genau das hatte Jason ihr bei ihrer kürzlichen Auseinandersetzung an den Kopf geworfen: Es gehe nicht immer nur um sie, auch andere Menschen hätten Gefühle. Ihre Mutter hatte ihren geliebten Enkel Dominik verloren. Und plötzlich war auch der Gedanke an David da. Ihm hatte sie ebenso Unrecht getan, wie sehr musste sie ihn mit ihrem Verhalten verletzt haben. »Oh, Jason«, schluchzte sie, »ich bin ein Ungeheuer.«

»Nein, du bist eine Mutter, die auf schreckliche Weise ihr Kind verloren hat«, sagte er, und der sanfte Ton seiner Stimme trug alle Absolution der Welt in sich. »Das verändert einen, und jeder kämpft auf seine eigene Weise gegen diesen unfassbaren Schmerz an. Du hast dich dafür entschieden, ihn allein zu bekämpfen. Aber du bist nicht allein, Penelope.« Er küsste ihre Schläfe und murmelte: »Ich bin dein Freund und immer für dich da. Auch deine Mutter ist für dich da. Sieh!«

Penelope wandte sich um, und da stand ihre Mutter mit einer einzelnen Rose in den Händen, und ihr Blick war Verständnis und Liebe.

Penelope warf sich in ihre Arme. Es war ein wundervolles Gefühl, die Liebe wiederzufinden und sich ihr hinzugeben. Sie musste ihr Herz nicht mehr vor der Sonne verstecken, sie ließ es los, breitete die Flügel ihrer neuen Freiheit aus, und es flog gen Himmel, als wäre es selbst ein Schmetterling.

***

Später saßen Mutter und Tochter in Penelopes Küche zusammen und unterhielten sich lange miteinander. Es lag Penelope sehr am Herzen, sich bei ihrer Mutter zu entschuldigen. Doch Ariadne wehrte ab; Penelope brauche sich für nichts zu entschuldigen, für sie zähle nur, dass es ihrer Tochter gut ging. Sie sprach mit Penelope auch zum ersten Mal über ihre Liebe zu Frank Carstensen. Und als hätte ihr das die nötige Kraft verliehen, griff sie nach Penelopes Hand, atmete hörbar ein und sagte: »Kind, da gibt es noch etwas, was ich dir längst hätte erzählen sollen. Aber ich habe es nicht übers Herz gebracht, dir deine Illusionen zu zerstören. Es geht um deinen Vater.«

»Meinen Vater? Was ist mit ihm?« Penelopes Herz machte einen Satz.

»Er ist zwar tot, aber er ist erst Jahre nach deiner Geburt gestorben.«

»Was?« Penelope war aufgesprungen.

»Setz dich bitte wieder, Penelope. Es ist nicht so, wie du denkst. Es gab zwar einen Captain William Peterson, und er ist wirklich gestorben, aber ich habe seine Geschichte sozusagen für mich zweckentfremdet. Dein Vater war kein amerikanischer Soldat, sondern ein deutscher Säufer und ein Schläger. Darum habe ich ihn noch vor deiner Geburt verlassen. Deshalb sind wir auch so oft umgezogen: Er hat uns immer wieder aufgespürt, ich musste dich vor ihm schützen. Er starb an Leberzirrhose, kurz vor deinem zwölften Geburtstag.«

»Warum hast du mir das damals nicht schon erzählt?«, fragte Penelope mit belegter Stimme.

»Ich habe damals darüber nachgedacht, aber du warst gerade in einer schwierigen Phase, kamst in die Pubertät. Wenige Wochen zuvor war die Sache mit dem Baby der Nachbarn passiert, und wir mussten deshalb erneut überstürzt umziehen. Außerdem«, ihre Mutter putzte sich die Nase, »war ich nicht stolz darauf, auf dieses Schwein hereingefallen zu sein. Und du warst so auf William Peterson fixiert und hast ihn idealisiert, ich konnte und wollte dir das nicht nehmen. Ich dachte wohl, besser eine schöne Lüge als eine hässliche Wahrheit. Aber wenn du mehr über den Mann wissen willst, der dich gezeugt hat, erzähle ich dir alles über ihn.«

Penelope brauchte nicht lange für ihre Antwort: »Vielleicht irgendwann einmal. Im Moment ist mir nicht danach.«

»Verzeihst du mir?« Ihre Mutter sah sie unsicher an.

Penelope reichte ihrer Mutter ein frisches Taschentuch und schenkte ihr nach kurzem Zögern ein wärmendes Lächeln: »Wie hast du vorhin zu mir gesagt? Es brauche keine Entschuldigung? Ich werde zwar eine Weile daran knabbern, weil ich mich wirklich an den amerikanischen Captain als Vater gewöhnt hatte, aber ich bin froh, dass ich jetzt weiß, warum wir so oft umgezogen und nie richtig sesshaft geworden sind.« Ihr Lächeln vertiefte sich, nahm dann aber einen entrückten Ausdruck an.

»Was ist, woran denkst du gerade?«

»An meinen Physik-Kollegen Lauermann. Er sagt, dass es für jedes Phänomen eine Erklärung gibt. Trudi hingegen war der Auffassung, dass alles auf dieser Welt einander bedinge, weil das Schicksal ein riesiges Netz sei, das alles miteinander verknüpfe. Sie nannte es das Prinzip von Ursache und Wirkung.«

»Apropos Trudi, das ist mein Stichwort. Da gibt es noch etwas, was du erfahren musst. Die Schmetterlingssammlung …«

»Was ist mit ihr?«, fragte Penelope, durch das winzige Zögern ihrer Mutter alarmiert. Dann ging ihr ein Licht auf: »Oh, ich verstehe, sie gehörte nicht meinem … Vater?«

»Nein. Und es steckt eine ganz erstaunliche Geschichte dahinter. Trudi hat mich allerdings gebeten, sie dir erst zu erzählen, wenn sie gegangen ist.«

»Trudi? Was hat Trudi mit der Schmetterlingssammlung zu schaffen?«, rief Penelope verblüfft.

»Sie war es, die sie mir geschenkt hat, einen Tag nach deiner Geburt.«

Penelope schlug die Hände vors Gesicht. »Ich fasse es nicht. Ihr habt euch schon vorher gekannt und habt mir das die ganze Zeit verschwiegen?«

»Lass es mich dir erklären. Tatsächlich sind wir uns vor 35 Jahren schon begegnet, aber nur zwei Mal, und bei der ersten Begegnung setzten gerade meine Wehen ein. Ich suchte in einem Trödelladen nach einem Kinderwagen, den ich mir leisten konnte, und Trudi war zufällig auch in dem Laden und führte gerade ein Gespräch mit dem Besitzer. Sie war dabei, den Haushalt einer verstorbenen Freundin aufzulösen, und zu diesem Haushalt gehörte auch die Schmetterlingssammlung. Jedenfalls ist in dem Laden meine Fruchtblase geplatzt. Trudi hat sich, bis der Krankenwagen eintraf, um mich gekümmert und auch meine Mutter verständigt. Am nächsten Tag hat sie mich im Krankenhaus besucht und mir statt Blumen die Schmetterlingssammlung mitgebracht. Sie sagte, sie habe einem wunderbaren Menschen gehört, und sie wisse, dass sie nun für meine Tochter bestimmt sei. Danach ist sie gegangen, und ich habe sie erst kürzlich, 35 Jahre später, zufällig bei Dir im Haus wiedergetroffen. 35 Jahre sind eine lange Zeit, und ich hätte Trudi wohl auch nicht mehr wiedererkannt, hätte sie mich nicht erst vor einigen Monaten angesprochen. Wie gesagt, sie hat mich auch gebeten, es dir vorerst nicht zu verraten. Sie hat behauptet, das würde dem Schicksal vorgreifen … Ich gebe zu, dass mir Trudis mysteriöse Bitte ganz gelegen kam. Hätte ich dir von Trudis und meiner Bekanntschaft erzählt, hätte ich dir auch das mit der Schmetterlingssammlung erklären müssen.«

***

Nur wenige Wochen später, am ersten Tag der Weihnachtsferien, saß Penelope im Zug nach Krakau, um die dritte Aufgabe zu erfüllen, die ihr von Trudi aufgetragen worden war: sich mit Trudis Freundin Marlene zu treffen.

Jason hatte sie zum Bahnhof gebracht. Seit Trudis Beerdigung hatten sie sich kaum gesehen und nicht mehr miteinander geschlafen. Es war, als herrsche zwischen ihnen das stille Einvernehmen, ihre Beziehung so lange ruhen zu lassen, bis Penelope aus Krakau zurück sei. Nichtsdestotrotz küsste Jason sie zum Abschied ausgiebig, und Penelope brachte endlich den Mut auf, ihn nach der Bedeutung seines Schicksalswortes zu fragen: »Warum hast du für mich den *Schmetterling* gewählt, Jason?«

Er lächelte sie voller Wärme an: »Weil der Schmetterling das Ergebnis einer wundersamen Metamorphose ist. Am Ende löst er sich aus der Verpuppung, breitet seine Flügel aus und fliegt davon. Er ist frei. Ich möchte, dass auch du dich frei fühlst, Penelope. Aber das geht nur, wenn du das Vergangene akzeptierst. Du musst loslassen.«

Penelope nickte nachdenklich. Da fiel ihr noch etwas ein: »Trudi hat an der Bergstation erwähnt, ihr hättet wegen mir etwas besprochen. Was hat sie damit gemeint?«

Jasons Blick versenkte sich sekundenlang in den ihren, und Penelope glaubte, eine Spur Traurigkeit darin wahrzunehmen. Er hob die Hand und strich ihr mit einer unendlich zarten Geste eine vorwitzige Strähne aus dem Gesicht, während er sagte: »Auch ich muss dich loslassen, Penelope. Trudi hat mir erzählt, warum sie dich nach Krakau schickt. Und ich weiß auch, dass du oft an David denkst. Euer Band ist noch immer stark. Du stehst an einem Scheideweg, aber noch zögerst du, deine Metamorphose zu vollenden. Darum musst du frei sein, um die richtige Entscheidung für dich treffen zu können. Willst du für immer die Raupe Nimmertreu sein oder ein Schmetterling, der seinem Kokon entschlüpft, um seiner Bestimmung zu folgen: in den weiten blauen Himmel zu steigen und zwischen den Blumen des Lebens zu tanzen.«

Jasons Abschiedsworte beschäftigten sie den ganzen Weg nach Krakau.

EPILOG

Penelope war eben erst von ihrer Reise nach Krakau zurückgekehrt. Vier Tage hatte sie bei Marlene Kalten, alias Greta Jakob, verbracht und ihrer erschütternden Lebensgeschichte gelauscht, hatte von Trudis traurigem Geheimnis erfahren und von noch vielen anderen tragischen und wundersamen Schicksalen. Und sie hatte noch weitere, ganz besondere Menschen kennengelernt, die ebenfalls bei Marlene zu Gast in Krakau geweilt hatten: Martha, die Tochter von Marlenes Freundin Deborah, und deren Tochter Felicity mit ihrem Verlobten Richard aus Seattle sowie Deborahs jüngeren Bruder, Wolfgang Berchinger, der wie sie aus München angereist war.

Kurz vor Penelopes Rückreise war Marlene in ihr Zimmer gekommen und hatte ihr ein kleines, zusammengefaltetes Stück Papier übergeben: »Das hier ist für dich, es lag Trudis Brief bei. Sie hat mich allerdings gebeten, es dir erst zu geben, nachdem du unsere gemeinsame Geschichte erfahren hast.« Marlene hatte sie mit diesem lebensklugen Lächeln bedacht, das auch Trudi eigen gewesen war, als gebe es auf dieser Welt nichts als Wunder zu entdecken.

Fassungslos hatte Penelope den kleinen Zettel entgegengenommen, auf dem David in seiner korrekten Handschrift seinen Namen geschrieben hatte. Trudi hatte also auch mit David gesprochen und ihn um ein Schicksalswort für sie gebeten?

Ihr Herzschlag beschleunigte sich, begann zu rasen, während sie mit zitternden Fingern den Zettel entfaltete. Hier war es, das fünfte Schicksalswort, nach dem sie unbewusst im Umschlag gesucht, das ihr gefehlt hatte, damit sie endgültig zu sich und in die Welt zurückzufinden konnte:

Liebe.

Zwei von drei Aufgaben, die Trudi ihr aufgetragen hatte, waren also erfüllt: Sie hatte sich mit Caroline ausgesöhnt, und sie war nach Krakau zu Marlene gefahren.

Nun lag noch eine dritte Aufgabe vor ihr, die schwierigste von allen. Die Erinnerung an den Moment, als sie Davids Schicksalswort an sie gelesen hatte, und die Begegnung mit Marlene, dieser unglaublich beeindruckenden, starken und mutigen Frau, hatten ihr die Kraft gegeben, sich selbst zu überwinden und sich dieser Aufgabe zu stellen: David anzurufen und ihn um ein Treffen zu bitten. Es nicht zu tun hätte bedeutet, weiter unfrei zu sein, sich selbst zu verleugnen, dem eigenen Wesen zuwiderzuhandeln.

Einst hatte sie den Garten des Lebens verlassen, hatte sich bereitwillig in jene Winkel begeben, wo der Schatten hinfällt und die Dornen gedeihen, um sich mit ihnen zu umgeben und die Welt und das Licht auszuschließen. Und mit ihr die Liebe.

Jetzt war die Zeit gekommen, wieder hinauszutreten ins Licht des Lebens. Aber zuerst musste sie Ordnung schaffen, ihre Seele von altem Ballast befreien, und dazu gehörte, sich mit ihrem Exmann auszusprechen. Bewusst hatte sie um ein Treffen in ihrem alten Haus gebeten. Es war Teil ihrer Schuld und sollte Teil ihres Heilungsprozesses sein.

Es war ein kalter, klarer Wintertag, als sie dort mit dem Fahrrad eintraf. David erwartete sie schon in der Einfahrt. Er sah ein wenig verfroren aus, Nase und Wangen gerötet, als hätte er dort schon länger nach ihr Ausschau gehalten. Penelope kannte ihn so viele Jahre, und es rührte sie zu sehen, wie sich Davids Züge vor Erleichterung bei ihrem Anblick erhellten, als hätte er daran gezweifelt, dass sie wirklich kommen würde. Dass er, der sonst so viel Souveränität und Sicherheit ausstrahlte, nun unsicher wirkte, nahm ihr etwas von ihrer eigenen Nervosität.

Er trat auf sie zu und nahm ihr das alte Klapprad ab. »Schön, dass du da bist.« Er meinte es ehrlich, das sagten ihr seine Augen. Es stand Güte darin, und Liebe. Ihn so zu sehen, ließ ihr Herz höher schlagen. Es war ein ihr so vertrauter Anblick. Wie hatte sie jemals vergessen können, wie vertraut David ihr war? Selbst die silbernen Fäden, die sein Haar inzwischen durchsetzten, und die neuen, winzigen Fältchen um seine Augen und Mundwinkel kamen ihr so vor, als wären sie schon immer da gewesen, als hätten sie schon immer zu ihm gehört.

Er schob das Rad die Auffahrt hoch und stellte es ab. »Ich habe Kaffee gekocht. Und Apfelkuchen bei der Konditorei Mahler geholt. Den magst du hoffentlich noch genauso gern wie früher?« Davids Stimme klang eifrig wie die eines kleinen Jungen, und plötzlich legte sich in ihrem inneren Ohr Dominiks Stimme darüber. David klang genau wie er. Ach, wie sehr sich die beiden geähnelt hatten … *Dominik*, dachte sie, war ein weiteres Schicksalswort, das sie mit David verband.

»Natürlich«, presste sie jetzt mit zugeschnürter Kehle heraus. Sie hatte gewusst, dass es schwer sein würde, aber nicht mit dieser Flut an Gefühlen gerechnet, die nun auf sie einstürmten. Das warme Leuchten in Davids Augen sollte es ihr eigentlich leichter machen, stattdessen kam sie sich dadurch armselig vor, menschlich kleiner. Sie hatte so viele unverzeihliche Fehler begangen. Wieder war sie kurz vor dem Verzagen, der alte Schrecken gewann an Kraft, schon griff er nach ihr, formierte sich zum Angriff, und erneut fragte sie sich, ob sie sich selbst je würde verzeihen können. All die Menschen, die sie vor den Kopf gestoßen hatte …

Da tastete sie nach der kleinen Kette, die ihr Trudi hinterlassen hatte, fest schlossen sich ihre Finger um den Anhänger. Ihr Anker zum Leben. Nein, sie durfte nie wieder in ihr altes Muster von Schuld und Sühne verfallen. Sie hatte auch eine Verantwortung sich selbst gegenüber.

Sie folgte David durchs Haus, sah durch die bodentiefen Wohnzimmerfenster und hielt überrascht inne. »Oh«, entfuhr es ihr. *Der Pool!* Es gab ihn nicht mehr! Stattdessen breitete sich vor ihr Rasenfläche aus.

Es war zu viel. Penelope blinzelte gegen die Tränen an, die hinter ihren Augen brannten.

»Du hattest recht, und ich war stur«, sagte David zu ihr. »Ich hätte das sofort tun sollen. Kannst du mir verzeihen?«

Penelope setzte sich, nein, sie fiel geradezu in den Sessel, weil sich plötzlich alles um sie drehte und sie keine Kraft mehr in ihren Beinen spürte.

Was war das? Was geschah hier gerade? Sie war hier, um sich zu entschuldigen, und nun kam ihr David zuvor? Alle Dämme barsten, nicht nur ihre Augen liefen über, auch ihr Herz.

David kniete neben ihr und nahm ihre Hand, während ihr die Tränen über die Wangen liefen.

»Es ist gut, mein Mädchen, es ist gut, wein dich aus«, wiederholte er immer und immer wieder. Ein wenig hilflos, ein wenig besorgt, aber sehr liebenswert. Ihr David. Der beste Freund ihrer Kindheit, ihr Held, ihre große Liebe. Ihr erster Mann und der Vater ihres Kindes. Nicht nur sie hatte Dominik verloren, auch er hatte diesen unsagbaren Verlust erlitten, auch ihm hatte ihr kleiner Junge alles bedeutet. Und sie hatte ihn verlassen. Weil er anders trauerte als sie. Weil er sein Leben weiterleben wollte, mit ihr. Weil er noch ein Kind mit ihr hatte haben wollen. Weil er die Liebe über das Leid nicht verloren hatte …

Ihr Gesicht war vom Weinen verquollen, die Augen tränenblind, doch niemals hatte Penelope so klar gesehen wie jetzt. Plötzlich legte sich die Farbe der Liebe über die Finsternis des Schmerzes. David sah sie an, und alles, was sie in seinen Augen lesen konnte, war das Leben und die *Liebe*. Ihr gemeinsames Schicksalswort. In guten wie in schlechten Zeiten.

Auch David kannte sie gut, erkannte sie wieder, die alte Penelope, seine Penelope. Sie war heimgekehrt. Ihre Irrfahrt war zu Ende.

Danke, Trudi, flüsterte Penelope.

NACHBEMERKUNG DER AUTORIN

Mit einem Schmetterling verbindet mich eine besondere Geschichte. Als mein erster Hund Leigh schwer erkrankte und es nach der Operation auf Messers Schneide stand, habe ich Trost in der Natur gesucht. Ich saß auf einer Wiese und sah einem Zitronenfalter zu, der zwischen den Blumen tanzte und hier und da verweilte, um an den Blüten zu naschen. Spontan dachte ich, kommt er zu mir und setzt sich auf meinen Arm, dann wird Leigh gesund. Und so geschah es. Der Schmetterling verweilte lange auf meiner Hand, und Leigh wurde fast siebzehn Jahre alt. Jedes Mal, wenn ich heute einen Schmetterling sehe, durchflutet mich ein tiefes Gefühl der Dankbarkeit und Liebe.

Ursprünglich lautete der Titel dieses Buches *Schmetterlingsseele*, da im Griechenland der Antike das Wort Psyche zwei Bedeutungen hatte: Es stand sowohl für *Schmetterling* als auch für *Seele*. Aber noch während der Entstehung von Penelopes Geschichte war plötzlich die Idee zur Fortsetzung von »Honigtot« geboren: »Marlene«.

So schlägt das vorliegende Buch eine Brücke zwischen den beiden Bänden, denn auch in der Fortsetzung von »Honigtot«, in der die Geschichte von Marlene und Trudi erzählt wird, spielt ein Schmetterling eine Rolle. Und der Satz: *Solange es Schmetterlinge gibt, gibt es Hoffnung …*

Den Lesern der »Honigtot-Saga« ist es natürlich aufgefallen: Im vorliegenden Buch gibt es nicht nur ein kurzes Wiedersehen mit Marlene Kalten, der Widerstandskämpferin und Freundin von Deborah Berchinger, sondern es finden neben Leopold Brunnmann auch Albrecht Brunnmann, Gustav Berchinger, Felicity, ihre Mutter Martha und Deborahs Bruder Wolferl Berchinger Erwähnung.

Trudi sagt im Buch, das Schicksal sei ein riesiges Netz, das alles im Leben miteinander verknüpfe. Das trifft auch ein Stück weit auf meine bisherigen Bücher zu, denn sie sind alle durch gemeinsame Protagonisten und Schicksale miteinander verbunden.

Vermutlich halten diejenigen, die »Honigtot« und »Marlene« noch nicht gelesen haben, mich jetzt für ein wenig *ausgschamt*, wie es Ottilie, das bayerische Dienstmädchen der Berchingers in der »Honigtot-Saga«, ausdrücken würde, weil ich Sie mit offenen Fragen und Handlungssträngen zurückgelassen habe. Zum Beispiel der Andeutung, dass Marlene und Trudi sich 1944 im Krieg kennen lernten und eine Schicksalsgemeinschaft bildeten. Und was hat es mit der geheimnisvollen Ankerkette auf sich, die sowohl Trudi als auch Marlene auf dem gemeinsamen Foto tragen? Und auf welche Weise hat Marlene Trudi einst gerettet?

Das alles erfahren Sie in »Marlene«.

IN EIGENER SACHE – AUCH BEKANNT ALS DANKSAGUNG

Liebe Leserinnen und Leser,

das Buch ist zu Ende, und ich bin traurig. Nicht traurig im Sinne von Trauer, eher melancholisch wie eine Mutter, die ihr Kind ziehen lassen muss, in die große weite Leserwelt. So ist es immer, irgendwann muss man loslassen, auch wenn man das Gefühl hat, die Geschichte noch ein fünfzigstes Mal umschreiben zu müssen.

Ein Autor arbeitet allein. Er braucht nicht viel, einen Tisch, einen Stuhl, ein PC und Ruhe, einen Rückzugsort zum Zweifeln und Verzweifeln.

Während des Schreibprozesses und auch danach fällt es mir schwer, mich aus der Geschichte zu lösen. Aber dann ist mein Mann da und fängt mich mit seiner Liebe auf. Ihm gilt wie stets mein erster Dank, ohne seine bedingungslose Unterstützung wäre auch dieses Buch nicht möglich gewesen. Er erwägt nun allerdings, selbst ein Buch zu schreiben *(Vom Leid des Mannes der Autorin)*.

Auch wenn ein Autor allein arbeitet, ein Buch schreibt sich nicht von selbst. Ich habe das große Glück, mich hier, neben meinem wunderbaren Mann, auch auf einige fantastische Freunde stützen zu können. Menschen wie meine liebe Freundin Myriam, die mit nie nachlassender Geduld, Besenklopfern, Sorgfalt und Akribie mit mir arbeitet, mich beständig anspornt. Danke, Myriam, dass es Dich in meinem Leben gibt!

Sämtliche Fehler oder Irrtümer in diesem Buch sind selbstverständlich der Autorin zuzuschreiben.

Zum Dank verpflichtet bin ich wieder Ramona, meinem guten Geist, und Ludwig, der meinen gnadenlos abgestürzten Computer gerettet hat (und mir zu einem neuen rät, weil meiner angeblich noch persönlich von Bill Gates in der Garage zusammengeschraubt wurde.) Aber ich bin nun einmal hoffnungslos sentimental und verteufelt abergläubisch. Ich könnte gar nicht auf einem anderen PC schreiben.

Unbedingt erwähnen muss ich auch weitere, ganz besondere Menschen: Meine Freundin Sertan, die mir die wunderbare Geschichte ihrer Tante Fatima erzählt hat, die sich tatsächlich in einer Polizeidienststelle ›emanzipiert‹ hat (das wäre doch mal eine Story für Hubert & Staller?), Heike, die mich an der Polizeiarbeit in der Praxis teilhaben ließ, und meine treuen Testleserinnen. Allen voran meine Mami, Eva, Ro, Tine und Elga sowie die famose Barbara Schiller des Autorenduos B.C. Schiller, meinen weiteren Autorenkolleginnen Alexandra Amber, Daphne Unruh und Lisa Torberg, die mich, seit ich sie kennenlernen durfte, beständig unterstützt und motiviert haben. Mädels, ich bin froh, dass ich euch kenne, ihr seid die Besten!

Desweiteren gilt mein Dank den Autorenkollegen Marah Woolf und Béla Bolten für ihre Ratschläge zum Klappentext.

Last but noch least ist da Julia Eisele. Entdeckerin, Unterstützerin, Förderin, Ideengeberin, Verlegerin. Freundin.

Vor allem aber bedanke ich mich bei allen, die bisher meine Bücher gelesen haben. Das sind Sie, werte Leserinnen und Leser. Ich schreibe und brenne für Sie.

Und uns allen wünsche ich von ganzem Herzen ein gemeinsames Schicksalswort: Liebe …

Eure Hanni M. im November 2015/Juli 2017

P.S. Und für alle, die sich wie ich in Jason verliebt haben: Jason bekommt seine eigene Geschichte. Versprochen!

Der direkte Kontakt zum Leser ist mir sehr wichtig.
Darum freue ich mich über Anregungen,
Kritik und Austausch jederzeit unter
mail@hannimuenzer.de

ANHANG

TRUDIS LIED VOM KLEINEN GARDEOFFIZIER (1930)

MUSIK: ROBERT STOLZ • TEXT: WALTER REISCH

Und eines Tages mit Sang und Klang,
Da zog ein Fähnrich zur Garde,
Ein Fähnrich jung und voll Leichtsinn und schlank,
Auf der Kappe die goldne Kokarde.

Da stand die Mutter vor ihrem Sohn,
Hielt seine Hände umschlungen,
Schenkt ihm ein kleines Medaillon,
Und sie sagt zu ihrem Jungen:

Refrain:
Adieu, mein kleiner Gardeoffizier, adieu, adieu,
Und vergiss mich nicht!
Und vergiss mich nicht!
Adieu, mein kleiner Gardeoffizier, adieu, adieu,
Sei das Glück mit dir!
Sei das Glück mit dir!

Steh gerade, kerzengrade,
Lache in den Sonnentag,
Was immer geschehen auch mag!
Hast du Sorgenmienen, fort mit ihnen!
Fort damit, ja ja!
Für Trübsal sind andere da!

Und eines Tages um neun Uhr früh,
Als er aus den Träumen erwachte,
Da stand auf dem Hauptplatz die ganze Kompanie,
Und die wartet seit dreiviertel achte,

Aus blauen Augen, so tief und schön,
Erstaunte Blicke ihn trafen,
Er sagte: Liebling, ich muss gehn!?
Da sagt sie noch ganz verschlafen:

Refrain:
Adieu, mein kleiner Gardeoffizier, adieu, adieu!
Und vergiss mich nicht!
Und vergiss mich nicht!
Adieu, mein kleiner Gardeoffizier, adieu, adieu,
Sei das Glück mit dir!
Sei das Glück mit dir!

Und eines Tage war alles aus,
Es ruhten endlich die Waffen,
Man schickte alle Soldaten nach Haus,
Neuen Beruf sich zu schaffen.

Die alte Garde stand müde und bleich
Um ihren Marschall im Kreise,
Man blies den letzten Zapfenstreich
Und der Marschall sagte leise:

Refrain:
(etwas langsamer)
Adieu, mein kleiner Gardeoffizier, adieu, adieu
Und vergiss mich nicht!
Und vergiss mich nicht!